Iatros Verlag

Lille Ostermann

Königskinder

Krimi-Roman

Iatros Verlag

Bibliografische Information der Deutschen Bibliothek
Die Deutsche Bibliothek verzeichnet diese Publikation in der Deutschen Nationalbibliografie; detaillierte bibliografische Angaben sind im Internet über http://www.d-nb.de abrufbar.

Umschlag: Sonja Piechota-Schober, Bodenheim
Herstellung: Iatros-Verlag & Services GmbH, Dienheim
Druck & Bindung: SdL, Berlin

ISBN 978-3-937439-18-1

„Das Böse entfaltet sich gerade in dem Maße, in dem es überwunden werden soll.“

Eugen Drewermann

1

Er lauschte in die tiefschwarze Nacht, während er noch einmal die Partitur durchging. Er liebte es, in der Stille der Nacht Musik zu lesen. In seinem Kopf hörte er die Klänge der einzelnen Noten, die sich zu einer Melodie formten. Die Musik in seinem Kopf war rein und vollkommen, wie die Komponisten sie in ihren Gedanken gespürt und erlebt hatten.

Kein mechanisches Klappern der Klaviertasten mischte sich in die Reinheit der Musik, kein Scharren unruhiger Füße und kein Hüsteln störte diese Reinheit.

Morgen würde er die Noten auf dem Papier erwecken. Seine Hände würden Beethoven, Schostakovic und Rachmaninows Geist auferstehen lassen und den kryptischen Zeichen auf dem Papier Leben einhauchen.

In Tokio war er aufgetreten, in Mailand und Paris. Nun sollte es ausgerechnet Bad Kreuznach sein, ein etwas verschlafenes Kurstädtchen im Nahetal. Doch ihm war egal, ob ihm Franzosen, Belgier oder Kreuznacher zuhörten. Eigentlich verachtete er sie ohnehin alle: diese vornehmen Kenner klassischer Musik, die auf dem anschließenden Sektempfang über gelungene Koloraturen fachsimpelten und sich dabei doch nur für den Gehaltsscheck des Kollegen und das Dekolletee von dessen Frau interessierten.

In Mailand war er sogar so weit gegangen und hatte absichtlich einen Fehler gemacht.

Der Ringfinger, der sich in schlafwandlerischer Sicherheit dem F näherte schoss schmerzend auf, als er ihn zwang, diese Note auszulassen, in der Luft zu verharren, während der Mittelfinger schon das E anschlug. Er hatte sie körperlich empfunden, diese Verunglimpfung heiliger Musik. Eine winzige Sechzehntel hatte er verschwinden lassen, nur diesen einen kleinen Punkt im Gewirr schwarzer Noten.

Ihm war beinahe schlecht geworden bei dem unvollkommenen Klang, der sich nun ergab. Doch niemand sonst hatte es bemerkt. Als er sich vor dem beifallstosenden Publikum verbeugte, musste er lachen. Seine einzige Empfindung war Spott.

Der Pianist hatte sich noch eine Flasche Spätburgunder aufs Zimmer bringen lassen. Er hob das bauchige Rotweinglas und hielt es gegen das sanfte Licht, das die Deckenschale spendete. Der Wein wirkte schwer und ölig und schmiegte sich wie ein leichter Film an das Glas. Er roch an dem Wein und ein schwerer fruchtiger Geruch gab ihm ein Gefühl von wohliger Gemütlichkeit.

„Ein guter Wein ist wie gute Musik. Man erkennt sogleich den guten Komponisten", sinnierte er und spürte, dass er die Wirkung des schweren Rotweins unterschätzt hatte. Ein kurzer Gang in der kalten Winterluft würde seinen Kopf wieder frei machen.

Er zog seinen Mantel an und verließ das Hotel, um in der frischen Luft einen Nachtspaziergang zu machen. Der Kurpark war in der Nähe und so wollte er dort im Mondlicht noch eine kleine Runde gehen. Der Portier war nicht an seinem Platz und so trat er ohne ein Wort auf die Straße hinaus. Als die Kälte seine vom Wein geröteten Wangen traf, fröstelte er leicht und schlug den Mantelkragen hoch. Um diese Zeit im Winter wirkte der kleine Kurort verlassen. An einem Laternenmast sah er schon ein Plakat, das die kommenden Fastnachtssitzungen ankündigte. Die Kreuznacher schienen seit jeher ein fastnachtsbegeistertes Völkchen zu sein. Hier spürte man ihre Nähe zum Rhein.

„Gut, dass ich bis dahin wieder fort bin" dachte der Pianist, denn ihm graute vor dem lauten Trubel, der wie eine bedrohliche Woge über die sonst so besinnliche Stadt herfiel.

In einigen Häusern im Kurviertel, die von Privatleuten bewohnt wurden, brannte noch Licht. Doch die Straße war menschenleer. Der Winter war dieses Jahr sehr spät gekommen, dafür aber mit aller Macht. Es war Mitte Februar und für diese Jahreszeit bitterkalt. Die Winzer hätten sich diese Kälte früher gewünscht, um einen guten Eiswein zu bekommen, doch Weihnachten war zu mild und zum Leidwesen aller Romantiker ohne Schnee vorübergegangen. Er war froh, dass die Straße trocken war, denn bei dem kleinsten Regen würde es wohl Blitzeis geben. Der Pianist näherte sich zielstrebig dem Kurpark. Er wollte wissen, was sich seit seinem letzten Besuch hier geändert hatte. Zudem liebte er es, einsam zwischen den Platanen zu spazieren und seinen Gedanken zu folgen.

Sein Atem ging schwer, als er den Mann erkannte, der aus dem Hotel trat. Er hatte ihn lange warten lassen. Zu lange, wie er meinte. Seine Geduld war noch nicht ausgereift. Er musste lernen, sich besser zu beherrschen, sonst würde ihm früher oder später ein Fehler unterlaufen.

Das Warten hatte ihn aggressiv und klein gemacht. Die Stille und das Dunkel der Nacht waren ihm unheimlich gewesen. Fast hatte er sich gefühlt wie früher, als er die Bettdecke über den Kopf gezogen hatte, um sich zu verstecken.

„Böse Menschen kommen überall hin", dachte er. „Sie gehen durch Wände, klettern steile Häuserschluchten empor. Sie sind unsichtbar und bewegen sich lautlos. Erst wenn du aufwachst und ihren kalten Atem an deinem Gesicht spürst; erst wenn es zu spät ist, bemerkst du sie. Erst dann."

Immer wieder hatte er sich vorsichtig umgeschaut, immer auf der Hut vor dem, was kommen könnte.

Doch als er nun den Mann kommen sah, auf den er so lange gewartet hatte, spürte er, wie das Blut durch seine Ohren rauschte. Sein Körper straffte sich wieder, als er vorsichtig die Verfolgung aufnahm.

„Ein schöner Ort zum Spielen", dachte er, als der Pianist, dem er in einigem Abstand folgte, das Tor zum Kurpark öffnete.

Das gusseiserne Gitter knirschte leise in den Angeln, als es aufgeschoben wurde, der Kies schmatzte unter den weichen Ledersohlen seiner Schuhe.

Die reichen Kronen der Platanen liehen ihm Dunkelheit. In ihrem Schatten fühlte er sich geborgen. Er fühlte sich nun sicher und unangreifbar. Das Gefühl, diesen Mann zu verfolgen, ohne bemerkt zu werden, gab ihm Sicherheit und ein Gefühl von Macht, das ihn schwitzen ließ.

„Verdammt", dachte er, als ein Zweig unter seinen Schuhsohlen knackte. „Du sollst nicht fluchen, du mieser Bengel", rauschte es durch seine Ohren, als er sich duckte.

Der Pianist drehte sich einen Moment lang um und horchte in die Dunkelheit. Er dachte, er hätte etwas gehört.

Beide Männer lauschten atemlos.

Schließlich drehte sich Perell kopfschüttelnd um und ging weiter in Richtung Kurhaus, in dem ihm morgen wieder ein ganzer Saal voller Dilettanten zujubeln würde. „Jetzt höre ich schon Stimmen", dachte er. Wenn er endlich genug Geld durch seine Konzertreisen gespart hätte, wollte er sich zur Ruhe setzen. Dann sollte die Musik nur noch in seinem

Kopf spielen. Vielleicht würde er sich ein schallisoliertes Studio mieten, in dem er dann der Musik in seinem Kopf Raum geben könnte sich frei zu entfalten.

Nur langsam bekam er Gewalt über die lauten Stimmen in seinem Kopf, die ihn einen Versager schalten. Beinahe hätte er das Spiel versaut; ein Spielverderber wäre er gewesen; einer, mit dem man nichts anfangen kann. Doch er war unsichtbar geblieben; er hatte nicht versagt.

Langsam kehrte das Blut in seine erstarrten Glieder zurück.

Der Weg führte an der Rückwand des Gebäudes entlang. Das Kurhaus, ein zu Beginn des zwanzigsten Jahrhunderts entstandener stattlicher Villenbau, lag dicht an der Nahe. Lediglich der schmale Streifen des Parks trennte das herrschaftliche Gebäude vom Wasser. Alte Platanen säumten den schmalen Kiesweg, der jeden seiner Schritte mit einem leisen Rascheln begleitete. Sein Atem schlug sich in der Kälte der Nacht als kleine Dampfwolken nieder, als er sich dem Fluss näherte.

Von hier aus hatte er einen herrlichen Blick auf den hoch aufragenden Kauzenberg. Wie eine bewaldete Schildkröte erhob sich auf der gegenüberliegenden Seite der Nahe ein hoher, wenn auch runder Fels, dessen höchster Punkt ein kleiner rosafarbener Pavillon krönte. Der kleine Teetempel war schon so oft Ziel seiner Spaziergänge geworden, denn von dort oben genoss man einen herrlichen Blick auf die Stadt.

Doch in der Nacht glich der sonst so liebliche Aussichtspunkt einem düsteren Schatten; das Rosa des Teetempelchens wirkte grau unter den schweren Wolken, die sich langsam über dem kalten Nachthimmel zusammenzogen.

Der Pianist beugte sich über die Steinbrüstung und blickte hinunter zum Fluss, der in der Nacht einer dunklen braunen Masse glich, die tote Zweige mit sich riss. Er dachte an sein Haus in der Toskana – an seinen Lebenstraum. Weit entfernt von Nachbarn und Touristen – von selbsternannten Kulturbeflissenen – würde er nur noch für die Musik leben.

Plötzlich zerriss eine seltsame Empfindung seine Gedanken.

Ein kalter Windhauch streifte seinen Nacken.

Ruckartig drehte er sich um.

Erschrocken sog er die Luft ein. Er wollte schreien – doch es kam nichts aus ihm heraus – er wollte noch etwas sagen, doch ihm entfuhr nur noch ein leises Röcheln.

Dann spürte er, wie es still wurde in ihm.

Er blickte seinem Opfer in die Augen, bis dessen Blick sich brach. Dann ließ er ihn fast sanft zur Erde gleiten. „Dies war ein großer Pianist", dachte er, bevor er sich an die Arbeit machte...

„Paula!"

„Ja doch", murmelte Paula und seufzte.

„Paulaaaa!" Die Stimme hob sich zum schrillen Schreien. „Ja Mama, ich komme doch". „Keine fünf Minuten", dachte sie, während sie die Treppe hinunterjagte, „keine fünf Minuten Ruhe".

Ihre Mutter hatte die zweifelhafte Gabe, ihrer Stimme eine Intonation zu verleihen, die jeden aufschrecken ließ. Ob sie nach jemandem rief oder telefonierte, sie konnte ihrer Stimme eine Note verleihen, als wäre gerade das denkbar Schlimmste eingetreten. Wenn sie anrief und nur der Anrufbeantworter anging, klang ihre Stimme, als sei die Nachbarin tot oder zumindest der Keller voller Wasser.

Niemand konnte – wie sie – so resigniert sagen „Ich rufe noch mal an" und dabei so klingen, als sei die letzte Chance, mit ihr zu sprechen, bereits vertan, weil sie schon im Sterbebett lag.

Keuchend langte Paula in der Küche an.

Die Mutter stand vor dem Schrank und reckte sich mit schmerzverzerrtem Gesicht nach oben, um zu demonstrieren, dass es ihr auch mit aller Kraft nicht gelingen würde, das Glas mit Bohnen zu erreichen. Paula spürte, wie die Wut in ihr hochkroch.

„Lass mich das doch machen, Mama", sagte sie sanft.

„Du weißt doch, dass ich nicht mehr so kann, wie ich will", gab diese zurück, während Paula das Glas gerade so zu fassen bekam. „Warum musst du die Bohnen auch unter der Decke lagern", gab sie zurück. Die Mutter ignorierte diesen leisen Anflug von Kritik und ging zum Gegenangriff über: „Wie fühlt sich Maximilian in der Kinderkrippe?"

Paula zog sich der Magen zusammen bei dem Gedanken an ihr Kind, das sie weinend in diesem Hort zurückgelassen hatte. Die Leiterin hatte gemeint, das ginge allen Kindern am Anfang so, und irgendwann hätten sie so einen Spaß, dass sie gar nicht mehr weg wollten. Doch als Paula – auf Anraten der Erzieherin – ohne sich noch einmal umzudrehen, gegangen war, waren auch ihr die Tränen gekommen.

„Fühlt er sich denn nicht allein?", bohrte Mutter Käfer weiter.

„Wieso denn?“, fragte Paula; „da sind immerhin noch zwanzig andere Kinder. Außerdem, wie soll ich Geld verdienen, mein Examen machen und dabei rund um die Uhr mein Kind versorgen?“

„Hättest du den armen Robert nicht sitzen lassen, könntest du jetzt auch für dein Kind …“

Etwas in Paulas Bauch platzte. Sie wirbelte mit den Armen, traf das Glas mit den eingelegten Bohnen, das auf den Küchenfliesen laut zerschellte, spürte wie ihr die Tränen hochschossen, schnappte ihre Tasche, machte auf dem Absatz kehrt und rauschte türeschlagend aus dem Haus.

Häuser, Straßenschilder, dann der bewaldete, nur von einzelnen Gebäuden unterbrochene Fahrweg raste an ihr vorbei, als sie mit viel zu hohem Tempo in die Stadt fuhr.

Erst als sie die Brücke überquerte, die über die Nahe führte, spürte sie, dass sie viel zu schnell war. Sie parkte ihr Auto auf dem leeren Parkplatz an der Schwimmbadbrücke und legte den Kopf auf das Lenkrad. Die kalte Frontscheibe beschlug von ihrem erhitzten Atem.

Sofort meldete sich wieder ihr schlechtes Gewissen. Sie hatte ihrer Mutter die Küche versaut, obwohl die sich doch nur nach ihrem Enkel erkundigt hatte. Dann war sie wie eine wild gewordene Pubertierende einfach weggerannt. Dabei war Paula so glücklich gewesen, für Max den Kindergartenplatz zu bekommen. Endlich konnte sie sich nun wieder um ihr Examen kümmern. Sie arbeitete seit gestern wieder in der Staatsanwaltschaft, und alles war ihr so wunderbar erschienen.

Doch ihre Mutter hatte mal wieder ins Schwarze getroffen. Sie hatte den wunden Punkt fixiert und dann, ohne Vorwarnung, zugestoßen.

„Und das nur wegen einem Glas Bohnen und ihrem Scheiß Rheuma, das ihr wohl alles erlaubt“, dachte Paula und bekam wieder Gewissensbisse, weil sie doch eigentlich Mitleid mit ihrer kranken Mutter haben sollte, die doch so tapfer war, wie die Nachbarin immer betonte. Eigentlich hatte ihre Mutter sie in der Mittagspause eingeladen, bei ihr zu essen. Paula hatte sich gefreut und war nach Bad Münster gefahren. Dort hatte die Mutter sie mit leidvollem Blick empfangen und erklärt, es sei ihr mit den Schmerzen unmöglich gewesen, auch noch zu kochen. Also hatte sich Paula hingestellt und schnell ein paar Nudeln mit Tomatensoße aufgesetzt.

Doch ihre Mutter hatte erklärt, sie wolle lieber Kartoffeln, und Tomatensoße könnte sie mit ihrem Magen ohnehin nicht mehr. Schließlich hatte sie sich hinlegen wollen, und Paula war in ihrem alten Kinderzimmer verschwunden, um ein paar Minuten in Ruhe enttäuscht zu sein. Bis sie von diesem widerlichen „Paula-Schrei" hochgerissen wurde, der so klang, als stünde das Haus in Flammen. Und dann war sie wieder mal geflohen – vor ihrer Wut und vor ihrer Mutter.

Als sie auf die Uhr blickte, merkte sie, dass die Mittagspause längst um war; sie hoffte, es würde niemand bemerken an ihrem zweiten Tag.

Dr. Neumann war Paulas Mentor. Er war ein angegrauter Mittsechziger, der sich beinahe zärtlich über den dicken Bauch strich, wenn er nachdachte und seine Gesprächspartner mit seinen kleinen durchdringenden Augen regelrecht anketten konnte. Er wartete bereits, als sie in sein Dienstzimmer stürmte. „Entschuldigen Sie vielmals ...", keuchte Paula.

„Entschuldigen Sie sich nie zu früh", grunzte der Doktor. „Wenn mir ihre Verspätung gar nicht aufgefallen ist, dann haben Sie mich jetzt deutlich darauf hingewiesen. Und Sie sind sofort in der Defensive. Ein geschickter Gegner würde das prompt ausnutzen, und sie kämen in der Verhandlung auf keinen grünen Zweig mehr.

Also, wenn Sie einmal unpünktlich sein sollten, dann gehen Sie auf die Toilette. Dort kommt man gemeinhin zur Ruhe. Dann atmen sie kräftig durch, ordnen ihre Gedanken, Unterlagen und ihre Frisur. Danach betreten Sie den Raum mit einer Souveränität, als seien Sie auf die Sekunde pünktlich. Und alle werden denken, ihre eigene Uhr ginge falsch".

Neumann schmunzelte zu ihr herab: „Und nun nehmen Sie endlich Platz. Und zeigen Sie mir ihre Anklageschrift! Sie sind zehn Minuten zu spät!"

„Du hast meinen Becher zerschlagen, hast mir mein Gestern geraubt, gib dir zu, dass ich dir gleich bin. Du steckst nicht in meiner Haut..." Grönemeyer röhrte aus dem Autoradio. Da war sie wieder: diese schreckliche Wehmut. Robert fehlte ihr. Paula hatte sich in ihre Arbeit gestürzt, war mit Max in blindem Aktionismus in den Zoo gefahren, hatte Masken und lustige Clownskostüme mit ihm genäht und gebastelt, obwohl die Fastnachtszeit kaum eingesetzt hatte – und spürte sie dennoch – diese Leere.

„Unabhängigkeit, Freiheit, ein eigenverantwortliches Leben", Paula fühlte sich einfach nur einsam.

Im Kindergarten angekommen, wartete Max schon ungeduldig auf sie. Er stand etwas verloren in dem großen Raum. Die bunte Kindergartentasche mit dem dicken Nilpferd – seinem Lieblingstier – baumelte an seinem kleinen Hals und Paula schluckte vor Scham und Schuldgefühl. Alle anderen Kinder waren schon abgeholt worden, und die Erzieherin verbarg schlecht ihre Ungeduld.

Doch Mäxchen ließ keinen weiteren Gedanken an etwas anderes als an ihn zu und hängte sich sofort an ihren Hals. Paula wunderte sich manchmal, wie wahnsinnig schwer sich so ein kleiner Wicht machen konnte, wenn er besonders liebebedürftig war.

Auf dem kurzen Nachhauseweg erzählte er ihr mit vor Aufregung geröteten Wangen und in rasender Schnelligkeit alles, was er den ganzen Tag über gemacht hatte, als hätte er Angst, er könne ein wichtiges Detail vergessen.

Paula nannte die Eigenschaft ihres Sohnes „Herausblubbern" und Mäxchen blubberte wie eine Vorratspackung Spülmittelkonzentrat. Er berichtete, wie viele Bilder er gemalt hatte, dass es im Kindergarten sogar echte Cowboys gab, wie er ganz ohne Hilfe eine Blume ausgeschnitten und – das war das absolute Highlight – mit einem richtigen Bagger für Kinder Sand geschaufelt habe.

Er streckte die Arme aus so weit es ging, um ihr zu zeigen, wie groß die Sandburg gewesen war, die er mit dem Bagger geschaufelt hatte.

Und eins galt von nun an als absolut sicher: Max würde mal Baggerfahrer werden und einen richtigen roten Bauhelm tragen. So einen mit einem Riemen ums Kinn.

Paula bog in die Baumgartenstraße ein, in der sie seit fast vier Jahren wohnte. Sie erinnerte sich daran, wie sie das Haus zusammen mit Robert angesehen hatte. Es hatte Tante Luise gehört, einer alten Schulkameradin ihrer Oma, die darin all ihre Schätze aufbewahrt hatte, bis sie einen Herzinfarkt erlitt.

Schon als Kind hatte Paula über Tante Luises Reichtum gestaunt. Die vornehme Dame besaß Hüte, Schachteln, Zeitschriften aus dem letzten Jahrhundert, unzählige Holzkästchen und antike Spielzeuge. Sie hatte sich mit ihren kostbaren Kleinigkeiten umgeben wie mit Kindern.

Und sie hatte Paula in ihr Herz geschlossen. Paula erinnerte sich sehr gut daran, wie sie als kleines Kind an der Hand ihrer Oma das große Wohnzimmer betreten hatte. Wie Alice im Wunderland hatte sie sich gefühlt, als die alte Dame ihr eine alte Spieluhr gezeigt hatte.

Zu Paulas großem Erstaunen hatte die alte Dame ihr, Paula Käfer, das Haus vererbt. Sie hatte noch eine Weile abgewartet, doch die alte Luise schien keine Verwandtschaft zu haben. Ihre Familie hatte aus den vielen kleinen Dingen bestanden, die sie täglich liebevoll abstaubte.

Viele Kostbarkeiten hatten sich nachträglich als Ramsch entpuppt, doch Paula hatte es kaum übers Herz gebracht, sich von den Gegenständen zu trennen.

So entwickelten sich der Dachboden und der Keller sehr schnell zu den vollsten Räumen des Hauses, denn Paula verbrachte ihre Freizeit damit, all die schönen Kästchen, Koffer und Grammophonplatten in Papier zu wickeln und erst einmal unterzustellen.

Robert hasste „Nippes" wie er die alten Sachen nannte, und so verschwanden nacheinander immer mehr der alten Gegenstände beim Trödelhändler oder auf dem überfüllten Speicher.

Die Erinnerung an Robert schnürte ihren Magen zusammen. Deshalb verbot sie sich jeden weiteren Gedanken an diesen Mann.

Paula stellte das Auto vor dem weiß gestrichenen Haus ab und stieg mit Mäxchen aus. Ihr fiel auf, dass sie dem Kleinen gar nicht mehr zugehört hatte und spürte wieder das schlechte Gewissen.

Sie leerte den überfüllten Briefkasten und klemmte sich die Post unter den Arm, auf dem Mäxchen saß und munter weiterplapperte, während sie mit der anderen Hand die Einkäufe balancierte, die sie am Morgen besorgt hatte.

In diesem Moment kam diese komische Frau mit ihrem Köter vorbei, der natürlich an Paulas Gartenzaun das Bein hob. Sie wohnte im Nachbarhaus und hatte immer bis spät in die Nacht hinein noch Licht brennen.

Ihre Haare standen wild und rot vom Kopf ab und Paula machte die Frau in diesem Augenblick für sämtlichen Hundeschiss der Stadt verantwortlich.

„Führen Sie gefälligst ihren Köter weiter", geiferte Paula, als sie sah, wie das Zottelvieh sein Bein hob.

„Der markiert doch nur sein Revier", entgegnete die Frau prompt und baute sich vor dem Zaun auf, als gelte die Reviermarkierung nicht nur für ihren Hund.

„Das ist mein Zaun", ranzte Paula, „ich zeige Sie an!"

Sie kam sich augenblicklich ungemein blöd vor.

„Dann pinkeln Sie doch drüber und holen sich ihr Revier zurück. Vielleicht versteht mein Hund das ja", lachte die rote Frau und Paula kam sich noch blöder vor. So schloss sie schnell die Tür auf und verschwand schnell im Haus.

Paula ließ die Badewanne ein, während Max wild jubelnd umhersprang und auf ohrenbetäubende Weise versuchte, ein neu gelerntes Lied zum Besten zu geben. In der Post fand Paula neben Rechnungen eine Einladung zum Juristenball, die nun auch ihr nachträglich zugestellt worden war.

Sie musste an Uwe Unsell denken und grinste unwillkürlich in sich hinein. Uwe Unsell – ein Mann für sich. Schon, wenn sie den Namen hörte, musste Paula an ein aufgeweichtes Brötchen denken, das vor lauter Kummer von der Brücke springt und zu seinem Unglück noch nicht einmal untergehen kann.

Doch Uwe Unsell war stolz auf seinen Namen. Schon bald wurde er auch im Gericht nur „der Unbestechliche" genannt, worauf er großen Wert legte. Als junger Staatsanwalt hatte er sich bereits jetzt einen Namen gemacht.

Das erste Mal hatte Paula ihn im Gerichtssaal gesehen, als er in flammender Begeisterung sein Plädoyer hielt. Paula war so hingerissen; hätte er ein Kaninchen zum Tode verurteilen wollen, sie hätte ihm geglaubt, dass dies das einzig richtige Urteil für den Übeltäter sei. Doch leider war mit dem Ablegen seiner Robe auch Unsells Selbstbewusstsein verschwunden.

Als Kind war Paula mit ihrer Mutter oft in die Oper gegangen und am liebsten in Mozarts „Zauberflöte". Sie war begeistert gewesen von der „Königin der Nacht", die im Glanz der Scheinwerfer in göttlicher Schönheit und Würde erstrahlte. So schön wollte sie auch werden, so erhaben und mächtig.

Und die kleine Paula hatte so lange gequengelt und sich an Mutters Arm gehängt, bis die sich irgendwann überreden ließ, am Künstlerausgang auf die Diva zu warten, um ein Autogramm zu erflehen.

Als dann dieses blasse Wesen mit den dünnen Haaren und der zu großen Nase schüchtern kichernd ihren krakeligen Namen auf die Eintrittskarte schrieb, waren in Paula Tränen der Wut und Enttäuschung aufgestiegen. Sie hatte nie wieder die „Zauberflöte" gesehen.

Und der unbestechliche Uwe Unsell gehörte in die Sparte „Königin der Nacht".

Wie die kleine hässliche Frau mit der großen Stimme sich nach der Vorstellung abtakelte, so trennte sich der große Rhetoriker und scharfe Staatsanwalt Uwe Unsell nach der Verhandlung von seiner Robe und schrumpfte zu einem pickeligen Schlumpf, der seinem Gesprächspartner kaum in die Augen sehen konnte und so unscheinbar wirkte wie ein Radieschen im Chefsalat.

Dieser Juristenball versprach, anstrengend zu werden, denn Uwe Unsell würde nichts unversucht lassen, um als Paulas Begleiter zu erscheinen.

Paula hatte für sich selbst noch nicht entschieden, ob sie seine ungeschickten Annährungsversuche eher für nervenzehrend oder rührend halten sollte. Doch der Juristenball versprach auf jeden Fall anstrengend zu werden.

Lachend öffnete sie den nächsten Brief, der unfrankiert und mit Computer geschrieben war. „Der Herr K. muss ein recht böser Mann gewesen sein", stand auf nacktem Weiß. Sie drehte den Brief um, fand jedoch keinen Absender und warf ihn zusammen mit der Einladung auf den Stapel, der sich schon auf der Kommode angesammelt hatte. Sie stellte sich gerade vor, was für ein Tänzer Uwe Unsell wohl sein mochte. Sie könnte ihm ja vorschlagen, in Robe zu erscheinen. Vielleicht tanzte er darin ja besser.

Paula setzte Max in die Wanne und kehrte in die Küche zurück, um das Rührei für Mäxchen vorzubereiten.

Dabei fiel ihr Blick auf eine Postkarte, die auf dem Küchenboden lag. Die musste ihr bei der Schlepperei aus der Hand gerutscht sein. Paulas Hochstimmung rannte bergab. Die Karte war von Robert. Die Ansichtskarte zeigte den Mainzer Dom; ihre Stimmung stürzte nun in freiem Fall.

„Sehr feinfühlig", dachte Paula. Roberts neue Flamme wohnte in Mainz, und er war doch direkt bei der blöden Kuh eingezogen. In dem ihm eigenen Stichwortstil teilte er knapp sein Anliegen mit: „Habe dich nicht erreicht. Will restliche Sachen abholen. Melde dich zwecks Termin findung unter ... " Es folgte offensichtlich die Nummer der Neuen.

Doch ihre Stimmung schlug hart in der Tiefe auf als sie die letzte Zeile las. Er hatte es geschafft, einen voll ausformulierten Satz zu Papier zu bringen: „Ich hoffe, es geht Euch gut", stand da in seiner krakeligen Männerschrift und Paula klepperte Mäxchens Rührei, als habe sie vor, sechs Liter Sahne steif zu schlagen.

Sie schmiss die Karte mit der Nummer in den Müll, knallte dreimal lautstark den Mülleimerdeckel zu und ging ins Bad.

Dort war Max gerade damit beschäftigt, einen Bagger zu spielen, der mit beiden Händen als Schaufel das Wasser aus der Wanne schippt.

2

Am folgenden Morgen wurde Kurt Wegner von einem Bild gebrandmarkt, das er sein Leben lang nicht vergessen sollte.

Er war als Gärtnergehilfe bei der Stadt beschäftigt, und jeden Tag freute er sich darüber, dass er endlich wieder eine Beschäftigung hatte: Das Fegen von Laub, das Beschneiden der neu angelegten Büsche, das Unkrautjäten. Der alte Wegner – wie ihn seine Kegelbrüder nannten – war wieder aufgeblüht. „Was kann es scheeneres gebbe, als de ganze Tach im Griene zu wurschteln", dachte er und kratzte sich die Bartstoppeln.

Jeden Tag wunderte er sich darüber, dass sein Bartwuchs mit dem Alter zuzunehmen schien. Er selbst nannte das seine „neue Altersblüte". „Tja, wenn mer denkt, es ging nur noch in Richtung Loch, dann sprieße uff emol de Bart und de Hormone", lachte er in sich hinein, warf den Rechen auf die Schubkarre und bahnte sich seinen Weg zu den Platanen.

Wie immer begann er an der Begrenzung zu den Rosenbeeten. Er rechte das farbige Laub zusammen und verfing sich tief in seinen Gedanken, während er sich langsam rückwärts bewegte und die trockenen Blätter zu einem Haufen schichtete.

Seit Lisbeth aus dem Krankenhaus entlassen worden war, ging es dem alten Wegner wieder gut. Ihr Sturz von der Kellertreppe hatte ihm Angst gemacht: vor dem Alter, vor dem, was da noch kommen konnte und vor dem, was vielleicht nie wieder kam. Mit Grausen dachte er an ihren geliebten, mit Prellungen und blauen Flecken übersäten Körper.

„Jedes Gramm ihres Körpers lieb ich und jed kleens Speckringelsche könnt ich sofort abküsse", seufzte er und dachte an den Kuchen, den er ihr bei ihrer Entlassung gebacken hatte.

Es war sein erster gewesen.

„Er schmeckt wundervoll, Kurt!", hatte sie gesagt und verneint, als er ihr nachlegen wollte. Sie verwies dabei auf die Diät, die man ihr verschrieben hätte, und Wegner war dankbar dafür gewesen. Er selbst hatte nur die Hälfte heruntergebracht und den Kuchen dann heimlich an die Enten verfüttert. Nun buk Lisbeth wieder den Kuchen, von Diät war keine Rede mehr und keinen Krümel hätte er dem Federvieh geopfert.

Die Welt drehte sich wieder richtig herum und Kurt Wegner war überglücklich,... bis er an etwas Weiches stieß.

Der Alte fuhr herum... und starrte in gelbe aufgerissene Augen. An die Platane gelehnt saß ein Mann, den Kopf seltsam zur Seite verdreht.

Ein Loch klaffte in diesem Kopf und Blut sowie eine weißliche Flüssigkeit waren in das rußverschmierte Gesicht geronnen. Atemlos hob Wegner den Rechen und berührte die seltsame nackte Gestalt. Der Tote kippte zur Seite und mit einem seltsam schmatzenden Geräusch drückte sich unendlich langsam ein halbiertes Ei aus der gähnend leeren Augenhöhle und rollte über den Rasen.

Später konnte sich Kurt Wegner nicht mehr daran erinnern, wie er ins Kurhaus gelangt war und die Polizei alarmiert hatte.

Paula fühlte sich an diesem Morgen frisch und erholt. Heute hatte sie das Gefühl, wieder Boden unter ihren Füßen zu spüren. Sie hatte, zum ersten Mal seit der Trennung von Robert, wieder eine Nacht durchgeschlafen, ohne das Bett zu zerwühlen oder von ihrem eigenen Tod zu träumen. Dann war Max auch noch ohne Tränen hinter der buntbemalten Tür des Kindergartens verschwunden.

In ihrer „Post-Robert-Ära", wie sie diese neue Epoche zuweilen nannte, hatte Paula wieder mit dem Laufen begonnen und das morgendliche Joggen durchs Kurviertel war ihr inzwischen zum liebgewordenen Ritual geworden. Paula bedauerte, dass sie sich heute früh nicht dazu aufgerafft hatte, noch vor dem Frühstück zu laufen und nahm sich fest vor, die neue Gewohnheit morgen wieder aufzunehmen.

Ihre Laune war so gut, dass sie beschloss, heute Abend mit Max bei ihrer Mutter vorbeizufahren und sich für die versauten Bohnen zu entschuldigen. Und dann wollte sie Roberts Nummer aus dem Mülleimer fischen und ihn doch noch anrufen. Sie kam auch gut ohne ihn klar und er sollte ruhig sehen, wie gut es ihr ging.

Gutgelaunt schwang sie sich aufs Fahrrad und fuhr zum Gericht. Unterwegs begegnete sie der roten Frau mit dem Zottelhund, der nun anscheinend auch die große Eiche vor dem Gerichtsgebäude zu seinem Revier machen wollte. Einen Augenblick lang beobachtete sie die Frau mit der jungenhaften Figur. Es fiel ihr schwer, ihr Alter zu schätzen. Sie konnte so alt sein wie sie, aber auch viel jünger.

„Ich würde mich nicht trauen, mich mit solch einer Frisur in der Öffentlichkeit zu zeigen", dachte sie und wusste nicht, ob es Neid war, der einen seltsam faden Beigeschmack in ihrem Mund hinterließ. Die rote Frau trug einen Parker, der seine beste Zeit auch schon hinter sich hatte und eine eng anliegende Jeans, die verschlissen und alt wirkte.

Paula strich noch einmal über ihren kurzen Rock und straffte das enganliegende Shirt unter der Bluse, bevor sie ihr Fahrrad zu den Ständern schob. Sie war mal wieder viel zu dünn angezogen für diese Jahreszeit, doch sie hasste Winterjacken. In diesen dicken Dingern fühlte sie sich immer wie ihr eigenes Daunenkopfkissen. Außerdem waren es nur drei Minuten mit dem Rad bis zu ihrer Arbeitsstelle.

Sie spürte auf einmal die Blicke der Roten mit ihrem Hund auf sich, doch Paula ignorierte die beiden und schritt erhobenen Hauptes die Stufen hinauf. Die Rote sollte ruhig sehen, wo sie arbeitete.

Im Gebäude flog ihr förmlich der unselige Uwe Unsell in die Arme, dem vor Schreck seine Mappe entglitt. Ein Wust aus Anklageschriften, Schmierzetteln und Notizen flatterten zu Boden. Mit hochrotem Kopf stammelte Unsell irgendetwas von „Verzeihung". Paula bückte sich und half dem armen Mann, das Zettelchaos aufzulesen. Da berührten sich zufällig ihre Hände.

Unsell blickte zu ihr auf, als wäre diese Berührung eher ein Wink des Schicksals gewesen, holte tief Luft und starrte dabei auf Paulas obersten Blusenknopf. „Äh, ich wollte Sie etwas fragen", begann er.

„Ich sollte ihm einen Teddybär schenken, an dem er sich festhalten kann", dachte sie und ertappte sich dabei, dass sie einen riesigen Eiterpickel auf Unsells Stirn fixierte, der zum Bersten gespannt schien. „Kann der die Dinger nicht ausdrücken, bevor er das Haus verlässt", dachte sie und kam sich ungemein schäbig vor.

„Äh, wenn es Ihnen nichts ausmacht, wollte ich Sie fragen, ob Sie nicht eventuell Lust hätten, also ich meine, vielleicht haben sie ja auch schon etwas anderes vor oder jemand anders, der sie begleitet, also, ich habe Sie ja schon einmal angesprochen, aber nun nähert sich ja auch der Termin, also kurz heraus…", er holte hörbar tief Luft „wollen Sie mich auf den Juristenball begleiten?"

Nun war es heraus.

Paula wunderte sich, dass diese sichtbar körperliche Anstrengung den Pickel nicht zum Platzen gebracht hatte. Sie zwang sich, den Blick von dem Monstrum zu lösen und Unsell in die Augen zu blicken.

Eigentlich hatte er schöne Augen. Braun und sanft. „Ich weiß leider noch nicht, ob ich mich frei machen kann. Mein Sohn, Sie verstehen?"

„Sie haben einen Sohn? Wie schön! Wie heißt er denn?", rief der Mund unter dem Pickel begeistert aus.

„Schade, die Nummer mit dem Kind hilft auch nicht", dachte sie.

„Na ja, mal sehen, vielleicht..." Eigentlich war seine Reaktion ja einfach nur nett. So reagierte nicht jeder auf den Hinweis, dass sie ein Kind hatte.

„Ich werde sehen, was sich machen lässt", sagte Paula und versuchte jetzt schnell das Feld zu räumen, bevor sie ihm auch noch zusagte.

„Maximilian", rief sie noch, als sie die breite Treppe hinauflief. „Bitte wie?", hauchte er ihr verwirrt nach. „Mein Sohn heißt Max. Das wollten Sie doch wissen!"

„Ah ja, richtig, schön, schön". Uwe Unsell schien schon völlig von dem Gedanken erfüllt, mit Paula im Walzertakt zu schwelgen.

„Hoffentlich habe ich dem Armen nicht zu viele Hoffnungen gemacht", dachte sie und verschwand im ersten Stock.

In den nächsten Tagen sprach die ganze Stadt von dem mysteriösen Toten aus dem Kurpark. Die Spurensicherung war tagelang im Park umhergeschlichen, um jeden erdenklichen Hinweis, akribisch beschriftet, in ihren kleinen Plastiktütchen luftdicht zu verpacken und ihn später zu analysieren.

Die Leute der Spurensicherung erinnerten in ihren weißen Plastikanzügen an ihre eigenen Tütchen, in denen sie unermüdlich Beweismaterial der Kreuznacher Achtlosigkeit sammelten. So mancher Kreuznacher oder Kurgast, der sich in den letzten Tagen im Kurpark aufgehalten hatte, schien mehr Angst vor den Spürhunden der Polizei zu entwickeln als vor dem Mörder. „Finden sie am Ende meine Fußabdrücke? Ich habe den frischen Rasen betreten!"

„Habe ich nicht einen Zigarettenstummel achtlos in das Gebüsch geschnipst? Nachher halten sie mich für den Täter."

Die offene Aufregung war einem leisen Zischeln und Brodeln von Mutmaßungen und Verdächtigungen gewichen. Die Absperrbänder waren entfernt und der sogenannte Tatort der Öffentlichkeit wieder freigegeben worden.

Und es gab viel Öffentlichkeit!

Der Kurdirektor, der damit gerechnet hatte, dass durch „diesen schrecklichen Vorfall", wie er den Mord im Fernsehen nannte, ein Rückgang der Besucher und Gäste befürchtete, wurde eines Besseren belehrt. Es entwickelte sich ein regelrechter Publikumsverkehr zum Kurviertel und in dieses „idyllische Städtchen im romantischen Nahetal, das von einem Wahnsinnigen heimgesucht worden war", wie sich die betroffen lächelnde Moderatorin eines Privatsenders ausdrückte.

Die Welt schien innezuhalten und auf Bad Kreuznach zu blicken; zumindest einen Tag lang in den 7 Uhr-Nachrichten und in einigen Boulevardmagazinen. Der Bürgermeister und der Kurdirektor hatten nur einmal bei dem großen Hochwasser, das vor einigen Jahren die Stadt heimgesucht hatte, verlegen in eine Kamera gelächelt. Sie gaben nun mit vor Aufregung hochroten Köpfen Auskunft und versuchten den Eindruck zu erwecken, sie hätten die Lage vollkommen im Griff.

„Die Polizei wird alles daran setzen, den Täter ... es bestürzt uns sehr, dass so ein großartiger Pianist ..."

Ganze Familien schienen nun ihre Sonntagsausflüge nach Kreuznach zu machen, um einmal auf einem Stück Erdboden zu stehen, auf dem ein echter Ermordeter gelegen hatte. Das Parkhaus im Kurgebiet an der Badeallee, das jahrelang als Fehlbau gescholten wurde und in Fastnachtssitzungen immer wieder Stoff zum Lachen bot, platzte nun aus allen Nähten.

Die Menschen aus der Umgebung wollten sich dem wohligen Schauder hingeben, dass es auch in einem Ort wie Bad Kreuznach Verbrecher der übelsten Sorte gab; die Einheimischen betonten vor jeder laufenden Kamera, dass der Mörder „bestimmt nicht von hier" sei.

Die Medien berichteten von dem Mordopfer als Eduard P., doch der Name des Ermordeten war längst kein Geheimnis mehr, denn überall in der Stadt hingen noch immer die Plakate mit dem verträumt lächelnden Konterfei Eduard Perells, der einen unvergesslichen Konzertabend am Piano versprach. Perell lächelte der ganzen Stadt anklagend entgegen, als wolle er den Täter damit verhöhnen, dass er auch nach seinem Tod präsent bleiben würde.

Die Polizei hatte zunächst versucht, die grausigen Details der Tat zu verschweigen.

Doch, sei es durch eine undichte Stelle im Polizeiapparat, durch irgendein Hausmädchen des Kurhauses oder auch durch den Pizzalieferanten, der die Polizei während ihrer Ermittlungen am Tatort mit dem nötigen Mittagessen versorgte: Schon bald waren viele Wahrheiten und die wildesten Gerüchte in Umlauf, in welchem Zustand man den Toten gefunden hatte.

Fakt war, dass bald niemand mehr an einem solchen Plakat vorbeigehen konnte, ohne sich halbierte Eier anstelle der Augen vorzustellen. Als schließlich ein paar Jugendliche eben diese Eier auf das Plakat sprühten, hatte die Last mit den Plakaten endlich ein Ende. Innerhalb eines Tages wurden alle entfernt.

Im Gericht sprach sich schnell herum, dass der junge Aufsteiger Uwe Unsell – der Unbestechliche – als leitender Staatsanwalt eingesetzt worden war, und Unsell schien Paula ob dieser großen Chance und Aufgabe noch fahriger und in sich gekehrter.

Paula hatte von dem Mord in der Zeitung erfahren. Auch sie erschreckte wohl am meisten der angebliche Zustand, in dem das Opfer vorgefunden worden war und die schwer verdauliche Tatsache, dass so etwas in Kreuznach passiert war.

Auch sie schloss sich daher dankbar der inzwischen landläufigen Meinung an, dass der Täter bestimmt kein Kreuznacher war, sondern aus irgend einem mafiösen Großstadtmilieu stammte. Vielleicht hatte der Pianist ja Schulden bei einem Frankfurter Zuhälter. Wahrscheinlich hatte er sich in den falschen Kreisen bewegt.

Paula wusste, dass das alles Quatsch war, doch die Vorstellung, dass ein solch brutaler Mörder aus ihrer Umgebung kam, war ihr zu unheimlich. Außerdem hatte Paula – wie sie fand – schon genug andere Sorgen.

Sie hatte mit Mäxchen ihre Mutter in Bad Münster besucht und war mal wieder erstaunt darüber, welche Veränderung mit der rheuma- und herzkranken Mutter vor sich ging, sobald ihr Enkel auftauchte.

Martha Käfer war nicht mehr zu bremsen.

Mäxchen genoss ihre uneingeschränkte Aufmerksamkeit. Zu dritt suchten sie im Wald nach Kastanien und bastelten daraus Männchen mit Pfeifen aus Zahnstochern und roten Mündern aus Omas Nagellack. Die Idee mit dem Nagellack war natürlich Mäxchens Überraschung gewesen. Und nachdem sich Mutter und Oma überzeugt hatten, dass der Künstler auch keinen Lack in den Mund bekommen hatte und Max das Versprechen abgenommen worden war, nie wieder an Omas Schminkschrank zu gehen, wurden noch Apfelpfannkuchen gebacken.

Zu Paulas Verwunderung war es ein rundum schöner Tag gewesen, auch wenn sie insgeheim sehr irritiert über die plötzliche Genesung ihrer leidenden Mutter war.

Außerdem hinterließ der Gedanke an ihre eigene Kindheit einen dumpfen Unterton inmitten der Fröhlichkeit. Zu schmerzhaft war die Erinnerung an die Ohrfeige, die sie für das Klauen eines gewissen Lieblingslippenstiftes hatte einstecken müssen.

Für sie hatte Martha Käfer nie eine solche Geduld aufgebracht.

Paula hatte immer die vernünftige Tochter sein müssen. Dass ihr Vater Pfarrer war, hatte sie gespürt wie eine dünne Eisenkette, die sich immer dann zuzog, wenn andere Leute meinten, sie müsse als Pfarrtochter besonders gebildet, brav und friedlich sein.

Sie dachte an ihre Schwester, die sie nie richtig gehabt hatte. Sophie war eigentlich immer nur krank gewesen. Paula kannte die Schwester nur im Bett oder von den ewigen Besuchen in den kalkweißen Zimmern der Krankenhäuser. Von Paula wurde dann verlangt, dass sie still und froh sein solle. Sie solle Gott danken, dass sie gesund war.

Für Paula hatte das immer wie ein Vorwurf geklungen.

Doch an diesem Nachmittag mit Max und ihrer Mutter war kein böses Wort gefallen und Paula hoffte, dass sich nun auch an ihrer Beziehung zu ihrer Mutter etwas ändern würde. Immerhin hatten sie sich doch sehr gut verstanden und der Name „Robert“ war auch nicht ein einziges Mal gefallen.

Paula hatte sich am Abend mit einem Glas Rotwein in ihren Kuschelsessel verkrochen und war glücklich. Sie hatte ein wunderbares Kind, das gute Laune und Harmonie versprühte, als habe es viel zu viel davon. Ihre Beziehung zu ihrer Mutter würde eine andere werden; das spürte sie. Vielleicht würden sie beide irgendwann über ihre ständigen Streitigkeiten lachen und ihre Mutter würde stolz sein auf ihre Tochter, die Karriere und Kind so gut in Einklang brachte. Sie würde einsehen, dass die Trennung von Robert die beste Lösung und eine alleinerziehende, berufstätige Mutter nichts Ungewöhnliches, aber doch sehr Lobenswertes war.

Paula fühlte sich so wohl, dass sie im Mülleimer Roberts Postkarte suchte. Zwischen Broccoliresten entdeckte sie schließlich den Schnipsel mit der Telefonnummer. Sie schenkte sich ein neues Glas Wein ein und wählte mit dem guten Gefühl, das Richtige zu tun, die unbekannte Mainzer Nummer.

Das Freizeichen am anderen Ende ließ sie doch nervös werden.

„Noch zwei Mal, dann leg ich auf“, dachte sie, doch in diesem Moment nahm jemand ab. „Robert Paulsen?“ brummte es aus dem Hörer und Paula hörte regelrecht, wie ihr ein Stein vom Herzen fiel, weil sich nicht diese fremde Frau gemeldet hatte.

Ich bin's“, flüsterte Paula und spürte, dass ihr Mut in sich zusammensank wie ein Pappkarton im Regen.

„Wer ist da bitte?“ Die Stimme wurde ungeduldig.

„Der erkennt mich ja nicht mal mehr an der Stimme“, dachte Paula, schluckte und sagte etwas zu laut: „Hier spricht Paula Käfer; falls du dich noch an mich erinnerst. Wir haben drei Jahre lang zusammengewohnt.“ Sie hätte heulen können, doch sie riss sich zusammen.

„Ach du bist es Paula, t'schuldige, aber die Leitung rauscht so stark; deshalb hab ich dich nicht gleich erkannt.“ Seine Stimme klang auf einmal belegt.

„Ein Rauschen“, dachte Paula und die Wut, die in ihr aufstieg, bildete eine Tränensperre, für die sie dankbar war.

„Du wolltest einen Termin machen, um deine Platten und den sonstigen Kram zu holen!“ Ihre Stimme hatte sich wieder gefangen. Sie sprach nun laut und deutlich.

„Gut“, sagte er. „Aber deshalb hättest du doch nicht extra ...“

„Stör ich dich?“, platzte es nun aus ihr heraus.

„Nein, nein, ich meine nur; es ist doch nicht so eilig mit den Platten und vielleicht könnten wir uns ja auch mal so ... ich meine; ich würde auch Max gerne mal wieder sehen.“ Jetzt klang seine Stimme ehrlich traurig.

„Nächsten Dienstag?“ Paulas Selbstsicherheit und Stimme schienen nun auch zu kippen.

„In Ordnung; wie du möchtest“, hauchte Robert in die Sprechmuschel, „ich vermisse dich“. Das war zuviel.

„Dienstag um acht im Bistro. Die Platten bring ich mit!“ Paula warf das Telefon auf den Tisch.

Es knallte. Doch die Verbindung schien noch zu stehen.

Sie konnte noch das erschreckte „Paula“ aus der Hörmuschel rufen hören, bevor sie viel zu fest auf die Taste drückte.

Sie nippte an ihrem Glas und wartete.

Paula wartete darauf, dass Robert zurückrufen würde. Sie hasste es, Anrufe ohne Verabschiedung zu beenden. Sie hatten sich beide immer köstlich darüber amüsiert, wie im Fernsehen telefoniert wurde. In neun von zehn Fällen wurde einfach aufgelegt. Kein Abschied, keine Frage, ob damit alles geklärt sei; nicht einmal ein „Danke“. Beide waren sich damals einig gewesen: Das ist nicht nur äußerst unhöflich, sondern so telefoniert niemand. Keiner legt einfach ohne ein weiteres Wort auf.

Nur ein einziges Mal hatte Robert ein Gespräch unterbrochen. Sie hatte ihn in Verdacht gehabt, fremd zu gehen und auf seinem Diensttelefon wüst beschimpft.

Er hatte einfach aufgelegt.

Ihr Schimpfen wurde brüsk durch das Besetztzeichen unterbrochen. Und Paula war sich vorgekommen, als sei sie mit hundert Stundenkilometern auf eine Betonwand gefahren. Sie hatte sofort zurückgerufen und sie hatten sich schnell wieder vertragen. Zu groß war ihre Angst gewesen, ihn zu verlieren.

Sie hatte recht gehabt.

Er hatte sie betrogen.

Nun hatte sie ihn verloren.

Nun war er dran.

Hätte er jetzt angerufen ...

Ein liebes Wort, eine Entschuldigung. Sie wäre nach Mainz gefahren, hätte ihn abgeholt und seine Plattensammlung wäre samt ihrem Besitzer bei ihr geblieben. Sie würden beide weinen, sich dann in den Armen liegen und aneinandergekuschelt einschlafen. Sie würde ihm sofort verzeihen.

Doch Robert rief nicht an. Paula fixierte die Uhr. Nach einer halben Stunde hielt sie es nicht mehr aus. Vielleicht war sie ja auch ungerecht gewesen. Sie hatte doch gehört, dass es ihm nicht gut ging. Warum hatte sie ihn nicht gefragt, warum war sie nur so abweisend gewesen? Warum hatte sie ihn nicht gebeten, zu ihr zurückzukommen?

Atemlos wählte sie noch einmal die Nummer. „Heike Krämer“ klang es hell aus dem Hörer. Paula legte auf, rannte ins Bad und hielt ihr Gesicht unter den kalten Wasserstrahl.

3

„Hüte dich und lass keinen Menschen herein, wenn wir nicht da sind“, stand auf dem Brief. Es war wieder ein weißes Papier in einem Umschlag ohne Absender. „Muss wohl irgendeine Postwurfsendung sein“, dachte Paula, „irgendein Werbegag“.

„Spürst du mich denn nicht? Ich sehe dich. Immer. Ob ich wach bin oder träume: immer bist du bei mir. Du sorgst dich wieder um mich. Bald wirst du wieder bei mir sein und dann werden wir uns nie wieder trennen. Komm doch her! Komm her zu mir!“

Am liebsten hätte er sie gleich mitgenommen, doch erst musste er seine Aufgabe erfüllen. Es gab noch zu viel zu tun. Es gab noch zu viel Böses. So lange das noch da war, konnte er nicht zu ihr; noch nicht.

Er riss seine Augen und Gedanken von ihr los und ging in den nächsten Baumarkt, um noch das Nötigste zu besorgen. Er kaufte eine Rolle Paketband und eine zehn Millimeter starke Eisenplatte. Er hatte sich erkundigt. Der freundliche Verkäufer hatte ihm erklärt, Eisen sei ein Material, das sehr gut Wärme leiten konnte. Daher war seine Entscheidung schnell getroffen.

Nun musste er nur noch warten.

Das mit dem Kennenlernen war trotz Ekel einfacher gegangen, als er gedacht hatte und auch der einfache Scheckkartentrick an der Wohnungstür hatte ihn nicht im Stich gelassen. Es machte ihm Angst, dass alles so einfach war. Nur noch warten musste er; warten, bis der Mann kam. Der Mann, auf den er jahrelang gewartet hatte. „Ob er mich wiedererkennt?", dachte er und spürte, wie sich der Schweiß auf seinem Rücken auszubreiten begann. Dann kam sie wieder: die Angst! „Wenn er mich nun fängt? Ich muss hier weg, bevor er mich entdeckt, er wird sicher sehr böse sein! Was soll ich jetzt machen?" Er kauerte sich tiefer hinter das Sofa und spürte, wie ihm die Tränen die Wangen hinunterliefen. Angsterfüllt schlang er die Arme um seinen Körper. Am liebsten hätte er sich unsichtbar gemacht.

Dann spürte er sie durch den Stoff seiner Jacke. Kalt und hart fühlte sie sich an. Sie war die Macht. Sie beschützte ihn. Er würde stärker sein. Mächtig! Das Zittern ließ nach. Er durchdachte noch ein letztes Mal seinen Plan …

Beschwingten Schrittes erreichte er den Supermarkt, der Kaiserwalzer spielte noch in seinem Kopf umher. Eben war er noch einmal im Studio gewesen, um das Licht und die Anlage zu überprüfen. Morgen würden die neuen Anfängerkurse beginnen.

Vor Angst und Aufregung rot fleckige Gesichter würden bewundernd seine Füße beobachten, die so leicht und schwungvoll übers Parkett sausten, als hätten sie niemals etwas anderes getan. Er liebte diese unverbrauchten Kindergesichter, die von ihm nicht nur Tanzschritte und das Gefühl für Takt und Rhythmus lernen sollten, sondern auch die Seele des Tanzens: die Erotik.

Er würde Zeuge der ersten scheuen Annährungsversuche von Mädchen und Jungen sein. Von nasskalten Händen, die erstmals einander berührten.

Er liebte das.

In goldenen Lettern war über dem großen Spiegel „Rogers kleines Tanzparkett“ zu lesen. Erst vor kurzem hatte er das Tanzstudio erworben. Es schloss sich wunderschön an die Brückenhäuser – das Wahrzeichen der Stadt – an und bot den Blick auf die Nahe, die sich durch die dicht bebaute Stadt schlängelte. Sein Tanzstudio vereinte gewissermaßen die Altstadt mit der Neustadt, wobei die sogenannte Neustadt den mittelalterlichen Stadtkern bildete und mit ihren pittoresken Kneipen und Cafés zu gemütlichen Abenden einlud. Einen schöneren Standort konnte sich Schönherr nicht denken.

Er freute sich wie ein Kind auf die neuen Kurse; auf die unbeholfen bemühten ersten Schritte seiner Schüler, auf die ersten schüchternen Blicke zu dem anderen Geschlecht, auf den ersten Bartflaum der Jungs, der hingebungsvoll rasiert wurde, um sein Wachstum zu beschleunigen. Er spürte, wie ihn dieser Gedanke erregte, knipste daher schnell das Licht aus und verließ das Studio.

Er wollte schön kochen und erwartete gegen acht Uhr den jungen Mann, den er vor einiger Zeit in der Disco kennen gelernt hatte. Der war bestimmt zwanzig Jahre jünger; ein unheimlich gutaussehender Mann, der ihn einfach so beim Tanzen angesprochen hatte. Roger Schönherr hatte ihm dann einen Drink spendiert und ihn zu sich zum Essen eingeladen. Dann war der Junge, der sich Holger nannte, sehr schnell verschwunden. Er müsse noch etwas Wichtiges erledigen, hatte er gesagt, und Schönherr hatte sich schmunzelnd ausgemalt, wie der schöne Jüngling sich von seinem Freund trennte, um nur noch für ihn, Roger, da zu sein. Ein herrliches Essen wollte er vorbereiten und danach würde seinen besten Champagner öffnen. Und wer weiß, was der Abend noch versprach.

Roger Schönherr sprang die Stufen in den zweiten Stock hinauf und schloss seine Wohnungstür auf.

In diesem Moment kam Frau Finke aus dem Dritten hinunter.

„Herr Schönherr, gut, dass ich Sie zufällig treffe!“, hauchte sie im halboffenen Morgenmantel. „Schöner Zufall“, dachte Schönherr, „wer weiß, wie lang die schon hechelnd an der Tür steht, ob sich endlich etwas im Treppenhaus tut“.

„Ich glaub, da wollte jemand zu Ihnen!“, flötete sie. „Aber als ich dann nach unten bin, war er schon wieder verschwunden.“

„Prima!", entgegnete Schönherr, um irgendetwas zu sagen, „vielen Dank Frau Finke, aber Sie wissen; ich habe immer viel zu tun. Schönen Abend noch!" Schnell zog er die Tür hinter sich zu und bekam ihr beleidigtes Schnaufen nur noch zur Hälfte mit.

Schönherr stellte die Taschen ab und ging ins Bad, um sich erst einmal zu duschen. Er stellte das Radio an und genoss den heißen Strahl auf seinen Schultern. Er hob den Kopf leicht und spürte, wie das warme Wasser an seinem Körper hinabfloss. Entspannt schloss er die Augen...

„Gut", dachte er, „soll er sich nur schön machen für mich. Man wäscht sich, bevor man sich den Leuten zeigt. So habe ich es gelernt." Noch einmal schlich er sich in die Küche. Alles stand bereit. Unsichtbar - so wie er selbst. Er musste nur noch warten.

Das Rauschen aus dem Badezimmer erstarb. Er stockte... dann konnte man hören wie eine Schranktür geöffnet wurde... dann das kratzende Geräusch eines Rasiermessers.

„Er benutzt also auch heute noch keine elektrischen Rasierer", schoss es ihm durch den Kopf. Schon früher hatte er geschwärmt, wie weich die Haut bliebe, wenn man sie ausschließlich nass rasiert und danach gut eincremt.

„So glatt wie ein Kinderpopo" hatte er gesagt und gelächelt. Sein Lächeln war nicht kalt gewesen; nicht wie das der anderen. Unsicher, ja unsicher - und dieses Gesicht, als könne er nicht anders!

Und wieder überkam ihn dieses Zittern. Kalter Schweiß auf seinen Händen sammelte sich unter dem Gummifilm der Handschuhe und hinterließ ein seltsam schwammiges Gefühl. Sein Atem beschleunigte sich. „Versuch, dir was Schönes vorzustellen; denk an was Schönes, mach schon, schnell", schoss es ihm durch den Kopf. Doch die schwarze Wolke in seinem Kopf vergiftete jede Vorstellung. Das Schöne erstarb, bevor er es denken konnte. So wie damals.

Seine Finger umklammerten Qidi. Er hatte ihn tief in der Hosentasche vergraben, bevor er gekommen war und nun beruhigte ihn die Anwesenheit des alten Vertrauten. Nun tat es ihm leid, dass er Qidi mitsamt seiner Vergangenheit vergraben hatte. Das meiste hatte der stinkende tiefe Schlund der Müllkippe geschluckt. Nur seine Schatzkiste hatte er in dickes Packpapier eingeschlagen und fest verknotet. Ganz so, als habe er Angst, die Erinnerungen können aus ihrem Verlies entwischen. Das schwere Paket hatte er dann im Keller versteckt unter einer losen Holzdiele im Boden. Nachdem er dann den schweren Eichenschrank mit den unnötigen Reiseunterlagen darüber gezerrt hatte, glaubte er, das Versteck vergessen zu können. Erinnerungen hatte er vergraben, eingebuddelt, zugeschüttet und schließlich vergessen. Zumindest hatte er das gehofft.

Doch dann war Qidi wieder in sein Leben getreten und mit ihm war die Vergangenheit auferstanden und drohte ihn zu erschlagen, den letzten Rest in ihm zu zermalmen.

Dabei hatte der Tag ganz harmlos angefangen. Die Sonne hatte geschienen an diesem Sonntag. Er hatte beschlossen, sich endlich wieder um seinen Garten zu kümmern. Neue Rosen wollte er pflanzen, ein Kräuterbeet anlegen und die dichten Büsche zurückschneiden. Er wollte mehr Licht in den Garten lassen.

Im Keller hatte er dann nach der großen Heckenschere gesucht und hatte zunehmend verärgert den Kellerraum auf den Kopf gestellt. Als ihm aus einem der schweren Schränke ein verstaubtes Bündel in die Arme fiel, schoss es ihm wie glühendes Öl durch die Adern. Es waren Prospekte von der Cote d'Azur. Der Boden unter ihm begann förmlich zu brennen, als er den Schrank zur Seite wuchtete. Er riss an den Bodendielen, bohrte seine Nägel in das Holz, bis sie abbrachen, bis er die Diele erkannte und anhob. Mit zitternden Fingern barg er sie aus ihrem dunklen feuchten Grab – seine Schatzkiste. Aufgeregt riss er das faulige Papier herunter. Es handelte sich um eine alte Weinkiste. Der Name des Weingutes auf dem Deckel war bis zur Unleserlichkeit verblasst und das Holz war dunkel und schmutzig geworden. Doch er zweifelte keinen Augenblick. Das war sie. Das war alles, was er je besessen hatte. Die Scharniere hatten sehr unter der Zeit und der Feuchtigkeit gelitten. Sie knirschten schmerzhaft auf, als er den Deckel anhob. Und dann hatte er ihn gesehen – nach so vielen Jahren – Qidi, den kleinen gelben Legostein, den er von ihr bekommen hatte, von seiner Königin. Seine Hände hielten Qidi fest umklammert, wenn er wieder…

Er fuhr hoch. Die Badezimmertür wurde geöffnet. „Ich darf mich nicht ablenken lassen, ich darf nicht träumen, nicht jetzt. Ich habe einen Auftrag", schalt er sich. Seine Finger in der Tasche lösten sich von Qidi, während er den Mann beobachtete, der nur mit Unterhose bekleidet aus dem Bad trat.

Roger Schönherr pfiff leise vor sich hin. Er hatte noch knapp zwei Stunden Zeit, bevor sein Besuch kam. Das war genug. So konnte er in Ruhe alle Vorbereitungen treffen. Sogar ein frisches Päckchen Kondome hatte er schon auf seinem Nachttisch drapiert und hatte sich sehr bemüht, dass die Anwesenheit dieser Packung weder aufdringlich noch scheu wirkte. Roger wollte alles „so richtig gemütlich“ machen, wie er es nannte. Er betrachtete noch einmal zufrieden sein Werk, streifte sich ein frisches T-Shirt über und ging in die Küche rüber. Richtig anziehen wollte er sich, nachdem er gekocht hatte.

Dann erstarrte er ...

... hastig blickte er sich um ...

„Du siehst auch schon am helllichten Tag Gespenster“, sagte er laut in die Stille hinein und atmete auf. „Wer sollte schon hier sein“, dachte er, „langsam wirst du zu alt für diese Kindereien.“

Er band sich eine Schürze um, stellte das Radio an und begann zu kochen. Zarte Schweinelendchen sollte es geben, in einer selbst kreierten Dill-Sahne-Sauce auf Basmatireis.

Die dünne Eisenplatte, die hinter dem Kühlschrank an der Wand lehnte, bemerkte er nicht.

„Schöne fremde Mann“, sang Connie aus dem Radio und Roger verfeinerte seine Soße mit einer Prise schwarzem Pfeffer. „Du bist lieb zu mir“. Summend griff er nach der Salzmühle. „Schöne fremde Mann, irgendwann kommt die Liebe auch zu mir“.

Roger fröstelte.

Langsam drehte er sich um.

Sein Summen erstarb.

„Holger, du?“

Doch im selben Moment wurde ihm schmerzhaft bewusst, dass dieser Mann nicht Holger heißen konnte.

„Wer sind Sie wirklich?“ stotterte er, während er etwas kaltes Hartes an seiner Schläfe spürte. „Weißt du das nicht, Roger?“, hauchte er ihm beinahe sanft ins Ohr.

„Nein, verdammt noch mal, das weiß ich nicht. Was wollen Sie? In meinem Nachttisch liegt Bargeld.“

Doch es kam keine Antwort.

„Schöne fremde Mann, einmal kommt die Zeit ...“ Die Stimme aus dem Radio sang weiter.

„Bitte, ich habe auch noch Schmuck von meiner Mutter! Man kann sich doch einig werden, es wäre doch wirklich, ich habe Sie ja auch kaum gesehen. Ich kann mir ohnehin sehr schwer Gesichter merken.“

„Das ist mir auch schon aufgefallen“, raunte es ihm ins Ohr.

„Ach, wir kennen uns? Sicher, ja, warten Sie, vielleicht ist es ja nur ein Missverständnis, ich würde jetzt, also ich meine, warum ..."

Der Fremde schaltete das Radio ab.

„Lass uns doch erst etwas essen, Roger, ich sehe, du hast schön für uns gekocht."

Der Pistolenlauf löste sich von seiner Schläfe, blieb aber auf seinen Kopf gerichtet, als sich der Fremde an dem liebevoll gedeckten Tisch niederließ. Sogar Rosenblätter hatte Roger auf dem weißen Tischtuch verstreut.

„Willst du uns nicht endlich das Essen auftragen. Ich mag zarte Lendchen nicht, wenn sie zu viel Saft verloren haben."

Schönherr gefror das Blut in den Adern. Doch er machte rasch zwei Teller fertig und brachte sie zum Tisch.

„Das kannst du aber doch auch schöner, Roger. Gib dir doch ein bisschen mehr Mühe." Roger Schönherr eilte zum Herd zurück.

Irgendetwas kam ihm bekannt vor an dem, was der selbsternannte Holger da gesagt hatte. *„Willst du dich nicht noch ein bisschen hübsch machen;* Roger?"

Woher kannte er nur diese Worte?

Der Fremde ging zum Kühlschrank und zog eine dünne Eisenplatte dahinter hervor. Dann räumte er die Töpfe ab und legte die Eisenplatte auf die Ceranfelder. Am Fensterknauf des Oberlichtes, direkt über dem Herd, befestigte er ein Seil.

„Und nun setz dich zu mir. Wir wollen ein Glas Wein trinken."

Mit zitternden Händen reichte ihm Roger die Flasche Rotwein, die er extra für den schönen Abend gekauft hatte.

„Eine Spätlese, na Roger, früher hat dir billigerer Fusel gereicht, um so richtig auf Touren zu kommen."

Der Fremde drehte das Glas im Licht.

„Möchtest du nicht ein bisschen tanzen, Roger? Ich sehe dir so gerne dabei zu".

In diesem Moment erkannte Roger den Fremden. Seine Angst verwandelte sich in Panik!

„Es tut mir so unendlich leid", schluchzte es aus ihm heraus, während er sich auszuziehen begann.

Fröstelnd und nackt stand er vor dem Mann, der nun kein Fremder mehr war.

Nun wusste er, wie es weiterging.

„Bitte, du, es ist so lange her, ich ... ich wollte dir nie ... das musst du mir glauben ... bitte!" Roger Schönherrs Ton wurde flehend, unterwürfig.

Der Mann streifte ihm Metallschuhe über die nackten Füße, die wohl zu einer mittelalterlichen Rüstung gehörten. Die Hände band er hinter seinem Rücken zusammen.

„Die Strafe kommt", flüsterte der Fremde, „alles wird gut, nicht wahr Qidi? Alles wird gut!" Das kalte Metall schnitt in seine Füße, als ihm die Schuhe angepasst wurden.

„Gleich wird es dir warm, mein Kleiner. Ich mach's dir gleich schön warm."

Die Augen seines Gegenübers flackerten unruhig.

„Tanz für mich, kleiner Mann", jauchzte der Mann, während er den großen Flurspiegel von der Wand riss und ihn in die Küche schleppte.

„Tanz für mich, kleiner Mann", rief er aus, als er eine Kassette in den Recorder einlegte und laut die Musik aufdrehte.

„Er gehört zu mir", drang es aus den Lautsprechern.

„Und ich weiß, er bleibt hier" sangen die Lautsprecherboxen.

„Bitte nicht ... bitte, wenn ich etwas ungeschehen ..."

„Ist es wahre Liebe", der Mann sang jetzt laut mit, „die niemals vergeht, oder wird die Liebe vom Winde verweht."

„Los, rauf aufs Parkett, na los; ich helfe dir sogar." Er stellte eine Trittleiter vor den Herd. „Los Kleiner, das ist deine Bühne, rauf mit dir! Zeig mir, ob du auch so schön tanzen kannst!" Sanft legte er den Kopf des Tanzlehrers in die Schlinge, die über dem Herd baumelte, als hätte ein kalter Luftzug sie bewegt.

„Steht es in den Sternen, was die Zukunft bringt oder muss ich lernen, dass alles verrinnt".

Dann schaltete er alle Kochfelder auf die maximale Temperatur.

Der Tanz begann ...

4

Es dämmerte bereits, als Paula endlich mit Mäxchen auf dem Arm das Gartentor aufstieß und zum Haus ging.

Sie erschrak.

Weich fühlte es sich an.

Weich und klebrig.

Sie blickte herab …

Ihr rechter Schuh stand regelrecht in einem Berg von frischem, warmen Hundedreck.

„So eine Scheiße!", schrie sie auf und vergaß ihren Vorsatz, niemals und unter keinen Umständen Kraftausdrücke vor dem Kind zu verwenden. Der guckte neugierig herunter, was überhaupt los war. Dann stieß er ein begeistertes „Boah, großer Kackihaufen" aus. Das machte Paula noch wütender.

Sie stellte ihren Sohn auf die erste Treppenstufe am Eingang, die Einkaufstüte daneben und mit dem unmissverständlichen Befehl: „Max, pass auf die Tüte auf. Mama ist gleich wieder da", stapfte sie zum gegenüberliegenden Haus, in dem die Rote mit ihrem Köter wohnte. Ihr rechter Schuh hinterließ mit jedem Schritt einen dunklen Fußabdruck, der langsam schwächer wurde. Doch nicht nur ihr Fußabdruck verblasste, sondern auch ihre Wut ebbte mit jedem Schritt ab. Als sie die Klingel mit der Aufschrift „L. Menkwitz" drückte, fragte sie sich bereits, was sie eigentlich sagen wolle. Und sie war beinahe erleichtert, als niemand die Tür öffnete.

Lena hatte den Küchenvorhang etwas zur Seite gezogen, als die Türklingel schrillte. „Schscht! Stoiber, still", flüsterte sie scharf zu dem großen wolligen Schatten, der gerade tief Luft zu holen schien, um seiner Rolle als echter Wachhund gerecht zu werden. Verwirrt schaute er Lena an und trollte sich laut aufschnaufend in seine Schlafkiste. Lena lugte aus dem Vorhangspalt und sah nach draußen. Am Eingang des gegenüberliegenden Hauses standen ein frierendes Kind und eine ebenso große Tüte und in der Frau an ihrer Haustür erkannte Lena die komische Gerichtstante.

Das letzte, worauf sie jetzt Lust hatte, war diese eingebildete Schnepfe, die ihr Kind bestimmt täglich mit Desinfektionsmitteln einseifte und unschuldigen Leuten das Leben noch schwerer machte, als es ohnehin schon war. Lena fühlte sich heute so richtig mies und verpennt. Ihre roten Haare standen verschwitzt zu Berge und die schwarze Jogginghose befand sich auch schon in akutem Auflösungszustand. So wollte sie dieser Paragraphenlady von gegenüber bestimmt nicht unter die stets prüfend blickenden Augen treten.

Regungslos beobachtete sie, wie Paula umkehrte und zu ihrem Haus ging.

„Was für Haare", seufzte sie und bemerkte kaum wie ihr Blick dem dicken dunklen Zopf ihrer Nachbarin folgte, der auf einem üppigen Hinterteil hin- und herschwang.

„Hu", stieß Lena hervor, als sie sah, wie schön sich die Rundungen des Frauenpopos unter dem knappen Rock abzeichneten.

„Na ja", dachte sie, „schön, aber leider doof". „Und garantiert hetero!", seufzte Lena, wandte sich vom Fenster ab und zündete sich im Dunkel eine Zigarette an.

Sie war erst vor wenigen Wochen hier eingezogen und genervt von den vielen unausgepackten Kisten, die sich noch immer in den Zimmern stapelten. Sie hatte sich mal wieder eingebildet, sie könne sich merken, was in welcher Kiste sei. Außerdem hatte sie sich ohnehin vorgenommen, ganz viele Sachen wegzuwerfen.

Jetzt stand sie vor schwerst bepackten Umzugskartons, über deren Gewicht sich sogar die schwitzenden 100-Kilo-Möbelpacker beschwert hatten. In jedem Karton befand sich von allem etwas. Bücher, Handtücher, eine Porzellanfigur, Zahnstocher und der Seifenspender. Alles in einem Karton. Sie hatte jede Kiste so voll machen wollen, wie es eben noch ging, aber ihre Begeisterung dieser optimalen Raumnutzung, wie sie dieses Chaos-Prinzip genannt hatte, war gänzlich verschwunden.

Nun stand sie vor dem völligen Durcheinander und hatte nach fünf Wochen zwar sämtliche Vasen, Setzkastenfiguren und alten Kuscheltiere, aber noch immer nicht den Wasserkocher gefunden.

Dabei nahm sie ihr neuer Job so sehr in Beschlag, dass sie am Abend meist weder Nerven noch Zeit zum Auspacken fand. Nur die Hundesachen für Stoiber hatte sie extra eingepackt und daher sofort wiedergefunden.

Wie der Name schon vermuten ließ, stammte der Hund aus Bayern.

Lena hatte ihn auf einer Autobahnraststätte bei Landshut in einem Karton gefunden und sich von dem wolligen Etwas nicht mehr trennen können. Ein Wahlplakat der CSU hatte schicksalhaft direkt über dem Fundort gehangen, und so war der Hund schnell zu seinem berühmten Namen gekommen.

Stoiber war gewachsen und gewachsen. Inzwischen konnte man nur mit ein bisschen Übung erkennen, wo bei dem Tier hinten und vorne war und Lena fand noch immer, dass ihr Hund wie selbst gestrickt aussah.

Heute hatte Lena das Ungetüm nach einem Waldspaziergang geduscht. Dann sah Stoiber immer so aus, als habe er eine frische Dauerwelle. Außerdem war er nach diesem verlorenen Kampf des Duschens immer so beleidigt, dass er sich den ganzen Abend nicht mehr blicken ließ.

So lag er auch jetzt beleidigt in seiner Schlafkiste, die er über alle Maßen liebte, obwohl sie ihm viel zu klein geworden war. Doch die neu gekaufte hatte er nicht einmal angeschaut und daher räkelte er sich noch immer in der kleinen Kiste. So blieb ihm jedes Mal neu die Entscheidung, ob er den Kopf oder sein schweres Hinterteil in die Kiste legen wollte. Die Pfoten ließ er ohnehin am liebsten heraushängen.

Lena war so froh, dass sie Stoiber hatte. Sie bückte sich zu dem großen Zottelkopf herab und wollte ihn streicheln, doch Stoiber rollte sich beleidigt zur Seite und ließ sie für das Duschen büßen.

Seufzend öffnete Lena einen der Umzugskartons, ließ den Deckel dann aber schnell wieder fallen, als sie bereits zuoberst ihre Tischdecken erkannte.

Heute Abend würde sie über den Fall nachdenken.

Als freie Mitarbeiterin der örtlichen Zeitung recherchierte sie momentan an einem Mordfall. Sie war unheimlich glücklich gewesen, als sie diesen Auftrag erhalten hatte, denn über einen Mordfall hatte sie natürlich noch nie berichten können. Weggelaufene Kinder und kleinere Wohnungsbrände waren bis dahin die spannendsten Stories gewesen. Und nun war zwischen all den Taubenzüchtervereinsjubiläen und Kirchenchorneugründungen so etwas passiert.

Lena ertappte sich bei dem Gedanken, dass sie dem Mörder fast dankbar war. Vielleicht war das ihr Sprungbrett nach Berlin; na ja, oder wenigstens nach Mainz oder Wiesbaden.

Dabei hätte sie es noch vor ein paar Jahren niemals für möglich gehalten, dass sie jemals wieder nach Kreuznach zurückkehren würde.

Postkarten hatte sie an ihre alte Schule schicken wollen; aus Rom oder Paris. Und nun war sie, nach einigen Studienjahren in Heidelberg, zurückgekehrt und ärgerte sich darüber, wie gut ihr das eigentlich gefiel.

„Ich werde alt und spießig", dachte sie und schüttelte fast angewidert den Kopf. Gedankenverloren widmete sie sich nun doch einer der Kisten, während im Haus gegenüber die Lichter im ersten Stock angingen.

Das Fenster ganz links, vermutete Lena, war wohl das Kinderzimmer, denn dort war auch nachts stets ein ganz zarter Lichtschein zu sehen wie von einem Kinderlämpchen. Das rechte Fenster war vielleicht das Wohn- oder Esszimmer, denn dort standen mehrere Kakteen und ein Kandelaber mit roten Kerzen auf der Fensterbank

„Die Pflanzen passen zu ihr", dachte Lena und erinnerte sich an den Wutausbruch der Nachbarin, als Stoiber an ihrem Gartenzaun sein „Revier markiert" hatte.

„Schade, dass sie so zickig ist", ging es ihr durch den Kopf „es gibt viel zu wenig Leute in meinem Alter hier".

Seufzend dachte sie an ihre Zeit in Heidelberg zurück.

Dort schien ihr, war das Leben leichter gewesen. Sie hatte sich zwar von einer Beziehung in die nächste gestürzt und sich mehr als einmal mit einem Dozenten angelegt, doch hier in Kreuznach kam ihr nun alles beengt und grau vor.

In Heidelberg hatte es durch die vielen Studenten von jungen Leuten nur so gewimmelt. Niemand achtete auf abstehende rote Haare oder zwei Frauen, die an der Bushaltestelle knutschten.

In Bad Kreuznach war das anders.

Hier wohnten rheumakranke Rentner und weinliebende Kurgäste, die sich bereits über ihre Frisur mokierten.

„Du bist unfair", sagte sie laut zu sich selbst, „du kriegst doch nur deinen Hintern nicht hoch!"

Dann dachte sie wieder an den Mordfall, der seit einigen Wochen die Gemüter der Stadt erschütterte. Von dem Pianisten Eduard Perell, den man im Kurpark gefunden hatte, sprach die ganze Stadt. Das war die bislang interessanteste Pressekonferenz gewesen, die Lena je miterlebt hatte.

Häufig wurde die Qualität von Pressekonferenzen nach der Qualität ihrer Schnittchen bewertet. Wenn zum Beispiel der örtliche Umweltschutzverband eine Pressekonferenz zum „Vogel des Jahres" gab, schlug man sich in der Redaktion regelrecht darum, wer die Veranstaltung aufsuchen durfte. Denn dort gab es immer sehr leckere Käsebrötchen, Kräcker und Kuchen und stets frisch gebrühten Kaffee. So konnte man gut und gern ein paar Stunden bei Kaffee und Kuchen verbringen und einem langweiligen Vortrag über die Flugeigenschaften des Mauerseglers lauschen.

Bei anderen Pressekonferenzen hingegen gab es zumeist nichts Anderes als eine undefinierbare Plürre, die es weder verdiente, Kaffee noch Tee zu heißen, beide Getränke jedoch geschmacklich auf übelste Weise zu kombinieren schien.

Die Journalisten dankten es dem Umweltverband mit einem liebevoll geschriebenen Bericht über die Bedeutung der Vögel, wenn möglich mit einem kleinen Foto vom Piepmatz und strafte manch Veranstaltung mit drei Sätzen am Rand.

Auf der Pressekonferenz über den Mord aber, die Lena in der letzten Woche besucht hatte, war alles anders gewesen.

Man drängte sich schon eine Stunde vor Beginn der Konferenz in einem kleinen Vorraum herum, und als Lena im Polizeigebäude eintraf, warteten nicht nur die üblichen Kollegen der Lokalpresse auf den Beginn der Konferenz.

Auch Vertreter der großen Fernsehsender waren anwesend und beanspruchten nicht nur viel Platz. Eine blondgelockte Frau aus einem Boulevardmagazin der Privaten, deren Name Lena partout nicht einfallen wollte, hatte sich jetzt schon dick und breit vor der Eingangstür platziert und gab ihren Zuschauern mit möglichst betroffener und bestürzter Miene einen ersten Eindruck der Situation in die laufende Kamera.

Dann schrie sie: „Stop!", so geht das hier nicht; wir machen lieber nachher draußen noch ne MAZ". Und anschließend kicherte sie mit ihrem Kameramann herum, der sich hier wohl für den Größten hielt, weil er die größte Kamera auf der Schulter trug.

Ein kleiner nervöser Praktikant des Bürgerfunks wurde immer wieder zur Seite geschubst und verdrängt, bis er schließlich ganz hinten neben Lena stand.

„Gewöhn dich schon mal dran", meinte sie mitleidig zu dem Schüler, der vor Wut und Enttäuschung Tränen in den Augen hatte. „Ich war schon vor einer Stunde hier, als allererster!" schniefte er.

„Merk dir eins", sagte Lena: „Zuerst kommen die großen Fernsehsender. Je dicker die Kamera und je liebreizender die Moderatorin, um so wichtiger. Dann kommen die kleineren Sender mit den leichteren Kameras. Dann kommt das Radio. Auch erst die mit den dicksten Aufnahmegeräten und den buntesten Filzkondomen für ihre Mikrofone. Dann kommt lange nichts und dann, irgendwann, kommen die Zeitungen. Dazu gehöre ich. Letzter in der Reihe der wichtigen Presseleute sind dann die Institutionen wie Bürgerfunk oder Schülerzeitung.

Den Leuten da vorne an der Tür bist du so wichtig wie der Dreck unter ihren Fingernägeln. Die wollen die besten Bilder und Interviews, und wenn wir endlich dazu kommen, den netten Polizisten zu interviewen, der als einziger auch für uns noch da bleibt...

„Ja?", der Junge schaute erwartungsvoll.

„Na ja, dann ist der nette Polizist so heiser von den anderen 180 Interviews und schon so durcheinander, dass er nur noch flüstert und Unsinn von sich gibt.

Unsere Kunst ist es dann, aus diesem geflüsterten Unsinn eine Wahnsinnsstory zu machen. Wir sind die Künstler der Branche! Verstehst du?"

Der Junge zuckte nur mit den Schultern und starrte dann wieder auf seine Schuhe. „Na klasse", dachte Lena, „hättest gleich Animateurin werden sollen bei der Begeisterung, die du auslöst."

In diesem Moment öffneten sich die schweren Türen. Die Masse an Leuten setzte sich schwerfällig wie flüssige Lava in Gang.

„Na gut", rief Lena aus, „bleib bei mir". Dann schnappte sie die Hand des kleinen Praktikanten und zerrte ihn hinter sich her. Lena war klein und wendig. Von Kindesbeinen an hatte sie gelernt, sich durch Menschenmengen hindurchzuschlängeln. Sie tauchte ab und bahnte sich unermüdlich ihren Weg.

Keuchend und strahlend vor Freude ließ sich der kleine Praktikant neben Lena auf den Stuhl fallen. Sie hatten es nicht nur geschafft, Sitzplätze zu ergattern. Sie saßen sogar in der dritten Reihe und genossen den vollen Blick auf das Geschehen.

An provisorisch aufgestellten Tischen nahmen nun die Hauptpersonen Platz. Die Polizisten wirkten sichtlich nervös und angespannt. Sie waren Pressekonferenzen dieses Umfangs nicht gewöhnt und daher stand ihnen die Angst, vor laufender Kamera ins Stottern zu geraten, regelrecht ins Gesicht geschrieben.

Dieser Mordfall war schon schlimm genug.

Das Presseaufgebot und das öffentliche Interesse erleichterte die Situation nicht gerade.

Zwei Männer und eine Frau hatten Platz genommen, doch nur zwei schienen sich äußern zu wollen und ließen Mikrofone auf ihrem Tisch aufbauen.

Der eine, ein hochgewachsener Mann Mitte Fünfzig mit ergrauten Schläfen und dem altmodischen Schnurrbart eines Busfahrers, stellte sich als Kommissar Böhm vor.

Der andere war weitaus jünger und schien etwa in Lenas Alter zu sein. Er wirkte selbstsicher und korrekt und stellte sich als der leitende Staatsanwalt Unsell vor.

Gegenüber dem jungen Staatsanwalt, dessen Hemdkragen vor Reinheit und Stärke an weißen Beton erinnerte, kam ihr der Kommissar beinahe etwas schmuddelig in seiner ausgebeulten Kordhose und dem offenen Hemdkragen vor.

Er wirkte müde und überarbeitet.

Mit Sicherheit hatte er seit dem Fund der Leiche keine fünf Stunden Schlaf mehr am Stück bekommen.

Als sich der Staatsanwalt Unsell räusperte, wurde es mucksmäuschenstill in dem überfüllten Raum.

Erst jetzt bemerkte Lena einen leuchtend roten Pickel auf der Stirn des Staatsanwalts und musste grinsen.

„Da kann das Hemd noch so sauber sein; dieser Pickel fällt ins Auge", lachte sie still in sich hinein und lauschte dann aufmerksam den Schilderungen des Polizisten, der sich beim Reden nervös durch den Schnurrbart fuhr:

Irgendein städtischer Gärtner hatte den Toten in den frühen Morgenstunden gefunden und die Polizei verständigt.

Die Obduktion der Leiche hatte ergeben, dass der Pianist durch einen Stich ins Gehirn getötet worden war. Der Täter musste ihm das Messer dabei von hinten in einem steilen Winkel nach oben in das Genick gerammt haben.

Schon bei dem Gedanken hatte Lena unwillkürlich die Schultern nach hinten gezogen und den Kopf gestreckt. Das war genau die Stelle am Rücken, an der sie häufig unter Verspannungen litt. Sie konnte sich also einen Schmerz in dieser Region ausmalen. Doch der Gedanke, ein Messer bis zum Schaft in den Nacken gestoßen zu bekommen, ließ sie erschaudern und verstärkte das Ziehen in ihrem eigenen Genick.

Das Tatwerkzeug sollte, nach Angaben der Polizei, jedoch kein Messer gewesen sein, sondern ein nicht sehr spitzer dünner Gegenstand wie etwa eine Stricknadel.

Doch der Täter hatte sein Opfer nicht nur erstochen. Er hatte es in einer Art zugerichtet, die einer Inszenierung gleichkam.

Die Polizei hatte zunächst versucht, die Details der Tat geheim zu halten, doch besonders die makabre Verstümmelung der Augen hatte sich wie ein Lauffeuer herumgesprochen. Dafür hatten mindestens die vielen Schaulustigen gesorgt, die kurz nach dem Fund der Leiche wie auf ein geheimes Kommando hin ihre Plätze eingenommen hatten. Als Lena zum Fundort gekommen war, tummelten sich dort bereits mehrere Dutzend Schaulustiger, die um die besten Plätze kämpften. Lena war es vorgekommen, als habe der Mörder unmittelbar nach der Tat eine Telefonlawine ins Rollen gebracht, um möglichst viele Zuschauer an den Tatort zu bestellen, die noch möglichst viele Spuren zertrampeln und Gerüchte in die Welt setzen sollten.

Nach eingehender Beratung und einen Tag später hatte sich die einberufene Sonderkommission dann wohl doch dafür entschieden, auch genauere Angaben zum Tathergang zu veröffentlichen: Das Opfer hatte an eine Platane gelehnt auf dem Rasen gesessen. Das Gesicht war rußverschmiert, die Haare triefend nass.

Die Asche war wohl aus frisch verbranntem Holz entstanden; eine Feuerstelle hatte die Polizei jedoch nicht entdeckt. Der Täter musste dem Opfer zudem die Augen ausgestochen haben. Diese hatte die Polizei jedoch auch nach intensiver Suche noch nicht gefunden. Man vermutete, dass der Täter sie entweder in den Fluss geworfen oder als eine Art Trophäe aufbewahrt hatte.

Dies würde dann auf einen Ritualmord schließen lassen.

Anstelle der Augen, hatte der Täter gekochte und halbierte Eier in die Augenhöhlen gesteckt. Der Anblick des gekochten gelben Dotters musste sehr gruselig gewirkt haben, denn Kommissar Böhm schluckte sichtlich, als er die Augen der Leiche beschrieb.

Seltsamerweise hatte der Pathologe im Gesäß des Toten noch eine Stecknadel gefunden. Mit einem stumpfen Gegenstand hatte man dem Opfer den Schädel gespalten. Dabei handelte es sich vermutlich um den Randstein des Beetes, in dessen Nähe das Opfer gefunden worden war. An dem Stein waren Spuren des Opfers gefunden worden.

„Hat der Täter Spuren hinterlassen?“, fragte die aggressiv-blondierte Fernsehmoderatorin und unterbrach mit ihrer Frage die Erzählung des Kommissars.

„Jeder Täter hinterlässt Spuren. Es gibt kein Verbrechen ohne Spuren! Und wir werden sie finden; darauf kann sich der Mörder gefasst machen …“ „Heißt das, Sie haben noch keinerlei Hinweise auf den oder die Täter?“, fragte die Moderatorin anklagend.

Kommissar Böhm schaute unsicher zu seinem Nachbarn.

Lena spürte regelrecht, wie sich der junge Staatsanwalt streckte. Wie ein Ruck ging es durch seinen Körper, als er sich energisch aufrichtete.

„Zum gegenwärtigen Zeitpunkt können wir aus ermittlungstechnischen Gründen noch keine näheren Angaben zur Person des Mörders machen. Wir werden die Öffentlichkeit jedoch zu gegebener Zeit unterrichten.“

Mit diesen Worten hatte Uwe Unsell die Pressekonferenz abrupt beendet und war aufgesprungen. Kommissar Böhm und die Frau hatten sich etwas verdutzt und sehr erleichtert dem Staatsanwalt angeschlossen.

Mit den Worten „Ich bitte Sie, meine Damen und Herren! Wir können ihnen heute leider nicht in Einzelinterviews zur Verfügung stehen, da uns die laufenden Ermittlungen …“, rauschte der Anwalt heraus wie ein König aus seinem Thronsaal, den Kommissar und die Polizistin im Schlepptau.

„Na klasse!“, hatte Lena gefaucht, „kann diese blöde Kuh nicht ihren Mund halten. Der hätte noch viel mehr erzählt, wenn sie ihm nicht die Pistole auf die Brust gesetzt hätte“.

„Ja, ja“, stimmte ihr ein speckiger Journalist zu, der gerade enttäuscht sein Notizbuch zusammenklappte, „das machen Sie lieber selbst, äh, also das mit der Pistole meine ich“. „Sehr witzig“, dachte Lena, „gleich gibt der mir seine vergilbte Visitenkarte und will mit mir Essen gehen.“

„Ach, wenn ich mich vorstellen darf …“ Der Typ griff in seine Westentasche.

Doch Lena war schon über alle Berge.

Sogar den kleinen Praktikanten hatte sie einfach stehen lassen.

„Um den tut es mir fast leid. Ich hätte ihm so gerne zu einem schönen Interview verholfen“, dachte sie, drückte die längst abgebrannte Zigarette in dem vollen Aschenbecher aus und wandte sich nun auch gedanklich wieder dieser Umzugskiste zu. Sie war so in Gedanken gewesen über diese Pressekonferenz und den Mord, dass sie den Inhalt des Kartons einfach auf dem Boden verteilt hatte.

Stoiber schmatzte zufrieden in seiner Kiste und Lena beschloss, den Feierabend zu genießen. Mit einer Flasche Rotwein setzte sie sich in den

Schaukelstuhl am Fenster und schaute in die Dunkelheit. Bald würde ihre Nachbarin den Kleinen ins Bett bringen, dachte Lena, und sie nahm doch noch einmal ihre Notizen zu dem Mordfall in die Hand.

5

Heute war der schwarze Tag. Paula war heute Nachmittag mit Robert verabredet. Schon gestern hatte sie Kopfschmerzen bekommen. Am Abend hatte sie dann mehrfach Fieber gemessen; immer mit dem Resultat, dass sie alles andere als zu hohe Temperatur hatte.

Sie war beinahe enttäuscht gewesen, denn so eine richtige Virusgrippe wäre ein Grund gewesen, das Treffen abzusagen. Nicht nur ein Grund für Robert, sondern vor allem für sie selbst.

Heute morgen war sogar Dr. Neumann aufgefallen, dass Paula völlig orientierungslos durch das Gebäude lief und sich auf nichts konzentrieren konnte.

Neumann setzte ihr die unterschiedlichen Bewertungen einer fahrlässigen Brandstiftung im Gegensatz zur Herbeiführung einer Brandgefahr auseinander, während er seine Pfeife stopfte.

„Was ist mit Ihnen los!", hatte er irgendwann ungeduldig gepoltert, als sie mal wieder aus dem Fenster starrte.

„Nichts", hatte sie geantwortet, und ein tiefer Seufzer war ihr entwichen.

„Na ja, das hört sich eher nach einer schweren Sinnkrise an, als nach Nichts", hatte der alte Staatsanwalt geantwortet, der sich gegen seinen Willen auf einmal ganz väterlich fühlte. „Ach, es ist nur wegen einem Mann."

„Das hört sich an, als würden sie diesen Mann entweder gar nicht mehr mögen oder mehr lieben, als ihnen recht ist?"

„Das weiß ich auch nicht mehr!", Paula spielte gedankenverloren mit einem massiven Briefbeschwerer auf Neumanns Schreibtisch.

„Das ist in der Tat ein Problem", grunzte der Doktor, während er mit geräuschvollem Paffen versuchte, seine Pfeife am Ausgehen zu hindern.

Auf einmal wurde Paula bewusst, was sie da sagte. Neumann war ihr Vorgesetzter; der Oberstaatsanwalt und nicht ein alter Freund, mit dem sie plaudern konnte.

Doch Neumann schien das gerade völlig egal zu sein: „Und worüber zerbrechen sie sich gerade den Kopf? Ob sie diesen Mann nun erwürgen oder erschießen wollen?", lachte er und strich verschmitzt über seinen Bauch. „Oder wollen Sie ihn etwa erschlagen?", fragte er schmunzelnd.

Paula schüttelte den Kopf und stellte den Briefbeschwerer vorsichtig an seinen Platz..

Es war ihr auf einmal schrecklich peinlich, sich so eine Blöße vor ihrem Chef zu geben. Doch Dr. Neumann durchschaute ihre Gedanken:

„Nun werden Sie mal nicht rot. Ich dachte ja schon, Sie bestehen nur aus Paragraphen und Abhandlungen. Dabei braucht doch so ein junger Mensch wie Sie auch mal was Anderes um die Ohren. Wenn ich da an meine Studienjahre in Mainz denke ...", er seufzte, „abends am Rheinufer ...".

„Also, Frau Käfer; ich sag Ihnen eins. Was Sie auch tun. Machen Sie es richtig. Wenn Sie ihn zurückhaben wollen, dann kämpfen Sie um ihn, wenn nicht, dann hören Sie auch auf, ihm nachzutrauern. Das schadet nur dem eigenen Ego und verbraucht unnötig viel Energie."

Paula musste lächeln.

Da saß ihr dieser alte dicke Jurist gegenüber und versprühte seine Lebensweisheiten wie sonst juristische Sachverhalte. Irgendwie mochte sie ihn.

„Sehen Sie, es geht doch" grunzte Neumann, legte die nun endgültig erloschene Pfeife in den Aschenbecher und schlug nun endlich die Mappe mit ihren Bearbeitungen zu der Brandstiftung auf.

Bis zum Abend hatte Paula über die Worte ihres Mentors nachgedacht. Doch als sie sich am Abend unglücklich fieberfrei und mit einem riesigen Kloß im Magen auf den Weg zu dem Bistro mit dem Namen „Lunas" machte, wusste sie immer noch nicht, was sie eigentlich wollte.

Sie hatte Mäxchen bei ihrer Mutter geparkt. Zu allem Unglück war ihr dann rausgerutscht, mit wem sie sich am Abend traf, und ihre Mutter hatte sich mal wieder selbst darin übertroffen, ihrer Tochter Mut zu machen.

„Siehst du, vielleicht gibt er dir ja noch eine Chance. Immerhin trifft er sich ja mit dir".

Bereits dieser erste Volltreffer ließ Paula wanken vor Entrüstung:

„Wenn hier überhaupt jemand Chancen vergibt; dann bin ich das und nicht dieses ..., dieser dreckige Hund, der mit der Erstbesten abgehauen ist, als es mal Knatsch gab!"

Paula wollte weg! Sie wollte nicht mit ihrer Mutter über ihre Beziehung diskutieren. Das ging die doch gar nichts an.

„Robert hat immer für dich und den Jungen gesorgt! Es liegt nicht nur an einem, wenn die Beziehung in die Brüche geht. Er wird etwas nicht bekommen haben bei dir, was er dann bei der Anderen ..."

„Sag mal, spinnst du?" So hatte sie noch nie mit ihrer Mutter gesprochen, aber was bildete die sich denn ein ...

Doch dann holte ihre Mutter zum entscheidenden Vernichtungsschlag aus: „Denk doch an das Kind! Hat er sich denn nicht immer um Max gekümmert, als du alleine da standest ohne Geld und ohne einen Mann an deiner Seite, der dich unterstützt ..."

Das reichte.

Unglücklicherweise oder auch Gott sei Dank schneite in diesem Augenblick Mäxchen zur Tür herein, der im oberen Stockwerk auf dem Klo gewesen war.

Max kam, Paula schluckte einmal ganz tief und lächelte dann gequält. Sie drückte ihn noch einmal, warf ihrer Mutter dabei giftgetränkte Blicke über Mäxchens Schulter zu und verabschiedete sich schnell.

Ihre Mutter hatte es mal wieder geschafft, sie so richtig aufzubauen für dieses Treffen. Das hatte sie früher schon immer mit Bravour beherrscht. Sätze wie: „Du hast zu dicke Oberschenkel für diese Hosen" oder „Du bist so ungeschickt; du wirst an deiner Hochzeit noch über den eigenen Schleier stolpern" hatten sich wie leiernde Schallplatten in ihr Gehirn eingefressen.

In den unmöglichsten Situationen begann sich dann dieser innere Schallplattenspieler zu drehen, und die ewig gleichen Sätze spulten sich ab.

Und wenn ihr die Beine einschliefen, wenn sie schon schmerzten. Sobald Paula sich setzte, schlug sie die Beine übereinander, und sie ließ ihre Beine übereinandergeschlagen. Koste es, was es wolle.

„Und wenn sie mir abfaulen, alles besser, als meine dicken Oberschenkel".

Doch jeglicher Sport hatte an ihrem Körper seine Grenzen erfahren. Kein neuer Trend half, kein Fitness-Studio und kein Ausdauersport. Mit vierzehn Jahren hatte sie alles ausprobiert. Sie hatte sich sogar nach dem Essen den Finger in den Hals gesteckt, weil sie gelesen hatte, dass viele Mädchen das tun, um abzunehmen.

Doch nichts half. Da hätte sie sich schon mit einer Kreissäge die Hüftknochen halbieren müssen. Paulas Hintern blieb so groß wie er war, mit oder ohne Kartoffelchips, Ananasdiät oder Kampfturnen.

Manchmal machte ihr das auch gar nichts aus. Sie tanzte dann nackt vor dem großen Schlafzimmerspiegel, ließ ihre Haare offen über die Brüste fallen und probierte die verrücktesten erotischen Posen aus. Sie fand sich dann selbst unglaublich anziehend und fühlte sich, als könne sie die ganze Welt erobern.

Doch auch die gegenteiligen Phasen ließen nie auf sich warten. Paula fühlte sich dann hässlich, dick und wertlos. Ihre einzige Aufgabe schien es dann zu sein, Mäxchen groß zu ziehen und ihm eine gute Mutter zu sein.

Fast so, als sei das die letzte Aufgabe ihres Daseins. In solchen Momenten konnte sich Paula unglaublich selbst leid tun. Besonders schlimm war es, wenn sie ihre Tage bekam. Früher konnte sie sich heulend in ein Kissen vergraben und stundenlang an die Decke starren. Heute fühlte sich Paula dieser Stimmung doch sehr nahe.

Das Gespräch mit ihrer Mutter hatte ihr den letzten Rest an Mut geraubt.

Paula fühlte sich völlig zerschmettert und den Tränen nahe, als sie das „Lunas“ betrat.

Es war eine Kneipe, die erst in den letzten Jahren am Salinenplatz entstanden war.

Normalerweise mochte Paula lieber die alten Kneipen in der Neustadt, doch sie wollte sich an einem neutralen Ort mit Robert treffen. Fast jedes andere Lokal hätte irgendwelche Erinnerungen geweckt.

Das Lokal war modern eingerichtet; in einem strahlenden Orange gehalten mit impressionistisch anmutenden Gemälden an den Wänden.

Erleichtert stellte Paula fest, dass Robert noch nicht da war und ließ sich auf einen roten Ledersessel fallen, der zu einem noch leeren Tisch gehörte. Paula merkte schnell, dass sie hier niemanden kannte. Das Publikum war vorwiegend jünger. Die meisten gingen wohl noch zur Schule.

Paula bestellte bei dem smarten Ober, der kaum älter als die meisten seiner Kunden zu sein schien, einen Milchkaffee und wartete.

Sie fühlte sich nicht wohl. Alle hier schienen völlig „hip“ zu sein und natürlich „total cool“. Die anderen Gäste mussten gut ein Dutzend Jahre jünger sein, und Paula fühlte sich von oben bis unten gemustert, abgeschätzt und in die Schublade „zu alt und zu spießig" abgeschoben. Nach den anfänglichen Musterungen nahm keiner mehr Notiz von ihr. Die Sechzehnjährigen kuschelten in den Sesselecken und tauschten fast schon aggressiv aufdringliche Zungenküsse aus, wie Paula fand.

Paula schlief gerade das rechte Bein ein und so schlug sie das linke über das rechte als Robert endlich erschien.

Veni, vidi, vici. Das schien sein heimliches Lebensmotto zu sein. Er kam sah und siegte. Wobei es doch weniger um ein Sehen als um ein Gesehen werden zu gehen schien, wie Paula mal wieder bewusst wurde.

Robert betrat kein Lokal – Er rauschte hinein.

In der Mitte der Raumes blieb er kurz stehen und blickte sich um. Paula wäre am liebsten unter der Tischdecke verschwunden.

Dann nickte er kurz in ihre Richtung, so als wolle er bestätigen, dass er sie noch erkannt hatte. Paula spürte wie sie errötete. Und das machte sie ungemein wütend.

Nach einer galanten Umarmung: Küsschen links, Küsschen rechts – Paula hasste das – setzte sich Robert endlich auf seinen Stuhl.

Ein paar Mädchen am Nachbartisch blickten sich kichernd zu ihnen um und wurden rot, als Robert ihnen zulächelte.

„Das ist ja ekelhaft!", dachte Paula, „was sind das denn für aufgeblasene Kinderzicken. Nichts im Kopf, aber geschminkt bis unter die Achselhöhlen."

„Hast du dein Publikum endlich genug unterhalten und könntest dich jetzt meiner Wenigkeit zuwenden?"

Das hatte weitaus weniger bissig geklungen, als beabsichtigt.

„Wie geht's euch?", fragte Robert und Paula spürte wieder, wie ihre Knie weich wurden. Seine Stimme klang so warm und ruhig. Am liebsten hätte sie sich gleich an seiner Schulter ausgeweint.

„Ich komme klar. Max geht seit ein paar Wochen in den Kindergarten oder meine Mutter passt auf ihn auf, und in der Arbeit komme ich auch klar." Paula hörte sich an, als würde sie die aktuellen Lottozahlen durchgeben.

Doch Robert war sehr erleichtert über dieses oberflächliche Gespräch. Er fürchtete nichts mehr als Frauentränen. Die einzig mögliche Steigerung dazu waren Frauentränen in der Öffentlichkeit. Wenn es nicht auch um Max ginge, wäre Robert ohnehin nicht das Risiko eingegangen, sich so kurz nach der Trennung mit Paula zu treffen.

Doch die benahm sich so, wie er es von ihr gewohnt war. Jede Träne hätte sie regelrecht als persönliche Niederlage begriffen. In der Beziehung hatte er sich häufig über ihre Nüchternheit aufgeregt.

Heute war er froh darüber.

Ein Leben ohne den Kleinen jedoch, dessen volle Windeln er oft genug gewechselt hatte, konnte er sich nicht mehr vorstellen. Anfangs war es ihm komisch vorgekommen, dass Max nicht sein leibliches Kind war.

Alle Freunde hatten ihm davon abgeraten, sich mit einer Frau einzulassen, die gerade ein Kind bekommen hat, doch er hatte sich nun mal verliebt. Irgendwann musste Paula dann überraschend zu ihrer Mutter, die mit ominösen Magenschmerzen ins Krankenhaus gebracht worden war.

Robert hatte sich selbstverständlich angeboten, bei dem Säugling zu bleiben, bis Paula aus dem Krankenhaus zurück sei.

Dieses höfliche Angebot hatte Robert freilich sofort bereut, als er vor dem dicken Baby stand, das vor lauter Geschrei schon einen leuchtend roten Kopf hatte. Er hatte fast eine Stunde gebraucht, um den Säugling zu wickeln, hatte sein vollgeschissenes Hemd in die Waschmaschine gesteckt und dem Kleinen die Flasche gegeben. Als Robert die Titelmelodie von „Star Trek" summte, hörte Max sofort auf zu schreien, und in diesem Augenblick brach das Eis. Seitdem sah sich Robert als Vater, der sich schon jetzt auf den ersten gemeinsamen Science-Fiction-Film mit dem Sohn freute.

Robert und Paula unterhielten sich über Roberts Stelle als Assistenzarzt, über nervige Visiten, jammernde Patienten, lustige Nachbarschaftsstreits und die neue Richterin am Landgericht. Paula spürte, dass sie beide ängstlich darauf achteten, das Gespräch in Gang zu halten, um nicht über sich selbst sprechen zu müssen. Sie lachten verkrampft über die kleinen Späße des anderen, um möglichst locker und gelöst zu wirken.

Schließlich beschloss Paula, dass es besser sei, nach Hause zu gehen, da sie noch einen wichtigen Termin am nächsten Morgen hätte.

Sie hielt die Spannung nicht mehr aus.

So beendeten sie ein dreistündiges Gespräch, ohne miteinander gesprochen zu haben und versicherten sich gegenseitig mehrfach, was für ein lustiger und schöner Abend es doch gewesen sei.

Als der Kellner die Rechnung brachte, beobachtete Paula Roberts Gesicht, während er auf sein Wechselgeld wartete.

Robert war immer der Traummann gewesen, auf den sie gewartet hatte. Sie waren sich auf dem Mainzer Campus begegnet. Paula hatte in der Mensaküche ausgeholfen. Mit weißer Schürze und einem ganz reizend peinlichen Häubchen hatte sie zu den armseligen Figuren hinter der breiten Theke gehört, die aus tiefen Kellen das Essen auf die Teller schöpften. Niemand hatte sie weiter beachtet. Alle schoben ihr Tablett vorbei und unterhielten sich mit ihren Nachbarn in der meterlangen Schlange, die sich um die Mittagszeit bildete.

Robert war Paula schon seit einiger Zeit aufgefallen. Er sah aus wie ein Märchenprinz, wenn er sich die braunen Locken aus dem Gesicht strich. So stand sie täglich hinter der abwaschbaren Edelstahltheke und träumte davon, wie sie in seinen Armen liegen würde.

Und dann war es passiert.

Er hatte sie angesehen und gelächelt.

Und Paula?

Die hatte sich so sehr erschreckt, dass sie die Kelle heiße Erbsensuppe nicht auf das Tablett, sondern auf Roberts Hände kippte.

Der große schöne Traumprinz und das kleine tollpatschige Mädchen. So hatte es begonnen, „und so sollte es enden?"

„Nein", dachte sie, „so eine Scheiße! Kämpf doch um ihn, du dumme Kuh, wirf dich heulend um seinen Hals, lad ihn auf einen Kaffe in deine Wohnung ein, verführ ihn! Bitte, Paula, tu was!"

„Soll ich dich noch eben heimbringen?" fragte er.

„Ja", schrie es in ihr, du kriegst ihn!"

Paula schüttelte stumm den Kopf.

„Tschüß", flüsterte sie, küsste seine dargebotene Wange und spürte seinen verwunderten Blick in ihrem Rücken.

Sie drehte sich nicht mehr nach ihm um, als sie hoch aufgerichtet und mit zitternden Beinen fortging.

6

Elsbeth Finke wunderte sich. Sie hatte heute morgen noch nicht gehört, wie die Wohnungstür unter ihr aufgeschlossen wurde.
„Hat denn der Herr Schönherr noch nicht seine Zeitung geholt?", dachte sie und öffnete ihre Wohnungstür. Im Hausflur war Musik zu hören.

„So früh hört er doch nie seine Platten", dachte Frau Finke kopfschüttelnd.

Die Maiers von ganz unten waren schon gegangen. Herr Maier hatte um sechs Uhr das Haus verlassen, der Junge mal wieder erst um fünf vor acht, und nun war auch Frau Maier endlich zum Einkaufen aufgebrochen. „Ich frage mich nur, wie die das Essen bis Mittag fertig haben will", verächtlich schüttelte sie den Kopf.

„Na ja, so dreckig, wie das Kind immer rumläuft, wäscht die auch nur alle Jubeljahre mal. Schämen würd' ich mich. Wahrscheinlich läuft da den ganzen Tag nur der Fernseher und der Junge sitzt vor so einem Computerding."

Sie lauschte noch einmal ins Treppenhaus, doch außer der Musik war nichts zu hören. Frau Finke schloss so leise die Tür, als könne sie jemand bei etwas Verbotenem erwischen. Seufzend ließ sie sich im Sessel nieder und schaltete das „Glücksrad" wieder ein.

So mies hatte Paula ewig nicht mehr geschlafen. Die ganze Nacht hatte sie sich selbst beschimpft. Wie hatte sie ihn nur einfach gehen lassen. Am liebsten hätte sie jetzt Mäxchen in den Arm genommen, doch der war ja über Nacht bei seiner Oma.

„Damit ihr euch in Ruhe versöhnen könnt!", hatte Paulas Mutter gesagt, und es klang nicht wie eine Option, sondern wie ein Befehl. Mit bleischweren Füßen und einem nicht minder schweren Schädel grub sie sich aus dem Bett. Ihr Spiegelbild im Bad warf ihr bitterböse Blicke zu.

Paula kam sich unglaublich alt vor; alt und verbraucht. Sie dachte daran, wie oft sie durch das leise Knattern der Kaffeemaschine geweckt worden war. Dann hatte sie sich im Bett möglichst vorteilhaft drapiert und so getan, als würde sie noch schlafen, wenn Robert mit der Tasse dampfenden Kaffees zum Bett schlich.

Es war ein liebgewordenes Spiel gewesen. Verschlafen hatte sie die Augen geöffnet und ganz verwundert auf den Mann vor ihrem Bett geschaut, als erkenne sie ihn nicht gleich.

„Liebst du mich?", hatte sie ihn dann oft gefragt, und er hatte ihr ins Ohr geflüstert, wie schön und wunderbar sie sei.

„Vielleicht habe ich ihn zu oft gefragt!", dachte Paula, „und vielleicht hat er zu oft gelogen." Sie war sich nie sicher gewesen.

Seit dem Tag in der Mensa, als er sie das erste Mal angesehen hatte, fragte sich Paula, was dieser Mann eigentlich an ihr fand. Was wollte dieser gutaussehende, gebildete, charmante Mann von einem Mädchen mit Kind, die von einem One–Night-Stand geschwängert und dann sitzen gelassen worden war? Sie hatte bis heute keine Antwort darauf.

Mäxchens Vater war ein Austauschstudent aus den USA gewesen, in den sie sich Hals über Kopf verliebt hatte. In einer rauschenden Ballnacht hatten sie eine leerstehende Garderobe gefunden und Paula hatte den Boden unter ihren Füßen verloren, als er auf dem leeren Garderobentisch in sie eingedrungen war. Ein leichter Geruch von Mottenkugeln und abgehangenen Kleidern löste in Paula seither ein leises Kribbeln aus.

Anschließend hatten sie bis in den Morgen getanzt und Frank hatte die erste Maschine nach Florida genommen.

Paula, die brave Pfarrtochter, pflegte seither ihr süßes Geheimnis wie ein Grab. Sie hatte sich ihr erstes Mal zwar nicht auf einem Garderobentisch vorgestellt, doch irgendwie freute sie sich darüber, dass ihre Mutter nichts von dieser Liaison erfahren würde.

Einen Monat später jedoch wurde die dunkle Ahnung Gewissheit und vier Monate später ließ es sich auch vor Mutter Käfer nicht mehr geheim halten. Max wurde in ihrem Bauch unübersehbar.

Paulas Mutter hatte gezetert und geklagt.

Dann hatte sie Pläne geschmiedet.

Paula sollte wieder bei ihr einziehen. Die Mutter würde sich dann um das Kind kümmern, während sie an der Universität war. Abends könne sie sich dann selbst um den Kleinen kümmern.

Wie immer setzte sich Martha Käfer durch und schweren Herzens zog Paula aus ihrer ersten eigenen Wohnung wieder ins mütterliche Nest, wie ihre Mutter sich auszudrücken pflegte, wenn sie anderen Leuten davon erzählte.

Ein hoher Preis für eine Nacht in der Garderobe hatte Paula gedacht, bis ihr Max nach der Geburt in die Arme gelegt worden war.

Und dann kam auch schon Robert, rettete sie aus den mütterlichen Fängen, behandelte den sommersprossigen dicken Säugling, als wäre es sein eigenes Kind und nannte ihn liebevoll „mein Sohn".

Rückblickend war ihre Beziehung schon fast kitschig gewesen. Sie waren zusammen in das Haus von Tante Luise gezogen, und Paula war zum ersten Mal in ihrem Leben richtig glücklich gewesen.

Und nun war sie Robert los, und Max hatte zum zweiten Mal einen Vater verloren.

Paula goss sich Kaffee in die Tasse und blickte hinüber zu den gegenüberliegenden Fenstern. Die Jalousien der anderen Wohnung waren noch alle unten.

„Die arbeitet wohl auch nicht", dachte sie und schlürfte an dem heißen Kaffee, als das Telefon klingelte.

Das „Glücksrad" war zu Ende. Elsbeth Finke schaltete den Fernseher auf „stumm" und wagte sich noch einmal in den Hausflur.

„Irgendetwas stimmt doch nicht", dachte sie und ging ein paar Stufen hinunter. Die Musik in Schönherrs Wohnung lief noch immer.

Dieses Mal hörte sie genauer hin.

Es war das Lied „Er gehört zu mir" von Marianne Rosenberg, das wusste sie nun ganz genau. Sie hatte sich immer gefreut, dass der charmante junge Mann und sie dieselbe Musik liebten. Wann immer es ging, hielt sie einen kleinen Plausch mit ihm oder lud ihn zum Kaffee ein. Er war so reizend und zuvorkommend und Frau Finke fühlte sich immer dreißig Jahre jünger, wenn Roger Schönherr bei ihr war.

Und eine Frau oder Freundin hatte er auch nicht. Das hätte sie mitbekommen. Nur nette Arbeitskollegen oder Jugendfreunde kamen manchmal vorbei und besuchten ihn.

„Vielleicht findet er mich ja auch attraktiv. Manche Männer mögen doch reifere Frauen", dachte sie und spürte wie sie nur bei dem Gedanken rot wurde. Das Lied hatte inzwischen geendet.

Stille trat ein.

Elsbeth Finke wollte gerade wieder in ihre Wohnung zurück, als die Musik wieder einsetzte. Verwundert hielt sie im Schritt inne. Es begann dasselbe Stück noch einmal von vorne.

Sie wartete noch einen Augenblick, doch es tat sich nichts.

Achselzuckend ging sie zurück in ihre Wohnung.

„Was hast du gesagt? Was ist mit Max!" Paula hasste es, wenn ihre Mutter nicht zum Punkt kam.

„Reg dich nicht auf. Es ist nichts. Er fühlt sich nur etwas heiß an."

„Warst du zu lange mit ihm draußen. Hat er sich erkältet? Hast du ihm nicht die Mütze aufgesetzt?"

Wie gerne hätte sie ihre Mutter jetzt als Schuldige gesehen. Außerdem fürchtete sie die bohrenden Fragen nach dem gestrigen Abend. Immerhin hatte ihre Mutter eine Versöhnung mit Robert geplant. Alles andere würde sie Paula wieder als Versagen vorwerfen.

In Paula stieg die Kampfeslaune hoch.

Schnell machte sie sich fertig und trat aus dem Haus. Sie zog den Mantelkragen hoch, als ihr der kalte Wind ins Gesicht blies.

Sie musste ihre Frontscheibe vom Eis befreien, bevor sie losfahren konnte.

Es war ein kalter Jahresbeginn.

„Wie mein Name an der Tür", erklang es aus der Wohnung, als Elsbeth Finke den Klingelknopf drückte. Sicherheitshalber hatte sie ein Glas selbstgemachte Kirschmarmelade mitgenommen. Die mochte Herr Schönherr besonders gerne. Sie wollte ja nicht neugierig wirken.

Nichts rührte sich. Sie legte das Ohr an die Tür und klingelte noch einmal.

Mit einem leisen Klicken schwang die Tür auf. Sie konnte nicht richtig zugezogen worden sein.

„Hallo?", rief sie in den dunklen Flur. „Hallo! Herr Schönherr? Roger?"

„Und ich weiß, er bleibt hier..."

Frau Finke tastete nach dem Lichtschalter in der Wohnung.

Mit einem Klacken ging in diesem Moment das Licht im Hausflur aus.

Es war stockdunkel.

„Steht es in den Sternen, was die Zukunft bringt?", Elsbeth Finke schauderte, „oder muss ich lernen, dass alles verrinnt?"

„Roger?"

Ihr Rufen glich einem Flüstern, als sie sich dem Zimmer näherte, aus dem die Musik drang.

„Nie vergess ich unsern ersten Tag, denn ich fühlte gleich, dass er mich mag ..."

Sie stockte.

„Vielleicht sollte ich doch besser die Polizei rufen?", dachte sie.
Herr Schönherr hatte sie noch nie in seine Wohnung gebeten. Sie war noch nie hier gewesen, hatte immer nur einen Blick in den langen Flur werfen können ...

Die Neugier siegte.

Sie hatte den Lichtschalter gefunden. Der Flur erstrahlte im grellen Licht einer Halogenleiste.

An der Wand hing ein modernes Bild. Frau Finke kannte den Künstler nicht, aber sie hielt ohnehin nichts von Bildern, von denen man nicht einmal wusste, wo oben und unten sein sollte.

Sie umklammerte ihr Glas mit der Kirschmarmelade, als sie zu der Tür kam, aus der die Musik drang. Vorsichtig klopfte sie an. Die Tür war nur angelehnt. Frau Finke öffnete sie einen Spalt und spähte vorsichtig in die Küche.

„Ist es wahre Liebe, die niemals vergeht, oder wird die Liebe vom Winde verweht?"

Sie sah einen festlich gedeckten Tisch. Herr Schönherr hatte wohl doch Damenbesuch erwartet, denn die Tischdecke war mit Rosenblättern bestreut worden. Auf den Tellern sah sie noch Reste von Fleisch in einer hellen Soße.

„Na, viel gegessen haben die wohl nicht", fuhr es ihr durch den Kopf.

Ihr Herz schnürte sich bei dem Gedanken zusammen, dass Roger Schönherr Damenbesuch hatte.

Dann wanderte ihr Blick über die weißen Fliesen... „die sind aber neuer als meine", dachte sie, „da muss ich doch mal mit dem Vermieter..."

Ihr Blick erreichte den Herd und wanderte langsam nach oben. In diesem Moment war das Lied wieder zu Ende.

Frau Finkes gellender Schrei zerriss die Stille. Das Glas mit der Marmelade zerschellte am Boden... und Elsbeth Finke verlor das Bewusstsein...

Es war ein Kollege, der Lena aus dem Schlaf klingelte.

„Hast du etwa noch geschlafen? Mach schnell; es ist wieder ein Mord passiert. Zwei Leichen in der Rüdesheimerstraße!"

„Was ist los?", Lena verstand nichts. Verschlafen rieb sie sich die Augen.

„Schnapp dir die Fotoausrüstung und beweg deinen Hintern dorthin! Sonst sind die dort fertig, bevor du die Koje verlassen hast!"

„Was?", Lena schrie auf, „ein Doppelmord?"

Sie war auf einmal hellwach. Dann ließ sie sich noch die genaue Adresse geben, schwang sich aufs Fahrrad und raste los.

Die Polizei hatte das ganze Haus abgesperrt. Doch hinter den Absperrbändern tummelten sich bereits wieder zahlreiche Schaulustige und einige Journalisten.

Lena sah einen Mann geschäftig umherlaufen. Er wirkte wie ein aufgescheuchtes Huhn, das sich unbedingt beschäftigen muss, um nicht durchzudrehen. Lena gelang es, den Mann zu sich an das Absperrband zu winken.

„Was ist denn hier passiert", fragte sie freundlich und berührte sanft den Arm des Mannes.

Als hätte der Mann nur auf diese erlösende Frage gewartet, sprudelte es aus ihm heraus: „Zwei Tote... unsere Nachbarn, beide, erhängt über dem Herd und blutüberströmt am Boden". Der Mann, der sich als der Nachbar der Opfer herausstellte, hieß Anton Maier und redete so schnell und unzusammenhängend, dass es Lena einiges an Zeit und Geduld kostete, bis sie die wichtigsten Fakten begriffen hatte.

Herr Maier hatte heute Mittag das Haus betreten, als er zunächst einen spitzen Schrei und dann ein Splittern vernahm.

Er rief nach oben, doch er hörte nur, wie plötzlich Musik einsetzte.

Er lief hinauf und fand in der offenstehenden Wohnung des Herrn Schönherr zwei Leichen. Herr Schönherr hing nackt über dem Herd. Er hatte eine Schlinge um den Hals gelegt. An den Füßen trug er komische silberne Schuhe. „Und seine Zunge hing aus dem Mund", wiederholte Herr Maier immer wieder.

„Auf dem Boden direkt vor mir lag Frau Finke, die Nachbarin von ganz oben; blutüberströmt. Aber als dann endlich die Polizei kam, wurde die Finke wieder wach. Ich weiß auch nicht warum. Schlimm verletzt sah sie aus, und sie wimmerte ganz furchtbar. Ach, es war schrecklich. Und der Schönherr, der hing..."

In diesem Moment schritten zwei Männer zielstrebig auf Herrn Maier und Lena zu. Den einen erkannte sie als den Kommissar Böhm, den sie auf der Pressekonferenz gesehen hatte, der andere schien ein einfacher Streifenpolizist zu sein.

„Verdammt noch mal", schrie Böhm den jungen Beamten an, „übernimmt jetzt schon die Presse die ersten Aussagen unserer wichtigsten Zeugen! Tickst du noch ganz richtig? Wie kannst du den Mann rumlaufen lassen, bevor wir mit ihm gesprochen haben? Was ist das hier nur für ein Scheiß Saftladen!"

Maier zuckte ängstlich zusammen.

Der Anblick des verängstigten Mannes änderte augenblicklich Böhms Verhalten.

„Herr Maier", freundlich streckte er die Hand aus und umfasste mit der anderen den Ellebogen des Nachbarn, der zwei Köpfe kleiner als er selbst war.

„Kommen Sie doch bitte herein! Ich möchte Ihnen gerne ein paar Fragen stellen." Mit einem kurzen Ruck drehte er sich noch einmal um.

Sein frostiger Blick traf Lena direkt in die Augen.

„Und Sie kommen gleich mit", zischte er.

Der junge Polizist fasste Lena am Arm und führte sie unter dem Absperrband hindurch.

Irgendwie hatte sie das unangenehme Gefühl, dass sie in Schwierigkeiten steckte.

Paula raste nach Bad Münster. Ihre Mutter öffnete die Tür und Paula stürzte durch den Flur. Doch Martha Käfer hielt ihre Tochter am Ärmel fest.

„Jetzt mach nicht alle verrückt. Max hat die Windpocken", Paula wollte sich losreißen.

„Du machst dem Kind nur Angst mit deiner sinnlosen Hektik!"

Sie hielt Paulas Arm fest: „Jetzt zieh erst einmal die Jacke aus und beruhige dich."

„Aber..."

„Du solltest ihn nicht noch aufregen. Wenn er dich so ängstlich sieht, denkt er noch weiß, wie krank er ist. Du warst auch so. Immer, wenn du Fieber bekamst, dachtest du, du müsstest sterben."

Max sah scheußlich aus. Sein ganzes Gesicht war mit linsengroßen roten Flecken übersäht. „Er hatte gestern schon leichtes Fieber, und er hat gar nicht genörgelt, als ich ihn ins Bett gesteckt hab. Na ja, und nun siehst du ja selbst, wie er aussieht.", flüsterte Paulas Mutter, um das schlafende Kind nicht zu wecken.

Max Stirn fühlte sich heiß an.

„Ich muss zum Arzt!", raunte Paula.

„Wen willst du denn am Mittwoch Nachmittag erreichen. Das sind Windpocken, ich sag's dir. Der Kleine braucht viel Schlaf, viel Wasser und kühlende Umschläge. Was anderes kann der Arzt auch nicht machen."

Paula seufzte: „Bist du dir auch ganz sicher, dass ..."

„Ja", Mutter Käfer legte die Hand auf Paulas Schulter, „ich hatte immerhin zwei eigene und drei Nachbarskinder, die alle Windpocken hatten.

Und ihr habt die Krankheit alle gut überstanden. Sei froh, dass er sie jetzt bekommt. Als erwachsener Mann ist das gefährlich."

„Ich weiß", Paula war in diesem Moment richtig froh, dass sie nicht auf sich alleine gestellt war.

Leise verließen sie den Raum und ließen die Tür einen Spalt breit offen.

„Wenn es dir Recht ist, versorge ich Max, während du arbeitest. Du kannst ihn gerne hier lassen."

In diesem Moment war Paula ihrer Mutter richtig dankbar. Sie nickte.

„Was war eigentlich mit Robert. Hast du ihm gesagt, dass du ...?"

Paulas Augenbrauen schossen in die Höhe: „Ich lasse Max gerne hier, Mama, aber unter einer Bedingung. Der Name Robert oder mein Gespräch mit ihm oder sein Verhältnis zu Max, sein Auto oder sein großer Zeh werden nicht erwähnt. Ich will weder den Namen noch irgendetwas über ihn hören, sonst schnappe ich mein Kind und fahre in meine Wohnung!"

Paula atmete aus. Das hatte gut getan.

„Ich hab ja nur gefragt. Da meint man es gut ..." Paulas Mutter verließ beleidigt den Raum und Paula konnte nicht mehr hören, was ihre Mutter noch sagte.

Es interessierte sie eigentlich auch nicht.

Kommissar Böhm schien außer sich.

„Unter was für Dilettanten bin ich hier eigentlich geraten, wenn die Presse schon meine Zeugen vernimmt, bevor ich sie überhaupt zu Gesicht bekommen habe!" Dem jungen Polizisten schien die Mütze immer größer zu werden, denn sie rutschte ihm immer tiefer in das inzwischen kalkweiße Gesicht.

„Gleich scheuert der dem Kleinen noch eine", dachte Lena, der das Herz angesichts dieses cholerischen Riesen auch etwas in die Hose gerutscht war. Böhm hatte den Herrn Maier, den besagten Zeugen, in die Wohnung geschoben und stand nun mit Lena und dem angsterfüllten Streifenpolizisten in dem dunklen Hausflur. Nervös zog Lena eine Zigarette aus ihrer Tasche und zündete sie an.

Auf einmal schwang Böhm herum und Lena sah den massigen Körper auf sich zusteuern. Dieser Mann war mindestens drei Köpfe größer als sie. Zumindest kam es ihr in diesem Moment so vor. Seine dunklen Augen stachen in ihre.

Sie sah wie in Zeitlupe, wie sich der schwere Brustkorb langsam anhob und bis zum Anschlag mit Luft füllte. Dann öffnete er den Mund, der Schnurrbart auf seiner Oberlippe erzitterte... dann atmete er schwer aus, seine Augen wanderten zur Treppe. Sein Brustkorb sank.

Lena blickte nach oben.

Zwei Männer vom Rettungsdienst versuchten gerade, eine Trage durch den engen Treppenaufgang zu hieven.

„Bitte machen Sie Platz! Wir müssen hier durch!", rief der eine, dem schon die Schweißperlen auf der Stirn standen.

Böhm und Lena drückten sich eng an die Wand, während der junge Polizist die Kampfpause nutzte und sich schnell in die offene Wohnung verdrückte.

Lena stand dem Kommissar nun ganz nah. Sie spürte die Hitze, die von seinem massigen Körper ausging.

Die Rettungssanitäter drängten sich nun unmittelbar an den beiden vorbei. Auf der Trage lag eine Frau, die leise stöhnte. Ihre Augen waren geschlossen. Sie war vielleicht Ende Fünfzig oder Anfang Sechzig, schien sich aber gerne so zurechtzumachen, dass sie deutlich jünger wirkte. Ihr Haar war jetzt zerzaust, doch Lena erkannte noch die frisch gelegte Dauerwelle. Ihr Kleid war blutüberströmt.

„Das muss die Nachbarin sein", dachte Lena erschrocken. Doch dann erkannte sie, dass die rote gallertartige Masse auf dem Bauch der Frau kein Blut war, ... sondern roter Gelee oder Marmelade.

„Wie geht es ihr?", fragte der Kommissar etwas atemlos. „Wir haben ihr ein Beruhigungsmittel gespritzt. Sie scheint unverletzt zu sein, aber Näheres können wir erst in der Klinik sagen", keuchte der verschwitzte Sanitäter.

„Wann kann ich mit ihr sprechen?"

„Was weiß ich!", der Mann in der roten Uniform verdrehte genervt die Augen.

„Wir bringen sie ins Krankenhaus. Fragen sie doch da nach. Und jetzt lassen Sie uns endlich durch. Ich will hier nur noch raus. Mir ist schlecht! Ich hab ja schon viel gesehen, aber das ...?"

Böhm nickte und hielt den Sanitätern die Haustür auf.

Dann wandte er sich wieder Lena zu und holte tief Luft: „Und nun zu Ihnen Fräulein ..."

Lena lächelte unschuldig und fummelte an ihrer Handtasche herum. Professionell wirkte das nicht gerade, aber dieser Mann hatte eine Autorität am Leibe, die jeden abgebrühten Journalisten zum Schuljungen degradierte.

„Was hat er Ihnen erzählt?"

Er trat näher.

„Was!", das war keine Frage; das war ein Befehl, „ich will jedes Detail, jedes Wort, jedes Achselzucken und jede Schweißperle. Und wenn Sie auch nur eine Kleinigkeit auslassen, die Sie dann in ihrem Schmierblatt schreiben, dann ..."

„Was dann?" Nun war es Lena, die tief Luft holte und sich vor dem großen Mann aufbaute, „Was machen Sie dann?", wiederholte sie kampflustig.

„Wollen Sie mich dann anzeigen, einsperren oder wollen Sie mich ohrfeigen wie Sie es am liebsten mit diesem kleinen Schatten von einem Bullen machen wollten? Sind Sie der einzige hier, der arbeitet? Merken Sie eigentlich, was für eine Laune Sie hier verbreiten?"

Böhm machte den Mund auf, doch Lena war noch nicht fertig.

„Ich verstehe, dass Sie unter enormem Druck stehen; ich verstehe, dass Sie gestresst und unausgeschlafen sind, aber behandeln Sie nicht alle anderen um sich herum wie den letzten Dreck!"

Aufgeregt wühlte Lena in ihrer Handtasche herum, bis sie gefunden hatte, was sie suchte. Sie drückte dem verdatterten Kommissar eine Visitenkarte in die Hand.

„Ich werde jetzt gehen! Und ich werde meinen Artikel schreiben und zwar so, wie ich es für richtig halte! Wenn Sie was wollen, dann rufen Sie mich an, aber tun Sie nicht so, als seien Sie der einzige Berufstätige hier!"

Lena rauschte an dem massigen Körper vorbei und hinaus auf die Straße. Böhm streckte den Arm aus, um sie noch am Ärmel zu packen, ließ dann aber seufzend den Arm sinken.

Er fühlte sich auf einmal entsetzlich müde.

Gedankenverloren drehte er die Visitenkarte zwischen den Fingern und starrte auf die Tür, die diese kleine Frau hinter sich zugeschlagen hatte.

Dann straffte er sich, steckte die Karte in die Hosentasche und riss ruckartig die Tür auf, hinter der sein Zeuge mit dem jungen Kollegen wartete. Die beiden saßen in der Küche und Böhm stellte zu seiner großen Erleichterung fest, dass sie anscheinend von dem Streit mit der kleinen Journalistin nichts mitbekommen hatten.

Er nickte knapp, setzte sich schnaufend auf einen der knarzenden Küchenstühle und wandte sich dem immer noch völlig aufgelösten Maier zu.

„Gehen Sie vor die Tür und schauen Sie, dass niemand hier ins Haus reinkommt", sagte er noch schnell zu dem immer noch käseweißen Polizisten.

Zum ersten Mal fiel ihm auf, wie jung der Kollege noch war.

„Bitte!", fügte er schnell hinzu, ohne ihn anzusehen.

Dann war er endlich mit dem Zeugen allein.

Lena sprang auf ihr Fahrrad und fuhr nach Hause. Sie hatte sich so aufgeregt, dass sie heulte. Aber sie fühlte sich auch irgendwie gut.

7

Am nächsten Tag waren die roten Flecken auf Mäxchens Körper zu Blasen angewachsen. Am schlimmsten war es im Gesicht. Er sah absolut bemitleidenswert aus und Paula zerfloss auch vor selbigem. Paulas Mutter jedoch behielt die Fassung: „Ich hätte dich damals fotografieren sollen. Wie ein Streuselkuchen hast du ausgesehen. Das Gesicht, den ganzen Hals runter, aber am schlimmsten sah dein Po aus ..."

„Ist ja gut, Mama. Ich will's überhaupt nicht wissen."

Am Nachmittag kam der Kinderarzt vorbei, der jedoch auch keine weiteren Ratschläge geben konnte. Paula hatte darauf bestanden, ihn zu rufen und ihre Mutter tat wenig, um ihre sichtliche Genugtuung zu verbergen, dass der Arzt auch nichts Neues sagen konnte.

Anschließend fuhr Paula ins Gericht.

In der Eingangshalle standen Unsell und Neumann und unterhielten sich angeregt, wobei eigentlich nur Neumann sprach und Unsell immer wieder ergeben zu dem alten Anwalt aufblickte und dessen Aussagen durch geschäftiges Nicken bestätigte.

Als Paula sich näherte, überzog sich sein Gesicht mit einer leichten Rötung, die Neumann belustigt zur Kenntnis nahm. Seine erloschene Pfeife klemmte noch immer im Mundwinkel, und erst als Paula zu den beiden trat, nahm er sie heraus, um sie zu begrüßen.

Unsell machte eine Art unsicherer Verbeugung und fuhr sich nervös durch das helle Haar.

„Na, Frau Käfer", Neumann steckte seine Pfeife wieder zwischen die Lippen, „wie war Ihr Abend?"

Beinahe verschluckte sich Paula. Neumann spielte auf den Abend mit Robert an und erwartete allen Ernstes eine Antwort. Hier, vor diesem Unsell, der schon ganz neugierig den Kopf zur Seite neigte.

Doch Neumann bemerkte seinen Fehler, als auch Paula rot wurde.

„Oh", murmelte er, „ich muss meine Pfeife neu stopfen", und trippelte schnell die Stufen zu seinem Büro hinauf.

„Prima", dachte Paula, „jetzt lässt der mich auch noch mit diesem Unsell hier stehen."

„Ich habe gehört, Sie haben den Mordfall bekommen. Gratuliere!", sagte sie, um irgendetwas zu sagen.

Unsells Körper straffte sich, als gäbe ihm dieser Fall ein neues Rückgrat.

„Ja, und nun ist ein zweiter Mord hinzugekommen. Wir hoffen alle, dass es sich nicht um einen Serientäter handelt; die sind dann ja unberechenbar!"

„Ein zweiter Mord?" Paula horchte auf.

„Ja, eigentlich darf ich Ihnen davon gar nichts erzählen, aber es stand heute morgen ja ohnehin in der Zeitung."

„Wie ist das passiert?" Sie wurde neugierig.

„Ich kann Ihnen leider keine näheren Auskünfte geben; ich treffe mich erst heute Nachmittag wieder mit der Ermittlungsgruppe, aber allem Anschein nach ist jemand auf übelste Weise erhängt worden. Beziehungsweise: er hat sich selbst... na ja, es ist besser, ich spreche noch nicht so viel darüber."

Unsell wirkte kompetent und selbstsicher. Doch dann fiel er wieder in sich zusammen wie ein Pappkarton, der zu lange im Regen stand: „Darf ich Sie wohl noch einmal an den Juristenball erinnern? Der ist doch schon morgen." Seine Stimme klang nun wieder so unsicher und brüchig, als wäre er gerade in den Stimmbruch gekommen.

„Ich überleg's mir noch.", Paula lächelte ihn gelangweilt an, „mein Sohn ist krank und ich weiß auch nicht, ob ich Lust habe. Also, wenn Sie lieber jemand anderes fragen wollen..."

„Nein, nein, ich warte auf Sie!", rief Unsell aus. Sein Gesicht wurde nun richtig rot, als er merkte, wie theatralisch er gerade geklungen haben mochte.

„Äh, ich meine, ja, vielleicht ergibt sich auch eine andere …" Er brach den Satz ab. Es klang sowieso nicht mehr überzeugend.

Paula tat er nun fast leid

„Ich werde sehen, was ich tun kann", sagte sie geschäftig und beeilte sich, nach oben zu kommen. Dieser Mann war einfach peinlich.

Lena hatte in der Redaktion nicht den Zwischenfall mit dem Kommissar erwähnt.

Sie war bei dem geblieben, was ihr der aufgebrachte Herr Maier erzählt hatte. Allerdings schrieb sie nur von einem Toten; dem Tanzschullehrer Roger S. Den kannte wahrscheinlich ohnehin die halbe Stadt. Der Maier hatte auch von silbernen Schuhen berichtet und davon, dass der Tote erhängt vorgefunden worden war, doch davon berichtete sie vorerst nichts.

Sie wollte keinen Ärger mit der Polizei. Die Auseinandersetzung mit dem cholerischen Kommissar hatte ihr gereicht.

Im ersten Moment hatte sie vorgehabt, einen Bericht über das unmögliche Verhalten der Kreuznacher Polizei zu schreiben, doch dazu müsste sie noch mehr Material haben. Der Ausraster eines Polizisten reichte nicht für eine Story. Zumindest nicht für das Format ihrer Zeitung.

Heute hatte sie den halben Tag im Bett verbracht und über die Morde nachgedacht. Gab es einen Zusammenhang zwischen dem Mord an dem Komponisten Perell und dem an dem Tanzschullehrer? Wenn ja, dann war hier ein Serientäter am Werk. Aber das würde heißen, dass es vielleicht noch mehr Opfer geben würde.

Aber vielleicht hatten die beiden Morde ja auch gar nichts miteinander zu tun. Der Tanzlehrer könnte von einer eifersüchtigen Frau erschlagen worden sein …

„Nein", dachte sie, „er ist erhängt worden. Er hing nackt über dem Herd und hatte silberne Schuhe an. Was sollen das nur für Schuhe gewesen sein?"

Sie holte sich eine Cola ans Bett und kroch wieder unter die Decke.

„Und was hat es mit dieser Frau auf sich?"

Es klingelte. Stoiber fuhr hoch und muffte seinen typischen dunklen Kläffer.

„Scheiße", dachte Lena, „ich bin noch im Schlafanzug und außerdem will ich jetzt keinen Besuch!"

„Leise, Stoiberlein, sei ganz leise", flüsterte sie.

Beide rührten sich nicht. Es klingelte wieder. Der Klingelton schien ihr lauter als beim ersten Mal. Stoiber sah sie vorwurfsvoll an. Er wusste noch nicht, ob er über den Besuch wedeln oder knurren sollte.

„Nein, nein, nein", dachte sie und schlich an die Haustür.

„Scheiße", diese Wohnung hat noch nicht einmal einen Spion an der Tür. Sie hatte es schon als Kind geliebt, durch dieses kleine gläserne Auge in der Tür zu schauen und den Flur zu beobachten.

Das nächste Klingeln ließ sie erschreckt zusammenfahren.

Der unbekannte Besucher wollte sie wohl herbeiklingeln.

„Vielleicht ist es die Vermieterin", dachte Lena.

Dann hörte sie Frau Kürbis auch schon. Sie wohnte direkt in der Wohnung darunter. „Klingeln Sie ruhig weiter. Das Fräulein ist zu Hause!", rief „diese penetrante Zicke, die ihre blöde Nase aus meinen Sachen rauslassen soll."

Trotzig legte sich Lena wieder ins Bett und zog das Kissen über den Kopf. Stoiber trabte hinter ihr her und ließ sich schwer auf den Bettvorleger fallen.

Es wurde still und Lena merkte, wie sie sich entspannte.

Dann klingelte das Telefon und Lena griff nach dem Gerät auf ihrem Nachttisch."

„Hallo?", murmelte sie müde in den Hörer.

„Hier ist Kommissar Böhm, öffnen Sie augenblicklich Ihre Haustür!", flüsterte es am anderen Ende. Dieser Mensch konnte unglaublich laut und aufdringlich flüstern.

Lena fuhr hoch wie vom Donner gerührt und öffnete mechanisch die Tür. Das Telefon hielt sie noch immer am Ohr.

Vor ihrer Wohnungstür stand tatsächlich dieser riesige Polizist, den sie gestern in einem Hausflur beschimpft hatte.

Mit offenem Mund starrte sie ihn an.

Stoiber bellte aufgeregt, aber nicht unfreundlich.

„Kann ich reinkommen oder wollen wir hier auf dem Flur reden?" Er betrachtete sie neugierig von Kopf bis Fuß.

„Verflixt", dachte Lena und wünschte sich, dass sich der Boden unter ihr auftun würde, als ihr bewusst wurde, wie sie aussah.

Sie war immer noch nicht damit fertig, ihre Sachen auszupacken und hatte gestern stundenlang einen frischen Schlafanzug gesucht. Sie war richtig glücklich gewesen, als sie endlich so ein altes Ding gefunden hatte, das sie einmal von ihrer Oma bekommen hatte. Es handelte sich um einen rosa Pyjama mit breiten ausgeleierten Bündchen. Auf ihrer Brust prangte ein freundlich lächelnder Teddybär mit Schlafmütze.

Sie ließ Böhm einfach an der Tür stehen und rannte ins Schlafzimmer. Der hatte sich inzwischen Stoiber zugewandt, der ihn neugierig ansah. Keuchend wühlte Lena in den verschiedenen Kisten nach einem Bademantel. Schließlich schlang sie sich eine Wolldecke um die Schultern und tapste wieder nach draußen.

Der Kommissar schien sich eingeladen zu fühlen, denn er war inzwischen eingetreten, hatte die Tür hinter sich zugezogen und kraulte den genüsslich brummenden Stoiber hinter den Ohren. Die Männer hatten sich offensichtlich schon angefreundet.

Böhm fiel es sichtlich schwer, ein breites Grinsen zu verbergen.

„Was wollen Sie?" Lenas Stimme überschlug sich hysterisch.

„Ich will mit Ihnen sprechen", Böhms Antwort war knapp und deutlich, „aber es ist in Ordnung, wenn Sie sich erst einmal etwas Anständiges anziehen."

Lena hätte auf ihn einschlagen können. Doch sie drehte sich ruckartig um, tippelte auf nackten Füßen ins Bad und schloss hinter sich ab. Dann setzte sie sich auf den Klodeckel und atmete tief durch.

„Soll der doch denken, was er will. Ich kann ja wohl tragen, was ich will", dachte sie wütend. Sie ärgerte sich maßlos, dass sie die Tür geöffnet hatte. Ausgerechnet vor diesem Typen, vor dem sie sich doch als ernstzunehmende Journalistin zeigen wollte, erschien sie in einem ausgeleierten Kinderschlafanzug mit Bärchenaufdruck.

Über der Waschmaschine, die noch immer nicht angeschlossen war, lag ihre Jeans. Ansonsten befand sich nichts im Bad, was sie hätte anziehen können.

„Na prima", dachte sie, „nicht mal eine Unterhose. Du bist so toll Lena Menkwitz!"

Dann zog sie die Jeans über die nackte Haut und band sich ein Handtuch über das Bärchenmotiv.

Böhm hatte es sich inzwischen auf dem einzig verfügbaren Sitzplatz gemütlich gemacht. Er hätte lauthals in Gelächter ausbrechen können, als ihm dieses zerknautschte Etwas die Tür geöffnet hatte. So ungeschminkt und dann auch noch mit diesem Kinderpyjama sah die Journalistin aus, als sei sie noch nicht einmal volljährig.

Doch ihr Blick hatte Bände gesprochen. „Anscheinend hat sie die Küchenmesser in diesem Chaos noch nicht gefunden, sonst hätte sie mich sofort erstochen", dachte er und lachte in sich hinein.

Dieses Mädchen erinnerte ihn an seine Tochter, die er nicht mehr gesehen hatte, seit seine Frau mit dem Kind wieder nach Frankreich gezogen war. Sie mussten ungefähr in dem gleichen Alter sein. Seine Tochter war jetzt dreiundzwanzig. Am Anfang hatte Chantalle noch oft angerufen und war in den Ferien vorbeigekommen, doch dann war der Kontakt immer mehr eingeschlafen.

Böhm hatte sich nach der Scheidung immer mehr in die Arbeit gestürzt und sich nur noch um seine berufliche Karriere gekümmert.

Dann hatte er den Geburtstag seiner Tochter vergessen.

Gut, er hatte in komplizierten Ermittlungen gesteckt und vergessen, anzurufen. Er war ein schlechter Vater.

Und Chantalle hatte auf keinen seiner flehenden Anrufe mehr reagiert.

Er schaute sich in der Wohnung um, während er auf Lena wartete.

Sie glich einem Schlachtfeld.

An der längsten Wand standen vier leere Kiefernregale. In der Mitte des Zimmers türmten sich noch etwa zwei Dutzend Bananenkisten.

Auf dem Boden standen noch ein paar Kartons, die etwa zur Hälfte ausgepackt waren. Der Inhalt der Kartons war schon das blanke Chaos. Hier lagen Klorollen, Familienfotos und Kochtöpfe einträchtig beieinander.

Ein großer Schrank stand in Einzelteilen an die Tapete gelehnt und für eine weitere Kommode schien auch noch kein geeigneter Platz gefunden worden zu sein.

„Mann Mädchen", Böhm runzelte die Stirn, „wenn du meine Tochter wärst..."

In diesem Moment erschien Lena wieder. Sie trug jetzt eine viel zu enge Jeans und hatte ein Handtuch um den Oberkörper gebunden.

„Ich brauche noch einen Moment!" Lena tapste wieder ins Schlafzimmer. Böhm hörte ärgerliches Schimpfen und das Rascheln weiterer Kartons.

„Oh je", dachte er und schaute auf die Uhr.

„Egal, die Wohnung gehört immer noch der Spurensicherung, die Leiche ist in der Gerichtsmedizin und bis morgen kann ich eh nichts mehr ausrichten."

Dann rauschte Lena erneut an ihm vorbei. Nun trug sie eine andere Jeans, ein blaues Sweat-Shirt und dicke Wollsocken.

Sie verschwand in der Küche und kam kurz darauf mit einer Holzkiste zurück. Sie stellte die Kiste auf den Boden und setzte sich darauf.

„So", sagte sie, „was wollen Sie!" Sie wirkte ungemein trotzig.

Gegen seinen Willen empfand Böhm ein Gefühl von Zärtlichkeit für die junge Frau.

Er wischte das Gefühl beiseite: „Erst einmal muss ich zugeben, dass ich Ihren Artikel fair finde."

„Sie dachten wohl, ich schreibe jetzt von dem überforderten Kommissar, der seine Mitarbeiter wie Sklaven behandelt!", antwortete Lena frech.

„Mädchen, wenn du so weitermachst, versohl ich dir noch den Arsch!", dachte Böhm aufgebracht.

„Bleiben Sie bitte sachlich", sagte er barsch, „ich könnte Sie auch wegen Behinderung der polizeilichen Ermittlungen anzeigen."

Er war aufgesprungen und schoss auf Lena zu.

Sie zuckte zurück und spürte, dass sie zu weit gegangen war.

„Haben Sie etwas Zeit? Ich könnte einen Tee kochen und dann können wir uns in Ruhe unterhalten", sagte sie in versöhnlichem Ton.

Böhm brummte und zwirbelte stumm an seinem Schnurrbart.

Lena verstand das offensichtlich als Zustimmung, denn sie stand auf und verschwand mit dem verstrubbelten Hund in der Küche.

Paula erhielt an diesem Tag wieder einen Brief ohne Absender. Sie hatte nur schnell den Briefkasten geleert, den Anrufbeantworter abgehört und war dann wieder nach Bad Münster gefahren, um zu sehen, wie es Max ging. Mit jedem Tag fiel es ihr schwerer, mit Mutter Käfer auszukommen.

Die wusste alles besser...

Paula fragte sich schon, ob sie überhaupt noch gebraucht wurde.

Mäxchens Oma kochte unermüdlich frischen Kamillentee, wechselte die Wadenwickel, las dem Kleinen eine Geschichte nach der anderen vor und summte ihn in den Schlaf.

Im Grunde genommen war Paula froh über die Hilfe. Sie hätte sich von der Arbeit befreien lassen müssen, um Max zu pflegen. Das war zwar ohne Weiteres möglich, doch das zweite Examen näherte sich erschreckend schnell und der Aktenberg auf ihrem Schreibtisch wurde ohnehin nicht kleiner.

Mit einem etwas dumpfem Gefühl im Bauch dachte sie an ihre Kindheit. Martha Käfer hatte auch Paula umsorgt und gepflegt, wenn sie einmal krank im Bett lag, aber die Herzlichkeit, mit der sie sich nun um ihren Enkel kümmerte, hatte Paula immer vermisst.

Mutter Käfer hatte ihr immer vorgebetet, dass man sich zusammenreißen müsse. Leiden war verboten, Jammern eine unverzeihliche Sünde. Was sollten da die Kinder in Afrika erst denken. Oder Sophie, ihre Schwester. Die war wirklich krank und bemitleidenswert.

Paula war es manchmal so vorgekommen, als erschöpfe sich das Mitleid ihrer Eltern in der Fürsorge für die kranke Sophie. Für Paula blieb da nicht mehr viel übrig. Sophie war schon mit einem Herzfehler auf die Welt gekommen und hatte in ihrem kurzen Leben mehr an Schläuchen und in Krankenhäusern verbracht als beim Spielen.

Von Paula hatte man indes erwartet, dass sie dankbar war. Dankbar für das gute Essen, das Mutter Käfer kochte, über das andere Kinder froh gewesen wären, dankbar für die getragenen Kleider, denn andere Kinder erfroren, dankbar für ihre Gesundheit, denn die eigene Schwester konnte nicht spielen und springen.

Paula hasste diese Dankbarkeit.

Sie hatte fortwährend Angst, man könne sie übersehen. Paula hatte das Gefühl, dass sie nur die Hälfte wert war.

So hatte sie immer versucht, Mitleid zu erregen. Wenn sie Bauchweh hatte, weinte sie so sehr, als würde sie einen Magendurchbruch erleiden, war sie hingefallen, schrie sie so laut, als hätte sie sich einen doppelten Bruch zugezogen.

Doch je lauter sie geschrieen und je mehr sie geweint hatte, desto kühler reagierte ihre Mutter.
„Denk an deine Schwester", hatte sie immer gesagt, und es war unmöglich, den Vorwurf zu überhören, der stets mitschwang.

Manchmal hatte sie sich gewünscht, auch so krank zu sein wie ihre ältere Schwester. Dann hatte sie sich wieder furchtbar für diesen Gedanken geschämt und gebetet, Gott möge sie doch verschonen und nicht so krank machen.

Dann war Sophie gestorben und es kam Paula so vor, als sei auch in ihrer Mutter etwas gestorben.

Mit Max allerdings konnte Mutter Käfer umgehen, doch Paula fiel es schwer, ihr dafür auch noch dankbar sein zu müssen. Sie sehnte schon jetzt den Tag herbei, an dem sie ihr Kind wieder mit nach Hause nehmen konnte. Dann hätte sie für ein paar Wochen auch erst einmal ihr Pensum an Mutter-Besuchen erfüllt.

Eine Pause würde beiden gut tun.

Paula zog sich in ihr altes Kinderzimmer zurück. Ihre alten Möbel standen noch da: der mit bunten Werbeaufklebern übersäte Kleiderschrank, der Schreibtisch mit kippbarer Platte, „damit das Kind sich nicht den Rücken verdirbt", und ihr altes Bett mit den Schubladen. Hier hatte sie immer ihre besonderen Schätze aufbewahrt.

Nun befand sich Ersatzbettwäsche darin; in den Regalen saßen Mutters Sammelpuppen und der Schrank war mit alten Mänteln und Jacken gefüllt. Einzig über dem Schreibtisch hing ein altes Kinoplakat von „Dirty Dancing".

Paula war damals bestimmt fünfmal im Kino gewesen und wie alle anderen in ihrer Klasse hatte sie ihre Eltern angebettelt, einen Mambo-Tanzkurs zu bezahlen, den die Tanzschule anbot.

Mambo hatte sie dann nicht gelernt, sondern war stattdessen in einen ordentlichen Tanzkurs geschickt worden, in dem man die klassischen und lateinamerikanischen Tänze lernte und nicht „solchen neumodischen Blödsinn".

Und heute sollte sie ihre bestimmt schon verblichenen Tanzkünste auf dem Juristenball ausprobieren – und das mit Unsell als Begleitung! Sie wusste nicht, ob sie darüber lachen oder weinen sollte.

Doch Paula lächelte, als sie das Poster des berühmten Liebespaares betrachtete.

Dann öffnete sie die Post.

Neben einigen Rechnungen fiel Paula nur der Brief ohne Absender ins Auge. Ihre Anschrift war computergeschrieben.
Sie riss den Umschlag auf und hielt ein weißes Blatt Papier in den Händen, auf dem wieder nur ein einziger Satz zu lesen war: „Welches Urteil ist dieser würdig?", stand da, ebenfalls mit dem Computer geschrieben. Paula drehte das Blatt um, doch die Rückseite war leer.

Dann dachte sie an die anderen beiden Briefe, die sie schon erhalten hatte. Was hatte da denn noch draufgestanden? Es wollte ihr nicht mehr einfallen. Dann schaute sie auf den Poststempel. Er war schwer zu lesen, denn der Postbeamte hatte ihn beinahe mittig auf die Briefmarke gedrückt, die das Konterfei der Gebrüder Grimm zeigte.

Dann entschlüsselte sie „Mainz" als Poststempel und musste sofort an Robert denken.

„Soll das irgendein Witz sein oder ein Rätsel, das der mit mir macht?"

In diesem Moment hörte sie Mäxchen weinen und verließ das Zimmer.

Es mochte keine Minute vergangen sein, als Böhm auch schon im Türrahmen der Küche erschien.

„Ihr Bullen habt die Neugier auch mit Löffeln gefressen", lachte Lena.

Böhm zog die Augenbrauen hoch. „Wie bitte?"

„Ich meine natürlich: Ihr Polizisten! Sorry! Das haben wir ja eigentlich auch gemeinsam; die Neugier meine ich."

Der Kommissar schüttelte den Kopf und fragte sich, woher er diese Geduld nahm. Außerdem hasste er Tee. Eine anständige Tasse Kaffee hätte er wohl gemocht, aber diese junge Frau, die mit ihm umging, als sei er ein alter Kumpel, löffelte undefinierbare Blätter, die unheimlich gesund aussahen, in ein Teesieb.

Er stellte sich vor, dass sie schrecklich schmecken würden.

„Ich dachte, Sie wollten mit mir sprechen", fuhr Lena fort, die sich inzwischen ungemein freute, endlich mal Besuch zu haben. Irgendwie fand sie diesen riesigen Bullen heute sympathischer als gestern, und insgeheim fürchtete sie auch, richtigen Ärger mit der Polizei zu bekommen.

„Ich bin nicht hier, um mit Ihnen ein Schwätzchen zu halten, sondern um von Ihnen zu erfahren, was der Zeuge Ihnen erzählt hat!"

Sie kehrten in den Raum zurück, der einmal ein Wohnzimmer werden sollte und setzten sich. Der Tee schmeckte, wie Böhm es befürchtet hatte. Auch Zucker konnte diesen Pestgeschmack, wie er ihn nannte, nicht überdecken. Doch tapfer schluckte er das Gebräu hinunter. Er wollte nicht schon wieder unhöflich sein.

Lena erzählte genau, was sie wusste. Böhms Gespür, das er sich im Laufe der Jahre angeeignet hatte, sagte ihm, dass sie nicht log. Sie erzählte wirklich alles. Dabei zündete sie sich eine Zigarette nach der anderen an. Sie besaß die Angewohnheit, zuerst einen Satz zu beginnen, um sich dann erst einmal eine Zigarette anzuzünden. Dann erst sprach sie weiter. Es kam ihm fast so vor, als habe sie Angst, man könne sie in der Zwischenzeit unterbrechen.

Böhm hatte wirklich nicht den Eindruck, dass sie etwas ausließ – im Gegenteil.

Diese Frau wollte ihm, Hauptkommissar Böhm auch noch gleich ihre Interpretationen mitteilen. Bald schwirrte dem alten Kommissar der Kopf. Er wusste nicht mehr, was der Zeuge wirklich erzählt hatte, und was Lena einfach als Vermutung eingeflochten hatte.

Beim Erzählen wedelte sie wild mit den Armen in der Luft herum, um ihre Aussagen zu unterstreichen.

„Stop!", rief er, als Lena gerade ihren Gesamteindruck von dem Zeugen schildern wollte.

„Frau Menkwitz! Jetzt fangen Sie noch einmal von vorne an und berichten mir von dem Zeugen. Aber ich will keinen – ich wiederhole – keinen einzigen Kommentar von Ihnen hören. Mich interessiert nicht Ihre persönliche Studie über die Glaubwürdigkeit des Zeugen und auch nicht Ihre Vermutung über einen Zusammenhang der beiden Morde. Ich will einfach nur hören, was Herr Maier gesagt hat", sagte er streng, „und für jedes Wort, das deine Meinung betrifft und nicht die Aussage des Zeugen, ramme ich dich ungespitzt in den Boden", fügte er in Gedanken hinzu.

„Ich lasse Ihnen jetzt genau fünf Minuten, um sich zu überlegen, was der Zeugenaussage und was Ihrer Fantasie entspringt. In der Zwischenzeit gehe ich auf die Toilette."

„Zweite Tür links", knurrte Lena, die ihre Thesen zu Maier als Tatverdächtigem sehr interessant und durchdacht fand.

Böhm stellte sich vor die Toilette und hob die Brille an.

„Setz dich, du Wutz!", schrie ein kleiner Lautsprecher, der an der Innenseite der Klobrille befestigt war. Böhm schrie auf vor Schreck.

Von draußen hörte er Lenas Lachen.

„Scheiß Feministenhaushalt", schimpfte er leise und setzte sich.

Im Gegensatz zu den anderen Zimmern war das Bad schon fertig eingeräumt. Auf der Ablage unter dem Spiegel standen aufgereihte Parfümflakons, und Böhm dachte an seine Tochter Chantalle, die auch diese Parfümproben gesammelt hatte. Am auffälligsten jedoch war die Sammlung an Gel, Haarspray, und sonstigen Haarprodukten, die anscheinend den Zweck erfüllen sollten, die Haare hart wie Beton werden zu lassen. Böhm öffnete eine der bunten Tuben.

Die rosafarbene Masse darin roch nach Himbeerbrause und klebte sofort an seinem Daumen. In einer gelben Glasschale lagen bunte Perlenketten und kleine Flaschen mit Glitzersternen und Halbmonden.

In einer blauen entdeckte er schwere Silberringe, die er sich kaum an den dünnen Fingern der jungen Frau vorstellen konnte. Sein Blick wanderte hinauf zu dem Spiegel, der in der oberen Ecke einen kleinen Sprung hatte. Dann fiel sein Blick auf das Gesicht eines müden Mannes mittleren Alters. Unwillkürlich fuhr er sich über die Augen. Kleine Falten hatten sich darunter gebildet.

Er riss die Augen weit auf, doch die Fältchen blieben.

„Böhm, du wirst alt!“, dachte er.

Der Gedanke gefiel ihm nicht.

Er drehte leicht den Kopf und betrachtete sich von der Seite. Sein Profil hatte sich nicht wesentlich geändert in den letzten Jahren. Er hob das Kinn und strich sich durch die noch immer sehr dichten dunklen Haare, die an den Schläfen leicht ergraut waren. Er richtete sich auf, als er den zweiten Spiegel bemerkte, der in seinem Rücken hing.

Der Kommissar drehte sich herum und sah einen großen stattlichen Mann. Augenblicklich zog er die Luft und mit ihr den Bauch ein, als sein Blick nach unten wanderte. Mit den breiten Schultern machte er doch noch einen guten Eindruck.

„Du spinnst doch“, dachte er, ließ die Gedanken an sein Profil und mit ihnen seinen Bauch fahren und wusch sich die Hände mit einer Seife, die seltsam nach Kokos roch.

Er wollte gerade das Bad verlassen, als sein Blick auf die Schläuche fiel, die hinter der Waschmaschine hervorragten. Die Schmutzwäschekörbe schienen überzulaufen.

Der Kommissar atmete tief durch und trat wieder ins Wohnzimmer.

„Wie lange wohnen Sie schon hier?“, fragte er.

„Vielleicht vier Wochen oder so“, Lena merkte mal wieder, wie wenig sie seit ihrem Einzug geschafft hatte und seufzte.

„Kann nicht ihr Freund oder ihr Vater mal die Waschmaschine anschließen?“

„Gibt's bei mir beides nicht“, gab Lena barsch zurück, „brauch ich auch nicht. Eine Frau kann ja wohl auch Elektrogeräte anschließen“, fügte sie schnippig hinzu und dachte an Sabine, mit der sie fast ein Jahr zusammen gewesen war. Die hatte das alles gekonnt.

„Eine Frau vielleicht schon, aber Sie anscheinend nicht!“ Sofort tat ihm leid, was er gesagt hatte.

„Kann ich Ihnen vielleicht helfen?“ Das war ihm jetzt herausgerutscht. Er wollte diese Frau befragen und hier nicht den Monteur spielen. Außerdem sollte er auch mal wieder heim. Der Tag war lang genug gewesen.

„Was soll's. Sie ist praktisch keine Zeugin. Auf mich wartet zu Hause auch niemand, die Kollegen erreichen mich auf dem Handy, und hier kann ich noch ein gutes Werk tun.“, dachte er.

Kurz darauf lag er schnaufend auf dem Badezimmerboden und schimpfte darüber, dass er mit so schlechtem Werkzeug auch nicht ordentlich arbeiten könne.

Lena saß grinsend auf dem Klodeckel.

„Also, kein Wort zuviel!“, rief er, „keine Interpretationen und Deutungen. Ich will genau hören, was der Maier gesagt hat.“

„Ja, ja“, lachte Lena, „das kann sonst alles gegen mich verwendet werden.“

„Ich sehe dich. Ich bin dir so nahe, dass ich dich riechen kann. Du kennst mich nicht mehr, aber ich habe dich nicht vergessen. Bald bin ich wieder bei dir“. Er tastete nach Qidi und umfasste liebevoll seinen Legostein. „Die Wölfe sterben. Warte nur ab. Bald wird alles gut sein. Dann ist es endlich vorbei“. Heute war er hingefahren und hatte zugesehen, wie sie arbeiteten. So viele Leute arbeiteten, um ihn zu finden. Er spürte, wie ihn das wütend machte. „Sie sollten nicht mich suchen“, dachte er.

Dann hatte er gesehen, wie zwei Rettungssanitäter eine Frau aus dem Haus getragen hatten. Wieder war die Angst über ihn gekommen. „Hoffentlich ist der nichts passiert!“, hatte er gedacht, „ich hab der Frau doch nichts getan.“

„Nur denen tue ich was; denen, die ich kenne: den Wölfen! Bevor sie mich kriegen!“ Dann hatte die Angst ihn überkommen, der Tanzlehrer könne nicht richtig tot sein. Panik überfiel ihn, als er sich ausmalte, wie die Sanitäter auch noch ihn hinaustragen würden. Und Schönherr wüsste, wer er war; er konnte ihm noch wehtun. Seine Angst war so groß gewesen, dass er so lange gewartet hatte, bis sie den Zinksarg nach draußen getragen hatte. „Er ist tot; tot… ausgelöscht, abgehakt.“

Dann hatte er sich schnell entfernt.

Er hatte einen Fehler gemacht.

Zu lange war er da gewesen, hatte sich hinreißen lassen von der Angst. Sie fraß ihn auf, sie fraß seine Seele auf. Langsam und unerbittlich. „Ich muss mich zusammenreißen, sonst scheitert der Plan", dachte er.

Dann sah er sie aus der Haustür kommen. Sie hatte es wohl eilig, trug die Post unter dem Arm.

Er folgte ihrem Auto in einigem Abstand. „Ich hab noch ein Geschenk für dich" flüsterte er und wünschte sich, sie könne ihn hören.

„Dann wird alles gut", dachte er „ich mache dir ein Geschenk! Vielleicht schon morgen …"

Böhm hatte bei den Nachbarn geklingelt und sich „ordentliches Werkzeug, mit dem ein Mann auch arbeiten kann" besorgt. Dann hatte er die Waschmaschine angeschlossen. Lena hatte ihm nun endlich erzählt, was sie von Maier wusste. Es war ihr sichtlich schwer gefallen, bei den Fakten zu bleiben.

Er fühlte sich richtig gut. Die handwerkliche Arbeit und das Gefühl, gebraucht zu werden, hatten ihn in Hochstimmung versetzt.

„Was ist mit dem Herd?", rief er erfreut aus, als er sich schwitzend erhob.

„Wissen Sie, wie viel Strom durch so einen Herd fließt? Das sollte vielleicht lieber ein Fachmann machen!"

„Sie beleidigen mich in einem fort! Ist ihnen das schon mal aufgefallen?"

„Ich, nein …"

Böhm lachte: „Los, zeigen Sie mir schon den Herd. Mein Vater war Elektriker. Ich weiß schon, wie man so ein Ding anschließt", fügte er beruhigend hinzu.

Gemeinsam gingen sie in die Küche. Böhm ließ sich auf einen Stuhl fallen, der sofort ein bedenkliches Knarzen von sich gab. Lena verzog das Gesicht.

„Nun hören Sie mal. Was haben sie denn für Mobiliar. Entweder gar keins oder es befindet sich bereits in akutem Auflösungszustand!"

„Oder du bist einfach zu dick", dachte Lena, die sich um ihren einzigen Stuhl sorgte.

„Wollen Sie noch einen Tee?", fragte sie, setzte frisches Wasser auf und zündete sich eine Zigarette an.

„Bitte nicht!", lachte er und sah sich die Herdanschlüsse an.

„Aber ein Wasser wäre jetzt wunderbar“, sagte er, als er den Herd angeschlossen hatte und setzte sich diesmal sehr vorsichtig auf den lädierten Stuhl.

Böhms Blick wanderte über den Küchentisch, auf dem sich schon einige schmutzige Tassen sammelten.

Dann sah er ein kleines Päckchen, das dort lag. Daneben befand sich noch eine Packung Zigarettenpapier zum Selbstdrehen und eine Packung starker Tabak.

Kommissar Böhm erkannte sofort, dass es sich bei dem kleinen Päckchen um Haschisch handelte.

Lena wunderte sich, warum er so still wurde, drehte sich um und folgte seinem Blick auf den Küchentisch.

Dann fiel ihr wieder ein, was da lag. Ihre Blicke trafen sich. Sein Lächeln erstarb.

Böhm spürte, wie der Polizist in ihm hoch kroch.

Wütend packte er sie Arm. „Ist das alles?“

„Ja“, schrie sie auf „was machen Sie denn da!“

Erschrocken ließ er ihren Arm los. Er hatte sich gerade wie ein hysterischer Vater benommen, der seine Tochter schon mit einer Nadel im Arm in der Gosse liegen sah.

Aber dies hier war nicht seine Tochter. Sie war nur eine unverschämte Journalistin, die sich in seine Arbeit gedrängt hatte.

Wortlos stand er auf, schnappte sich seine Jacke. Mit einem lauten Schlag knallte er die Wohnungstür hinter sich zu.

Lena nahm das Päckchen vom Tisch und warf es mit voller Wucht in die Spüle.

Dann setzte sie sich auf ihren Schaukelstuhl. Der Kommissar hatte den ganzen Nachmittag bei ihr verbracht und die Zeit war verflogen wie schon lange nicht mehr. Lena fühlte sich auf einmal schrecklich allein. Sie starrte in die Dunkelheit und weinte.

Beinahe im letzten Augenblick entschied sich Paula, doch zum Juristenball zu gehen. Mäxchens Zustand war stabil; er war bereits eingeschlafen und sie hatte keine Lust auf einen Fernsehabend mit ihrer Mutter. Außerdem erhoffte sich Paula insgeheim, ein paar gute Kontakte knüpfen zu können. Ein bisschen Vitamin B konnte für eine Karriere immerhin nicht schaden.

Sie nahm sich vor, ein paar Tänze für den armen Unsell zu opfern, um sich dann höflich und für den Rest des Abends abzusetzen. Sie hoffte auf ein paar knackige Jungjuristen, mit denen sie einen lustigen Abend ohne Unsell verbringen konnte.

Uwe Unsell holte Paula in Bad Münster ab. Paula hatte ihre Mutter beschworen, ihn nicht hinein zu bitten. Ihre Mutter konnte peinlicher sein als sich ein Sterblicher ausmalen konnte. Besonders schlimm war das, wenn sie schlechte Laune hatte.

Und Martha Käfer hatte schlechte Laune. Zum Einen wollte sie nicht einsehen, dass Paula so kurz nach der Trennung mit Robert schon mit einem anderen Mann ausging, und sie beschloss insgeheim, sich diesen Konkurrenten auf ihren Wunschschwiegersohn genau anzusehen. Zum Anderen war sie wohl auch beleidigt, dass Paula den Abend nicht mit ihr verbringen wollte. „Zum Kinderhüten und zum Bügeln deiner Blusen bin ich wohl gut genug!“, sagte sie schnippig, als Paula ihr den Entschluss mitteilte.

„Du hast was?“ Paula schnappte nach Luft.

„Ja, irgendjemand muss sich ja um deine Wäsche kümmern!“, zeterte Martha Käfer, „ich mach's ja gern, auch wenn ich jetzt wieder Schmerzen im Arm habe, weißt du“, sie krempelte den Ärmel hoch, „von hier...“, sie deutete auf ihr Handgelenk, „nach oben“, ihr Finger wanderte konzentriert aufwärts, „bis in die Schulter hinein. Ich sag dir, Schmerzen sind das!“

Paula holte Luft, besann sich dann jedoch: „Danke Mutti!“, sagte sie gepresst und spürte, wie sich alles in ihr zusammenzog. Doch sie hatte heute einfach keine Lust mehr auf einen Kampf mit ihrer Mutter. Zumal sie doch wieder verlieren würde.

„Hast wohl ein bisschen zugelegt“, sagte Frau Käfer, als Paula in einem roten Samtkleid die Treppe hinunterschritt. Paula überhörte den Kommentar krampfhaft und lief zur Tür, als es klingelte.

„Zu früh kommt er auch noch“, meckerte ihre Mutter und das Unheil erhob sich vom Sofa.

Unsell machte eine tiefe Verbeugung, als Paula öffnete. Er trug einen Smoking mit einer grünen Schärpe. Die passende Seidenfliege hing so verloren an seinem dürren weißen Hals wie ein Propeller in der Luft.

Unsell musste sich frisch rasiert haben, denn sein Halsansatz und die Kinnpartie waren von winzigen Schnitten übersät. Paulas Magen krampfte sich schmerzhaft zusammen, als sie sah, dass sich der unglückselige Mensch in den Pickel geschnitten hatte.

Der Pickel sah nun aus wie eine rote Blutbeule und trug zu ihrem Schrecken sogar noch ein paar übriggebliebene Bartstoppeln.

Unsell hatte sich anscheinend die Haare schneiden lassen, und zwar so kurz, dass seine abstehenden Ohren aussahen wie die Seitenspiegel an einem Motorrad. Paula hätte an seiner Stelle diesen Frisör auf Schmerzensgeld verklagt.

Verlegen lächelnd und mit hochrotem Gesicht streckte ihr Unsell einen riesigen Strauß roter Rosen entgegen, als auch schon Martha Käfer im Türrahmen erschien.

Gezwungenermaßen stellte Paula die beiden einander vor und verschwand dann kurz, um ihre Handtasche zu holen und Mäxchen einen Gute–Nacht-Kuss zu geben.

Als sie wiederkam, hörte sie nur einen Satz, der ihr Blut in den Adern gefrieren ließ: „Haben Sie es schon einmal mit Teebaumöl versucht?"

„Bitte?", gab Unsell höflich zurück.

„Ich meine Ihr Hautproblem. Haben Sie es schon mal mit Teebaumöl probiert!" Unsells Gesichtsfarbe wechselte von Rot zu Purpur.

„Wir müssen los!" Paula rannte fast, „tschüss Mutti, warte nicht auf mich!"

Sie zog den verdatterten Unsell hinter sich her zu dem imposanten schwarzen Wagen, den er an der Straße geparkt hatte.

„Nett, Ihre Frau Mutter!", stotterte er.

Paula glaubte ihm kein Wort.

Der überstürzte Aufbruch rächte sich. Paula und Unsell gehörten zu den ersten im Kurhaus, in dem der Juristenball traditionell stattfand.

Gelangweilt stand sie an einem Bistrotisch und nippte an ihrem Glas Champagner, während Unsell über seine Rosenzüchtungsversuche sprach.

„Wissen Sie, Paula, am liebsten ist mir noch immer die Rosa canina, die gemeine Heckenrose. Die zarte Farbgebung ihrer Blätter ist mit keiner späteren ..."

Paula sah sich um. In dem weiträumigen Tanzsaal hatten sich noch nicht viele Leute eingefunden. In kleinen Grüppchen standen schon einige ältere Herren zusammen und debattierten offensichtlich über Neuerungen in der Rechtsprechung. Die Musikkappelle hatte schon leise begonnen, einige Walzer und Foxtrotts zu spielen. Paula unterdrückte mühsam ein Gähnen.

„Wissen Sie eigentlich, dass der Ausspruch: ‚Keine Rosen ohne Dornen' faktisch nicht korrekt ist?", stotterte der Mann, bei dem eine Seidenfliege aussehen konnte wie ein grüner Propeller am Stiel: „Der Botaniker spricht bei der Rose nämlich von Stacheln, bei deren Bildung, im Gegensatz zum Dorn, noch andere Gewebearten mitwirken. Die Bezeichnung Dorn ist folglich bei der Familie der Rosaceae ..."

„Frau Käfer, Herr Unsell!"

Paula wäre dem alten Staatsanwalt am liebsten vor Freude um den Hals gefallen. „Frau Käfer, Sie sehen hinreißend aus!" Dr. Neumann fasste ihre Hände.

„Ich hoffe, Unsell, Sie langweilen die Dame nicht mit juristischen Schachzügen!" Er zwinkerte Paula verschmitzt zu.

„Nein, aber man kann auch über Rosen genauso langweilig reden wie über ‚die Verschleierung unrechtmäßig erlangter Vermögenswerte'", dachte Paula und schüttelte lächelnd den Kopf.

„Das ist meine Frau." Der Staatsanwalt strahlte, und eine kleine runde Frau mit roten Apfelbacken streckte die Hand aus. Paula fand, sie sah in ihrem drallen gelben Kleid aus wie eine Marktfrau, die Kirschen verkauft. Leider hatte Neumann schon die nächsten Bekannten erspäht und drängelte seine Frau, die er nur zärtlich ‚Lieschen' rief, schon zu den nächsten Besuchern.

Langsam füllte sich der Saal. Als Ehrengast war der Innenminister geladen, der mit erhobenem Haupt das Podium bestieg und eine nichtssagende Rede hielt, die mit höflichem Applaus honoriert wurde.

„Eine gute Rede und eine gute Predigt dürfen über alles gehen, aber nicht über zehn Minuten", grunzte Dr. Neumann in Paulas Ohr, als der Minister noch immer nicht zum Ende kam.

Paula entschuldigte sich kurz bei Unsell und suchte die Toilette. Sie hatte vor, sich bald zu verabschieden, wenn nicht noch ein Wunder passierte.

„P-Paula? Ha-hallo Paula!" Ein großer Kopf erschien direkt vor ihrem Gesicht. Paula zuckte zusammen.

Vor ihr stand der „dicke Lenny".

Sie kannte ihn, seit sie denken konnte. Sie waren in demselben Kindergarten gewesen und hatten die gleiche Konfirmandengruppe besucht. Lenny gehörte zu den Kindern, die von den anderen gequält und geärgert wurden. Doch Lenny hatte die Sticheleien der Kinder immer mit stoischer

Gleichmut ertragen, bis ihn jemand als „feige“ bezeichnet hatte. Für Lenny musste Feigheit die schlimmste Schande gewesen sein, die er sich vorstellen konnte. Jedenfalls war er auf den kleinen Übeltäter losgegangen, als wolle er ihn erschlagen. Erst ein Erwachsener konnte die beiden trennen. Seither hatte sie Lenny seltener gesehen. Es hieß irgendwann, er sei mit seiner Mutter weggezogen. Doch Paula hatte sich damals für andere Jungs interessiert. Es war ihr lange noch nicht einmal aufgefallen, dass sie Lenny nicht mehr regelmäßig gesehen hatte.

„Lenny?“, Paula schaute den großen stattlichen Mann, der mit einem eleganten Anzug und einer fliederfarbenen Krawatte vor ihr stand, überrascht an.

„I-Ich w-w-w-wohne jetzt wieder h-hier. Ich arbeite hier.“ Stolz schaute er zu ihr hinunter. Sein Gesicht schien kaum gealtert zu sein. Seine dicken Wangen und das herzliche Lachen schienen noch immer dem kleinen Jungen zu gehören, der keiner Fliege etwas zuleide tat, solange man ihn nicht feige nannte.

Noch immer stotterte er ein wenig und blickte unsicher auf seine Schuhspitzen.

„Das ist schön“, antwortete Paula und fragte sich, was sie als Nächstes sagen könnte. Erst Unsell, der mit seinen Rosengeschichten an ihr hing wie eine Klette, und dann dieser Lenny, der ihr eigentlich ziemlich egal war.

So verabschiedete sie sich schnell und verschwand hinter der Toilettentür.

Sie seufzte. So hatte sie sich den Abend nicht vorgestellt. Vor dem großen Spiegel zog sie ihren Lidstrich nach und richtete ihr Kleid. Es roch hier drin nach einem Gemisch aus Toilettengeruch und schwerem blumigen Parfum. Paula öffnete ein Fenster und sah hinaus. Ihr Blick fiel auf das Beet, in dem die Platane stand, die sämtliche Tageszeitungen der letzten Tage gefüllt hatte. Ihr lief unwillkürlich ein Schauder über den Rücken, und sie schloss schnell das Fenster.

Dann schielte sie aus der Tür zu dem hell erleuchteten Flur. Lenny war verschwunden und Paula beschloss, zu tanzen. Unsell war mehr als erschrocken, als sie ihn unmissverständlich zum Tanz aufforderte. Die Band spielte gerade einen Foxtrott und Paula dachte sich, dass dabei ja nicht viel schief gehen konnte.

Doch sie hatte sich getäuscht. Gleich der erste Schritt Unsells ging zielstrebig daneben. Ein frisch geputzter schwarzer Schuh nicht unbeachtlicher Größe eroberte ihren Fuß im Fluge. Paula schrie auf und Unsell machte ein Gesicht, als müsse gleich sein Pickel explodieren.

Ihr war noch nie aufgefallen, dass Unsell so große Füße hatte, doch sie sollte es schmerzlich erfahren.

Doch nicht nur, dass er sie fortwährend trat, er wippte mit jedem Schritt. Paula hasste diese Tänzer, die jeden Schritt taten, als hätten sie Sprungfedern unter den Sohlen. Verstohlen zählte Paula die Strophen des Schlagers. Als der letzte Ton verklungen war, tat sie außer Atem und verschwitzt und gab vor, etwas trinken zu müssen.

Unsell wippte mit federnden Schritten davon, um Paula einen Champagner zu holen und sie hoffte, dass alle Bediensteten mit ihren Tabletts gerade in der Küche wären.

Wie ein Wiesel wippte Unsell auch schon wieder quer über das Tanzparkett auf sie zu, während er zwei Sektkelche balancierte. Als er sie an eine Säule gelehnt entdeckte, streckte er seinen Hals noch weiter in die Höhe und versuchte, ihr mit dem einen Glas zuzuwinken.

Es musste passieren.

Ein gewichtiges Paar schob sich gerade im Walzerschritt über das frisch gebohnerte Parkett, erfasste den verwirrten Unsell, der verzweifelt versuchte, die Gläser zu retten …

Bald hatte sich eine Traube von selbsternannten Ärzten um die arme Frau versammelt, die fachkundig ihren geschwollenen Knöchel untersuchten, während sich Unsell, unablässig verbeugend, bei der schimpfenden Person wortreich entschuldigte.

„Da haben Sie sich aber einen wilden Verehrer zugelegt“, lachte es neben Paula.

Die kleine Frau Neumann stand auf einmal neben ihr.

„Den hab ich mir bestimmt nicht zugelegt“, gab Paula empört zurück und lachte.

„Na ja“, flüsterte Frau Neumann, „wenn man es genau nimmt, war der Knöchel von unserer Frau Gerichtsrätin schon immer dick.“ Sie kicherte leise.

„Wussten Sie schon, dass sie malt?“

Paula schüttelte den Kopf.

„Ihre, ich nenn sie mal Gemälde, schmücken das ganze Amtsgericht in Mainz. Kommen Sie doch an unseren Tisch, dann können wir ein bisschen plaudern.“

Sie zwinkerte schelmisch und hakte sich bei Paula unter.

Und die hatte lange nicht mehr so gelacht wie an diesem Abend.

Die Wohnung gegenüber war dunkel. Die komische Juristin schien verreist zu sein, denn Lena hatte sie seit einigen Tagen nicht mehr gesehen. Irgendwie verstärkte das ihre Traurigkeit. Sie hatte sich schon lange nicht mehr so einsam gefühlt. Verträumt dachte sie an ihre Nachbarin und musste lächeln.

„Sie sieht unheimlich hübsch aus, wenn sie sich aufregt." Lena kraulte Stoibers Ohr.

„Im Gegensatz zu diesem Kommissar". Auf einmal überkam sie die Angst, er könne nicht mehr wiederkommen, doch sie schob den Gedanken entrüstet beiseite.

Was ging sie schon dieser schmierige Bulle an.

Dann sah sie, wie sich in der Wohnung gegenüber etwas bewegte. Ein Schatten erschien kurz am Fenster und verschwand dann wieder.

Lena starrte mit offenem Mund hinüber, doch so sehr sie sich auch anstrengte; nichts rührte sich.

„Das gibt's doch nicht: Da war jemand!" Sie beobachtete noch lange das Haus und wartete, ob jemand aus der Tür trat. Doch nichts rührte sich.

Sie dachte an die Morde und an Böhm. Vielleicht mochte sie ihn ja doch ein bisschen. Er war irgendwie anders.

Sie konzentrierte ihren Blick auf die Zimmer der Nachbarin. Genau gegenüber lag die Küche ...

„Und er ist doch wie jeder andere Scheiß Bulle, sonst würde er ja nicht wegen so einem bisschen Gras so einen Aufstand machen!", dachte sie enttäuscht. Eigentlich hätte sie nun wirklich eine Anzeige fürchten müssen, aber irgendwie glaubte sie nicht daran, dass Böhm sie anzeigen würde.

Irgendwie vertraute sie ihm ...

Im Haus gegenüber schien sich nichts mehr zu rühren ...

Lena bemerkte nicht, wie ihr die Augen zufielen ... und sie sah nicht mehr die Gestalt, die leise das Haus ihrer Nachbarin verließ.

„Ich war bei dir. Ich habe dich gerochen, ich habe dich gespürt. Ich habe den Schweiß an deiner Bluse gerochen, ich habe in deinem Kühlschrank

gesehen, dass du noch immer gerne Limonade trinkst. Ich habe in deinem Bett gelegen, deine Decken zerwühlt. Ich habe gespürt, was du träumst und in deinen Lieblingsbüchern gelesen ...“

8

Am nächsten Morgen wurde Lena durch die Türklingel geweckt. Erschrocken fuhr sie hoch. Sie musste auf dem Schaukelstuhl eingeschlafen sein. Ihr Genick fühlte sich an, als hätte ihr jemand einen Dolch zwischen die Schulterblätter gerammt.

Stoiber stand schon wedelnd an der Tür.

„Sie?“ Lena runzelte die Stirn, drehte sich wortlos um und schlurfte in die Küche.

Kommissar Böhm tätschelte Stoiber und folgte ihr.

„Ich habe Werkzeug dabei. Eine Bohrmaschine, Dübel und noch so allerlei“, meinte er fragend.

„Mit Allerlei meinen sie dann wohl den Drogenspürhund, die Handschellen und den Hausdurchsuchungsbefehl“, antwortete Lena trotzig.

„Was macht dieses Biest nur mit mir“, dachte der Kommissar. „Ich könnte dieses Mädchen in dem einen Moment in den Arm nehmen; im nächsten könnte ich sie umbringen.“

Im Augenblick war ihm nach letzterem.

„Es würde mir so richtig Spaß machen, dich übers Knie zu legen.“ Er sah sie böse an.

„Das wäre bestimmt Nötigung und Körperverletzung und bestimmt noch so was Schickes wie Amtsanmaßung oder so was“. Lenas Blick war herausfordernd.

„Wo ist das Zeug?“, fragte er barsch und trat auf sie zu.

Lena deutete mit einem Blick auf den Tisch, auf dem sie das nasse Gras zum Trocknen ausgebreitet hatte.

Sie zündete eine Zigarette an.

„Tee?“, fragte sie dann und Böhm nickte stumm, obwohl ihm schon jetzt vor dem Zeug graute.

„So lang es sich wirklich nur um Tee handelt, was Sie da alles reinmixen“. Er lächelte und auch Lena musste lächeln.

Sie war froh, dass er gekommen war.

Den halben Morgen über blieb Böhm bei Lena. Er dübelte die Regale an die Wand, schleppte die Kommode in drei verschiedene Ecken, bis Lena endlich zufrieden war, während sie ihm ihr halbes Leben erzählte.

„Können Sie sich vorstellen, wie komisch ich mich gefühlt habe, als der auf einmal hinter mir stand?" Lena fuchtelte wild mit den Armen in der Luft herum, „mir ist beinahe die Luft weggeblieben! Und wissen Sie, was er geantwortet hat?"

„Mmh", brummte Böhm, während er die Kommode geraderückte. „Frau Menkwitz, sagte er, Sie lassen keinen Fettnapf aus, hat er gesagt, und er hatte Recht. Ich weiß nicht woran das liegt, aber ich schaffe es überall, mich zu blamieren."

„Vielleicht reden Sie auch einfach zu viel!", dachte Böhm und schmunzelte.

Plötzlich klingelte sein Handy. Seufzend schaute er auf das Display und meldete sich dann schnell. Geschäftig und ernst hörte er lange zu. Mit den Worten „Ich komme", legte er auf und sah zu Lena hinüber, die ihn neugierig musterte.

„Die Untersuchungsergebnisse sind gekommen", schnaufte er, krempelte seine zerknitterten Hemdsärmel hinunter und hielt nach seiner Jacke Ausschau.

„Und?", Lena schaute ihn eindringlich an.

„Was und!" Er entdeckte die Jacke auf dem Schaukelstuhl.

„Was haben sie gesagt. Wer ist der Tote und wie ist er ermordet worden? Ist die Frau jetzt ansprechbar, die Nachbarin?"

Böhm lächelte: „Das würde ich jetzt auch gerade einer karrieresüchtigen Jungjournalistin erzählen, die ihre Nase ohnehin in Dinge steckt, die sie nichts angehen. Ich wäre ja schön blöd."

„Schade", meinte Lena knapp. In diesem Moment beschloss sie, diesen Fall als Karrieresprung zu benutzen. Sie wollte den Exklusivbericht bringen.

Vor allen anderen Zeitungen würde sie die meisten Fakten recherchiert haben.

Böhm stutzte. Er hatte nicht damit gerechnet, dass sich die junge Frau so schnell fügen würde.

Doch Lena hatte sich schon wieder ihren Kisten zugewandt und packte geschäftig Bücher in ein leeres Regalfach.

Es war Samstag und Paula hatte frei. Sie hatte sich ein paar Akten mit nach Hause genommen und wollte endlich Sachen aufarbeiten, die schon lange liegen geblieben waren.

Mäxchens Fieber war gesunken. Doch nun schlief er auch weniger und wurde von dem schrecklichen Juckreiz geplagt. Sein ganzer Körper war von Pusteln übersäht, deren bloßer Anblick Paula schon zum Kratzen aufforderte.

Oma Käfer und Paula wechselten sich ab mit der Mäxchen-Wache. Sie mussten sich beständig etwas Neues einfallen lassen, um das Kind abzulenken. Das ganze Wochenende beanspruchte Max die volle Aufmerksamkeit der beiden Frauen. Paula übernachtete in Bad Münster und kam kaum zu der mitgebrachten Arbeit. Sobald Mäxchen schlief, schlug sie wieder eine Aktenmappe auf, um sie seufzend wieder zuzuklappen, weil ihre Mutter irgendetwas wollte.

Mutter Käfer genoss es sichtlich, die beiden im Haus zu haben.

Von ihrem Rheuma und sonstigen kleineren und größeren Beschwerden war keine Rede mehr.

Martha Käfer war in ihrem Element.

Sie kochte die aufwändigsten Gerichte, schnitzte Apfelstückchen in Sternform für Max, bügelte Paulas Blusen und fragte nach ihrer Arbeit, als stünde der nächste Elternsprechtag bevor.

Paula fühlte sich bedrängt und eingeengt. Mäxchen zuliebe ging sie jeder Auseinandersetzung aus dem Weg, doch sie spürte, wie die Zeit bei ihrer Mutter an ihren Nerven riss.

„Paulaaa!" Da war es schon wieder. Paula schluckte, atmete tief aus und erhob sich wieder von ihrer Arbeit.

„Wo bleibst du nur. Ich habe ein Geschenk für dich. Ich zeige es dir, wenn du nach Hause kommst. Lass mich nicht so lange warten! Heute passiert es. Ich spüre es. Heute bringe ich sie dir. Aber du musst auch nach Hause kommen!"

Am Sonntag horchte Lena auf, als sie aus dem Fernseher das Wort „Kreuznach" hörte. Sie ließ den leeren Karton fallen und stellte den Ton lauter. Böhm hatte noch nicht seinen Werkzeugkoffer abgeholt, den er in der Eile bei ihr vergessen hatte. Er schien ganz schön viel um die Ohren zu haben.

In der Boulevardsendung sprach der Moderator von dem „Kreuznacher Serienmörder“ und eine gewisse Frau F. erzählte dem Privatfernsehen mit vor Aufregung fleckigen Wangen, wie sie den Toten gefunden hatte.

Man sah ihr an, dass sie sich fürs Fernsehen extra eine neue Dauerwelle hatte machen lassen.

Dann schwenkte die Kamera auf einen bulligen großen Mann mit Schnurrbart, dem die aufgeregte Moderatorin, die Lena schon von der Pressekonferenz her kannte, den dicken Mikrofonball vor das Gesicht hielt: „Kommissar Böhm. Sie leiten die Ermittlungen in diesem Fall. Müssen sich die Menschen dieses schönen Kurörtchens jetzt vor einem Psychopathen fürchten?“

Böhm versuchte, die blondierte Moderatorin zu ignorieren und winkte einen der Polizisten herbei.

„Was werden Sie unternehmen?“

Ihre Stimme wurde fordernd, doch Böhm wehrte mit der Hand das Mikrofon ab, das sie ihm mit Gewalt vor den Mund hielt.

Lena kicherte.

„Werden Sie diesen Verrückten stoppen können, oder werden Sie tatenlos zusehen, wie er weitermordet?“

Einen Augenblick lang schien Böhm die Frau anzustarren.

Dann holte er tief Luft.

Lena wartete vergnügt auf seinen Ausbruch. Sollte er es der Schnepfe ruhig mal zeigen.

Doch in diesem Augenblick wurde der Kommissar am Arm gepackt und zurückgezogen. Nun drängelte sich ein junger drahtiger Mann mit Anzug und Krawatte ins Bild, den Lena als diesen Staatsanwalt Unsell wiedererkannte.

„Zum gegenwärtigen Zeitpunkt sehen wir uns außer Stande ...“ Unsell redete und redete, ohne etwas zu sagen. Dann verwies er die Moderatorin auf die morgige Pressekonferenz und versprach, man werde dann ausführlich Stellung beziehen.

Im Hintergrund lief wieder Böhm durch das Bild und dirigierte wild gestikulierend seine Einsatzkräfte herum.

„Liebe Zuschauer, das waren die ersten Live-Bilder aus Bad Kreuznach. Wir melden uns sofort wieder, wenn ...“

Lena schaltete den Fernseher aus, schwang sich auf ihr Fahrrad und fuhr in die Rüdesheimerstraße. Sie wollte jetzt vor Ort sein. Vielleicht konnte sie ja von dieser Nachbarin noch irgendetwas erfahren.

Etwa hundert Meter vor dem Haus stellte sie ihr Fahrrad ab. Die Leute vom Fernsehen hatten ihren Posten erst einmal verlassen.

Momentan war keine Presse zu sehen und auch das Absperrband vor dem Hauseingang war entfernt worden.

Lena wartete noch einige Minuten, doch als sich nichts rührte, trat sie zum Eingang und betrachtete die Namensschilder. Nach den Klingeln zu urteilen, wohnte die Familie Maier im Erdgeschoss. Mit Herrn Maier hatte Lena ja schon gesprochen.

Im ersten Stock schien Roger Schönherr zu wohnen – Lena korrigierte sich schaudernd – gewohnt zu haben. Elsbeth Finke, die auf dem obersten Klingelschild stand, musste demnach die Frau sein, die aus dem Haus getragen worden war, und die sie eben im Fernsehen gesehen hatte.

Lena zögerte nur einen Augenblick. Dann klingelte sie bei „Finke".

„Ja bitte?", knarzte es aus der verrosteten Gegensprechanlage.

Lena stutzte. Die hatte sich so schnell gemeldet, als habe sie direkt neben der Wohnungstür auf Besuch gewartet. „Wahrscheinlich hat sie mich schon am Fenster gesehen", dachte Lena und stellte sich als Menkwitz von der „Örtlichen" vor.

Der Summer wurde augenblicklich betätigt, und Lena betrat das Haus, in dem sie vor ein paar Tagen so ängstlich vor dem riesenhaften Böhm gestanden hatte.

Im ersten Stock hielt sie inne. Die Wohnungstür war mit einem „Polizeikuckuck", wie Lena diesen Aufkleber taufte, ordentlich verplombt worden. Auf der Tür prangte ein kitschiges Namensschild aus Salzteig. Lena schauderte unwillkürlich.

Ein Mord im Fernsehen war etwas anderes als ein Mord in der eigenen Stadt.

„Hallo?" Sie hörte die ungeduldige Stimme aus dem Obergeschoss und ging nun zügig die Treppe hinauf in den obersten Stock.

Frau Finke empfing sie freundlich und bat sie hinein. Ohne dass Lena auch nur eine Frage stellen konnte, sprudelte Frau Finke los wie eine Ertrinkende. Man merkte, dass sie diese Geschichte inzwischen schon Dutzend Mal erzählt hatte, denn sie holte kaum Atem, während sie schilderte, wie sie den Toten gefunden hatte.

Lena nickte immer wieder bestätigend und notierte sich gedanklich einige Fragen, die sie Frau Finke noch stellen wollte, falls diese jemals zum Ende kommen würde.

„Kannten Sie sich genauer?"

„Och ja ...“ Frau Finke errötete leicht, „ich würde sagen, zwischen uns ...“, sie seufzte und knüllte ihr Taschentuch zwischen den Fingern, „das war schon mehr als nur eine gute Nachbarschaft“.

Sie betupfte ihre Augen.

„Wissen Sie, ob Herr Schönherr an diesem Tag Besuch bekam? Sie bekommen hier im Haus doch sicherlich einiges mit!“ Lena bemerkte im selben Augenblick, dass sie gerade die erste Bauchlandung vorbereitet hatte.

„Wollen Sie etwa damit sagen, ich würde meinen Nachbarn hinterher spionieren?“

„Oh nein ...“, jetzt galt es zu retten, was noch zu retten war, „ich wünschte mir sehr, in meinem Haus gäbe es einen Menschen, der auch ein bisschen nach dem Rechten sieht. Man weiß doch manchmal gar nicht mehr, wer so alles vor meiner Wohnungstür ein und aus geht.“ Hoffentlich reichte das. Lena wollte nicht noch auf ihrer eigenen Schleimspur ausrutschen.

Doch Frau Finke nickte schluchzend.

„Und dennoch habe ich es nicht verhindern können!“

„Also bekam Herr Schönherr noch Besuch?“ Lena startete einen zweiten Versuch, während sie aufmunternd Frau Finkes Hand ergriff.

„Da kam ein junger Mann; aber da war Roger ja noch nicht zu Hause. Der ist dann auch wieder gegangen..“

„Das wissen Sie sicher?“ Lena wurde aufmerksam. „Wann war das?“

„Na ja, so um viertel Fünf, diese interessante Gerichtssendung lief noch, wissen Sie, die mit der freundlichen Richterin ...“

„Und Sie haben gesehen, wie der junge Mann wieder ging?“

In diesem Moment schellte es an der Tür.

Lena stöhnte auf und ließ sich auf dem Sofa mit Überdecke nach hinten fallen. Frau Finke stand auf, um die Tür zu öffnen.

Als Lena dann die Stimme des Besuchers hörte, saß sie wieder kerzengerade.

„Hallo“, sie lächelte unschuldig in das bärtige Gesicht, auf dem sich zwei bedenklich tiefe Stirnfalten bildeten. Seine Augen sprachen Bände.

„Das junge Fräulein hat mir auch schon ein paar Fragen gestellt, nehmen Sie doch Platz, ich setze noch eine Kanne Tee auf.“

Frau Finke marschierte geschäftig in die Küche. So viel Besuch hatte sie seit Jahren nicht mehr bekommen.

„Sie sind natürlich rein zufällig hier vorbeigekommen. Oder, lassen Sie mich raten: Frau Finke ist bestimmt eine Tante, die sie schon so lange nicht mehr besucht haben, stimmt's?" Böhm flüsterte mal wieder in ohrenbetäubender Lautstärke.

„Ich mache hier nur meinen Job!" Lenas Worte waren ein Zischen.

Böhm sah aus, als habe er seit einigen Tagen keinen Schlaf mehr bekommen. Er wirkte müde und verbraucht, doch er war nicht müde genug, um es nicht wieder auf einen Streit ankommen zu lassen.

„Jetzt hören Sie mir mal gut zu". Sein Flüstern war ohrenbetäubend und Lena sah auch schon Frau Finkes Haarschopf im Türrahmen erscheinen und um die Ecke linsen.

„Ich habe hier einen Mordfall aufzuklären; unter Umständen handelt es sich hier um einen Serientäter, der nicht Halt machen wird, andere Menschen auf schrecklichste Art zu verstümmeln, bevor wir ihm nicht Einhalt gebieten. Schreiben Sie meinetwegen, was Sie wollen, aber stören Sie nicht meine Ermittlungen!" Trotz Lenas wildem Gefuchtel, er solle seine Stimme zügeln, war Böhm immer lauter geworden.

Mit kalkweißem Gesicht erschien Frau Finke nun in voller Größe aus dem Türrahmen: „Ein Serienmörder? Ja um Gottes Willen …"

Sie stützte sich an einem antiken Sekretär ab, der an der Seite stand. Böhm sprang auf. „Ach was, Frau Finke, das war doch nur so daher gesagt. Wir glauben nicht, dass der Täter …"

Er versuchte, seine volle Überzeugungskraft in seine Worte zu legen.

„Außerdem wurde Herr Schönherr bestimmt von einer eifersüchtigen Frau getötet. Und ich habe noch nie von Massenmörderinnen gehört, oder Sie Herr Kommissar.

Böhm schüttelte sich innerlich vor dem Blödsinn, den Lena da von sich gab, aber immerhin: es wirkte.

„Meinen Sie?", schluchzte Frau Finke. Lena nickte. „Sie meinen also, diese Frau, die an dem Abend bei ihm war, hat ihn getötet?"

Böhms Augen wurden immer größer.

„Ganz bestimmt; da bin ich mir ganz sicher, und sie wird auch niemandem mehr etwas tun." Lena strich der verängstigten Frau beruhigend über den Arm.

Böhm geleitete sie zu ihrem Sessel, während er Lena anblickte, als verstünde er die Welt nicht mehr.

„Was erzählte die hier bloß? Welcher Frauenbesuch? Was wusste die nur schon wieder, wovon er keine Ahnung hatte. Es war zum Verzweifeln.

„Nun beruhigen Sie sich erst einmal“ Lena drückte der noch immer zitternden Frau ihre Teetasse in die Hand, „nun trinken Sie erst einmal einen Schluck. Der weckt ihre Lebensgeister wieder.“

Böhm verdrehte die Augen.

„Sie sprachen eben von einem jungen Mann, den Sie an dem Abend gesehen haben. Um viertel Fünf, nicht wahr?“ Böhm lief im Raum umher wie ein gequältes Tier.

Frau Finke nickte: „Ja, die Gerichtssendung lief noch, die mit der netten Richterin, aber sie waren kurz davor, das Urteil zu verkünden.“

„Gleich verkünde ich hier ein Urteil“, dachte Böhm.

„Und dann ging der junge Mann auch wieder?“ Lena stellte die Teetasse wieder ab und nahm die Hand der Frau.

Böhms Hände ballten sich zu Fäusten, doch er steckte sie in die Taschen. Eigentlich machte das die kleine penetrante Journalistin ja gar nicht so schlecht. Er wollte sie noch fünf Minuten gewähren lassen, sie dann hier herauswerfen und das Zepter wieder selbst in die Hand nehmen.

„Ich weiß es nicht so genau. Ich glaube schon, denn irgendwann muss ja noch die Frau gekommen sein, für die der Herr Schönherr den Tisch gedeckt hatte.“

Auf einmal liefen Elsbeth Finke wieder die Tränen über die glühenden Wangen. „Es war doch ein so reizender junger Mann. Ich verstehe auch nicht: er hatte sonst nie Damenbesuch!“. Sie schluchzte gekränkt auf.

Auf einmal drehte sie sich zu Böhm um, der sofort eine freundliche Miene aufsetzte: „Sie haben eine so reizende Kollegin“, seufzte sie und tätschelte liebevoll Lenas Hand. Anscheinend hatte sie vergessen, dass sich Lena als Reporterin vorgestellt hatte. Oder sie fing langsam an, ihre vielen Besucher durcheinander zubringen.

Lena warf Böhm einen triumphierenden Blick zu.

Doch der ergriff seine letzte Chance. „Ja, reizend ist sie in der Tat“, knurrte er, „doch sie muss jetzt leider schon gehen. Sie hat noch andere Aufgaben zu erledigen.“ Sein Blick deutete unmissverständlich in Richtung Ausgang.

„Aber ...“, Lena wagte einen letzten Versuch.

„Sie müssen jetzt gehen!“ Böhms Tonfall ließ keinen Kompromiss mehr zu. Bald würde er wieder explodieren.

„Aber kommen Sie mich doch noch mal besuchen!“, rief ihr Frau Finke nach, als Lena sich aufmachte.

„Gerne komme ich noch einmal bei Ihnen vorbei!" erwiderte Lena freundlich und grinste Böhm so breit an wie sie nur konnte.

„Ich habe an deinem Leben teil. Ich teile deine Wohnung mit dir ohne, dass du es merkst. Beschenken werde ich dich heute Abend, reich beschenken." Er verstaute ächzend den großen hölzernen Gegenstand in seinem Kofferraum und fuhr los ...

Heute hatte Paula ihren Augen nicht getraut, als sie die Haustür ihrer Mutter aufschloss. Schon an der Tür hörte sie, dass ihre Mutter Besuch hatte. Im Türrahmen zum Wohnzimmer stockte ihr dann schier der Atem.

„Paula hat doch sicher auch ihre guten Seiten", sagte gerade ihre Mutter zu Robert, der auf dem Sofa Platz genommen hatte.

Paula wollte auf keinen Fall eine Antwort abwarten und schnellte vor: „Hallo Robert!"

Der schien auch sichtlich erleichtert, dass Paula diese Unterhaltung mit der Frau unterbrach, die sich anscheinend felsenfest in den Kopf gesetzt hatte, seine Schwiegermutter zu werden.

„Hallo Schatz, ich habe Robert angerufen, ... jetzt, wo sein Sohn so krank ist."

Selbst Mutter Käfer wurde in diesem Moment bewusst, dass sie einen Fehler gemacht hatte. Dies war kein Fettnäpfchen mehr, das war schon ein Butterfass, in das sie getreten war. Aber warum hatte Paula nicht fünf Minuten später kommen können. Sie hatte sie erst in einer Stunde erwartet und man durfte doch wohl noch ein vertrauliches Gespräch mit seinem Schwiegersohn führen.

Tausend Gedanken schwirrten durch Martha Käfers Kopf.

Paulas Hirn fühlte sich hingegen einfach nur leer an.

Sie war sprachlos.

Wortlos ließ sie die beiden stehen und ging in Mäxchens Zimmer. Er war gerade erwacht und sie puderte liebevoll seinen mit roten Pusteln übersäten Körper.

Schon kurz darauf klopfte es zaghaft an die Tür.

Paula spürte, wie es ganz flau in ihrem Magen wurde.

Roberts Kopf erschien in der Tür: „Kann ich dich kurz sprechen?", flüsterte er sanft und Paula spürte schon, wie sie innerlich bebte.

Sie folgte Robert leise nach draußen und zog behutsam die Tür hinter sich zu.

„Was willst du hier?“, fragte sie und ihre Unsicherheit verwandelte sich immer mehr in Wut. „Bist du wegen Max gekommen?“

Robert schüttelte den Kopf: „Nicht nur“, sagte er leise und senkte den Kopf, „sollen wir nicht noch einmal anfangen?“

„Hat dich deine neue Schnecke rausgeschmissen?“, zischte Paula.

Robert schwieg.

Paula spürte das drohende Unheil schon: wenn sie jetzt nicht alle Energie aufbrachte, würde sie ihm gleich wieder heulend am Hals hängen.

„Du kannst gerne Max sehen, wenn du willst, aber dann ruf vorher wenigstens an. Aber mich musst du vorerst nicht besuchen“, sagte sie kalt.

„Aber Paula!“ Robert ergriff ihre Handgelenke und zog sie an sich, „ich liebe dich!“

Paula spürte, wie ihr Mut in sich zusammensank.

Mit einem Ruck riss sie sich los. „So einfach geht das nicht mehr!“ Sie spürte nicht, dass sie fast schrie: „Du kannst nicht einfach kommen und gehen, wenn es dir oder meiner Frau Mutter passt. Wenn du mich lieben würdest, dann hättest du mich nicht sitzen lassen und wärst zu dieser Tussi nach Mainz gezogen!“

Paula spürte, wie ihre Augen zu brennen begannen.

„Es gibt nichts mehr zu sagen im Moment“, schloss sie daher und flüchtete wieder in Mäxchens Zimmer.

Von draußen hörte sie noch, wie sich Robert leise verabschiedete und dann recht schnell das Haus verließ. Mutter Käfer schien auch Angst bekommen zu haben, denn man hörte kurz darauf ein leises Scheppern aus der Küche.

Max war von dem Krach aufgewacht und weinte leise. Paula strich ihm summend übers Haar.

Sie bemühte sich, die Situation, die sie eben vorgefunden hatte, erst einmal zu vergessen. Sie musste ihre Gedanken neu ordnen.

Und jetzt musste sie sich um ihren Sohn kümmern.

Sie blieb noch eine Weile an Mäxchens Bett sitzen. Sie zeigte ihm, wie man mit den Händen Schattenfiguren an die Wand werfen konnte, erzählte ihm die Geschichte „Von dem Wicht, der nicht gerne spricht“ und betrachtete ihn noch lange, als er schon eingeschlafen war.

Ihre Mutter hatte sich bisher noch nicht hinein getraut.

Als Paula leise die Tür zu Mäxchens Krankenzimmer hinter sich zuzog, saß ihre Mutter schweigend auf dem Sofa.

„Jetzt kommt die ‚Ich hab's doch nur gut gemeint Nummer' und dann wirft sie mir vor, ich sei Schuld an der Trennung, weil ich nicht genug auf ihn eingegangen sei und schließlich erklärt sie mir, dass ich schon als Kind nie ..." Paula versuchte die Gedanken fortzuwischen.

„Ich übernachte heute zu Hause!", sagte sie knapp und kramte ihren Autoschlüssel aus der Handtasche.

„Nun lass uns doch darüber reden. Sei doch vernünftig, Kind!"

„Tschüss! Ich komme morgen Nachmittag nach der Arbeit wieder vorbei. Sieh zu, dass bis dahin dein Besuch wieder weg ist, falls du vorhast, noch andere Exfreunde einzuladen." Sie erschreckte sich selbst über die tiefe Verbitterung, die in ihren Worten mitschwang.

„Paula!"

Doch Paula hatte die Haustür schon hinter sich geschlossen.

Sie fuhr ziellos durch die Straßen.

„Was soll das?", grölte Grönemeyer aus dem Recorder.

Plötzlich hatte sie das Bedürfnis, in die Kirche zu gehen.

Sie wendete das Auto und fuhr wieder in die Stadt hinein. In unmittelbarer Nähe zu den Brückenhäusern erhob sich der stolze Glockenturm der Pauluskirche. Die Kirche, die auf einer Insel von zwei Flussarmen der Nahe umschlossen wird, strahlte durch ihren warmen Anstrich auch in der hereinbrechenden Dämmerung noch etwas Helles aus. Hier war Paula getauft und konfirmiert worden, als ihr Vater noch der hiesige Gemeindepfarrer war.

Sie war lange nicht mehr dort gewesen.

Es dämmerte bereits, als sie die breiten Stufen empor schritt. Die Kirche war verschlossen.

„Typisch evangelisch", dachte sie enttäuscht und wollte sich abwenden, als ihr ein Hinweisschild auffiel, das auf die Pauluskapelle verwies.

Sie trug mal wieder keine Jacke und begann zu frösteln. Deshalb wählte sie nicht den Weg am Fluss entlang, von dem man einen herrlichen Blick auf die Kauzenburg und die Brückenhäuser hatte, sondern tippelte schnell im Windschatten des großen Baus zur Kapelle.

Eine freundliche Frau begrüßte sie und fragte, ob sie Paula etwas über die Geschichte der Kapelle erzählen solle.

Paula schüttelte stumm den Kopf. Sie wollte überhaupt nicht reden.

Die Frau nickte und setzte sich wieder auf ihren Stuhl am Eingang. Dann zog sie einen Korb mit Strickzeug hervor und konzentrierte sich wieder auf einen bunten Pullover.

Paulas Schritte hallten auf dem kalten Steinfußboden, als sie die gotische Kapelle betrat. Die Reliefs alter Grafen blickten sie mit der gleichen Strenge an, die sie schon als Kind gespürt hatte. Sie schritt zum Altar und wollte beten, doch es wollte ihr nichts einfallen. Sie fühlte sich irgendwie leer.

Dann fiel ihr Blick auf einen imposanten gusseisernen Kerzenleuchter, der eine Weltkugel darstellte. Die stilisierte Kugel war leicht geneigt, während sich an ihren Breitengraden, die ebenfalls geschmiedet waren, Fassungen für Kerzen befanden. In ihrem Zentrum schillerte eine Glaskugel, in der sich das Licht der zahlreichen Kerzen spiegelte, die schon angezündet worden waren.

„Kreuznacher Friedensleuchter“ stand auf einer Plakette.

Das Spiel der flackernden Farben zog sie in Bann.

Sie wühlte in ihren Taschen, fand jedoch kein Geld, um eine der bereitliegenden Teelichter zu bezahlen.

Auf einmal wurde sie wieder unsicher. Sie warf einen Blick auf die Frau am Eingang, doch die schien in ihre Strickarbeit vertieft.

Mit einem kurzen Nicken verließ Paula die Kapelle wieder und lief schnell zu ihrem Auto zurück.

Sie wollte nur noch heim.

9

„Stoiber, du blöder Hund, komm her!“ Lena rief ein paar Mal. Dann steckte sie die Leine unter ihre Jacke, damit man sie nicht gleich als die Hundebesitzerin erkannte, deren Hund mal wieder Reißaus genommen hatte, um einem Hasen hinterher zu jagen. Es war nicht so, dass Stoiber jemals Jagderfolg gehabt hätte. Er hatte wohl den Jagdinstinkt seiner Mutter, aber die Körperfülle seines Vaters geerbt. Denn, obwohl seine Erfolgsquote in der Hasenjagd bei Null Prozent lag, jagte das dicke Zottelvieh immer wieder durch das Dickicht davon, sobald er meinte, die Spur eines Hasen geschnüffelt zu haben.

Wenn er dann mit langer Zunge und schuldbewusstem Gesichtsausdruck wieder auftauchte, ließ er sich alle fünf Meter völlig erschöpft auf den Boden plumpsen und schlabberte jede verfügbare Pfütze dankbar aus.

Lena, die das Schimpfen schon längst aufgegeben hatte, fand immer, dass er nach einer solchen Jagd aussah wie ein Waldwischmob. In seinem dichten, wolligen Fell hatten sich kleine Zweige, Moos, Dutzende von Kletten und Spinnenweben verfangen und Lena freute sich schon jetzt auf ihre Rache zu Hause. Denn Stoiber spielte zwar gerne den Wischmob und machte den Wald sauber, aber das Bürsten zuhause ertrug er nur mit winselndem Märtyrerblick.

„Na Stoiber, lass auch noch ein bisschen Gestrüpp im Wald!", lachte sie, als er freudig wedelnd auf sie zusprang und zupfte ihm schon einmal eine Klette aus dem Fell, die sich direkt vor seinen Augen verfangen hatte.

„Armer Hund, das ziept nachher. Komm, wir gehen heim!", rief sie und trat den Rückweg an.

In den letzten Tagen hatte sie umzugstechnisch große Fortschritte gemacht. Beinahe alle Bücher waren in den Wohnzimmerregalen verstaut und auch ihr Schlafzimmer war fast ausgepackt. Aber am Schönsten fand Lena, dass sie nun endlich wieder kochen konnte.

„Wenn dieser Böhm nicht immer so anstrengend wär", dachte sie, „den würde ich noch glatt adoptieren".

Lena lächelte bei dem Gedanken.

Inzwischen dämmerte es bereits und sie wollte noch schnell Wasser einkaufen.

Also leinte sie den Wollhund an und radelte in die Stadt zurück.

Auf dem Weg nach Hause schaltete Paula das Radio ein.

Sie ertrug die Stille nicht.

In den Regionalnachrichten wurde von den sogenannten Kreuznacher Morden berichtet. „Die Polizei geht nicht davon aus, dass es sich um denselben Mörder handelt", hieß es da. Paula schob wieder die CD ein. Sie wollte einfach nur Musik hören. Erinnerungen hochgehalten, auf mein Sentiment gebaut", röhrte Herbert Grönemeyer, „um mich gekümmert nach Plan, längst die Seiten getauscht, meine Karten verraten am anderen Tisch, mich mit alten Zeiten geblendet, dein linkes Spiel gespielt..."

Paula parkte ihr Auto in der Einfahrt. Sie bewohnte ein kleines Einfamilienhaus und genoss den Luxus, ein ganzes Haus für sich zu haben, in dem ihr zum Einen niemand auf dem Kopf herumtrampelte, sich zum Anderen aber auch keiner über den lauthals singenden Max oder die sonntags laufende Waschmaschine beschwerte.

Als sie das Auto abstellte, bemerkte sie, dass die Straßenlaterne aus war.

Sie beschloss, die Stadtwerke morgen anzurufen. Paula musste erst einmal den Hausschlüssel in ihrer Manteltasche finden. Leise schimpfte sie über die vielen Bonbonpapiere und Taschentücher, in deren Knäuel sich irgendwo der Schlüssel befinden musste.

Dann ging sie zur Haustür.

Sie stutzte, hielt abrupt inne … dann lief sie zum Auto zurück, um sich noch eine CD aus dem Wagen zu holen. Sie bückte sich und langte auf den Beifahrersitz …

… dann bekam sie endlich die gesuchte CD zu fassen und stieg wieder aus.

Der Haustürschlüssel steckte noch im Schloss.

Paula drehte sich um.

Hinter ihr fuhr ein Wagen vorbei, aber sie erkannte keinen ihrer Nachbarn.

Die CD hatte sie zwischen die Zähne geklemmt.

Dann schloss sie die Haustür auf

… und stieß an etwas Hartes.

Die Tür ließ sich gar nicht richtig öffnen.

Verdutzt hielt sie inne und stemmte sich dann mit ihrem ganzen Gewicht dagegen.

Plötzlich gab die Tür nach.

Es gab ein krachendes, ein splitterndes Geräusch.

Etwas war umgefallen.

In der Dunkelheit erkannte Paula eine Art Tonne.

Oder war das Holz?

Aber da lag doch noch etwas!

Mit zitternden Fingern tastete sie nach dem Lichtschalter.

Dann erreichte sie ihn und knipste das Licht an.

Ihr Schrei übertönte das Motorengeräusch des Autos, das langsam in ihrem Rücken vorbeifuhr.

Paula wusste nicht, wie lange sie geschrieen hatte. Als sie die Augen wieder öffnete, stand sie noch immer in einer Blutlache, die den ganzen Eingangsbereich bedeckte. Auf dem Boden lag ein altes Holzfass. Es glich den Weinfässern der Winzer, die noch immer Holzfässer anstelle der großen Kunststofftanks verwendeten. Das Fass musste umgefallen sein, als sie gewaltsam die Tür aufgedrückt hatte. Dabei hatte sich splitternd einer der Fassböden gelöst und war etwa einen Meter weggerollt.

Paula wollte weglaufen, doch wie automatisch bückte sie sich, um in das Fass hineinzublicken. Sie merkte nicht einmal, dass ihr Schal durch die Blutlache schleifte, als sie sich hinabbeugte.

In dem dunklen Fass erkannte sie Fleisch.

Im Innern des Holzgefäßes ragten unzählige von Nägeln aus dem Holz.

Dann erkannte sie, dass das aufgespießte Fleisch einmal ein Mensch gewesen sein musste.

Sie holte Luft und übergab sich mitten in die Blutlache.

Panisch drehte sie sich um, rutschte aus und fiel in das Blut.

Sie rannte zur Straße, lehnte sich über den Zaun und würgte so lange, bis sie nur noch Galle spuckte.

Ihr wurde nicht bewusst, dass die Straßenlaterne wieder brannte.

Als Lena mit Stoiber scharf um die Ecke in die Baumgartenstraße einbog, erkannte sie schon von weitem die vielen blinkenden Lichter der Polizeieinsatzwagen vor ihrem Haus.

Von plötzlicher Furcht befallen trat sie in die Pedale und bremste quietschend vor einem Absperrband, das die Polizei über den Bürgersteig vor dem gegenüberliegenden Haus gespannt hatte.

Einige Schaulustige tummelten sich aufgeregt und wild gestikulierend vor der Sperre und ein mürrischer Streifenpolizist musste die Menge immer wieder zurückdrängen.

Sie spürte Erleichterung, als sie ihre Nachbarin im Gras sitzen sah.

Sanitäter hatten ihr eine Decke um die Schultern gelegt.

Sie sah scheußlich aus.

Ihr Gesicht war blutverschmiert. An ihren Wangen klebten Reste von Erbrochenem.

Aber sie schien unverletzt.

„Das Kind!", dachte Lena und grabschte nach dem Arm des Polizisten, der vor ihr stand. „Ist was mit dem Kind?", schrie sie den Beamten beinahe an.

„Ich bin nicht befugt ..."

„Welches Kind?" Hinter dem mürrischen Polizisten tauchte Böhm auf.

„Na, das Kind von dieser Juristin."

„Nein, nein, keinem Kind ist hier etwas zugestoßen", Böhm schüttelte den Kopf.

Einer der Sanitäter sprang auf und wollte eine Trage aus dem Auto holen, doch die gaffende Menge ließ ihn kaum durch.

„Alle von Ihnen, die eine Aussage machen wollen, sammeln sich jetzt hier links am Straßenrand und teilen dem Kollegen ihre Personalien mit." Böhm brüllte auf einmal in die lärmende Menge hinein. Die Gespräche erstarben sofort. Alle wollten mitbekommen, wie es hier weiterging. „Alle anderen, ich betone es noch einmal: alle anderen entfernen sich augenblicklich vom Tatort!"

Er steckte zwei Finger in den Mund und ein schriller Pfiff ertönte. Alle anwesenden Polizisten schauten zu ihrem Einsatzleiter.

„In exakt zwei Minuten ab jetzt nehmen Sie jede Person, die sich hier befindet und keine Zeugenaussage machen kann, als Tatverdächtigen fest und bringen sie auf die Wache."

Die Leute schauten verdutzt einander an und schüttelten die Köpfe. „Noch eine Minute!" Böhms Stimme war nicht zu überhören.

Langsam löste sich die Menge auf. Einige blieben noch ein paar Meter weiter stehen und drehten sich um. Als sie jedoch Böhms fragenden Blick auf sich gerichtet sahen, verschwanden sie schnell und leise in ihren Häusern. Innerhalb von wenigen Sekunden war die Straße wie ausgestorben.

„Frau Menkwitz!" Böhm trat auf Lena zu, „wollen Sie eine Aussage machen?" Stoiber wedelte erfreut. Lena fuhr erschrocken zusammen. Sie merkte erst jetzt, dass sie noch als Einzige an dem rot-weiß gestreiften Band stand und zu Paula hinüberstarrte.

Lena schüttelte sprachlos den Kopf.

„Wollen Sie sich unbedingt festnehmen lassen?" Sein Ton wurde barscher, doch dann besann er sich.

„Kennen Sie die Frau?" Lena zuckte mit den Schultern.
Der Kommissar stöhnte auf: „Sie weigert sich standhaft, ins Krankenhaus gebracht zu werden. Aber in ihre Wohnung will sie auch nicht."

„In Ordnung!" Lena nickte knapp, tauchte unter dem Absperrband hindurch und steuerte direkt auf Paula zu.

Dann drehte sie sich zu Böhm um.

„Wie heißt sie?"

„Paula Käfer."

Lena kniete sich neben der aufgelösten Nachbarin ins Gras: „Komm mit, Paula, ich heiße Lena; du kennst mich! Komm mit! Du brauchst erst einmal eine Dusche."

Sie half Paula aufzustehen und führte sie über die Straße. Stoiber trottete hinter ihnen her. Seine Leine schleifte am Boden, denn Lena hatte ihn völlig vergessen.

Böhm nickte ihr noch dankbar zu.

„Ich komme zu Ihnen rauf, wenn wir hier fertig sind."

Er war zum ersten Mal froh, dass Lena aufgetaucht war.

„Königin, was ist mit dir? Hat mein Geschenk dir gefallen? Hab keine Angst! Ich werde dir alle Wölfe zu Füßen legen und es wird wieder sein wie früher. Wir werden tanzen und durch unseren Palast schreiten zu dem Ruf der Fanfaren. Oh Königin, was bist du so verstört? Hast du sie etwa nicht erkannt, die Wölfin? Sie hat es verdient. Ihr Schweigen war zu kalt für mich. Auch die Unterlassung kann eine Tat sein. Doch dieses Mal habe ich sie beobachtet. Dieses Mal habe ich geschwiegen zu ihrem Weinen. Ich habe geschehen lassen, was geschah."

Er seufzte.

„Es musste sein, meine Königin, es musste so kommen, damit es wieder eine Ordnung gibt, damit der kleine Junge friedlich sterben kann." Zärtlich strich sein Finger über den weißen Stoff der Bluse. Dann legte er sein Gesicht in den weichen Satin und atmete tief ein, so als fürchte er, der sanfte Geruch, den er so sehr vermisst hatte, könne achtlos verfliegen. „Ich bleibe bei dir, Königin", flüsterte er.

Paula hatte das Gefühl, als sei es nicht ihr Körper, der in die fremde Wohnung geführt wurde. Fragend blickte sie zu der Person, die sie stützend die Treppe hinaufführte. Ein Lächeln huschte über ihr Gesicht: „Die Rote mit dem Hund", hauchte sie.

„Genau die!", antwortete Lena, erleichtert, dass Paula endlich überhaupt eine Reaktion zeigte. Es kam ihr so vor, als erwache Paula erst ganz langsam aus ihrer Starre, und auch Paula selbst hatte das Gefühl, von ganz weit her wiederzukommen. Dann blickte sie an sich herab und stöhnte laut auf.

„Ich muss duschen, bitte, ich brauche Wasser!"

Paula begann, sich auszuziehen, kaum, als sie die Wohnung betreten hatte oder sie riss sich vielmehr schreiend vor Ekel und Angst die Kleider vom Leib. Lena stürzte mit einem leeren Müllsack herbei und stopfte alle Sachen sofort in die Tüte.

Dann ließ sie Paula im Bad allein und trat an ihr Wohnzimmerfenster, von dem aus sie die Straße beobachten konnte.

Aus dem Badezimmer erklang sofort das Geräusch eines vollaufgedrehten Wasserstrahls.

„Was ist da nur passiert?", fragte sich Lena, die noch immer nicht begriffen hatte, was eigentlich vorgefallen war. Sie hatte nur aufgeschnappt, dass man in Paulas Haus ein Weinfass gefunden hatte. Doch wo kam all das Blut her? Es konnte doch unmöglich schon wieder ein Mord geschehen sein. Lena erschauderte.

Und schon gar nicht im Nachbarhaus.

Sie lauschte einen Moment in den Flur. Das Wasser rauschte unverändert.

Dann schnappte sie den Schlüssel und rannte nach unten zu der Absperrung. Kommissar Böhm kam gerade wild gestikulierend aus dem Haus und hielt ein Handy ans Ohr.

„Nein, eine Frau diesmal. Erst muss die Spurensicherung ...".

Als er Lena bemerkte, drehte er ihr den Rücken zu und ging ein paar Schritte weiter. Doch diese Maßnahme hätte er sich sparen können, denn er sprach mal wieder so laut, als führe er ein Ferngespräch nach Brasilien.

„... nein, ich sag ihnen doch ... in einem Holzfass, das von Nägeln durchbohrt ist, .. ja, schätzungsweise hundert Stück, es sieht schrecklich aus."

Er lauschte. Der Gesprächspartner am anderen Ende schien nun am Zuge zu sein. Böhm trabte nervös auf und ab und wischte sich mit einer ausladenden Bewegung den Schweiß von der Stirn.

„Natürlich werde ich Sie informieren, sobald wir wissen, wer sie ist. Momentan kann ich ja noch nicht einmal mit Bestimmtheit sagen, ob es sich um eine Frau handelt ..."

Seine Stimme schwoll auf einmal an. Sein breiter Rücken erzitterte: „... Ja doch ... ja ..., verdammt! Ich bin doch auch nur ein Mensch!" Die letzten Worte hatte er gebrüllt.

Das Handy flog ins Gras.

„Ich kriege dich, du Schwein, ich kriege dich!" Böhm rannte durch den Vorgarten wie ein Löwe im Käfig. Dann bemerkte er Lena und trat an das Absperrband.

„Ist etwas mit ihr?“ Seine Stimme zitterte noch immer.

„Nein, sie duscht jetzt.“

„Das kann ich verstehen!“ Seine Augen flackerten im Licht der Scheinwerfer, den die Spurensicherung aufgestellt hatte.

„Ist es schon wieder ein Mord?“, fragte Lena.

Böhm nickte schwerfällig. „Und ich laufe ihm immer hinterher!“ Er raufte sich die ungekämmten Haare.

„Keine heiße Spur?“ Sein Blick wurde wachsam. Er schaute Lena durchdringend an, doch sie hielt seinem Blick stand. „Nein, keine heiße Spur. Es sind Hunderte von Anrufen eingegangen, doch die meisten taugen nichts. Manchmal glaube ich, den Menschen wird zu langweilig.“

„Wer könnte…?“, fragte Lena ungeduldig weiter.

„Na, jetzt strapazieren Sie meine Geduld nicht wieder unnötig. Die Presse erfährt schon früh genug die Details.“

„Na, danke Herr Oberkommissar! Vielen Dank für ihr Vertrauen!“ Lena schnaubte beleidigt auf und lief zurück zu ihrer Wohnung, um nach Paula zu sehen.

„Zum Glück ist die olle Kürbis im Urlaub. Die hätte mir noch gefehlt“, dachte sie erleichtert, als sie an der Haustür ihrer Vermieterin vorbeikam und die Treppe nach oben sprang.

Die Dusche lief noch immer. Lena lauschte an der Tür zum Bad. „Alles in Ordnung mit dir?“ rief sie. Noch immer vernahm sie das unveränderte Platschen des Wassers.

„Hallo?“ Sie klopfte an die Tür.

Dann riss sie die Badezimmertür auf.

In der Duschwanne kauerte Paula. Ihr Gesicht war von Tränen aufgelöst.

Ohne den Gedanken, dass sie völlig durchnässt würde, stieg Lena in die Dusche. Sie hatte Mühe, den schwergängigen Hahn wieder zu zu drehen.

Sie setzte sich neben Paula in die Wanne und schlang beide Arme um ihre Schultern.

„Ja, wein nur“, flüsterte sie, „es muss furchtbar gewesen sein, so etwas zu sehen.“ Paulas stummes Weinen ging in leises Schluchzen über. „Heul dich mal so richtig aus. Das wird dir gut tun, heul dir den Dreck von der Seele!“

Und Paula weinte. Sie wusste nicht, wie lange sie nicht mehr so richtig geweint hatte. Stockend erzählte sie Lena, was sie gesehen hatte. Sie berichtete von dem Blut, von dem verstümmelten Menschen in dem Fass. Sie schilderte, wie sie ausgerutscht war in all dem Blut und von der Panik, die sie auf einmal verspürt hatte.

Dann erzählte sie schluchzend, wie sie Robert und ihre Mutter gesehen hatte und von ihrer toten Schwester, die nie aufgehört hatte, eine bessere Tochter zu sein als Paula.

Das meiste, was Paula sagte, verstand Lena nicht. Sie saß einfach nur da und hielt Paula fest umschlungen.

Auf einmal löste sich in Paula ein Krampf. Nur noch wenige Tränen liefen über ihre Wangen. Dann sah sie, dass sie immer noch nackt war.

Lena lächelte: „Sind die Tränensäcke endlich leer. Da hat sich ja anscheinend ne Menge Vorrat angesammelt".

Paula genierte sich auf einmal. Immerhin konnte sie diese Frau nicht einmal ausstehen.

Lena erriet ihre Gedanken. „Du brauchst dich nicht zu schämen. Meine Oma hat immer gesagt: ‚So wie der Mensch ordentlich scheißen muss, so muss der Mensch auch heulen. Der Dreck muss mal richtig rausgespült werden. Das ist wie ein Großreinemachen im Frühjahr'".

Ein Lächeln zeigte sich auf Paulas aufgequollenem Gesicht.

Lena wollte ihr gerade etwas zum Anziehen bringen, als es an der Tür läutete.

Böhm sah sie verdutzt an.

„Ihre Garderobe überrascht mich immer wieder aufs Neue", sagte er verwundert und blickte an der triefendnassen Lena herab.

„Tränen laufen besser im Feuchten!", antwortete Lena knapp und ließ den Kommissar einfach stehen.

Böhm ging in die Küche. Er schaute auf das Gras, das noch immer zum Trocknen ausgebreitet auf dem Tisch lag.

„Momentan wär' mir nach einem Joint", dachte er, der noch nie in seinem Leben geraucht hatte.

Er beschloss, dass dies weder der richtige Ort, noch der richtige Zeitpunkt war, mit dem Kiffen anzufangen und trat ins Wohnzimmer.

Nach einiger Zeit kamen die Frauen aus dem Bad. Lena trug einen dicken Wollpullover und Jeans; Paula hatte sich anscheinend in eine von Lenas Sporthosen gezwängt. Es war augenscheinlich, dass die beiden sehr unterschiedliche Konfektionsgrößen benötigten. An Lena war alles klein. Sie hatte beinahe eine jungenhafte Figur. Paula hingegen war zwar nicht größer, aber mit sehr weiblichen Formen ausgestattet, die in der engen Sporthose fast prall wirkten.

„Die Mutter von diesem Mädchen würde ich gerne mal kennen lernen", schoss es Böhm durch den Kopf, als er das feuchte hüftlange Haar betrachtete, das über die großen festen Brüste hinabfloss.

Doch für weitere erotische Gedanken an schöne Mütter hatte Böhm weder den Kopf noch die Zeit.

„Eigentlich müsste ich Sie jetzt hinausbitten", wandte er sich an Lena.

„Sie vergessen an dieser Stelle wohl den entscheidenden Umstand, dass es sich hier um meine Wohnung handelt." Lena runzelte ärgerlich die Stirn.

„Geht das schon wieder los", dachte er ungeduldig.

„Bitte; mir wäre es auch lieber, wenn Lena hier bliebe...", warf Paula ein.

„Dürfte ich Sie dennoch inständig bitten..."

„Ich würde ohnehin an der Tür lauschen!" Lena schnalzte siegessicher mit der Zunge.

„Meinetwegen; Sie machen ja sowieso, was Sie wollen!", stöhnte Böhm. Er hatte keine Kraft mehr, sich mit dieser aufsässigen Göre zu streiten.

„Ha!", Lena ließ sich triumphierend auf ein Kissen fallen, das sie auf den Boden geworfen hatte.

Noch immer war der Schaukelstuhl das einzige Sitzmöbel im Wohnzimmer, das sie sofort Paula angeboten hatten. Böhm hatte sich den knarzenden Küchenstuhl geholt, denn er hatte bestimmt nicht vor, auf dem Boden zu sitzen.

„Aber ein Wort davon in irgendeinem Blatt dieser Welt..." Seine Augenbrauen schossen gefährlich in die Höhe.

„Ich weiß, ich weiß, lassen Sie mich zusammenfassen: Dann werden sie mich in Handschellen abführen lassen, mir die Drogenfahndung auf den Hals hetzen und mich ungespitzt in den Boden rammen! Hab ich was vergessen?"

„Und genau das werde ich alles tun" Böhms Stimme war gefährlich leise geworden.

Dann wandte er sich an Paula, die verwirrt von einem zum anderen geblickt hatte.

„Sie kennen sich?"

„Flüchtig!“ Böhm und Lena antworteten wie aus einem Munde.

Paula lachte auf. „Sie benehmen sich wie Vater und Tochter“.

Beide erröteten leicht.

Böhm räusperte sich laut. „Kommen wir zum heutigen Abend. Wann kamen Sie nach Hause?“

Lena verschwand in der Küche und kam mit drei Gläsern und einer Flasche Rotwein zurück. Böhm lehnte dreimal ab, dann nahm auch er ein Glas.

Lena ließ sich kein Wort des Gespräches entgehen.

Es war schon Mitternacht vorbei, als er sich erhob. Draußen brannten noch immer die Scheinwerfer, die man für die Spurensicherung aufgestellt hatte. Zwei Kollegen waren noch immer dabei, jeden Fussel in sorgfältig beschrifteten Tütchen zu sammeln.

Jede auch nur kleinste Spur konnte zum entscheidenden Hinweis werden, der sie auf die richtige Fährte führte.

Kommissar Böhm betrachtete diesen Fall langsam als seine persönliche Angelegenheit; der Täter war zu einem Feind geworden, der ihm immer näher zu kommen schien.

Er kündigte sich gleich für den kommenden Vormittag an.

„Die entscheidende Frage für mich bleibt: Warum Sie? Warum hat der Mörder die Leiche in Ihrem Haus abgelegt. Welcher Zusammenhang besteht zwischen Ihnen, dem Täter und den Opfern?“

„Ich werde wahrscheinlich noch die halbe Nacht mit dieser Frage verbringen. Ich muss herausfinden, was er als Nächstes vorhat. So lange wir das nicht wissen, werden wir immer zu spät kommen!“ Es schien, als spräche der Kommissar eher mit sich selbst.

„Warum er?“ Lena schaute ihn interessiert an.

„Was? Wie bitte?“ Er merkte erst jetzt, dass er laut gedacht hatte.

Lena wiederholte ihre Frage: „Warum glauben Sie, ist es ein Mann, den wir suchen. Es könnte doch auch eine Frau sein.“

„Auf keinen Fall!“, Böhm schien sich seiner Sache sicher, „welche Frau transportiert ein Weinfass, in dem ein Mensch liegt, bis in das Haus! Es muss ein kräftiger Mann sein. Und er muss das Haus beobachtet…“ Er verstummte mit einem sorgenvollen Seitenblick auf Paula. Er wollte ihr heute Abend nicht noch einen Schrecken einjagen. Für die Details war morgen auch noch genug Zeit. „Noch etwas…“

Er drehte sich in der Wohnungstür noch einmal um. „Frau Menkwitz, Sie sprachen davon, dass wir den Täter suchen.“ Er betonte überdeutlich das Pronomen, „ich hoffe, ich habe mich da gründlich verhört.“

Ohne eine Antwort abzuwarten, schloss er hinter sich die Tür.

10

Die Frauen blickten sich an, als der Kommissar das Haus verlassen hatte. Keine sagte etwas, doch sie verstanden sich auch ohne Worte: Diese Morde gingen nun auch sie etwas an.

„Willst du noch ein Glas Rotwein?“

Lena erhob sich.

„Ich weiß nicht. Ich spüre schon ein bisschen den Alkohol.“

„Wie du willst, aber ich brauche noch ein Glas nach so einem Abend. Ich finde es manchmal sehr angenehm, angedöselt zu sein.“

„Du hast ja Recht. Der Tag war wirklich anstrengend! Aber schlafen kann ich jetzt auch nicht!“

Lena kam mit der Flasche zurück. „Mir lässt die Frage keine Ruhe ...“

Paula unterbrach sie: „Bitte, tu mir einen Gefallen; ich verstehe das alles sowieso noch nicht. Lass uns heute Abend nicht mehr davon sprechen. Ich will mich einfach nur noch ablenken.“

Lena reagierte sofort: „Madame, darf ich Ihnen eine ganz besondere Création von die Nahe präsentieren?“
Sie machte eine Verbeugung und spitzte vornehm die Lippen: „eine trockene Portugieser von die Kreuznacher Kronenberg, eine tiefrote, samtige Rotwein mit eine dezente Fruchtsäure?“

„Hauptsache Südhang, mit edler Blume und fruchtig im Abgang“, Paulas Gesicht hellte sich auf.
„Es ist wirklich verwunderlich. Noch gestern hätte ich freiwillig kein Wort mit dir gewechselt und heute sitzen wir hier auf deinem Fußboden und besaufen uns mit teurem Rotwein.“

„Also, sonderlich teuer war der Rotwein nicht; man muss nur die richtigen Winzer kennen“, entgegnete Lena, „und abgesehen von deiner extremen Zickigkeit fand ich dich eigentlich immer ganz annehmbar“.
Sie wiegte abschätzend den Kopf: „Ja, mit einigen Abstrichen kann ich durchaus sagen, dass ich dich recht annehmbar fand.“

Paula blies die Backen auf. „Ich wusste ja schon vorher, dass du unverschämt bist, aber für so eine impertinente Schlange hätte ich dich dann doch nicht gehalten."

„Impertinent? Ich? Ich habe lediglich gesagt, dass du im Grunde genommen, also, wenn man gewisse äußere Stressfaktoren ausklammert, die deinen Hormonhaushalt negativ tangieren…" Sie nahm noch einen tiefen Schluck, „also, ach, was weiß ich. Jedenfalls finde ich dich jetzt richtig nett!"

Paula ließ sich nach hinten fallen. „So beschwipst habe ich mich noch nie gefühlt; hast du noch einen Schluck?"

Sie schwenkte ihr Glas in der Luft.

„Ne", knurrte Lena, „Nachschub ist nur noch im Keller. Den hab ich bei meinem Einzug hier gar nicht erst die Treppen hochgeschleppt."

„Oh je, holst du noch welchen?"

Lena beschlich auf einmal ein mulmiges Gefühl bei dem Gedanken, alleine durch den dunklen Keller zu gehen.

„Kommst du mit?", Lena sah gar nicht mehr so glücklich aus.

„Hast du Angst?" Paula setzte sich auf „Ich dachte, du hättest so etwas nicht."

Lena hob entschuldigend die Schultern: „Also, was ist? Kommst du mit?"

„Klar!" Sie erhob sich bedächtig.

Schon auf halber Treppe bereute Lena, dass sie Stoiber in der Wohnung gelassen hatte. Die Kürbis, ihre unliebsame Vermieterin, war nicht da und somit waren sie die einzigen im Haus.

„Hoffentlich zumindest", fügte sie in Gedanken hinzu.

Lena zog die schwere Eichentür auf, die zum Keller führte. Ein gellendes Quietschen durchbrach die Stille. Sie lauschte hinunter und tastete auf der kalkigen Wand vorsichtig nach dem Lichtschalter. Eine Sparbirne erzeugte nur ein seichtes milchiges Licht.

Es war ihnen nicht bewusst, dass sie zu schleichen begonnen hatten.

Die letzte Tür in dem düsteren Gang führte in Lenas Kellerraum und sie verfluchte innerlich jeden Meter, den sie sich von dem milchigen Licht der Glühbirne entfernten.

Paula spürte Lenas Unsicherheit und wurde mit einem Mal still.

Als sie vor dem Gitter anlangten, hinter dem Lena einen kleinen Kellerraum besaß, hörten sie ein Geräusch.

Unwillkürlich klammerten sie sich aneinander.

Es war totenstill …

Lena schrie auf und begann wie wild zu zappeln.

„Was ist denn?", schrie Paula, die nicht sehen konnte, was die Freundin so erschreckte.

Mit einer wilden Gebärde warf Lena den Kopf nach vorne und fuhr sich hektisch durch die Haare.

Dann sah Paula etwas kleines Schwarzes, das auf den Boden fiel. Vor Erleichterung und Freude lachte sie laut auf. In Todesangst raste eine kleine schwarze Spinne auf dem Boden davon und verschwand unter einem Holzstapel.

Lena schüttelte sich vor Ekel und Angst.

„Hör auf zu lachen, du dumme Kuh. Hast du gesehen, wie groß die war?"

Mit aufgerissenen Augen starrte sie auf den Boden, um zu sehen ob das Ungeheuer nicht einen neuen Angriff startete: „Mir reicht's, lass uns hochgehen!"

Vorsichtig um sich blickend griff sie in einen der Weinkartons und fischte zwei verstaubte Flaschen heraus, die sie sofort unruhig drehte und wendete, um sich davon zu überzeugen, dass sie frei von Spinnen waren.

„Ich habe hier einen Grauburgunder vom Mönchberg und einen Riesling vom Kreuznacher Hofgarten. Oder trinkst du lieber einen halbtrockenen …"

Ein lauter Krach ließ sie hochfahren.

„Da ist jemand an der Haustür", flüsterte Paula. Ihre Finger krallten sich in Lenas Arm, die aufgehört hatte zu atmen.

Die Kellertür wurde aufgerissen.

Der Strahl einer Taschenlampe traf sie mitten ins Gesicht.

Kommissar Böhm hätte beinahe laut aufgelacht, als er die zwei Frauen sah, die dastanden, als wären sie aneinandergeklebt. Lena hatte drohend eine Weinflasche als Waffe erhoben.

„Was um Gottes Willen ist denn hier los", schnaufte er atemlos. „Einer der Beamten sagte, er habe einen Frauenschrei aus diesem Haus gehört. Oben brannte noch Licht. Wir haben Sturm geklingelt, aber niemand hat geöffnet. Deshalb sind wir hereingekommnen. Wir dachten, Ihnen sei etwas zugestoßen!"

„Ja, auf Lenas Kopf hat sich eine Spinne abgeseilt!", kommentierte Paula trocken, die ihre Sprache anscheinend als erste wiedergefunden hatte. Ihr war die Situation peinlich.

Lena versetzte ihr einen schmerzhaften Knuff in die Seite.

„Das darf doch wohl nicht wahr sein", Böhm schüttelte ungläubig den Kopf.

„Was machen Sie überhaupt noch hier?" fragte Lena, um schnellstmöglich vom Thema abzulenken.

„Was wohl. Ich arbeite. Die haben mich noch einmal rausgeklingelt. Es geht da um eine Spur." Er räusperte sich.

„So, jetzt gehen Sie schlafen. Ich habe den Kollegen gesagt, sie sollen ein Auge auf das Haus haben. Sie können also ganz beruhigt sein."

Er gähnte geräuschvoll und ansteckend:

„Wenn Sie möchten, hol ich auch die Spurensicherung noch mal her, um das Haus nach gefährlichen Spinnen zu untersuchen. Die finden sie alle!"

Mit ernstem Gesichtsausdruck wandte er sich um und ging wieder hinaus in die hell erleuchtete Nacht.

Am nächsten Morgen erwachte Paula mit einem leichten Brummschädel.

Sie musste sich erst einmal darüber klar werden, wo sie sich überhaupt befand. Sie lag ausgestreckt auf einem ausgeleierten Sofa, vor dem noch ein halb volles Glas Wein stand.

Dann erinnerte sie sich an den vergangenen Tag. Es kam ihr vor, als wäre das alles nur ein böser Traum gewesen: Robert, der bei ihrer Mutter saß, die Leiche in ihrem Haus, die Polizei, Lena und der viele Wein.

Sie konnte kaum fassen, dass es erst gestern gewesen war, dass sie dieses schreckliche Fass mit dem verstümmelten Menschen gefunden hatte.

Draußen waren noch immer die Männer von der Spurensicherung am Werk. In ihren weißen Plastikanzügen sahen sie aus wie Raumfahrer.

Die Tür zum Schlafzimmer war angelehnt.

Lena hatte das Bett völlig zerwühlt und lag mit weit ausgestreckten Armen und abstehenden Haaren auf ihrem Kopfkissen. Ihr Schnarchen war unüberhörbar.

Die Decke hing zur Hälfte aus dem Bett und auf einen Zipfel des weichen Deckbetts hatte Stoiber seine große Schnauze gebettet. Auch er gab laut schnaufende Geräusche von sich. Als Paula eintrat, um sich von einem Stapel Wäsche ein paar Klamotten zu holen, hob er kurz ein Augenlied, wedelte zweimal schwer mit dem zotteligen Schwanz und schlief genüsslich schmatzend weiter.

Den nun folgenden Tag würde Paula nie vergessen.

Man ließ sie noch immer nicht in das Haus. Es graute ihr bei dem Gedanken, dass all die fremden Männer in ihren Wohnräumen herumliefen und alles anfassten. Seltsamerweise machte sie sich Gedanken darüber, ob sie auch ihr Bett gemacht hatte, bevor sie gegangen war.

Sie meldete sich bei Gericht für heute ab und beschloss, ihrer Mutter erst heute Abend von dem schrecklichen Fund zu erzählen.

Im Polizeipräsidium wurden ihre Fingerabdrücke genommen, um ihre Abdrücke im Haus ausschließen zu können. Dann nahm ein junger unsicherer Beamter ihre Personalien auf und erkundigte sich umständlich nach ihrer Lebenssituation. Paula fühlte sich, als habe sie irgendetwas Böses getan. Es war so, als stecke sie mit diesem Mörder unter einer Decke, weil er seine Leiche bei ihr abgelegt hatte.

Dann kam Kommissar Böhm dazu, der sich ihr noch einmal in aller Form vorstellte.

Sie musste zugeben, dass sie seinen Namen auch schon vergessen hatte. Das war gestern einfach zu viel auf einmal gewesen.

Der Kommissar kam ihr schmierig und übernächtigt vor. Sein Haar stand ungekämmt vom Kopf ab, der Hals war unrasiert und zeigte schwarze dichte Bartstoppeln. Sie wunderte sich, dass jemand in seiner Position zu schmuddelig herumlief vor seinen Untergebenen. Immerhin leitete er die Ermittlungen.

Böhm übersah ihren kritischen Blick und deutete auf einen abgewetzten Plastikstuhl.

„Ist Ihnen in letzter Zeit irgendetwas aufgefallen?", fragte der Kommissar, während er die junge Frau aufmerksam musterte.

„Nein!" Sie schüttelte den Kopf.

„Wenn es sich um einen Serientäter handelt, und davon gehe ich inzwischen aus, dann müssen Sie so etwas wie ein Bindeglied sein."

„Sie meinen, ich kenne den Mörder?" Paula lief ein kalter Schauder den Rücken hinunter.

„Zumindest kennt er Sie!" Böhm sah sie eindringlich an.

„Sie sind der Schlüssel! Ich weiß nur noch nicht wofür!"

„Na klasse!", Paula schrie auf, „da rennt so ein Irrer durch die Gegend, der mir Leichen in den Hausflur legt! Was hab ich denn damit zu tun?"

Sie spürte die aufsteigenden Tränen und kämpfte mit aller Gewalt gegen das Brennen in ihrer Brust. „Und wo soll ich hin? Ich habe ein kleines Kind! Will der mich jetzt auch umbringen oder Max etwas tun?" Sie war aufgesprungen und lief in dem kleinen Büro auf und ab.

„Ich glaube nicht, dass er Ihnen etwas tun wird.", sagte Böhm ruhig.

„Und warum nicht, wenn ich fragen darf?"

„Er hätte es längst getan." Böhm stand auf und fasste Lena an der Schulter. „Frau Käfer, wir werden Sie beschützen. Ich habe gehört, Ihr Sohn wohnt derzeit bei Ihrer Mutter?"

Paula nickte schwach.

„Dann ziehen Sie bitte vorübergehend auch zu ihrer Mutter. Es wird rund um die Uhr jemand da sein, der Sie bewacht."

„Und wie lange soll das gehen?", fuhr sie hoch.

„Bis wir den Täter gefasst haben", antwortete Böhm bedächtig. „Und ich habe gerade die beschissene Angst, dass ich dieses Schwein nie zu fassen kriege", dachte er und wandte sich ab, da er befürchtete, sie könne seine Gedanken lesen. Dieser Frau gegenüber musste er so sicher wie ein Felsblock erscheinen.

Böhm zeigte Paula noch die Fotos des Komponisten und des Tanzlehrers, aber Paula konnte sich beim besten Willen nicht daran erinnern, dass sie die beiden schon einmal gesehen hatte.

Das Opfer in dem Fass wurde noch obduziert. Böhm hoffte, sie würden die Leiche noch identifizieren können, denn er wollte der jungen Frau den neuerlichen Anblick der Leiche ersparen.

„Ich möchte Sie bitten, dass Sie mit mir durch Ihr Haus gehen und sehen, ob sich irgendetwas verändert hat oder ob irgendetwas fehlt oder hinzugekommen ist", beschied Böhm und hielt ihr die Tür auf.

„Wieso hinzugekommen?"

„Manche Täter hinterlassen bewusst einen Hinweis, um auf sich aufmerksam zu machen. Sie spielen mit uns."

Paula fühlte sich hundeelend als sie ihr eigenes Haus betrat, als sei es ein Museum. Der Gedanke, der Täter könne sich hier bewegt haben, löste ein Gefühl von Ekel und Hilflosigkeit in ihr aus. So verletzbar und unsicher hatte sie sich noch nie gefühlt. Was wusste dieser Mann von ihr? Woher kannte er sie?

Langsam schritten sie durch die Räume. Böhm ließ ihr viel Zeit, um sich in Ruhe umzusehen.

Dann bemerkte sie es! Voller Abscheu blieb sie vor ihrem Bett stehen.

„Er war hier", flüsterte sie tonlos.

„Wie kommen sie darauf?", fragte Böhm sanft.

„Er hat hier gelegen. Ich weiß nicht genau warum! Heute morgen habe ich mich noch gefragt, ob ich mein Bett gemacht habe, bevor ich ging. Jetzt weiß ich es wieder. Ich habe es gemacht."

„Aber es ist doch ordentlich" Böhm verstand nicht, was sie wollte.

„Ja, er wollte wohl auch nicht, dass wir es merken, aber es ist anders! Sehen Sie diesen Überwurf?", hauchte sie angeekelt. „Er ist auf links."
Der Kommissar verstand noch immer nicht.

„Es ist so eine Marotte von mir. Das Schild mit der Waschanleitung muss hinten links hängen, damit man es nicht sieht. Es gibt z.B. Menschen, bei denen hängt grundsätzlich dieses Schildchen heraus. Ob Jacke, Hose Pullover, denen klebt immer dieses blöde Ding im Genick. Ich finde das furchtbar." Ihre Stimme wurde hektisch. „Dieses Schild würde niemals an der Frontseite zu sehen sein, niemals!" Sie rannte zu dem großen Kleiderschrank und riss alle Schubladen und Türen auf. „Er hat in meinen Sachen gewühlt!" Sie stürzte ins Bad, riss den Klodeckel hoch und übergab sich.

Böhm trat in den Flur, zerrte einen verknickten Zettel aus seiner Gesäßtasche und tippte hektisch auf sein Handy ein.
„Na endlich. Haben Sie noch geschlafen um diese Zeit?", flüsterte er laut, „Kommen Sie rüber, ich brauche Sie ... ja, einfach nach gegenüber. Ich erwarte Sie in einer Minute!"

Er legte auf.

Eine Viertelstunde später stand eine völlig zerzauste und verknitterte Lena in der Tür.

„Es wäre schön, wenn Sie ..."
Lena erkannte selbst durch ihre noch verquollenen Augen die Lage: „Schon gut. Hauen Sie ab. Ich kümmere mich um sie."

Frau Käfer regte sich entsetzlich auf, als sie von dem Leichenfund im Haus ihrer Tochter hörte. Es kam Paula so vor, als beschuldige ihre Mutter sie für das, was geschehen war.

„Mit wem hast du dich nur abgegeben", fragte sie immer wieder und weinte.

Erst am übernächsten Tag konnte die Sonderkommission unter der Leitung von Hauptkommissar Böhm „die Tote aus dem Weinfass", wie die Leute sie nannten, identifiziert werden. Ein Altenheim hatte sich besorgt gezeigt, weil eine Frau nicht mehr ihre Mutter besuchen kam, die sie sonst täglich gesehen hatte.

Dann ging alles sehr schnell. Paula wurde ins Revier gerufen, um sich ein Foto der Toten anzusehen. Lena brachte sie gleich mit. Sie war froh, nicht allein zu sein.

Schwitzend vor Aufregung schob Böhm ihr mehrere Fotos über den Tisch und tupfte sich mit einem riesigen Herrentaschentuch die Stirn ab.

„Vielleicht.." Paula war unsicher. Böhm riss die Bürotür auf. „Prigge! Wo sind die anderen Fotos? Holen Sie das Album, los!"

„Sie sind mal wieder ohrenbetäubend!", schnauzte ihn Lena an, die erschrocken zusammengefahren war.

Dann erschien der kleine unsichere Polizist in der Tür, den sie schon von ihrer ersten Begegnung mit dem Kommissar her kannte und brachte ein dickes stoffbezogenes Fotoalbum mit, das der Kommissar sofort aufgeregt aufschlug.

Er blätterte die ersten Seiten auf. Eine junge Frau lächelte schüchtern in die Kamera.

„Das ist Frau Horwitz", rief Paula erstaunt aus.

Böhm schlug mit der Faust auf den Tisch und ließ sich in einen schweren Bürostuhl fallen. „Legen Sie los. Woher kennen Sie Frau Balser? Horwitz ist ihr Geburtsname."

Paula erinnerte sich gut an ihre Lehrerin. Frau Horwitz hatte sie in der Grundschule in Kunst und Musik unterrichtet. Die stille unaufdringliche Lehrerin gehörte zu Paulas positivsten Erinnerungen an ihre Grundschulzeit. Frau Horwitz schien über einen unerschöpflichen Schatz an Liedern und Märchen zu verfügen und hatte sich oft von den Kindern überreden lassen, noch eine Geschichte zu erzählen.

„Wer konnte ihr das nur antun?" Paula wurde wieder übel, als sie daran dachte, wie Frau Horwitz ausgesehen hatte, als sie in dem Fass lag.

„Bei so einem Kerl lautet mein Urteil: Todesstrafe", murmelte Böhm.

Paula war fassungslos.

Auch als die beiden Frauen zu Fuß den Heimweg antraten, sprachen sie noch über die Frage, wer wohl eine so nette Grundschullehrerin umbringen konnte.

„Augenblick!“ Paula blieb abrupt stehen und fasste Lena am Arm.

„Was hat Böhm noch gesagt?“ Sie war ganz aufgeregt.

„Der hat viel gesagt“, Lena zuckte mit den Schultern.

„Ich meine, das mit der Todesstrafe. Was genau hat er gesagt?“

„Dass er dem Schwein das Urteil Todesstrafe wünschen würde oder so ähnlich.“

„Ich bin so blöd!“, schrie Paula auf und schlug sich mit der flachen Hand gegen die Stirn.

„Was ist denn? Was hast du?“, fragte Lena erschrocken.

„Die Briefe! Ich hab sie die ganze Zeit vergessen! Da stand was mit Urteil! Ich bin mir ganz sicher! Los, komm schon!“

Sie zerrte Lena weiter.

Dann stellten sie das Haus auf den Kopf.

11

Der erste Brief lag glücklicherweise noch auf einem Stapel Post, der sich auf der Kommode angesammelt hatte. Auf dem Bogen Papier stand in schwarzer Druckschrift: „Der Herr K. muss ein recht böser Mann gewesen sein“. Den dazugehörigen Umschlag fanden sie nicht mehr.
„Wer ist ein Herr K.?“, fragten sich die Frauen und Lena beschloss, am Abend im Internet nachzuforschen. Sie durchwühlten Schachteln und Schubladen und Lena nahm den Inhalt des Papierkorbes auseinander.

Lena kam nach einigen Stunden auf die Idee, dass Paula den Brief auch achtlos eingesteckt haben könnte und Paula erinnerte sich, dass sie den Umschlag erst bei ihrer Mutter in Bad Münster geöffnet hatte. Aufgeregt durchwühlte sie die Stoffhose, die sie schon in den Wäschekorb geworfen hatte. In der Tasche fand sie einen zerkrumpelten Brief.

„Welches Urteil ist dieser würdig?“ stand auf nacktem Weiß. Nun erinnerte sich Paula auch, dass der Brief in Mainz abgestempelt worden war.

Auf einmal spürte sie, wie ihr Herz hart zu schlagen begann.

„Ich hatte gedacht, dass sei irgendein Gag von Robert.“ Sie wurde bleich und ließ den Brief sinken.

„Der wohnt doch in Mainz.“

„Wir müssen die anderen Briefe finden. Du hast doch gesagt, du hättest mehrere bekommen.“

„Drei, um genauer zu sein.“

„So, wie es drei Tote gibt“, Lenas Stimme klang krächzend.

„Ich habe keinen blassen Schimmer, wo ich den dritten Brief gelassen haben könnte. Und wir können noch nicht einmal sicher sein, dass die Briefe etwas mit den Morden zu tun haben.“ Paula ließ sich auf ihr Sofa fallen, sprang aber sofort auf, als sie daran dachte, wie der Mörder hier gesessen haben könnte.

Sie würde die Wohnung grundrenovieren müssen, um den Täter nicht mehr in jedem Winkel zu spüren. Sie ekelte sich, seit sie wusste, dass dieser Mann hier gewesen sein musste. Es war, als hätte er eine unsichtbare Grenze überschritten, die Paula schützte. Durch das Eindringen in ihre Wohnung hatte er ihren Schutzraum verletzt. Sie fühlte sich in diesem Haus nicht mehr wohl. Sie war hier nicht mehr zuhause.

„Wir haben zwei anonyme Briefe, die auf den ersten Blick Unsinn enthalten“, überlegte Lena laut. „Du sagst, du hättest sie unmittelbar vor oder zumindest im unmittelbaren Zeitraum der Morde bekommen. Paula nickte zögernd.

„Und dann legt mir die Sau eine Leiche in den Hausflur.“

„Das erinnert mich an Katzen, die ihrer menschlichen Bezugsperson ihre Beute vor die Füße legen. Meine Oma trat früh morgens öfter in blutige Mäuse, die ihre Katze vor der Schlafzimmertür abgelegt hatte. Oma sagte immer, die Katze würde sie damit als Rudelführer anerkennen. Aber ich glaube, da verwechselt sie was mit den Hunden.“ Sie zündete sich eine neue Zigarette an. Auch die anderen drei hatte sie geraucht, ohne zu bemerken, dass dies ein Nichtraucherhaus war. Paula war das allerdings völlig egal. Der Geruch der Zigaretten überdeckte zumindest den Geruch des Mörders, den Paula noch immer zu wittern meinte.

„Du meinst also, der Mörder legt mir seine Maus zu Füßen? Du spinnst ja!“

„Weißt du was?“ Lena atmete tief den Rauch ein, „du fährst jetzt zu deinem armen Windpocken-Kind, und ich versuche mal, ob ich was über den Herrn K. rausfinde.“

„Sollten wir nicht Kommissar Böhm informieren?“, räumte Paula ein.

„Das übernehm ich, nachdem ich mich kundig gemacht hab. Der lacht uns sonst aus ...“

Sie verabschiedeten sich auf der Straße, nachdem sie das Haus über die Terrasse verlassen hatte. Die Polizei analysierte zwar Spuren, aber sie war nicht für ihre Beseitigung zuständig. Aus diesem Grund war der Flur an der Haustür noch immer blutverschmiert, und Paula hatte diese Zone erst einmal zum Sperrgebiet erklärt.

Lena fiel zuhause ein, dass es im Werk des Schriftstellers Franz Kafka einen Herrn K. gab. Sie hatte einmal an der Universität ein Hauptseminar zu Kafka besucht und hätte jetzt gerne ihre Unterlagen durchgesehen, doch die befanden sich noch in irgendwelchen Kisten. Im Internet informierte sie sich darüber, dass Herr K. wohl eine autobiographische Figur war, mit der sich Kafka selbst meinte. In seinem Roman ‚Der Prozess' wurde dieser Herr K. sogar hingerichtet.

Außerdem fand sie dort noch einen Hinweis, dass es auch bei Bertold Brecht einen K., nämlich den Herrn Keuner, gab. Sie blätterte in den Büchern von Brecht, die sie in dem ungeordneten Regal fand und entdeckte tatsächlich auch den Herrn Keuner, der ohne Rückgrat sein Leben bestritt.

Sie dachte an Kafkas Hauptfigur, die an der Sinnlosigkeit des Lebens scheiterte, an endlose Gänge, unzählige graue Türen, dunkle Straßen … und schlief ein.

Auch in ihren Träumen verfolgte sie ein Mörder, der hilflose Frauen umbrachte.

Schweißgebadet fuhr sie hoch.

Ihr erster Gedanke galt Paula.

Als Lena die Briefe am späten Nachmittag im Polizeirevier abgab, verschwieg sie, dass sie schon morgens über ihnen eingenickt war.

Lena sah, dass der Kommissar völlig übermüdet war. Als sie das Polizeipräsidium betreten hatte, war ihr der Staatsanwalt Unsell begegnet, der sichtlich verärgert in seine Nobelkarosse gesprungen war.

Böhm sah aus, als hätte er sich seit drei Tagen nicht mehr die struppigen Locken gekämmt. Nervös fuhr er sich mit der Zunge über den Schnäuzer und rannte in ausgeblichenen Cordhosen im Flur auf und ab, während er mit Lena sprach.

„Dieser Hänfling!", rief er entrüstet auf, „der muss doch aufpassen, dass ihm der Kopf nicht durch den Hemdkragen rutscht!"

Er schnaubte.

„Aber an meiner polizeilichen Ermittlungsarbeit zweifeln. Der Herr Staubsaugervertreter soll mal einen Tag lang mit mir tauschen, dann stinkt der auch unter seinen rasierten Achseln!"

Lena zog ihn beiseite und kramte aus ihrer Handtasche, in der sie wirklich alles aufbewahrte und nichts fand, die Briefe heraus und erzählte von dem Stempel aus Mainz, dem verschwundenen dritten Brief und ihrem Verdacht, dass Briefe und Morde in Zusammenhang stehen könnten.

Sie war erleichtert, dass der Kommissar nicht nachfragte, wie lange sie die Briefe schon hatte. Doch Böhm wollte sofort wissen, um wen es sich bei diesem Robert aus Mainz handelte und nach Bad Münster rausfahren, um von Paula mehr zu erfahren.

Lena hielt ihn einen Moment zurück und drückte dem verdutzten Kommissar einen Kamm in die Hand, den sie auch aus ihrer unerschöpflichen Fundgrube gezogen hatte.

„Glauben Sie mir. Sie besuchen eine Vollblutjuristin, die sehr viel Wert auf Sauberkeit legt und eine Pfarrfrau im Ruhestand. Gehen Sie erst einmal ins Bad und sortieren Sie wenigstens ihre Wolle auf dem Kopf, sonst sehen sie aus wie mein Hund. Und ne Rasur alle vier Tage wäre auch nicht schlecht", lachte sie.

Böhm wollte gerade aufbrausen, sah jedoch sein Spiegelbild im Glas des Kaffeeautomaten und zog sich einsichtig ins Bad zurück.

„Das nächste Mal würde ich an Ihrer Stelle dem sogenannten ‚Staubsaugervertreter' lieber auch in etwas deodorierterem Zustand begegnen. Ihr Aussehen fällt sonst gleich auf die Qualität ihrer Ermittlungen zurück!", rief sie ihm hinterher.

Böhm drehte sich um und lächelte müde: „Danke", sagte er und verschwand im Bad.

„Ich kenne das aus eigener Erfahrung!", dachte Lena und fuhr sich durch die abstehenden roten Haare. „Bist du anders als die Anderen, bist du auch schlechter als die Anderen". Manchmal hatte Lena eine richtige Wut auf ‚die Anderen'.

Sie radelte nach Hause. Ihre Finger schmerzten vor Kälte. Zuhause angekommen setzte sie sich an ihren nächsten Artikel. Im Gros der örtlichen Presse war „von dem Versagen der Polizei" die Rede, das Fernsehen sprach nun von der „Kreuznacher Bestie, die ihre mörderischen Spuren durch die malerische Kreisstadt zieht ohne von der Polizei aufgehalten zu werden".

Sie setzte sich an ihr Notebook und tippte nach kurzem Nachdenken: „Polizei tappt noch immer im Dunkeln". Dann stutzte sie, löschte das Geschriebene und setzte neu an: „Polizeiarbeit auf Hochtouren". Äußerst zufrieden mit sich selbst entzündete sie eine Zigarette und drehte die Heizung höher.

Paula hatte schon damit gerechnet, dass der Kommissar heute noch kommen würde. So langsam glich das Haus ihrer Mutter wie ein Taubenschlag. Mäxchens Fieber war gesunken. Er sah zwar aus wie ein Streuselkuchen, blieb aber kaum mehr still im Bett liegen und wäre am liebsten gleich wieder in den Sandkasten gehüpft.

Mehrere Polizeibeamte wechselten sich regelmäßig ab, um das Haus zu bewachen, und Paulas Mutter hatte zwar furchtbare Angst um ihre Familie, genoss aber den plötzlichen Trubel.

Ihr Kuchen war unter den Polizisten bald berühmt, denn sie präsentierte „den armen, jungen Männern" jeden Tag eine neue Kreation ihrer Backkunst und bot ihren Bewachern permanent etwas an.

Als Paula Kommissar Böhm in das helle und geräumige Wohnzimmer führte, setzte sich der arme Polizist Prigge erschreckt kerzengerade auf und schob mit hochrotem Kopf den mit Kirschteilchen vollbeladenen Teller beiseite, als gehöre er nicht zu ihm.

Er versuchte, sich möglichst zackig aus dem weichen Sofa zu erheben und kam dabei bedenklich ins Wanken.

„Alles in Ordnung Prigge?", fragte Böhm streng.

„Ja, Herr Kommissar, ich konnte nichts Auffälliges feststellen."

Böhm spürte, wie der junge Kollege ihn musterte und dachte an seine verknitterten Hosen und das Hemd mit dem Kaffeefleck. Er hatte sich mit schmerzverzerrtem Gesicht die Haare gekämmt und von einem Kollegen sogar einen Rasierer leihen können. Aber er hatte kein frisches Hemd zum Wechseln dagehabt. Böhm hatte sich vorgenommen, zukünftig immer ein paar frische Hemden in seinem Büroschrank aufzubewahren. „Warum ziehe ich nicht gleich ins Büro. Dann muss ich gar nicht mehr nach Hause", hatte er gedacht und den Mörder verflucht, der ihn keine Minute mehr schlafen ließ.

„Wann haben Sie den letzten Rundgang über das Grundstück gemacht?"

Prigge sah ihn an. Draußen regnete es inzwischen aus Eimern. Ein Anflug von schlechtem Gewissen meldete sich in seinem Bauch, doch seine Wut gewann den Kampf. Böhms Augen wurden schmal: „Fürchten Sie sich vor schlechtem Wetter?"

Prigge schüttelte schnell den Kopf.

„Worauf warten Sie dann noch", rief er fröhlich, „oder fürchten Sie um ihre Frisur?"

„Du bist widerlich", dachte er, als er auf dem Sofa Platz nahm und sich ein besonders großes Kirschteilchen von Prigges Teller fischte.

In diesem Moment betraten Paula und ihre Mutter das Zimmer und sahen bestürzt, wie sich Prigge mit hochrotem Kopf in das Unwetter stürzte.

Böhm, der sehr neugierig auf die Mutter der attraktiven Paula gewesen war, konnte Frau Käfer auf Anhieb nicht ausstehen, und das beruhte offensichtlich auf Gegenseitigkeit, denn Martha Käfer fand diesen „schmierigen Typen" unmöglich, wie sie noch Jahre später betonen würde.

„Schmecken Ihnen meine Kirschplunder?", flötete sie. Sie verlieh ihrer Stimme immer eine besonders vornehme Note, wenn sie jemandem zeigen wollte, dass sie um Klassen über ihm rangierte.

„Gut, danke", antwortete Böhm, „höchstens ein bisschen zu viel Zucker, aber sonst …"

Mutter Käfers Kopf färbte sich dunkelrot.

„Aber ich bin ja nicht hier, um Ihre Kochkünste zu bewundern", fügte er verlegen hinzu, um das Thema zu wechseln. Doch Martha Käfer hatte ihr Urteil gefällt: „Dieser Mann war unmöglich!" Von diesem Augenblick an gab es für Kommissar Böhm nie wieder ein Stück Kuchen im Hause Käfer.

Als Böhm nach Robert fragte, zuckte Paula unbewusst zusammen. Sie hatte ihn doch nicht verdächtigen wollen.

Doch als er hörte, dass es sich um ihren Ex-Freund handelte, bohrte er unermüdlich weiter.

Im Kopf erstellte er eine Liste der bisherigen Spuren.

Der Täter hatte keinerlei Fingerabdrücke oder sonstige körperliche Spuren hinterlassen. DNA-Spuren hatten auch nicht sichergestellt werden können.

„Der einzige Fingerabdruck, den der Täter hinterlassen hat", dachte Böhm, „ist die Art, wie er tötet. Er inszeniert seine Morde".

„Wann haben Sie Robert Paulsen zum letzten Mal gesehen?" Paula warf einen wütenden Blick auf ihre Mutter.

„Am Tag, als ich die Tote in dieser schrecklichen Pfütze aus Blut fand", sagte sie dann und starrte auf einmal voller Ekel in Böhms Gesicht.

Verunsichert wischte sich dieser über den Mund. Auf seinem Handrücken blieb ein dunkler Streifen Kirschmarmelade haften. Verlegen kramte er nach einem Taschentuch, fand ein zerknittertes benutztes und versuchte, sich die Hände abzuwischen. Als Martha Käfer „diese Rotzfahne", wie sie das Taschentuch später nennen sollte, zu Augen bekam, war sie es, die sich angeekelt abwandte. Böhm flüchtete ins Bad und setzte sich auf den Klodeckel. Dieses Bad war nicht sauber; es war rein. Es sah aus, als würde es niemals benutzt werden, und Böhm dachte an die Kalkflecken am Wasserhahn in seinem Bad, den er immer mit Gewalt zudrehen musste.

Er wusch sich die Hände und kehrte ins Wohnzimmer zurück.

Dann sprach er noch einmal über die tote Erika Balser, die Paula noch als Frau Horwitz gekannt hatte.

Auch Mutter Käfer konnte nur bestätigen, dass es sich bei der Getöteten um eine unauffällige, stille Person gehandelt hatte, die nur für ihren Beruf gelebt hatte. Zu lauteren Kindern fand sie keinen Zugang, aber die stilleren, interessierten Kinder wie Paula hatten sie sehr gemocht.

Dann kam Böhm noch einmal auf die anonymen Briefe zu sprechen, doch Paula hatte noch immer keine Ahnung, von wem sie stammen könnten.

„Überlegen Sie bitte, wer Sie hassen könnte? Und denken Sie auch über das Gegenteil nach: Wer könnte Sie lieben? Krankhaft lieben, meine ich. Wem haben Sie vor den Kopf gestoßen? Wessen Liebe erwidern Sie nicht und so weiter."

„Der Einzige, der mir da einfällt, ist Unsell", dachte sie laut.

„Bitte?" Böhm spürte einen Kloß im Hals.

„Uwe Unsell, ein Kollege bei der Staatsanwaltschaft."

Böhm spürte, dass er gleich einen Reizhusten bekam und fragte nach einem Schluck Wasser.

Die Liste seiner Verdächtigen war kurz: Robert Paulsen und Uwe Unsell. Unsells Namen hatte er allerdings eingeklammert.

In diesem Moment betrat Prigge wieder das Haus. Er sah aus wie ein begossener Pudel und Mutter Käfer stürzte ihm entgegen. „Ja, wo kommen Sie denn her! Bei diesem Wetter, ich brüh Ihnen gleich einen heißen Tee auf. Den trinken Sie dann mit Rapshonig. Das ist gut für die Bronchien." Prigge wollte mit einem Seitenblick auf Böhm abwinken, doch Martha Käfer kam erst richtig in Fahrt: „Erst einmal brauchen Sie ein paar trockene Sachen." Sie zerrte den leise protestierenden Polizisten die Treppe hinauf. Als dieser laut nieste, schämte sich Böhm ein bisschen.

Paula und Böhm waren nun allein. „Meinen Sie, Robert...?"

„Verdächtigen Sie ihn?" Böhm zog die Augenbrauen hoch.

„Nein, überhaupt nicht, ach, ich weiß gar nichts mehr."

In diesem Moment schellte es an der Tür, als würde die Klingel gleich von der Wand fallen.

Es war Lena, die ins Wohnzimmer stürzte und nicht bemerkte, dass sie braune Dreckspuren hinterließ: „Bis ich euch mal gefunden habe", rief sie auf. „Die Briefe! Es ist irgendwas Literarisches!" Sie schüttelte ihr triefnasses Haar. Die roten Strähnen hingen ihr tief ins Gesicht. Nun war es Böhm, der sich sorgte: „Sie sind ja pitschnass! Warum rufen Sie nicht an?"

„Kunststück!", lachte Lena, „wenn Ihr Handy an wäre."

„Scheiße", knurrte Böhm und verschwand im Nachbarzimmer, um seine Kollegen anzurufen.

Dann führte Paula Lena nach oben, um ihr etwas Neues zum Anziehen zu geben.

„Was heißt das? Weißt du, was die Briefe bedeuten?" Paula sah sie aufgeregt an.

„Noch nicht wirklich!", rief Lena aus dem dicken Handtuch hervor, mit dem sie ihre nassen Haare trocken rubbelte, „aber ich bin ganz nah dran, glaube ich."

Böhm wartete schon ungeduldig, als auf einmal alle vier die Treppe hinunterkamen.

Prigge sah aus wie eine Vogelscheuche. Er trug eine rote Trainingshose, die ihm im Bund viel zu weit war. Die Hosenbeine jedoch waren zu kurz und so schauten seine schlaksigen unbehaarten Beine wie Stelzen aus den kurzen Röhren heraus.

Mit der Jacke verhielt es sich ähnlich. Ihm fehlten gut und gerne noch zehn Kilo, um die Jacke zu füllen, doch seine Arme hingen armselig aus den längsgestreiften Jackenärmeln. Böhm verkniff sich mühsam ein Grinsen, da er sich an der misslichen Lage des jungen Kollegen nicht unschuldig fühlte.

Auch Lena war anzusehen, dass sie sich in der weißen Bluse und dem dunklen Rock nicht gerade zuhause fühlte, in dem sie nun unsicher die breite Treppe hinunterstapfte. Paula entschuldigte sich noch immer mehrmals, dass alles andere in der Wäsche oder zuhause sei.

Nun konnte sich Böhm das Grinsen wirklich nicht mehr verkneifen. Lena sah echt zum Heulen aus.

„Sie sehen aus wie eine kleine Konfirmandin", prustete es aus ihm heraus. Er erntete einen Blick, der ihn hätte töten sollen.

Prigge ging kurz telefonieren und trat dann erleichtert ins Wohnzimmer zurück. „Ich mach mich lieber auf den Heimweg. Eberle hat versprochen, dass er mich heute eine Stunde früher ablöst."

„Ja, gehen Sie ruhig", sagte Böhm mühsam beherrscht, „ich erwarte Ihre Ablösung hier. Es muss Sie ja nicht noch jemand ... na ja, nun fahren Sie schon heim."

„Was ist mit Ihnen?" Er wandte sich an Lena, die mit ihrem zornverkniffenem Gesicht dasaß und nicht wusste, wie sie sich in diesem viel zu weiten Rock bewegen sollte. Sie sah unglaublich süß aus, fand Böhm.

„Man sollte Sie öfter in diese Mädchenkleidung stecken, so ruhig und brav wie Sie dann wirken können", flüsterte er ihr so leise zu wie er konnte. Alle anderen lachten. Wahrscheinlich hätte sogar Mäxchen, der im Nebenzimmer schlief, jedes geflüsterte Wort verstanden.

Lena bereute zutiefst, den Zeitungsartikel, in dem sie die Kreuznacher Polizei verteidigt hatte, schon in der Redaktion vorbeigebracht zu haben.

Doch da ihr bei dem Wetter nichts anderes übrig blieb, wollte sie nicht durchweichen wie ein faulender Apfel, um dann zur Frostsäule zu erstarren, ließ sie ihr Fahrrad stehen. Sie fuhr mit Böhm zurück nach Kreuznach. Die Fenster in dem alten Volvo beschlugen sofort und der Kommissar stellte eine kreischende Lüftung ein, deren Gebläse Lenas Beine zu Eis werden ließen.

Ohne eingeladen worden zu sein, folgte Böhm ihr in die kleine chaotische Wohnung.

Lena verschwand sofort im Bad und kam in einem schwarzen Jogginganzug zurück, zog die Beine an und streifte die viel zu weite Jacke über ihre Knie. Auf dem Kopf trug sie eine bunte Ballonmütze. Nun fühlte sie sich wieder wie ein Mensch.

„Schade", sagte Böhm, „Sie haben mir so gut gefallen in der schönen Rüschenbluse."

„Jetzt hätte ich Ihnen beinahe ein Glas Wein angeboten, aber nun ..."

„Wie könnte ich das werte Fräulein denn besänftigen?" Er bückte sich zu ihr hinunter und schaute sie aus treuen Augen an.

„Du machst dich vor dieser Frau noch zum Trottel!", dachte er, wischte den Gedanken aber schnell beiseite.

Lena seufzte laut hörbar auf: „Sie können so belämmert gucken wie Stoiber, wenn er gerade die Küche verwüstet hat und das Unschuldslamm mimt!", lachte sie, stand auf und holte eine Flasche Wein und zwei Gläser aus der Küche.

Auf einmal war Böhm froh, dass er mit jemandem über den Fall sprechen konnte, der kein Polizist war. „Vielleicht bringt sie eine neue Perspektive ins Spiel und damit ein wenig Licht ins Dunkel", dachte er, „dumm ist sie ja nun wirklich nicht".

Ihm war inzwischen jede Unterstützung willkommen, die ihm dabei half, diesen Mörder zu fassen.

Nun wollte Lena endlich die Neuigkeiten loswerden, die ihr auf der Zunge brannten: „Die Briefe! Irgendetwas daran habe ich schon einmal gehört. Ich dachte erst an Kafka ...", Lena war nun voll in ihrem Element. „Herr K., mit dem Franz Kafka sich vermutlich selbst meint – zumindest sagen das die Interpreten, die von einer autobiographischen Interpretation ausgehen ..."

„Bitte keine germanistischen Vorlesungen. Sagen Sie mir doch einfach, was das mit unserem Mörder zu tun hat." Böhms Gesichtsausdruck wirkte nun etwas genervt. Er verstand rein gar nichts von Literatur.

„Also, Sie müssen mir wenigstens ein wenig ..."

Lena reagierte zutiefst gekränkt.

„In Ordnung. Machen Sie weiter." Böhm gab auf.

„Franz Kafka hat sich in seinen Romanen und Parabeln oft mit dem Phänomen der Schuld auseinandergesetzt. In dem Roman ‚Der Prozess' z.B. beschreibt er einen Mann namens Herr K., der eines Morgens angeklagt wird." Lena klang nun, als hielte sie ein Referat.

„Er hat keine Ahnung, welchen Verbrechens er schuldig sein soll. Er läuft durch die Stadt und sucht einen Menschen, der ihm beisteht, einen Verteidiger ..."

„Was ist das denn für ein Schund", dachte Böhm und versuchte angestrengt, seinen interessierten Blick aufrecht zu erhalten.

Am Ende nimmt Herr K. sogar seine Hinrichtung hin. Verstehen Sie ..?" Lenas Wangen hatten sich vor Aufregung gerötet. „Kafka geht wohl von einer Grundschuld, einer Art Universalschuld des Menschen aus ... Also, was ich damit sagen will ..." Böhm schöpfte neue Hoffnung, dass diese junge Frau endlich zum entscheidenden Punkt kommen würde.

„Der Täter schreibt in seinem Brief: ‚Herr K. muss ein recht böser Mensch gewesen sein'. Ich habe versucht, dieses Zitat in Kafkas Literatur zu finden, doch bisher ist es mir noch nicht gelungen. Vielleicht bestraft der Täter willkürlich Menschen, die er für schuldig hält."

„Sie meinen, er hält sich für eine Art Richter, der Menschen für ihre Sünden hinrichtet? Dann erklären Sie mir mal, warum das Opfer eine Nadel im Hintern hatte. Gehört das auch zu Kafkas Ideen von Schuld und Sühne?"

Lena stöhnte auf. Von Literatur hatte dieser Mann wirklich keine Ahnung. Aber andererseits gab ihr sein Einwand auch zu denken. Vielleicht hatte sie sich da in etwas verrannt.

„Bei Berthold Brecht gibt es auch einen Herrn K. Gemeint ist ein Mann namens Herr Keuner. Herr K. besitzt kein Rückgrat. Nur indem er sich schwach zeigt, kann er überleben.

„Sie meinen also, der Mörder schickt Paula Käfer Zitate aus der Literatur, bevor er seine Opfer tötet? Warum sollte er das?"

Böhm fühlte sich irgendwie überfordert.

„Vielleicht will er dadurch auf etwas hinweisen?"

Lena wusste auch nicht weiter. Sie zündete eine Zigarette an und blies den Rauch gedankenverloren aus.

„Die Briefe könnten eine Art Schlüssel sein. Der Schlüssel für sein Motiv zum Beispiel." Böhm zwirbelte nervös an seinem dichten Schnurrbart.

„Verstehen wir die Texte, dann verstehen wir auch seine Beweggründe, zu töten!" rief Böhm ärgerlich aus.

„Ja, das muss es sein! Auch wenn mich diese Geschichten wohl kaum davon überzeugen würden, dass sein Motiv ausreichen wird, um dafür Menschen zu töten."

„Und das auf diese bestialische Weise."

Beide hatten auf einmal das Bedürfnis, einen Moment lang still zu sein.

„Königin, warum bist du weggelaufen? Ich weiß. Es ist wieder so wie damals. Die anderen lassen dich nicht zu mir." Tränen der Wut und Enttäuschung rannen über seine erhitzten Wangen. Er saß zusammengekauert im Gebüsch. Er fror; es regnete und es war schrecklich dunkel, doch er konnte sie sehen. Er sah, wie sie am Fenster auf und ab schritt. Sein Gesicht hellte sich auf: „Deshalb komme ich ja auch zu dir, meine Königin. Fast jeden Tag komme ich, um dich zu sehen, um deinen Körper zu riechen und deinen Atem zu spüren. Bald werden wir wieder zusammensein. Dann wirst du bei

mir bleiben". Fröstelnd zog er die Jacke enger um seinen schmerzenden Körper.

„Fassen wir zusammen: Der Täter ist vermutlich ein kräftiger Mann. Immerhin muss er die dritte Leiche samt Fass in das Haus getragen haben." Böhm erwachte aus seinen schwermütigen Gedanken.

„Ich verstehe nicht, dass ihn niemand gesehen haben will. Die Leute sehen doch sonst auch immer alles", warf Lena verwundert ein.

Böhm ließ sich nicht in seinen Gedanken beirren: „Der Fundort entspricht nicht dem Tatort, das heißt, dass die Frau nicht in Paulas Haus ermordet wurde.

„Wo denn dann?", warf Lena ein. Ihr schauderte bei dem Gedanken, dass jemand eine Leiche im Fass auch noch durch die Stadt kutschierte.

„Das wissen wir noch nicht genau. Die Frau war jedenfalls schon einige Stunden tot." Böhm zog ein speckiges lederbezogenes Notizbuch aus der Jackentasche und blätterte darin, bis er die richtige Stelle gefunden zu haben schien.

„Da", sagte er und tippte mit dem Finger auf eine der dicht beschriebenen Seiten, „die Obduktion hat ergeben, dass der Todeszeitpunkt zwischen drei und vier Uhr morgens gelegen haben muss."

„Haben die Pathologen ...", unterbrach ihn Lena.

„Oh", lachte er düster, „lass das mal nicht unseren Sören Sonderberg hören. Die Mediziner, die Leichen aufschneiden, welche vermutlich ermordet wurden, nennt man Gerichtsmediziner. Pathologen untersuchen zumeist Gewebeproben, und zwar von Lebenden. Und alle Vertreter der beiden Berufszweige hassen diese Verwechslung. Pathologen, die an Mordopfern rumschnippeln, gibt es nur in schlechten Kriminalromanen und im Fernsehen."

„Also gut", Lena verdrehte die Augen, „haben die Gerichtsmediziner herausgefunden, wie die Lehrerin gestorben ist?"

„Na, das hat man ja schon mit bloßen Augen sehen können. Die Frau war nur noch ein Stück Fleisch" Lena goss Rotwein nach, „die Nägel, die in das Fass geschlagen waren, haben sie zerrissen. Der Täter muss die Arme in das Fass gesteckt und einen langen, nicht sehr steil abfallenden Abhang hinuntergerollt haben, sonst wäre das Fass beschädigter gewesen."

„Das heißt, diese Frau ist langsam einen Berg hinuntergerollt, während die Nägel ihr den Körper …“ Sie stellte ihr Glas unberührt wieder ab, „das ist ja widerlich“.

„Und das Schwein hat sie nicht einmal betäubt. Kein Alkohol, keine Spur von Drogen, kein dumpfer Schlag auf den Schädel, der sie ohnmächtig werden ließ. Sie hat alles bewusst erleben müssen!“

„O Gott“ Lena nahm einen tiefen Schluck und zündete sich eine Zigarette an, obwohl sie die vorige erst ausgemacht hatte. Rauchen war das Einzige, was ihr momentan gegen die Übelkeit half.

„Der Perell, dieser Pianist ist doch auch auf eine so verrückte Art ermordet worden. Mit einer Stricknadel im Genick, einer Stecknadel im Po und Eiern statt Augen oder so ähnlich.“ Lena verschwand in ihrer eigenen Rauchwolke.

„Ja, Sie vergessen nur den Stein, mit dem sein Schädel zertrümmert wurde.“

„Und was war mit dem Tanzlehrer? Ich habe mit dem Nachbarn gesprochen, wurde dann aber von einem etwas rüpeligen Polizisten unterbrochen.“

Böhm überhörte die freche Bemerkung erst einmal: „Das ist eine ganz sonderbare Geschichte. Der Tanzlehrer baumelte an einem Strick über seinem Herd. Der Mörder hat ihm Metallschuhe angezogen. Solche, die man wohl nur auf Mittelaltermärkten als Ritterrüstung bekommt. Auf die Ceranfelder des Herdes hat er dann eine dünne Eisenplatte gelegt und den Herd eingeschaltet.“

„Sodass das Opfer heiße Füße bekam?“, fragte Lena und rieb sich ihre ewig kalten Füße.

„Heiß ist gar kein Ausdruck. Dem sind die Füße in den Schuhen regelrecht festgebrannt.“ Böhm öffnete sein Hemd ein wenig. Ihm wurde unheimlich warm. „Das Opfer ‚tanzte‘ so lange auf dem Herd herum, bis es nicht mehr konnte und in sich zusammensackte.“

„Und dann zog sich die Schlinge um seinen Hals zu“, ergänzte Lena mit aufgerissenen Augen.

Böhm nickte und nahm wieder einen tiefen Schluck: „Sonderberg sagte, Schönherr hätte sich noch ein paar Mal wieder aufgerappelt und versucht, sich auf den Beinen zu halten, bis er schließlich endgültig zusammengebrochen ist. Man sieht das wohl an den Striemen an seinem Hals.“

„Und wie lange …?“ Lena schluckte.

„Sören Sonderberg meint, der ‚Tanz' habe eine gute Stunde gedauert. Die Strangulation dann noch ein paar Minuten. Könnten Sie jetzt mal mit der Scheiß-Qualmerei aufhören? Mir wird hier speiübel und bald sehe ich meine eigene Hand nicht mehr vor Augen!" Böhm war ohne Vorwarnung hochgefahren.

„Was kann die dafür, dass dich diese Geschichte so sehr mitnimmt", dachte er und bereute schon seinen Ausbruch.

Doch Lena war selbst so geschockt, dass sie sofort die frisch angezündete Zigarette ausgedrückt und das Fenster geöffnet hatte.

Eisige Luft schlug ihnen entgegen.

Einen Moment standen sie nebeneinander im offenen Fenster und blickten in die Dunkelheit. Heimlich betrachtete Böhm das Gesicht der jungen Frau und ein warmes Gefühl machte sich in ihm breit, das er das letzte Mal gespürt hatte, als seine Tochter Chantalle ihn besucht hatte. Wenn Lena sich unbeobachtet und entspannt fühlte, sah sie unheimlich verletzlich aus. Ihre fein geschnittenen Gesichtszüge wirkten sensibel und verträumt. Am liebsten hätte er sie in den Arm genommen und sich seine ganze Verzweiflung von der Seele geheult.

Plötzlich überkam ihn die Furcht, sentimental zu werden.

„Wer kommt also für eine solche Tat in Frage?", durchfuhr er schneidend die angenehme Stille, während er geräuschvoll das Fenster schloss.
Lena war innerlich zusammengezuckt. Was konnte dieser Mann nur für ein Rüpel sein, dachte sie gekränkt.

„Ein kräftiger Mann mit Auto. Mehr wissen wir im Prinzip nicht, denn er bewegt sich wie ein Phantom."

„Hat er denn keine Spuren hinterlassen? Ihr findet doch immer alles!" Auch Lena konzentrierte sich wieder auf den Fall.
„Meine Leute haben jeden Stein umgedreht, jede Badkachel nach daktyloskopischen oder hämogenetischen Spuren untersucht..."

„Hä?", fuhr Lena hoch, „können Sie auch Deutsch Herr Doktor Böhm?"

„O je, Entschuldigung. Ich höre mich schon an wie mein leitender Staatsanwalt." Er zupfte sich nervös am Schnauzbart. „Sie haben keine Fingerabdrücke gefunden; keinen einzigen! Kein Blut, keinen Speichel, keinen Schweiß. In der Wohnung des Tanzlehrers scheint gegessen worden zu sein, bevor er starb, doch der Täter muss sein angebissenes Fleisch im Tütchen mitgenommen haben. Ebenso sein Besteck, denn das fehlt. Getrunken hat er wohl nichts. Das Einzige, was er am Tatort zurückließ, war eine Kassette mit dem Lied ‚Er gehört zu mir'. Dieses Tonband, auf dem sich nur dieses Lied wiederholt, hat er im Kassettenrekorder zurückgelassen."

„Gleich haben Sie die längste Zeit einen Schnurrbart gehabt!", unterbrach ihn Lena.

Gedankenverloren ließ er die Hand sinken und räusperte sich.

„Vielleicht sollten wir nicht über den Täter nachdenken. Da kommen wir nicht weiter. Vielleicht sollten wir uns lieber fragen, was es mit den Opfern auf sich hat", räumte sie ein.

„Ja, was haben die Opfer gemeinsam? Stehen sie in irgendeiner Beziehung zueinander?"

„Und was hat Paula damit zu tun?", fügte sie an.

„Ich hab den ganzen Tag noch nichts Anständiges gegessen", seufzte Böhm auf einmal.

„Das hätten Sie auch früher sagen können!", Lena stand auf. „Ich mach schnell was".

Böhm fiel der grässliche Tee ein.

„Ach was, ich ruf den Pizzadienst. Was wollen Sie?"

„Die Scharfe: Paprika, Zwiebeln, Peperoni und so!" Lena war eigentlich ganz froh, nicht mehr kochen zu müssen.

„Das gibt's doch nicht. Die esse ich auch immer. Dann teilen wir uns gleich eine große?"

Lena nickte. „Wenn Sie nicht den ganzen Käse wegfuttern!"

Erst der dritte Pizzaservice lieferte noch nach elf Uhr nachts. Böhm bestellte ‚Die Scharfe mit extra Knoblauch'.

„Die Familienpizza!", schrie er noch in das Handy, bevor er sich mit vor Appetit leuchtenden Augen wieder an Lena wandte.

„Sie sind selbstverständlich eingeladen!", grunzte er. Ihm lief schon das Wasser im Mund zusammen und die nächste halbe Stunde konnte er keinen klaren Gedanken fassen, sondern starrte schimpfend aus dem Fenster, als könne er den Pizzadienst herbeischauen.

Als der Wagen endlich vorfuhr und es schellte, raste er zur Tür und riss dem armen Jungen den riesigen flachen Karton regelrecht aus der Hand.

Mit der anderen Hand wühlte er in seinen Taschen herum.

„Scheiße", murmelte er, bevor er laut in die Wohnung rief: „Haben Sie vielleicht doch ...? Ich glaube, ich habe ..."

Bis über beide Ohren grinsend kam Lena an die Tür, bezahlte mit einem gönnerhaften Seitenblick auf Böhm die Pizza und nahm ihm das Ungetüm aus der Hand.

Der Kommissar und die Journalistin waren gerade vollends mit der riesigen Pizza beschäftigt, als es erneut an der Tür klingelte. „Haben Sie noch einen Nachtisch bestellt?“ schmatzte Lena mit vollen Backen.

„Wer will denn um diese Uhrzeit …“ Böhm schluckte ein riesiges Stück Pizza hinunter, an dem Lena vermutlich erstickt wäre.

„Da geh ich mal lieber selbst“, sagte er und ging zur Haustür.

„Ach Sie! Kommen Sie herein. Wollen Sie auch Pizza?“ Lenas Herz machte einen Sprung, als sie die Stimme erkannte. „Ist etwas passiert?“, hörte sie noch und reckte den Kopf. In der Küchentür erschien Böhm mit Paula, die völlig außer sich wirkte.

„Kann ich hier bleiben? Über Nacht, meine ich.“

„Klar, setz dich erst einmal!“ Lena stand auf und bot Paula ihren Stuhl an. Ihr wurde auf einmal ganz warm.

„Ist etwas vorgefallen?“, Böhm sah Paula mit bohrendem Blick an.

„Nichts, bis darauf, dass ich meine Mutter nicht mehr ertragen habe. Ich musste da raus.“

„Das versteh ich“, dachte Böhm und erinnerte sich mit Graus an Martha Käfer.

„Wir überlegten gerade, wer als Täter in Frage käme.“ Er hatte keine Lust auf Debatten über die Vorzüge und Nachteile von Müttern.

„Und natürlich fragen wir uns, was Sie mit dem Täter oder den Opfern zu tun haben könnten!“

Böhm riss ein großes Stück Pizza ab, das besonders reichlich mit scharfer Salami und Zwiebeln belegt war ab und steckte es in den Mund. Zwischen seinen Fingern troff das Öl auf die Tischplatte.

Lena sah nicht besser aus. Sie stand jetzt an die Spüle gelehnt und hielt in der einen Hand ein Stück Pizza, während sie mit der anderen den Käsebelag in die Länge zog. Ihre Hände waren mit Tomatensoße und Fett verschmiert.

„Die müssen verwandt sein“, dachte Paula. Sie hatte keine Lust mehr auf Pizza. Dann fanden ihre Gedanken zu Böhms Frage zurück.

„Ich habe wirklich keine Ahnung. Kennen tue ich nur Frau Horwitz oder wie sie inzwischen heißt. Sie war meine Grundschullehrerin. Ich habe sie nach meiner Schulzeit auch nie wieder getroffen. Man sah sich vielleicht mal in der Stadt oder so, aber wir haben uns noch nicht einmal mehr gegrüßt. Ich glaube, sie hat mich auch nicht mehr erkannt nach der langen Zeit." Paula versuchte, nicht auf das Stück Pizza in Böhms Hand zu starren, das schmierig vor sich hintropfte.

„Von den anderen Opfern habe ich noch nie etwas gehört. Den Pianisten kenne ich auch nur von den Plakaten. Kann sein, dass ich den Tanzlehrer schon mal gesehen habe, kann aber auch nicht sein. Ich weiß es einfach nicht!" Paula hörte sich verzweifelt an.

„Nun gut." Böhm hielt sich gerade noch die Hand vor den Mund und stieß auf. „Ich nehme mir morgen Ihren Robert vor! Überlegen Sie weiter und wenn Ihnen irgendetwas einfällt, dann melden Sie sich. Jede Kleinigkeit kann entscheidend sein, auch wenn sie zunächst völlig unbedeutend wirkt."

„Und Sie", Böhm stieß noch einmal auf. „Scheiß Knoblauch", dachte er. „Und Sie überlegen weiter in Ihrem Poesiehirn, ob Ihnen noch etwas zu den Briefen einfällt. Meine Leute sind noch nicht weitergekommen."

Am liebsten hätte er nach einem Schnaps gefragt, doch er musste noch fahren und hatte wahrscheinlich schon einen Schluck Wein zu viel getrunken. Nicht auszudenken, wenn ihn die eigenen Kollegen mit einer Alkoholfahne stoppen würden.

„So, meine Damen", er stand auf, „versuchen Sie mal abzuschalten. Es sei denn, Ihre Gedanken sind fruchtbar!"

Lena brachte ihn noch zur Tür. Auch sie fühlte sich schon total überfressen. Böhm sah die junge Frau eindringlich an. Es war, als wolle er noch etwas sagen, räusperte sich ... und ging dann schweren Schrittes die Treppe hinab.

Lena wechselte mit Paula ins Wohnzimmer und zündete sich endlich wieder eine Zigarette an.

12

Lena sah Paula lange an. Sie spürte eine seltsame Aufregung. Es fühlte sich an, als würde das Blut in Intervallen durch ihren Kopf gepumpt.

Paula spürte den Blick und sah sie an. Dann lächelte sie: „Hast du noch ein Glas von dem guten Portugieser?"

„Von dem tiefroten, samtigen Rotwein mit der dezenten Fruchtsäure und der fruchtigen Blume?“, lachte Lena, „ja, ich habe zufällig noch eine offen. Warte einen Augenblick.

Beide saßen auf dem dicken Wollteppich, der den Boden bedeckte.

Paula stand auf und betrachtete die vielen Buchrücken, die noch recht unsortiert in den schweren Holzregalen standen. Wenn sie den Kopf zur Seite legte, um einen Titel besser lesen zu können, streifte das lange dunkle Haar über ihren schmalen Rücken. Sie war wie immer so gekleidet, als könne der Justizminister gleich an der Tür erscheinen. Der lange enganliegende Rock glänzte wie ihr Haar in einem tiefen Schwarz.

Lena hätte die Zeit anhalten können. Sie lag auf dem Wollteppich und beobachtete wie der feine Satinstoff bei jeder Bewegung sanft über Paulas Po glitt…

„Frau Menkwitz! Hallo!“ Paula starrte sie belustigt an, „wo bist du denn gerade?“

Lena spürte, wie das Blut in ihrem Körper kurz stockte und nach einem Augenblick der Bewegungslosigkeit nach oben schoss, um sich in ihrem Kopf zu sammeln.

Schnell drehte sie sich um, murmelte etwas von „Gedanken woanders“ und fragte dann schnell, ob Paula noch ein Glas Wein wolle.

Verdutzt schaute Paula ihr nach, als sie wie ein geölter Blitz in der Küche verschwand.

„Wie lange warst du mit Robert zusammen?“, fragte Lena, als sie wieder saßen.

„Etwas über drei Jahre“, antwortete Paula leicht verbittert, „aber auch der hat mir kein Glück gebracht“.

„Wer hat dir denn noch kein Glück gebracht?“

„Ach, eigentlich nur Mäxchens Vater. Der ist nach der Zeugung sozusagen davongeflogen.“

„Aber ich war sowieso eine Spätzünderin!“

„Jetzt erzähl mir nicht, dein Sohn ist entstanden, als du das erste Mal…“

„Doch“, Paula lachte verlegen, „und du bist jetzt die erste, die das weiß. Na ja, wer mich heulen sieht, der kann auch ruhig den Rest erfahren.“ Sie lächelte.

Lena wurde es ganz heiß.

„Aber wie ist es denn mit dir? Momentan kein Glück mit den Männern?“

„Ach momentan reicht mir an Männern bei weitem mein Lieblingskommissar." Lena versuchte, das Thema zu wechseln.

„Genau. Ich frage mich schon die ganze Zeit, was es mit euch eigentlich auf sich hat. Manchmal denkt man, ihr könnt euch auf den Tod nicht ausstehen, und im nächsten Moment kommt ihr mir vor wie ein altes Ehepaar. Ihr seid doch nicht heimlich ein Paar, oder?"

Lena verschluckte sich am Rotwein und musste laut aufhusten.

„Ich und Böhm? Das ist absolut verrückt. Ich sitze hier mit meiner Traumfrau und die dichtet mir eine Affäre mit einem alten dicken Bullen an", dachte sie und musste unwillkürlich auflachen.

„Was ist? So was gibt's doch!", Paula schaute beleidigt.

„Erinnerst du dich noch an deinen ersten Kuss?" fragte Lena.

Paula überlegte einen Augenblick: „Ich glaube, das war Enno, ein Junge aus meiner Klasse."

„Und wie alt warst du? Neunzehn, zwanzig?", neckte Lena weiter.

„Quatsch! Ich war sieben oder acht. Es war ziemlich romantisch. Wir haben immer zusammen gespielt, bis mir meine Mutter verboten hat, ihn zu treffen."

„Warum das?", Lena legte den Kopf schief.

„Keine Ahnung! Meine Mutter hatte eigentlich gegen alle Jungs etwas, die ihrer Tochter zu nahe kommen könnten. Bis Robert kam. Den hat sie dann gefressen." Paula verstummte traurig.

„Was hältst du von ein wenig Musik?" Lena stand auf und schwenkte ihr Weinglas gefährlich in der Luft.

Nach einigem Stöbern legte sie eine CD ein und blickte Paula erwartungsvoll an, als der langgezogene Ton einer Klarinette erklang, der immer mehr zu einem lauten Seufzen anschwoll.

Rhythmisch schwang Lena ihre Hüften zum Klang der immer lauter anschwellenden Musik. Eine rauchige männliche Stimme setzte ein und schimpfte spanisch und heißblütig über die Untreue der Frau.

„Darf ich bitten?" Lena stellte ihr Glas auf das Regal und streckte die Hand aus.

„Ich liebe Tango." Paula sprang auf und fiel theatralisch in Lenas Arme, die sofort die Führung übernahm.

Lena zog Paula so dicht an sich heran, dass sie deren Herzschlag zu spüren schien, stieß sie im nächsten Augenblick von sich und änderte die Richtung. Sie schauten sich eine Ewigkeit in die Augen.

Das nächste Lied erklang. Die rauchige Stimme schwoll fragend und traurig an: „Las tardecitas de Buenos Aires tienen ese que se yo, viste? Salis de tu casa …" Die beiden Frauen bewegten sich im anschwellenden Rhythmus des Tangos. Schon nach wenigen Takten fühlten sie sich eins mit der Musik. Lena schloss für einen Moment die Augen und ließ sich treiben.

„Ya se que estoy piantao, piantao, piantao … Ich weiß, ich bin verrückt, verrückt, verrückt …" flüsterte Lena zu der fordernden Männerstimme, die der Musik Seele einhauchte: „Veni! Vola! Senti! Komm! Flieg, Fühle!" Sie wirbelten herum; Körper an Körper.

Sie spürte Paulas Bein zwischen ihren. Ihr Puls hämmerte durch ihre Halsschlagader als wolle sie zerspringen.

„Como un acrobata demente saltare, sobre el abismo de tu escote hasta sentir que enloqueci tu corazon de libertad …"

(Wie ein wahnsinniger Akrobat werde ich über den Abgrund deines Ausschnitts springen, bis ich fühle, dass ich dein Herz mit Freiheit verrückt gemacht habe …)

Die Brüste der Frauen streiften einander wie ein Hauch. Lena spürte, wie sie errötete.

Sie schaute in Paulas Augen. Sie glänzten dunkel und herausfordernd. Sie zog die Freundin an sich heran bis sie deren Atem auf den eigenen Lippen spüren konnte. Paula öffnete vorsichtig ihre Lippen. Lenas Zunge umspielte sanft die feuchte Haut bis sie sich in einem leidenschaftlichen Kuss vereinten.

„Abrite los amores que vamos a intentar la magica locura total de revivir …"

(Öffne dein Herz, denn wir werden die totale und zauberhafte Verrücktheit des Lebens probieren!)

Locos! Locos! Locos! Loca ella y loco yo …"

(Verrückte, Verrückte, überall Verrückte! Verrückt sie und verrückt ich …)

Paulas Kopf dröhnte, als sie am nächsten Morgen aufwachte.

Sie erinnerte sich nicht mehr daran, wie sie ins Bett gekommen war.

Sie blickte auf und sah Lena neben sich liegen, die sich wohlig schmatzend in ihr Kissen wühlte. Die roten Haare schienen ein Eigenleben zu führen, denn jedes Haar schien sich eine andere Richtung zum Abstehen gesucht zu haben. Lenas Bein umschlang die Bettdecke, deren Zipfel sie fest umklammert hielt. Lächelnd betrachtete Paula die Freundin. Im Schlaf sah sie viel jünger aus. Sie wirkte verletzlich, beinahe wie ein Kind. Wenn sie da an die kleine Kratzbürste vom Tag dachte …

Dann erinnerte sie sich an den gestrigen Abend: den Wein, den Tango, den Kuss …?

Paula zuckte zusammen.

Sie lag hier mit einer Frau im Bett, die ihr ihre Liebe gestanden hatte. Erschrocken blickte sie an sich herab. Sie trug nur noch ihre Unterhose und ein komisches blaues Schlafshirt, das selbst ihr zu klein war.

Was war nur geschehen? Nach dem Kuss konnte sich Paula an nichts mehr erinnern.

„Warum hat sie mir nicht vorher erzählt, dass sie lesbisch ist?", dachte Paula, als sie sich in ihre Jeans zwängte, „vielleicht hat sie die Situation ausgenutzt."

Plötzlich schämte sie sich.

Noch nie in ihrem Leben hatte sie eine Frau geküsst. Die Angst wurde immer größer vor dem schwarzen Loch in ihrer Erinnerung. Diese Ungewissheit war schrecklich. Doch sie konnte doch wohl schlecht Lena fragen, ob sie miteinander geschlafen hatten. Damit würde sie ja zugeben, wie betrunken sie gewesen war. Paula hatte sich noch nie so gehen lassen, dass sie sich nicht mehr an jedes Detail des Vorabends erinnern konnte. Leise schlüpfte sie in ihren Pullover, nahm die Schuhe in die Hand und schlich sich wie ein Einbrecher aus dem Schlafzimmer, um Lena nicht zu wecken. Sie wollte jetzt nicht mit ihr sprechen. Sie wollte mit niemandem sprechen. Leise zog sie die Tür hinter sich zu.

Lena erwachte erst gegen Mittag von dem Klingeln ihrer Vermieterin, die sich nur „aus dem Urlaub zurückmelden wollte", wie sie sich ausdrückte und mal „nach dem Rechten sehen wollte nach all den Dingen, die in ihrer Abwesenheit geschehen waren".

In Wirklichkeit wollte sie natürlich jedes Detail von dem Leichenfund im Haus gegenüber wissen.

Die Nachbarin bedauerte zutiefst, jemals in den Urlaub gefahren zu sein, „während sich in der eigenen Nachbarschaft derartige Dinge abspielten." Doch Lena hatte alles andere als Lust, die Informationslücken dieser Klatschtante zu füllen. Mit undurchsichtigem Murmeln schloss sie die Tür und ignorierte die wüsten Beschimpfungen von Frau Kürbis, die „eine solche Unverschämtheit noch nie erlebt hatte".

Die Gewissheit fuhr ihr durch die Glieder, als flösse Eis durch ihre Adern.

Paula war einfach gegangen.

Sie hatte keine Nachricht hinterlassen; nichts.

Lena rannte zu ihrem Rucksack und kramte ihr Handy hervor.

Nichts.

Keine SMS, kein Anruf.

Der Rausch der letzten Nacht war erloschen. Zu spüren waren nur die Kopfschmerzen und ein Gefühl von kalter Leere, das von ihrem Körper immer mehr Besitz ergriff.

Aufgeregt wählte sie Paulas Nummer, doch da ertönte lediglich die kalte Computerstimme der Mail-Box, die ihr mitteilte, dass der gewünschte Teilnehmer momentan nicht erreichbar sei. In diesem Moment ließ das Läuten an der Haustür sie hochfahren. Insgeheim hoffte sie, Paula stünde mit frischen Brötchen in der Tür; doch es war nur der Kommissar.

Als Lena die Tür öffnete, wedelte ihr Kommissar Böhm schon mit einer Tageszeitung vor der Nase herum.

Er schien maßlos aufgebracht zu sein: „Ich habe es doch gewusst, dass man Ihnen keinen Millimeter trauen kann! Ihr Journalisten seid doch alle die selben schlagzeilengeilen Bastarde, die verlernt haben, wie man das Wort Loyalität ..."

Lena starrte den Kommissar mit offenem Mund an. Der wuchtige Mann schob sie immer weiter in die Wohnung hinein und brüllte dabei auf sie ein.

„Stopp!", schrie Lena auf. „Was wollen Sie denn von mir?"

„Genau so hab ich mir das vorgestellt: jetzt spielt sie die Unschuld vom Lande. Und ich hab dir vertraut ...!"

Lena entriss dem vor Wut bebenden Mann die Zeitung: „Kann diese Polizei uns schützen?", stand da in fetten Lettern auf der Titelseite. Darunter befand sich ein Foto von der Absperrung vor Paulas Haus. Mittelpunkt der Aufnahme war Böhm, der mit fuchtelnden Armen den umstehenden Menschen etwas zuzurufen schien.

„Die Kreuznacher Polizei lässt dem Kurpark-Mörder freie Hand. Schon wieder hat der Serienmörder von Kreuznach zugeschlagen. Dieses Mal fand man die Leiche einer angesehenen Lehrerin. Eine junge Frau hatte die Leiche am vergangenen Donnerstag in ihrem Hausflur gefunden. Die Polizei macht keine Angaben zu dem neuerlichen Mord. Der leitende Kriminalkommissar Hans Böhm wirkte aggressiv und überfordert. Er verweigerte ..."

Lena ließ die Zeitung sinken: „Sie glauben doch wohl nicht im Ernst, dass dieser Artikel von mir ist?" Sie biss sich auf die Lippen.

„Wer liegt mir denn seit Tagen mit seinem Leitartikel in den Ohren ..." Böhm erhob die Stimme. Sie wirkte nun noch tiefer und damit bedrohlicher. Bei jedem seiner Worte vibrierte der breite Schnauzbart:

„Das ist doch wohl das niederträchtigste und billigste, was mir bisher untergekommen ist ..." Böhm hatte die Tür hinter sich zugeschlagen und kam ihr mit jedem Wort näher. Unwillkürlich wich Lena vor dem vor Wut kochenden Riesen zurück.

Sie fühlte sich auf einmal völlig überfordert: Erst war Paula einfach abgehauen und dann schneite auch noch dieses cholerische Walross in ihre Wohnung und brüllte sie zusammen, als habe sie soeben sein Haus in Brand gesteckt.

Die Zeitung hatte ihren Artikel nicht gedruckt. Dabei hatte sie so sehr gehofft, mit ihren Berichten über die Morde einen Sprung nach oben zu schaffen.

Alles ging schief.

Wie konnte er nur glauben, dass dieser Schmierenartikel von ihr war. Sie hatte keine Kraft mehr, ihm zu widersprechen.

„Und ich habe gedacht, Sie stünden auf meiner Seite! Doch das wird Konsequenzen haben!" Böhm packte sie bei den Armen; sein Kopf war rot angelaufen, eine blaue Ader trat scharf aus seiner Schläfe hervor.

Dann sah er, dass Lena weinte.

Erschrocken verstummte er.

Es herrschte auf einmal völlige Stille.

Böhm hatte damit gerechnet, dass Lena zurückbrüllen würde, dass sie toben würde, wie sie es immer tat, doch nun stand sie vor ihm wie ein kleines Mädchen und weinte. In seinem Bauch krampfte sich etwas schmerzhaft zusammen.

„Ich habe das doch gar nicht geschrieben!", flüsterte Lena.

„Nicht?" Böhms Verwunderung stand ihm ins Gesicht geschrieben. Der zorngerötete Gesichtsausdruck mit der cholerisch hervortretenden Ader wandelte sich immer mehr in den Ausdruck irritierter Reue.

„Aber ich dachte ..." Er ließ die Arme sinken, „ich dachte du hättest ... ich war so enttäuscht ..." Er war nun völlig schockiert über sich selbst. Vor allen Dingen überforderte es ihn völlig, dass er jemanden zum Weinen gebracht hatte. Er war es gewöhnt, dass andere vor ihm zurückschreckten. Er kannte auch die ängstlichen Blicke der „Frischlinge", wie er die

Polizisten nannte, die noch in der Ausbildung waren. Doch noch nie hatte jemand angefangen zu weinen.

Böhm hätte sich am liebsten weit weg gewünscht. Was sollte er nur tun? Er hatte schon zu oft Müttern mitteilen müssen, dass ihre Söhne bei einem Unfall gestorben waren oder verzweifelten Ehemännern, dass ihre Frau sich das Leben genommen hatte. Er hasste diese Besuche, doch er hielt sich selbst für einen fürsorglichen Polizisten, der auch gut Trost zusprechen konnte. Doch diese Frau weinte, weil er sie angebrüllt hatte.

„Lena“ Er beugte sich zu der kleinen Frau hinab.

Seine Stimme hatte ihre Kraft verloren. Sie wirkte brüchig und unsicher:

„Es tut mir leid! Ach Mädchen, nun hör doch auf zu weinen, bitte! Ich hab doch nicht gewusst, dass … och Mensch du kennst mich doch. Ich mein das doch alles nicht so …“

Er wünschte sich, sie würde ihn beschimpfen. Dann würde er sich rechtfertigen und sie könnten sich vertragen. Er würde sich sogar von ihr ohrfeigen lassen, wenn sie nur mit diesem Weinen aufhörte. Nervös fuhren seine Finger durch den Schnäuzer.

Er hatte sich lange nicht so hilflos gefühlt.

Auf einmal trat Lena auf ihn zu und lehnte ihren Kopf an seine Brust. Er traute sich nicht, sich auch nur einen Deut zu bewegen. Unsicher legte er eine Hand auf ihre Schulter und tätschelte unbeholfen ihren Rücken, so, als habe sie sich verschluckt.

„Sie ist einfach abgehauen, während ich noch geschlafen habe …“, schluchzte es aus seinem Hemd. Böhm hatte keine Ahnung, wovon Lena sprach, doch langsam machte sich die hoffnungsvolle Ahnung in ihm breit, dass gar nicht er der Grund ihrer Tränen war oder zumindest nicht der Hauptgrund. Dieser Gedanke gefiel ihm. Es war, als habe man die Schraubzwinge, die sich um seinen Magen geschlungen hatte, etwas gelockert.

„Wer ist heute Morgen abgehauen?“, brummte er sanft.

„Paula!“, schniefte sie und dann erzählte sie stockend, wie verliebt sie in die Freundin war, von dem Tango, dem Kuss und von der Angst, Paula könne sauer auf sie sein.

Noch immer standen die beiden im Wohnungsflur. Während Lena redete, strich ihr der Kommissar liebevoll übers Haar. Er fühlte sich nun sichtlich erleichtert und äußerst verwirrt. Einerseits war er froh, dass er zumindest nicht der Hauptgrund war für Lenas Traurigkeit. Zudem erfüllte es ihn irgendwie mit Stolz, dass sie sich ihm anvertraute. Wie eine Woge überkam ihn wieder ein väterliches Gefühl, dass er so sehr vermisste, seit seine Tochter in Frankreich und aus seinem Leben verschwunden war.

Andererseits schockten ihn die Worte der jungen Frau. Sie war in Paula verliebt. Das würde ja bedeuten, dass sie lesbisch sei. Oder war das nur ein Ausrutscher? Böhm hatte noch nie eine Lesbe kennen gelernt. Zumindest wusste er von keiner. Und jetzt erzählte Lena ganz offen und frei von ihrer Liebe zu Frau Käfer, als sei das alles völlig normal und nachvollziehbar. Böhm war sehr froh, dass sie ihn nicht sehen konnte, denn er fühlte sich alles andere als sicher darin, einer lesbischen Frau Ratschläge bezüglich ihres Liebeslebens zu geben. Lena kam ihm fast fremd vor.

Auf einmal hob Lena den Kopf und sah ihn geradewegs an: „Habe ich Sie jetzt geschockt?" Böhm spürte, wie er errötete. Zu gern hätte er jetzt den toleranten, weltoffenen Junggebliebenen gespielt, den nichts mehr schreckte, als spießig zu sein und der es geradezu toll fand, sich durch Homosexualität aus der breiten Masse hervorzuheben ...

Er nickte. Und zugleich wunderte er sich über seine Ehrlichkeit.

„Das macht gar nichts", sagte Lena und drückte ihren Kopf noch einmal an seine große Brust, bevor sie sich aus seinen Armen löste.

Böhm lächelte über die wiedergewonnene Frechheit. „So ist sie, meine Lena!", dachte er und erschrak erneut über die Vatergefühle, die sich immer mehr in ihm regten.

„Aber es gibt bestimmt Schlimmeres, als lesbisch zu sein", brummte er und ärgerte sich über diese blöde Antwort.

„In der Tat!" Lena putzte die verheulte Nase. „Zum Beispiel, falsche Verdächtigungen oder jemanden zu Unrecht fertig zu machen. Von einem Bullen sollte man erwarten können, dass er erst Beweise sucht, bevor er urteilt."

„Rrrrums", dachte Böhm, „der hat gesessen!"

„Ich bin davon ausgegangen, dass Sie diesen Artikel geschrieben haben. Schließlich haben Sie das mehr als einmal angekündigt." Böhm hatte das Bedürfnis, sich zu rechtfertigen: „Jetzt verstehen Sie auch mal meinen Standpunkt. Da kommt vor ein paar Wochen so eine übereifrige Jungjournalistin in mein Leben gestürzt und schnappt sich meinen besten Zeugen, bevor ich ihn verhört habe. Dann treffe ich Sie bei einer anderen Zeugin in der Wohnung an. Die ganze Zeit sprechen Sie von ihrem großen journalistischen Durchbruch. Und auf Polizisten waren Sie ja auch noch nie gut zu sprechen oder?"

„Zumindest bis mir einer die Waschmaschine angeschlossen hat." Lena kramte in einem unüberschaubaren Papierstapel.

„Wissen Sie", fuhr Böhm fort, während er nervös seinen Schnäuzer malträtierte, „ich glaube, ich habe mich schon zu sehr an die schlechten Erfahrungen mit der Presse gewöhnt. Manchmal nehmt ihr uns Polizisten ins Kreuzverhör, als seien wir die Mörder. Von uns wird verlangt, dass wir den Täter fassen, bevor er Zeit hatte, seine Handschuhe auszuziehen. Ihr denkt, wir hätten genau eineinhalb Stunden Zeit, den Mörder zu fassen wie beim „Tatort". Böhm redete sich immer mehr in Rage: „Ich schlage mir inzwischen jede Scheißnacht um die Ohren, um dieses Schwein zu fangen. Bei jedem Toten frage ich mich, ob ich vielleicht versagt habe, ob ich diesen Mord hätte verhindern können. Ich bekomme Druck von oben. Diese Mordserie wird zur politischen Frage hochgepuscht! Wir sind hier nicht in Frankfurt. Dies ist mein dritter Mordfall in fünfundzwanzig Jahren. Ich bin weder Supermann noch Derrick und ich kann nicht diesen Mörder fangen und gleichzeitig auch noch die charmante Unterhaltungsfigur für die Presse spielen."
Laut schnaufend ließ sich der Kommissar in den Schaukelstuhl fallen. „So, jetzt gehts mir auch besser. Es tut mir leid, dass ich Ihnen misstraut habe." Die letzten Worte waren mehr ein Murmeln gewesen. Böhm hasste es, sich zu entschuldigen.

Lena schien endlich gefunden zu haben, nach sie gesucht hatte.

„Na bitte!" Sie reichte ihm eine dicht beschriebene Seite. „Das können Sie sich übers Bett hängen!" Dann verschwand sie Richtung Telefon.

„Polizeiarbeit auf Hochtouren", las Böhm und kam sich richtig schäbig vor.

Aus der Küche hörte er Lenas gereizte Stimme.

Wütend kam sie zurück: „Mein Artikel war unkritisch und langweilig, hat man mir gesagt. Sie hätten versucht, mich zu erreichen und haben dann einen neuen Artikel verfasst, damit der noch in den Druck gehen konnte. Klasse!"

„Vielleicht sind Sie doch nicht skrupellos genug für diesen Beruf!", seufzte Böhm, „aber ich bin froh darüber. Kommen Sie; ich lade Sie zum Essen ein. Wo wollen Sie hin?"

„Zum Chinesen?“ Lena fühlte sich ausgenutzt und verbraucht. Jetzt, da die Zeitung ihren Artikel nicht gedruckt hatte, würde sie wieder auf eine Überweisung ihres Vaters angewiesen sein.

„Sie mögen dieses fitzelige Gemüse mit diesen klebrigen Reisklumpen, die einem den Gaumen zusammenpappen? Da wird man doch nicht satt! Da lob ich mir doch ein ordentliches Stück Fleisch!“

„Ich esse gerne chinesisch. Und Sie haben mich doch gefragt, oder?“

Böhm bereute zutiefst, dieser Göre die Entscheidung überlassen zu haben. Jetzt wollte er sich keine Blöße geben. „Wunderbar“, brummte er gequält, „gehen wir chinesisch essen. Ich habe ohnehin noch ein paar Fragen an Sie.“

13

Auf dem Weg nach Bad Münster war Paula den Gedanken an die letzte Nacht nicht mehr losgeworden. Die Wolken der letzten Tage hatten sich verzogen und der Himmel erstrahlte in winterlichem Blau. Erste Knospen traten mutig hervor, als trotzten sie dem kalten Februarmorgen. Es lag noch Reif auf den Wiesen und die Kuppe des Rotenfelses verschwand noch in einer dünnen Schicht des morgendlichen Nebels.

Doch Paula hatte keine Augen für ihre Umgebung. Sie fragte sich, wann diese Zeit endlich ein Ende haben würde. Irgendein Verrückter legte ihr Leichen vor die Füße, Mäxchen war krank; sie musste bei ihrer Mutter wohnen und hatte Tag und Nacht irgendeinen Polizisten im Haus. Und sie knutschte mit einer Frau.

Paula war das alles zu viel.

Lena hatte sie völlig verwirrt. Sie wusste, dass sie nicht einfach davonlaufen konnte. Sie musste mit Lena reden, doch diesen Zeitpunkt wollte sie so lange hinauszögern, wie es ging. Aus Angst, Lena könne anrufen, hatte sie ihr Handy ausgeschaltet. Sie musste erst einmal zum Luft holen kommen.

Paula freute sich darauf, Max zu sehen. Er war der Einzige, der die momentane Situation genoss. Er und Mama wohnten bei Oma und jeden Tag kamen verschiedene junge Männer, mit denen er herumtollen und Fußball spielen konnte.

Als Paula in Bad Münster ankam, empfing Max sie freudestrahlend und schlang seine dünnen Arme um ihren Hals. Er war zwar noch etwas blass um die Nasenspitze, sprang aber so ausgelassen herum, als wolle er die verschlafene Zeit wieder einholen. Auch Paulas Mutter genoss den neugewonnenen Trubel in ihrem Haus und behandelte die „Jungen", wie sie ihre „Leibwächter" nannte, als wären es alle ihre Kinder.

„Ich habe so viele Erbsen gegessen", Max streckte die Arme aus, „und ein ganzes großes Ei! Oma hat gesagt, wir dürften jetzt für immer hier wohnen!"

Paula stockte der Atem.

Ihre Mutter lächelte verlegen und zuckte mit den Schultern, als wäre sie völlig unschuldig an Mäxchens neuen Ideen: „Dann könnte ich immer bei Oma sein, wenn du arbeitest und in den Kindergarten müsste ich dann auch nicht mehr!"

Max jubelte, und Paula spürte, wie ein Vulkan in ihr brodelte, während Martha Käfer verlegen das nicht vorhandene Unkraut aus dem Blumenkübel zupfte.

„Aber dann würdest du ja die Marie gar nicht mehr sehen!" Paula versuchte zu retten, was zu retten war. Außerdem wollte sie ihrer Mutter zeigen, dass sie keinen Erfolg damit haben würde, das Kind zu manipulieren.

„Dann will ich doch lieber in den Kindergarten!", rief Max auch prompt, „oder Marie kommt auch noch hier her zum Wohnen."

Paula lächelte. Wenn Mäxchen erst einmal im Bett war, würde sie ihre Mutter in Stücke reißen.

„Wir sollten noch einmal mit Elsbeth Finke sprechen. Sie hat den Tanzlehrer immerhin gefunden." Böhm stocherte lustlos in seinem Rindfleisch-Shop-Sue.

„Schmeckt es Ihnen nicht?", fragte Paula mit vollem Mund. Sie hatte auf Besteck verzichtet und aß stattdessen mit Stäbchen. Böhm hatte die Frage des kleinen, chinesischen Obers, ob auch er mit Stäbchen essen wolle, so schnell und brüsk verneint, dass der arme kleine Mann erschreckt zusammengefahren war: „Oder wollen Sie, dass ich gar nichts zwischen die Zähne bekomme?"

„Na ja", Lena lud sich neuen Reis auf ihren Teller, „ein wenig Abnehmen wäre in Ihrem Fall wohl nicht das Schlimmste."

„Frau Menkwitz", er holte Luft, „Sie sind mit Abstand das unverschämteste Wesen, das mir je untergekommen ist. Seien Sie froh, dass ich nicht ihr Vater bin. Bei Ihnen könnte man in der Erziehung noch mal bei Null anfangen."

Lena lachte. Böhm sah herrlich aus. Er hatte sich doch tatsächlich die Serviette in den Kragen gesteckt, und zwar mit der Begründung, dass chinesisches Essen so kleingeschnippelt sei, dass man auf dem Wege zum Mund ohnehin die Hälfte verliere. Er äße grundsätzlich nur Dinge, die man auch aufspießen könne wie Fleisch oder Kartoffeln, nicht aber diese „Ameisenlarven in Algensoße" wie er sein Gericht nannte.

„Ihre Essmanieren sind aber auch nicht gerade kniggegemäß", flüsterte Lena mit einem Seitenblick auf den Nachbartisch, während Böhm gerade versuchte, eine besonders große Morchel von dem kleinen Stückchen Fleisch zu wickeln, das er gerade gefunden hatte.

„Lassen Sie uns lieber über den Fall sprechen, sonst gibt es hier gleich ‚Fräulein Menkwitz flambiert auf einem Morchel-Reis-Bett' Also. Lassen Sie mich festhalten: Schönherr, unser Tanzlehrer, hatte Damenbesuch, bevor er ermordet wurde. Darauf deutet der mit Rosenblättern geschmückte Tisch hin. Wenn wir allerdings von einem Zusammenhang aller drei Morde ausgehen, dann muss nach der Frau noch ein Mann gekommen sein."

„Wieso nach einer Frau?" Lena schob sich die mit Reis beladenen Stäbchen in den Mund, „vielleicht hatte Schönherr ja auch Männerbesuch."

„Sie meinen, Schönherr war schwul?" Böhm verschluckte sich und begann fürchterlich zu husten. Lena schob ihm ihr Wasserglas zu, doch Böhm hustete geräuschvoll weiter. Ihm standen schon Tränen in den Augen.

Lena stand auf und schlug dem Kommissar kräftig auf den Rücken. Er winkte ab.

„Aua", hustete er, „wollen Sie mir auch noch das Kreuz brechen?"

„Immerhin habe ich Sie gerade vor dem Erstickungstod bewahrt."

„Oder erst ermordet", fügte Böhm grimmig hinzu, wenn Sie mich zwingen, solch kleine Teilchen zu essen, an denen ich fast umkomme."

„Sie sollen den Reis auch nicht einatmen, sondern essen." Lena nickte der schockiert blickenden Dame am Nachbartisch zu.

„Sie glauben, dass Schönherr schwul war … das würde einiges erklären."

„Frau Finke sprach davon, dass Schönherr nie zuvor Damenbesuch hatte. Sie klang ja richtig eifersüchtig. Junge Männer hingegen hätten ihn öfter besucht. Am Abend vor dem Mord allerdings sei auch ein junger Mann gekommen, da sei Schönherr allerdings noch nicht da gewesen."

„Und das könnte unser Täter sein!" Böhm riss die Serviette aus seinem Kragen.

„Also, zumindest war Schönherrs Besuch auch sein Mörder. Und wenn Schönherr schwul war, dann können Sie aufhören, nach dieser ominösen Frau zu fahnden, die niemand gesehen hat." Lena sprang auf: „Kommen Sie, wir fahren noch einmal zu der Finke. Die soll noch einmal genau den jungen Mann beschreiben, den sie im Hausflur gesehen hat."

„Wir?" Böhm zog die Augenbrauen hoch. „Ich möchte Sie eigentlich nicht zu sehr mit hineinziehen ..."

„Na, Sie sind mir noch was schuldig. Erst verpass ich meine Exklusivkolumne, um Sie zu schützen und dann verdächtigen Sie mich auch noch zu Unrecht. Und außerdem ... wer hatte denn die Idee ...?"

„Die Rechnung!", brüllte Böhm durch das ganze Lokal, „aber ich werde die Fragen stellen", fügte er scharf hinzu. Und das meinte er sehr ernst.

Böhm bezahlte und sie fuhren schnell in die Rüdesheimerstraße. Schon vor dem Haus war lautes Gebrüll aus der Wohnung im Erdgeschoss zu hören. Eine Männerstimme, die unverständlich brüllte, und das Kreischen eines Kindes.

„Da wohnt doch der Zeuge Maier", schnaufte Böhm. Beide beschleunigten unwillkürlich ihren Schritt. Böhm klingelte bei Maier.

Paula erinnerte sich an den verängstigten Zeugen, mit dem sie an dem Tag gesprochen hatte, als er die Leiche des Tanzlehrers gefunden hatte. Er hatte schüchtern und zurückhaltend gewirkt; beinahe schon unsicher. Es musste jemand anderes sein, der da herumbrüllte.

Es tat sich nichts.

Böhm drückte nun deutlich länger auf den Klingelknopf. Endlich streckte Frau Maier den Kopf aus einem der Fenster. Die nikotingelben Vorhänge rahmten dabei ihr Gesicht ein wie ein schlechtes Kunstwerk. Sie war bestimmt einmal hübsch gewesen, doch nun trug ihr Gesicht hysterische ruhelose Züge. Sie wirkte gehetzt:

„Was wollen Sie?", keifte sie sichtlich aufgebracht über die Störung.

„Ist bei Ihnen alles in Ordnung?", rief Böhm besorgt. Das Schreien war verstummt. Hinter der Frau war kurz ein Schatten zu sehen, der dann aber sofort wieder verschwand.

„Was geht Sie das an!“, gab die Frau barsch zurück, wurde dann aber vom Fenster gedrängt. Das rote Gesicht Maiers erschien am Fenster:

„Irmgard, du kannst doch nicht so mit Kommissar Böhm reden“, sagte er mehr zu Böhm hingewandt als zu seiner Frau.

„Hallo!“ Er winkte großspurig.

„Haben Sie noch irgendwelche Fragen? Ich komme dann heraus!“ Maier strahlte, als wäre der Kommissar sein wiedergefundener Kumpel aus alten Zeiten.

„Nein, nein! Ich wollte nur fragen, ob bei Ihnen alles in Ordnung ist! Wir haben Schreie gehört und da dachte ich, ich frag mal lieber nach!“

Auch Böhm winkte.

„Nein, hier ist alles in Ordnung“, Maier lächelte; „nur eine kleine Meinungsverschiedenheit mit meinem Sohn; nichts weiter!“

„In Ordnung. Ich wollte ja nur mal gefragt haben. Nichts für ungut Herr Maier!“

Der Kommissar fasste die verdutzte Lena am Arm und zog sie weiter. An seinem Auto ging er achtlos vorbei. Erst ein paar Häuser weiter blieb er stehen. Vor hier aus war das Haus nicht mehr zu sehen.

„Was ist denn mit Ihnen los?“ Lena hatte keine Ahnung, was hier gerade vor sich ging.

„Meinungsverschiedenheit; von wegen. Den kauf ich mir!“

Sie warteten ein paar Minuten und bewegten sich dann vorsichtig auf das Haus zu. Das Gebrüll war nun wieder deutlich zu hören. Das Fenster war wieder verschlossen. Die Vorhänge versperrten die Sicht in die Wohnung. Dieses Mal klingelte Böhm bei „Finke“. Einen kurzen Augenblick später ging der Türsummer. Böhm und Lena betraten das Haus, doch Böhm nahm nicht gleich die Treppe nach oben, sondern stellte sich dicht an die Tür von Maiers.

„Du dreckiger Lump! Ich zeig dir schon ...“

„Das reicht!“ Böhm schlug mit der Faust gegen die Tür, dass Lena glaubte, sie würde gleich bersten.

Plötzlich wurde es vollkommen still.

Böhm schlug noch einmal gegen das dünne Holz.

Vorsichtig öffnete sich die Tür einen Spalt breit.

Der Kommissar nutzte die Gelegenheit und drückte die Tür gegen jeden Widerstand einfach auf. Frau Maier stand ängstlich in einem dunklen Hausflur. „Was wollen Sie?“

Doch Böhm ignorierte das abgemagerte Wesen und lief direkt ins Wohnzimmer hinein. Paula, die dem voranstürmenden Kommissar Maier gefolgt war, bot sich ein Anblick, den sie so schnell nicht mehr vergessen sollte:

Herr Maier stand da hoch aufgerichtet und blickte erschreckt auf den Kommissar, der das Zimmer stürmte. Seine Faust umklammerte einen schweren Ledergürtel, der zu einer breiten Schlaufe gelegt worden war. Auf dem Boden lag ein etwa sechsjähriger Junge in einem verrutschten Schlafanzug. Sein Schreien war in lautloses Zittern übergegangen. Mit schreckensgeweiteten Augen blickte er abwechselnd zu seinem Vater und dem riesenhaften Polizisten, der wie eine Dampfwalze auf den überraschten Maier zustürzte.

Lena sah, wie der schwere Rücken vor Wut bebte. Das Genick des Kommissars schien in Stein gemeißelt, als er den Mann am Kragen packte und nach oben zog.

„Was tun Sie hier!“ Böhm stieß diese Worte mehr heraus, als dass er sie aussprach. Die Worte spuckten vor Aufregung aus ihm heraus.

„Lassen Sie mich los. Was wollen Sie?“ Maier war bleich vor Schreck.

Der Kleine begann vor Angst wieder zu weinen. Böhm drehte sich kurz zu der Frau um. „Kümmern Sie sich um den Jungen, verdammt, ziehen Sie ihm was an und verlassen Sie diese Wohnung“, zischte er. Dann wandte er sich wieder dem Mann zu, der eben noch so herrisch und mächtig gewirkt hatte.

„Was tun Sie hier!“ Böhm brüllte dem Mann jedes einzelne Wort ins Gesicht.

Maier brachte kein Wort heraus. Böhm hatte ihn soweit in die Höhe gezogen, dass er auf den Zehenspitzen mehr baumelte als stand. Als die verängstigte Frau das Kind vom Boden hob, streifte sich ein Ärmel hoch. Paula stockte der Atem als sie sah, dass der Arm von Blutergüssen übersät war.

„Wenn ich noch einmal sehe oder zu hören bekomme, wie Sie ihr Kind misshandeln, dann zeige ich Ihnen auch einmal, was Schmerzen sind!“

Maier baumelte mit schreckensweiten Augen vor Böhms Gesicht.

„Haben Sie mich verstanden?“

Maier nickte vorsichtig.

Böhm ließ ihn los. Wie ein nasser Sack stand der Mann hilflos im Zimmer. Er schien nun alles andere als ein brutaler Schläger zu sein.

„Es stört Sie sicher nicht, wenn ich mal kurz ihr Telefon benutze, um die Kollegen anzurufen. Ich zeige Sie hiermit der schweren Körperverletzung und dem Missbrauch Schutzbefohlener an."

Böhm wirkte nun kalt und beherrscht. Als die Kollegen eintrafen, schilderte er ihnen den Sachverhalt ohne seine Drohung zu erwähnen. Kurz darauf erschien noch eine Dame vom Jugendamt, die Frau Maier und das Kind zunächst ins Krankenhaus und dann in ein Frauenhaus bringen sollte.

Die neugierige Frau Finke, die aufgeregt die Stufen hinuntergerannt war, hatte Böhm nun zum dritten Mal in ihre Wohnung zurückgeschickt. Sein Tonfall hatte dieses Mal eine Schärfe angenommen, die keinen Widerspruch mehr zuließ.

Lena empfand auf einmal Bewunderung für den Kommissar.

Mehr noch: Sie musste sich eingestehen, dass sie Böhms große Faust am liebsten im Gesicht dieses Mannes gesehen hätte, der sich nur stark zu fühlen schien, wenn er ein Kind vor sich hatte.

Die Streife nahm Maier mit auf die Wache, Frau Maier packte einige Sachen für sich und das Kind. Als sie dem Jungen das Schlafanzugoberteil über den Kopf zog, traten Lena die Tränen in die Augen. Böhm wandte sich ab. Man konnte sehen, wie sich seine Fäuste in den Hosentaschen ballten.

Nach einer halben Stunde war alles vorbei.

Böhm und Lena standen nun etwas hilflos im Hausflur, bis eine dünne Stimme aus dem Obergeschoss zu hören war: „Kommen Sie nun zu mir?" Die Finke hatten sie völlig vergessen, doch auf einmal schien Böhm etwas einzufallen. Zügig liefen sie ins zweite Obergeschoss, vorbei an der versiegelten Tür des Tanzlehrers.

Frau Finke empfing die beiden schon auf dem Treppenabsatz: „Es ist gut, dass Sie da mal für Ordnung gesorgt haben, Herr Kommissar. Dieser Zores da unten kennt keine Manieren. Ein Krach ist das, den lieben langen Tag lang. Und den Flur putzen die ja auch nie. Wenn ich das nicht machen würde, ach Gott, aussehen würd's hier wie bei Hempels unterm Sofa … und der Rotzlümmel von denen, ein unmögliches Kind …"

Böhm hob die linke Augenbraue. „Haben Sie mitbekommen, dass das Kind regelmäßig geschlagen wird?"

„Ach, wissen Sie Herr Kommissar, da misch ich mich lieber nicht ein. Na ja und man bekommt ja auch nicht alles mit, was in so einem Haus passiert. Ich kümmere mich nicht um die Angelegenheiten anderer Leute."

Elsbeth Finke blickte Böhm beifallsheischend an und nickte Lena aufmunternd zu, ihr zuzustimmen.

„Das wäre dann aber auch das Einzige, was Sie nicht mitbekämen!" Lena wurde wütend.

„Wie bitte?" Die Finke fuhr erschrocken zusammen.

„Sie haben schon richtig gehört. Sie bekommen alles hier im Haus mit, wirklich alles. Es interessiert Sie auch alles. Aber wenn ein kleines Kind zu Tode geprügelt wird, das will dann keiner gehört haben. Auf dem Ohr sind auch die größten Klatschtanten taub!"

„Lena", Böhm fasste sie sanft an der Schulter, doch sie wimmelte ihn ab: „Nein, jetzt bin ich dran", Lena kam richtig in Fahrt.

„Über jeden Scheiß könnt ihr euch aufregen: über Dreck im Hausflur, über Krach, darüber, wie oft die Fenster geputzt werden und wie spät am Morgen erst die Rollläden nach oben gezogen werden. Über den Alkoholmissbrauch und das schlampige Aussehen der Mutter, die Lautstärke eines spielenden Kindes und seine Frechheiten. Aber wenn ein Kind misshandelt wird, dann schaut ihr alle weg, als würde es euch nichts angehen. Ihr wollt wissen, wie die Nachbarschaft den Müll trennt oder welches Reinigungsmittel am besten für die Treppenstufen geeignet ist, aber wenn ein Kind schreit, dann mischt ihr euch nicht ein, dann geht euch das nichts mehr an!"

Frau Finke stand mit offenem Mund vor der jungen Frau. Ihr Unterkiefer wirkte, als habe er sich ausgerenkt.

„Leute wie Sie machen sich mitschuldig!" Lena ging ein paar Stufen hinunter.

„Tut mir leid", sie drehte sich zu Böhm um, „aber ich will heute keine Entschuldigungen mehr hören. Rufen Sie mich an?"

Böhm nickte ernst. Mit einem warmen Gefühl im Bauch blickte er ihr nach, wie sie mit trippelnden Schritten die Treppe hinunterlief.

Dann erst wandte er sich Frau Finke zu, deren Unterkiefer sich noch keinen Millimeter bewegt hatte.

„Kommen Sie, wir gehen in Ihre Wohnung. Ich hätte da noch ein paar Fragen …"

„Marcel?" Ihre Stimme drang durch das ganze Haus. „Holst du die Kinder vom Kindergarten ab?"

„Natürlich Schatz!", rief er fröhlich, „ich mach mich gleich auf den Weg".

Er hatte sich vorgenommen, alles richtig zu machen. Sabine würde zum nächsten Ersten bei ihm einziehen. Er hatte sogar das Schlafzimmer frisch gestrichen und für die Kinder hatte er ein Doppelbett mit Rutsche gebaut. Handwerklich begabt war er schon immer gewesen.

Als er erfahren hatte, dass Sabine zwei Kinder hat, war er bleich vor Schreck geworden. Sie hatte seinen Schrecken bemerkt und sich eine Woche lang nicht mehr gemeldet.

Dann sprachen sie sich aus und er erklärte ihr, dass es ihn überhaupt nicht störe, wenn sie Kinder habe.

Doch insgeheim hatte er sich gefürchtet.

Dann hatte er erfahren, dass sie zwei Söhne hatte, drei und sechs Jahre alt. Er war unheimlich aufgeregt gewesen.

Und jetzt würde er sie von der Schule abholen: Das war so eine Art Taufe; das wusste er. Sabine legte großen Wert darauf, dass die Jungen ihn mochten, und er gab sich große Mühe.

Er nahm sich fest vor, Sie nicht zu bedrängen. Sie sollten freiwillig zu ihm kommen.

Auf dem Weg zum Kindergarten holte er noch schnell eine Zeitung. Schon zu lange hatte er von der Welt nichts mehr mitbekommen. Das war ihm schon oft so gegangen. Tagsüber arbeitete er im Schwimmbad, abends traf er sich mit Sabine oder sah sich Videos an. Der Rest der Welt interessierte ihn nicht.

Doch gestern hatte Sabine ihn gefragt, was er von der aktuellen USA-Politik hielt, und er hatte nicht einmal gewusst, was sie meinte. Daher hatte er sich wieder einmal vorgenommen, sich ab sofort regelmäßig die Nachrichten anzusehen und sich eine Tageszeitung zu kaufen.

Er warf die Zeitung neben sich auf den Beifahrersitz und brauste weiter Richtung Kindergarten. Er war sehr aufgeregt.

Gleich würde er zum ersten Mal allein sein mit den Kindern. Ihn durchströmte ein euphorisches Gefühl, als er sich vorstellte, wie er die Kinder jeden Abend ins Bett bringen würde. Und das Schwimmen würde er ihnen beibringen. Das konnte er.

Daniel und Christoph sahen nicht aus, als seien sie Geschwister. Daniel war zart und sanft wie seine Mutter. Blonde Kinderlöckchen fielen in das pausbackige Gesicht, wenn er lachte. Christoph hingegen war ein richtiger Racker. Er hatte regelmäßig aufgescheuerte Knie und die braunen wilden Haare seines Vaters geerbt.

Marcel mochte beide. Noch waren beide Kinder ihm gegenüber etwas reserviert, doch das sollte sich ändern. Sie sollten ihn lieben wie ihren Vater…

Die Jungen sprangen in den bereitstehenden Jeep. Bobrowski befestigte beide in ihrem Kindersitz. Er lachte aufgeregt, als ihm die zarten Gesichter so nah kamen.

Auf der Rückfahrt erzählte Christoph aufgeregt, was sie gemalt hatten.

Bobrowski hörte gar nicht richtig zu.

Dann fiel sein Blick auf die Zeitung, die neben ihm lag. Das Titelblatt bestand fast nur aus Überschriften und Fotos.

Atemlos starrte er die drei Fotos an, die ihn schwarzumrandet anzustarren schienen. Die Frau in der Mitte kannte er nicht, aber die beiden Männer…

Er überhörte das Hupen der Autos hinter sich, als er auf die Bremse trat.

Die Kinder begannen zu weinen…

Er riss die Zeitung hoch und starrte auf die Namen unter den Fotos: „Eduard P. (62 / Pianist) und Roger S. (53 / Leiter einer ansässigen Tanzschule) fielen dem Serienmörder aus der beschaulichen Stadt bereits zum Opfer. Wie viele Tote wird es noch geben bis die Polizei endlich…“
Sie waren es. Sie waren älter geworden, doch sie waren es…

Bobrowski spürte, wie seine Pupillen zu zucken begannen. „Das kann nicht sein“, dachte er, „ein Zufall; das ist ein Zufall… Ich kann doch nicht zur Polizei…“

Paula rang sich erst am Nachmittag dazu durch, mit Lena zu sprechen. Sie wollte die Sache auf keinen Fall am Telefon klären, deshalb entschied sie sich, bei der Freundin vorbeizufahren. Im Gericht hatte sie vorher Bescheid gesagt, dass sie morgen wieder arbeiten wolle. Böhm war natürlich ganz und gar nicht einverstanden, doch sie hatte darauf bestanden. Sie hielt es bei ihrer Mutter einfach nicht mehr aus und das Nichtstun schien ihre Angst noch zu steigern. Sie wollte sich von diesem Verrückten nicht das Leben zerstören lassen. Außerdem würden im kommenden Frühjahr schon wieder die ersten Klausuren anstehen und sie konnte sich daher eigentlich keine Pause leisten.

Paula wusste nicht, ob sie erleichtert oder enttäuscht sein sollte, als auf ihr mehrfaches Klingeln nur Stoibers Gebell zu hören war. Entmutigt setzte sie sich auf den Bordstein und betrachtete ihr Haus.

Hier hatte sie jetzt fünf Jahre gelebt, doch inzwischen schien ihr alles nur noch ein Traum. Sie betrachtete die frisch gestrichene Fassade. Sie hatte sich total gefreut, als Robert vor einem Jahr angekündigt hatte, das ganze Haus neu zu streichen. Seither erstrahlte es in einem beigen Ton, der sich von dem schmutzigen Weiß der Nachbarhäuser angenehm abhob. Sie betrachtete ihr Küchenfenster.

Man konnte auch von hier unten die Kakteen auf dem Fensterbrett erkennen. Wie oft hatte sie dort gestanden und die komische rothaarige Nachbarin beobachtet.

Sie seufzte.

Vor einigen Wochen war ihr Leben noch in geordneten Bahnen gelaufen, und heute war alles wie auf den Kopf gestellt. Paula fühlte sich, als hätte man ihr Zuhause geraubt. Und das stimmte ja auch.

Sie würde sich in diesem Haus nie wieder sicher fühlen. Sie würde nie wieder die Haustür aufschließen können, ohne dahinter die Leiche in dem Fass zu sehen, ohne zu spüren, wie das Blut unter ihren Schuhsohlen klebte.

Sie war heimatlos geworden.

„Hallo Paula", stotterte eine Stimme freudig erregt. Paula fuhr zusammen. Vor ihr stand Lenny, der alte Spielkamerad aus Kindertagen, dem sie zuletzt auf dem Juristenball begegnet war. Heute war ihr seine Erscheinung unangenehm.

„Ich habe dich oft gesehen, Paula. Du wohnst hier, nicht? Und arbeiten tust du im Gericht, da habe ich dich mal reingehen gesehen."

Paulas Unbehagen wich immer mehr einem seltsam mulmigen Gefühl.

„Und dein Kind hab ich auch gesehen; er ist sehr schön, und Enni war auch oft hier."

„Lenny, es war schön, dich mal wieder zu sehen, ich muss jetzt los."

Paula bekam Angst.

„Bleib doch noch! Du hast noch nichts gesagt!"

Lenny trat ihr in den Weg.

Sein Lächeln erschien Paula auf einmal unheimlich.

Zu ihrer großen Erleichterung bog in diesem Moment Lena auf ihrem Fahrrad um die Ecke. Sofort rutschte ihr das Herz in die Hose, als sie

Paula vor ihrer Haustür stehen sah. Doch dann bemerkte sie den hilfesuchenden Blick der Freundin.

„Ah, Lena, da bist du ja. Tja Lenny, es tut mir leid, aber heute geht es wirklich nicht. Lena muss dringend eine Arbeit mit mir besprechen. Deshalb müssen wir auch gleich los.

„Ja, komm, wir sind ohnehin schon spät dran."

Lena ging auf das Spiel ein. Irgendwie kam ihr dieses Gesicht bekannt vor, aber sie wusste nicht woher.

„Schade, aber wir sehen uns jetzt bestimmt öfter", Lenny lächelte, „ich wohn ja jetzt hier!"

Lena hatte ihr Fahrrad am Zaun festgekettet. Die beiden Frauen stiegen nun in Paulas Wagen, und sie fuhren davon. Lenny schaute ihnen noch nach, als sie schon längst nicht mehr zu sehen waren.

„Wer war das denn?", fragte Lena, als Paula an der Ochsenbrücke zum Stehen kam. Paula hatte sich links eingeordnet, da hier die Ampelphasen besonders lang dauerten. Sie brauchte einen Moment, um Luft zu holen.

„Ich glaube, ich sehe schon Gespenster!", meinte sie erschöpft, „das war Lenny. Den kenne ich von früher. Der war bei mir in der Grundschulklasse und fand mich damals wohl ganz toll. Na jedenfalls haben wir den überall mit hingeschleppt. Er war der kräftigste und konnte uns immer die Taschen tragen."

„Wie gemein!" Lena rümpfte die Nase.

„Ja, irgendwie habe ich seine Gutmütigkeit ganz schön ausgenutzt. Aber weißt du, was der eben gesagt hat? Du, der weiß alles über mich. Der muss mich beobachtet haben. Was ist, wenn der ...?"

„Du meinst, er ist der Mörder?" Lena riss die Augen auf.

„Ich weiß nicht. Eigentlich nicht! Aber woher weiß der ..."

Jemand hinter ihnen hupte. Die Ampel war längst auf Grün umgesprungen. Paula fuhr mit quietschenden Reifen an.

„Wohin fahren wir eigentlich?", fragte Lena, der bei diesem Fahrstil über kurz oder lang schlecht werden würde. „Fahr in den Wald!" befahl sie.

„Was?"

„Am besten auf den Kuhberg. Ich muss mal raus aus dieser Stadt"

Paula gehorchte und bog an der Heilig-Kreuz-Kirche, deren Turm weit über die Stadt zu sehen war, in die Salinenstraße ab, um dann die von alten Villen gesäumte Rheingrafenstraße hochzufahren, die steil nach oben zur Jugendherberge und dem sogenannten Kuhberg führte.

Hier boten sich zahlreiche verschlungene Pfade und Wanderwege in einen dichten Mischwald, der im Sommer Schatten und Kühle spendete. Die Frauen liefen den breiten Waldweg entlang, an dessen Rändern noch Reste von schmutzigem harschigem Schnee vom vergangenen Winter zeugten. Während im Tal schon die ersten Knospen aufbrachen, herrschte hier oben noch ein rauer Wind, der durch das kahle Geäst zog.

Keine von ihnen sprach ein Wort. Keiner wollten die passenden Worte einfallen.

Lena hielt die Stille irgendwann nicht mehr aus: „Warum bist du heute morgen einfach abgehauen?"

„Vielleicht aus Angst?", Paula flüsterte fast.

„Wovor?" Lenas Stimme hatte einen beinahe zärtlichen Klang angenommen. Der vorwurfsvolle Ton war völlig verschwunden, als sie sah, wie unglücklich und verzweifelt die Freundin wirkte.

„Ich weiß auch nicht; ach, ehrlich gesagt: Ich kann mich nicht mehr an alles erinnern und das macht mir gerade etwas Angst!" Paula hatte sehr schnell gesprochen, doch jetzt war es endlich heraus.

Lena kicherte: „Echt? Du weißt nicht mehr, wie du ins Bett gekommen bist?"

Paula ärgerte der amüsierte Tonfall. Sie kam sich schrecklich ausgeliefert vor: „Nein, ich weiß es nicht mehr und ich wäre dir sehr dankbar, wenn du mich endlich aufklären würdest!"

„Erinnerst du dich an den Kuss?" Lena versuchte einzulenken.

„Ja!", gab Paula gequält zurück.

„Na also, dann weißt du ja alles!"

„Was heißt das?"

„Mehr war nicht!"

„Nach dem Kuss ist nichts mehr passiert?" Paula spürte eine Woge der Erleichterung.

„Nein, mehr war nicht! Du hast dich aufs Bett geschmissen und bist summend eingeschlafen. Ich habe dir dann noch die Hose und den Pullover ausgezogen und dich zugedeckt. Das war alles. Ich habe dich nicht angefasst, keine Angst!"

Lenas Stimme wurde schrill. Sie lief immer schneller, obwohl der Weg zunehmend steiler anstieg.

„Das habe ich doch nicht gemeint“ Paula musste sich anstrengen, um Lenas Schritten folgen zu können.

„Ich fand den Kuss doch auch schön!“

Abrupt blieb Lena stehen: „Wirklich?“

„Ja wirklich. Aber ich bin nicht in dich verliebt und ich glaube, Frauen sind einfach nichts für mich. Als Partnerin meine ich!“

„Ich dachte, du würdest vielleicht sauer auf mich sein.“ Auch Lena fühlte sich erleichtert. Dem Rausch der Nacht war ohnehin die Erkenntnis gefolgt, dass sie mit Paula nicht glücklich werden würde.

„Dann verbuchen wir den Kuss unter der Rubrik ‚Schöne Erinnerungen‘?“ Paula streckte der Freundin die Hand hin. Lena lachte traurig. „Unter ‚Sehr schöne Erinnerungen‘, denn für ‘ne Hetero-Frau küsst du gar nicht schlecht“, sagte sie und schluckte. Paula sollte nicht merken, wie sie sich fühlte.

Erleichtert schloss Paula die Freundin in die Arme.

Dann kam Paula direkt auf Lenny zu sprechen. Ihr ging diese Begegnung nicht mehr aus dem Kopf.

Inzwischen hatten sie den Gipfel erreicht. Der Wald lichtete sich, und ein herrlicher Aussichtspunkt bot einen freien Blick auf die umliegenden Dörfer. Die Nahe schlängelte sich durch das malerische Bad Münster.

Von hier oben konnte Paula das Hausdach ihrer Mutter erkennen. Ihr wurde übel bei dem Gedanken, dass Mäxchen etwas passieren könne.

Auf einmal bekam sie den Drang anzurufen.

Sie musste wissen, ob alles in Ordnung war. Aufgeregt wählte sie auf ihrem Handy die Nummer: „Hallo Mutti? Ist alles in Ordnung? ... Ja ... Wie geht es Max? ... Ja ... Denk dran, lass Max nicht ohne den Polizisten in den Garten ... ja ... Tschüß.“

Paula seufzte: „Ich hatte ein ganz mulmiges Gefühl. Also, seit ich Lenny getroffen habe ...“

„Du solltest mit Böhm sprechen! Ruf ihn am besten auch gleich an.“

„Ich weiß nicht. Was soll ich schon groß sagen ...“

„Na, gib schon her.“ Lena schnappte sich das Handy, kramte in ihrer Jackentasche nach der Visitenkarte und wählte die Nummer: „Herr Kommissar: Wir haben Neuigkeiten! ... Das macht ja nichts ... wir kommen vorbei!“

14

„Du wirst nicht davonlaufen können, Königin. Ihr alle werdet nicht davonlaufen können. Die Maske, die ich trage, ist undurchdringlich. Ich bin unsichtbar für euch. Bald werde ich fertig sein, und dann werde ich nie wieder Angst haben müssen, dann werdet ihr mir nichts mehr tun und selbst in meinen Träumen werdet ihr keinen Platz mehr finden. Dann wird einzig meine Königin in meinen Träumen sein." Er summte, um die Angst zu vertreiben, die sich wie eine schwarze Hand um seinen Hals zu legen schien. „Beruhige dich", schalt er sich selbst. „Du hast jeden Millimeter untersucht, jeden Schritt geplant. Niemand wird dich sehen.

Er kannte die Stelle ganz genau.

Die roten Reklameschilder der Tankstelle waren noch erleuchtet. Hinter der Theke im Shop erkannte er im Dämmerlicht der Sparbirne, wie der Junge das Geld der letzten Schicht zählte.

Er war sehr jung, mochte kaum die Schule abgeschlossen haben. Er blickte nicht einmal hoch, während er die fast ungebrauchten Scheine durch die Finger gleiten ließ.

Er erkannte sofort, dass dem Jungen noch nie etwas Böses geschehen war. Ihm schien gar nicht in den Sinn zu kommen, dass ihm jemand etwas antun könnte.

Unruhig blickte er sich immer wieder um.

„Wie kann man nur so leichtsinnig sein!", dachte er und ließ den Jungen nicht aus den Augen. Er beneidete ihn um das kindliche Gefühl der Unverletzbarkeit.

„Hab keine Angst", raunte er ihm in Gedanken zu, „ich werde dich beschützen. Niemand wird dir etwas tun, solange ich hier bin und auf dich achte."

Er versuchte, sich selbst mit diesen Worten zu beruhigen.

Jetzt verschwand der Junge in einem Hinterraum: „Er wirft das Geld in den Tresorschlitz!", dachte er.

Dann erschien der Junge wieder und stand nun vor dem Sicherungskasten. Das Licht der Reklame erlosch draußen, anschließend wurde auch der Shop in tiefe Dunkelheit gehüllt. Der Schatten des Jungen trat aus der Tür. Er legte sich auf den Boden und verschloss sie gewissenhaft. Danach das obere Schloss. Nicht einmal hatte er sich umgedreht, in die Nacht gelauscht oder war durch das Geräusch einer umherstreunenden Katze aufgeschreckt.

Er schien keine Angst zu kennen.

Der Junge schwang sich auf das blaue Mountainbike und radelte davon.

Nun begann seine Arbeit.

Er zitterte, als er die weißen Handschuhe überstreifte, dann stieg er leise aus dem Auto. Zaudernd schaute er sich um. Niemand konnte ihn gesehen haben. Die nächsten Wohnhäuser befanden sich erst hinter der Tankstelle. Von hier aus konnte ihn niemand gesehen haben. Doch die Angst blieb. Hastig überquerte er die Straße.

Die Tankstelle lag nun in tiefschwarzer Nacht; die nächste Straßenlaterne war zu weit entfernt, um ihn dem Lichtstrahl preiszugeben.

Er war diese Situation schon hundertmal durchgegangen und fühlte sich noch immer unsicher.

„Mach schon!", schien Qidi aus seiner Tasche zu rufen. Er verschwand hinter dem Shop. Ab hier brauchte er die Taschenlampe, sonst würde er die eigene Hand nicht vor Augen sehen. Dort lag die Werkstatt. Ein roter Porsche hing dort, hilflos in die Höhe gestemmt und wartete auf einen neuen Auspuff. Die Fenster der anliegenden Häuser waren dunkel. Langsam tastete er sich vor. Der Junge war ordentlich. Wie immer hatte er die Sackkarre, mit der die Getränkekisten transportiert wurden, gleich hinter die Werkstatttür gestellt. Und da stand er, wie jede Nacht.

Es würde schwer werden, den Kanister bis zum Auto zu transportieren, doch mit der Sackkarre müsste es gehen. Die Tonne schien schon etwas angerostet, doch das störte ihn nicht. Sie würde der Hitze schon standhalten.

Doch zuerst musste er den Kanister fortbringen. Die Sackkarre quietschte leise, als er sie mit dem Gewicht des Altölkanisters ankippte. Dann schob er sie vorsichtig über den dunklen Hof an den Zapfsäulen vorbei.

Kein Auto fuhr vorbei.

Es herrschte gespenstische Ruhe.

Sein Atem ging schwer.

Der Schweiß durchnässte das frische Hemd, als er die Sackkarre vom Kanister löste. Er musste laut aufstöhnen, als er den schweren Kanister auf die Ladefläche hob.

Ängstlich schaute er sich um, in diesem Moment erkannte er Lichter, die immer näher kamen. Er drehte sich um, schlug die Heckklappe zu, es gab ein lautes Krachen, das Licht im Wageninnern erlosch. Jetzt musste der Fahrer des Wagens ihn sehen.

Er duckte sich. Er atmete nicht mehr. „Vielleicht ist es der Besitzer. Er wird mich finden und schnappen ..."

Dann war das Auto vorbeigefahren, es wurde wieder dunkel.

„Du Trottel, du versaust wieder alles!", schalt er sich selbst, „reiß dich zusammen, du Schlappschwanz und stell dich nicht so an!", dröhnte die fremde eigene Stimme in seinem Kopf.

„Hab keine Angst!", flüsterte Qidi, „du wirst stärker sein als die anderen!"

Er verharrte noch ein paar Minuten geduckt hinter dem Wagen, bevor er sich traute, das Fass zu holen. Inzwischen waren drei weitere Autos vorbeigefahren, doch keins schien von seinem Wagen Kenntnis genommen zu haben.

Die metallene Tonne hatte er sich leichter vorgestellt. Sie musste schon sehr lange der freien Witterung ausgesetzt gewesen sein und wartete nur darauf, zur Schrottverwertung gebracht zu werden, doch für seine Zwecke schien sie ideal. Durch ihren Durchmesser war es schwierig, sie auf der Sackkarre halten zu können. Er musste mit einer Hand schieben und mit der anderen die Tonne stabilisieren.

Plötzlich stieß er mit den Fuß an etwas, vielleicht war es auch nur eine Bodenwelle, die leere Metalltonne rutschte von der Sackkarre, mit einer Hand konnte er sie noch greifen und am endgültigen Sturz hindern.

Doch ein metallenes Scheppern zerriss die Stille.

Er hielt den Atem an.

In einer der gegenüberliegenden Wohnungen ging ein Licht an. Er duckte sich verzweifelt hinter der Tonne wie ein kleines ungeübtes Kind beim Versteckspiel.

„Hallo?" Eine rauchige Frauenstimme ließ ihn erzittern.

„Hallo!" Sie wurde forscher, mutiger.

Dann schien sie sich umzuwenden und rief in die Wohnung hinein.

„Manfred! Komm her; da draußen an der Tanke is irgendwas los. Hol doch mal eben die Taschenlampe, ich seh' ja nix!"

Sein Atem überschlug sich, der Schweiß schmeckte salzig auf seinen Lippen.

„Manfred, nun komm doch mal!"

„Wo denn?" Die Männerstimme klang müde und lustlos, „mach kein Theater, komm wieder ins Bett!"

„Aber da steht doch was!" Sie musste jetzt auf ihn zeigen, auf ihn und die schwarze auffällige Tonne.

Wenn man ihn erwischte, wäre der Plan vereitelt. Er könne die Aufgabe nicht vollenden und es würde niemals mehr Ruhe geben. Der Fluch ginge weiter.

„Wat du nich immer alles sieh's un hörst, Frau. Komm jetzt ins Bett!"

„Soll ich nich lieber die Polizei rufen, Manfred, ich bin mir ganz sicher ..."

„Wir sind hier nich beim Tatort. Du guckst sowieso zuviel Serienscheiß. Da würd ich auch Gespenster sehn."

Ein ärgerliches Schnaufen war noch zu hören und dann das Geräusch von einer Balkontür, die verschlossen wird.

Er traute sich noch nicht, normal zu atmen. Sein Herz schien seine Rippenbögen zerschlagen zu wollen. Das Licht in der Wohnung erlosch.

Er wartete noch eine halbe Ewigkeit. Er war einfach nicht mehr in der Lage, sich zu bewegen. Zusammengekauert saß er an seiner Tonne, unfähig, aufzustehen.

„Wir kriegen dich", rauschte es durch sein Hirn, „komm her mein Schatz und zeig uns, wie schön du bist. Halt endlich still, du Bastard. Du kannst doch eh nichts. Du bist keinen Groschen wert!" Die Worte rauschten wie impulsartige Wellen durch seinen Schädel und lähmten ihn.

Dann spürte er den warmen Qidi in der Hosentasche. Er saß so gekrümmt, dass Qidi ihm in den Oberschenkel stach. Es war, als wolle er ihm durch diesen Schmerz neues Leben einhauchen: „Beweg dich. Du schaffst das!" Mühsam erhob er sich und lugte zu dem Haus. Es schien alles still. Vorsichtig bewegte er die Tonne weiter.

Als er das schwere Gefäß in das Auto geladen hatte, konnte er sich kaum mehr auf den Beinen halten. Entgegen seinem Plan brachte er die Sackkarre nicht mehr zurück zu der Tankstelle, sondern warf sie in den Graben am Straßenrand. Er war einfach zu erschöpft. Außerdem musste er die Sachen noch ausladen, um sie in der Garage unterzustellen.

Langsam fuhr er nach Hause.

„Bald bin ich bei dir meine Königin ..."

„Wir fahren zu ihm!" Lena klappte das Handy zu.

„Zu ihm nach Hause? Ist das nicht ungewöhnlich?" Paula fand es seltsam, dass der Kommissar sie zu Hause empfangen wollte.

„Sagen wir mal so: Er wollte gerade unter die Dusche springen und dann endlich etwas Anständiges essen und da habe ich beschlossen, dass wir zu ihm fahren. Ich weiß, wo er wohnt."

„Und er hat dir nicht widersprochen?" Paula runzelte die Stirn.

„Oh, ich fürchte, so viel Zeit hatte er nicht!" Lena lächelte verschmitzt.

„Außerdem wird es Zeit, dass ich auch mal seine Wohnung sehe. Der ist ja nur noch bei mir."

Sie gingen den bewaldeten Weg am Schlösschen zurück, um möglichst schnell wieder am Parkplatz zu sein.

Doch kaum waren sie losgefahren, schrie Lena: „Halt mal an!"

Vor ihnen erstreckte sich eine große Wiese, die relativ flach abfiel und weit nach unten auslief. „Einen besseren Abhang für so ein Nagelfass kann ich mir gar nicht vorstellen!", rief Lena aus.

Paula verzog das Gesicht: „Du meinst, er hat sie hier ...?"

„Warum nicht? Das Restaurant am Schlösschen ist das einzige Haus in absehbarer Entfernung. Dort hinten ist ein Truppenübungsgebiet der Amerikaner und meistens so ausgestorben wie mein Kühlschrank. Der Abhang ist nicht steil, läuft aber sehr lange nach unten, und Schreie hört hier wirklich niemand, zumal nachts, denn über dem Restaurant wohnt auch niemand, soweit ich das weiß!"

Beflügelt von ihren neuen Erkenntnissen stellten die Frauen das Auto auf einen der Parkplätze vor der Roseninsel.

Man war gerade dabei, diverse Hochwasserschutzpläne an der Nahe umzusetzen, nachdem die Kurstadt von zwei verheerenden Hochwassern überflutet worden war. So hatte man einen künstlichen Deich und Spundwände errichtet, die man im Falle einer neuen Flutkatastrophe dicht machen konnte. Die Meinungen der Kreuznacher über diese neuen Schutzmaßnahmen reichten von „unbezahlbar", über „das wird uns auch nicht helfen" bis hin zu Begeisterungsstürmen über die neuen Hochwasserbekämpfungsmöglichkeiten.

Böhm bewohnte eine alte Villa direkt am Fluss. Der einst prächtige Bau hatte seine besten Zeiten auch schon hinter sich.

Dicke Putten, von deren Pausbacken schon die Farbe abplatzte, stützten einen wuchtigen Balkon, der seinen Kampf gegen das wildwuchernde Efeu längst verloren hatte. Doch trotz seines desolaten Zustands ging von dem alten Haus ein besonderer Reiz aus; eine Art „Romantik des Verfalls" wie Lena sich ausdrückte und ihre Worte mit einem melancholischen Seufzer unterstrich.

Das Relief eines Löwenkopfes barg die Türklingel.

Lena war begeistert.

Kommissar Böhm nicht.

Mit böser Miene öffnete er den Frauen die Tür.

„Wie kommen Sie eigentlich dazu, hier einfach aufzukreuzen. Ich darf ja wohl auch noch ein wenig Privatsphäre …"

„Nun sein Sie mal nicht gleich sauer, Böhm, Sie wissen sogar, wo in meiner Wohnung die Anschlüsse für den Herd liegen." Lena lugte schon demonstrativ an dem großen Körper vorbei, um einen Blick ins Hausinnere zu erhaschen.

Böhm musste gegen seinen Willen schmunzeln. Dieses Mädchen schaffte es immer wieder, ihren Willen durchzusetzen. Grummelnd öffnete er die Tür ein Stück weiter und ließ sie eintreten.

Sehr typisch für eine Altbauwohnung waren die Decken sehr hoch. Lena war entzückt von dem Stuck an den Zimmerdecken, Böhm wies sie auf die Schimmelflecken hin, die sich in den Ecken ausbreiteten. Lena bewunderte den alten Parkettfußboden, Böhm demonstrierte, wie laut dieser bei jedem Schritt knarrte. Lena schwärmte von den Putten am Balkon, Böhm sprach von „hässlichem Nippes".

„Warum wohnen Sie eigentlich hier, wenn das alles so schrecklich ist?", fragte Lena schließlich.

„Weil ich keine Zeit zum Umziehen habe natürlich", brummte Böhm.

„Ach, eigentlich sind Sie und das Haus sich doch recht ähnlich oder …?"

Lena grinste ihn an.

„Was meinen Sie damit?" Böhm drohte ihr hintergründig lächelnd mit der Hand.

„Och, nichts", Lena pfiff leise, „wir haben Neuigkeiten!"

Böhm bat sie in ein geräumiges Wohnzimmer, in dem ein offener Kamin stand. Eine riesenhafte Sitzecke, die wohl gut für zehn Besucher ausgereicht hätte, nahm die Mitte des Raumes ein, während ein dunkler Eichenschrank zwischen den breit angelegten Fenstern dem Zimmer einiges an Helligkeit zu nehmen schien.

„Also, ein Meister des Feng Shui scheinen Sie nun nicht gerade zu sein", warf Lena noch ein, bevor sie in die schweren Kissen des Sofas sank.

Paula erzählte von Lenny.

„Ist der schwul?", fragte Böhm unumwunden.

Paula errötete leicht, als sie an den Kuss mit Lena dachte.

„Ha", Lena stieß die Faust in die Luft. „Der Täter wird wohl kaum schwul sein, wenn er gleichzeitig hinter Paula her ist!"

„Richtig, Fräulein Schlauberger, er könnte aber auch eine Homo-sexualität vortäuschen!“ warf Böhm ein.

„Und wozu?“ Paula verstand nicht, worum es ging.

Böhm und Lena stöhnten im Chor auf. „Das wissen wir doch nicht.“

„Er könnte seine Homosexualität vorgetäuscht haben, um sich an den Tanzlehrer heranzumachen!“

Böhm zwirbelte gedankenverloren an seinem Schnurrbart herum, während er sprach: „Oder aber, er hat an Ihnen, Fräulein Käfer, kein sexuelles Interesse, sondern er steht in einer anderen Beziehung zu Ihnen.“

„Jedenfalls müssen wir sofort herausfinden, um wen es sich bei diesem Lenny handelt. Schade, dass Sie den Nachnamen nicht mehr wissen. Aber dieser Bursche scheint nun offensichtliches Interesse an ihnen zu haben. Den greif ich mir.“

Stöhnend wuchtete sich Böhm aus dem schweren Sofa.

„Ich ruf sofort bei den Kollegen durch und veranlasse alles Nötige“.

Dann erzählte Lena von der Wiese auf dem Kuhberg und Böhm wiederholte seinen Anruf in der Dienststelle.

„Übrigens, Frau Käfer, Ihr Robert Paulsen tut sich auch offensichtlich schwer mit einem Alibi. Ich hatte da noch eine kleine Auseinandersetzung mit Ihrer Mutter.“ Böhm studierte Paulas Mimik, als sie antwortete: „Wieso mit meiner Mutter?“ Sie setzte sich auf.

„Weil Ihre Frau Mutter krampfhaft versucht hat, diesem jungen Mann ein Alibi herbeizureden. Sie scheint jedoch nicht sehr geübt in Falschaussagen, denn sie verstrickte sich schließlich so sehr in Widersprüche, dass ich nicht mehr wusste, ob ich darüber lachen oder weinen soll.“ Böhm runzelte die Stirn.

„Aber Sie werden doch nicht...“ Paula sah in das strenge undurchdringliche Gesicht des Kommissars.

„Keine Sorge, Frau Käfer“

Er verzog das Gesicht zu einem Lächeln, „niemand hat etwas davon, wenn ich eine alte Dame wegen Falschaussage anzeige. Das kostet die Behörden nur Geld, und nutzen würde es auch nicht. Aber geben Sie ihr nicht zu schnell Entwarnung, denn Sie hat es schon verdient, auf ihre Vorladung zu warten!“

„Bitte was? Eine Vorladung?“, warf Lena lachend ein.

„Ja, eine Vorladung bei Gericht. Ich werde die alte Dame noch etwas schwitzen lassen. Schließlich ist das hier kein Kinderspiel. Ich bin dabei, einen Serientäter zu fangen.“

Paula lachte still in sich hinein. Sie konnte sich bildlich vorstellen, wie ihre Mutter krampfhaft versuchte, zu lügen. Doch das hatte sie noch nie gut gekonnt.

Dann wurde sie wieder ernst: „Aber was hat Robert mit den Morden zu tun?"

„Er gehört zu den Männern ihres nächsten Umfeldes und kommt somit auch als potenzieller Täter in Frage. Wir müssen jeder kleinen Spur folgen, die sich uns bietet!"

Er wandte sich an Lena: „Sind Sie in Ihren Nachforschungen über die ominösen Briefe weitergekommen? Wissen Sie, wer Herr K. sein könnte?"

Lena schüttelte den Kopf. „Ich komme nicht drauf. Am Naheliegensten scheint mir noch immer ein Zusammenhang mit Kafkas ‚Herrn K.' aus dem Roman ‚Der Prozess', in dem Herr K...."

„Schon gut Frau Menkwitz; Sie sind also nicht weitergekommen."

Lena schnaufte beleidigt.

„Morgen kommt hier sowieso eine Psychologin vorbei. Sie hat schon ein Täterprofil erstellt und will sich nun vor Ort noch ein Bild machen."

„Ein Profiler?", platzte Lena aufgeregt dazwischen.

„In amerikanischen Fernsehserien heißen die so; hier in Deutschland nennt man sie nur Polizeipsychologen. Eingebildet sind sie trotzdem alle." Böhm sprach gedankenverloren vor sich hin: „Alles emanzipierte Psychoschnepfen, die meinen, alles besser zu wissen..." Plötzlich wurde ihm wieder bewusst, dass er nicht allein war. Er räusperte sich: „Übrigens konnte ich mit der Finke noch ein Phantombild erstellen."

„Wer? Was?" Lena hatte gerade versucht, sich eine Psychoschnepfe vorzustellen."

„Elsbeth Finke, unsere Zeugin, die alles sieht und hört, außer wenn Kinder halb tot geprügelt werden!"

„Und was hat sie noch gesagt?", unterbrach ihn Lena ungeduldig.

„Sie hat mir dann noch ganz brauchbare Angaben zu dem Besucher machen können, der am Nachmittag bei dem Tanzlehrer aufgetaucht ist. Aber ob das für ein ordentliches Bild reicht, glaube ich nicht. Für die Frau sehen alle jungen Männer bildschön aus."

„Wissen Sie etwas Neues über den Pianistenmord? Sind Angehörige gefunden worden?" Paula zupfte an der Sofadecke.

„Das ist das Besondere: Keiner von den Toten hatte besonders viel Kontakt zur Außenwelt. Die Lehrerin hatte nach ihrer Pensionierung auch nicht mehr viele Kontakte; die beiden Männer waren nicht verheiratet, hatten anscheinend keinen engeren Freundeskreis oder eine Geliebte. Es scheint, als hätte ihr Tod keine Spuren hinterlassen. So, als wären sie nie da gewesen."

„Das klingt aber beklemmend!", meinte Lena.

„Oder es bedeutet, dass sie alle nicht sonderlich beliebt waren", überlegte Paula.

„Oder aber; sie führten eine Art Schattendasein, so als hätten sie ein Geheimnis!" Lena bohrte ihren Zeigefinger in die Luft.

„Aber genau dieses Geheimnis finde ich nicht" Böhm schlug lauter als beabsichtigt mit der Faust auf die Tischplatte.

„Es gibt keinen Hinweis darauf, dass diese Morde irgendwie zusammenhängen. Es scheint, als wären sich die Opfer nie begegnet. Ich habe ihre Wohnungen auf den Kopf gestellt, ihre Vergangenheit durchleuchtet."

Wütend fuhr er aus dem Sessel hoch und stapfte laut durch den Raum: „Sie hatten nicht einmal dieselbe Kindergärtnerin! Es ist zum Verrücktwerden!"

Er zerwühlte die dichten schwarzen Haare, während er auf dem krachenden Dielenfußboden unruhig auf und ab schritt.
„Es gibt nur einen einzigen Zusammenhang!" Der wuchtige Körper fuhr herum. Gedankenversunken starrte er aus dem Fenster: „Alle drei Opfer wohnten zwischen 1980 und 1984 in Bad Kreuznach oder zumindest in der unmittelbaren Umgebung. Unser Pianist hatte sich hier zwischenzeitlich niedergelassen und zog dann ins Allgäu, unser Tanzlehrer kam erst 1980 nach Kreuznach und wohnte zwischenzeitlich noch in Köln, und unsere Lehrerin ist anscheinend nie aus Kreuznach weggekommen. Ich habe sogar schon alle Namen, die mit K. beginnen, durch den Computer laufen lassen, um herauszufinden, wer zwischen 80 und 84 hier wohnte, aber der PC spuckt mir Tausende von Namen aus!"

Böhm brüllte beinahe: „Wenn ich dieses Schwein nicht bald finde, dann hänge ich meinen Job an den Nagel oder werde Polizist auf Wangerooge!"

Auf einmal schien er wieder die Frauen zu bemerken, die tief eingesunken in dem riesenhaften Sofa klein und hilflos wirkten wie zwei Mädchen.

„So, meine Damen", er klatschte in die Hände, „ich werde jetzt bei ‚Maria' ein Stammtischschnitzel mit Bratkartoffeln essen. Mit leerem

Magen funktioniert mein Denkkasten nicht mehr; vor allem, wenn ich mittags nur so Diät-China-Fraß essen durfte, von dem man außer Blähungen nichts bekommt."

Böhm tätschelte sanft seinen deutlichen Bauchansatz, während sich Paula peinlich berührt abwandte.

Lena lachte nur.

15

„Prigge!" Der Schnurrbart bebte vor Aufregung, „Sie Riesennashorn! Warum muss ich von Stümpern umgeben sein!"

Der schlaksige kleine Polizist stand vor dem großen Kommissar wie vor seinem Scharfrichter. Mit zitternden Fingern umklammerte er einen weißen Briefumschlag. „Wie oft habe ich gesagt, dass alles, was verdächtig aussieht, nur mit Handschuhen angefasst und dann eingetütet wird?"

Böhm funkelte den jungen Mann aus unbarmherzig zornigen Augen an: „Wie wirkt auf Sie ein zugeklebter Briefumschlag, der weder Anschrift noch Absender trägt und im Briefkasten einer Zeugin steckt, die polizeilich geschützt werden muss?"

Der Kommissar hatte in seiner maßlosen Wut Mühe, die dünnen Plastikhandschuhe über seine breiten Hände zu ziehen. Nachdem er drei Paar zerrissen hatte – was ihn noch wütender und den kleinen Prigge noch armseliger erscheinen ließ und endlich Handschuhe trug, entriss er dem jungen Polizisten den Brief.

„Gehen Sie mir nur aus den Augen!", brummte er zornig und wandte sich demonstrativ von dem Kollegen ab.

„Sie gestatten?", fragte er nun bemüht freundlich Paula, die neben der cholerischen Dampfmaschine gestanden und sich gefühlt hatte wie ein kleines Schulmädchen. Sie nickte blass.

Der Kommissar übergab den Brief dem Experten für Spurensicherung, der ihn erst drehte und wendete, schließlich mit einem kleinen scharfen Messerchen von unten aufschlitzte und dann einen weißen Bogen Papier entnahm. Den Umschlag steckte er direkt in eine Tüte, die er sogleich mit Datum, genauer Uhrzeit, Fundort und einem geheimnisvollen Kürzel beschriftete. Den Brief reichte er nach eingehender Untersuchung Böhm, der ihn vorsichtig entfaltete.

Die Zeit schien still zu stehen. Im Wohnzimmer Käfer standen Martha Käfer, ein noch immer leichenblasser Uniformierter, ein kleiner Mann mit unglaublich kleinen Händen und einer Nickelbrille, durch die er alles zu inspizieren schien, was ihm unter die Finger kam, der noch immer laut schnaufende Böhm in einer zerschlissenen Wildlederjacke, der den Brief wie eine Bombe in der Hand hielt und Paula, die aufgehört hatte, zu atmen.

Alle warteten gespannt darauf, was auf dem Brief stehen würde.

Böhm räusperte sich; dann las er vor: „Das ist zur Belohnung deiner Dienste."

Stille.

Niemand sagte etwas.

Böhm ließ langsam den Brief sinken.

„Mehr nicht?", Paula flüsterte beinahe.

Der Kommissar schüttelte den Kopf. „Mehr nicht."

„Aber woher weiß er, dass ich jetzt hier wohne?" Paulas Stimme zitterte.

Böhm zuckte kaum merklich mit den Schultern. Irgendetwas in seinem Magen zog sich schwer zusammen.

„Prigge", seine Stimme wirkte angespannt, „fahren Sie sofort in den Kindergarten und holen Sie den Jungen ab!"

„Max?" Paula schrie auf und wollte Richtung Tür laufen, doch der Kommissar hielt sie am Arm fest: „Ihrem Sohn wird nichts geschehen!" sagte er und Paula glaubte ihm. Dieser Mann strahlte eine Sicherheit aus, die sie ansteckte.

Er sah ihr fest in die Augen: „Sie werden bis auf Weiteres nicht mehr arbeiten gehen. Sie bleiben am besten hier." Paula versuchte sich aus seinem Griff zu winden, doch er hielt sie fest: „Haben wir uns verstanden, Frau Käfer?"

Paula nickte widerwillig. Ihr gefiel der Gedanke nicht, ausgerechnet bei ihrer Mutter eingesperrt zu sitzen und darauf zu warten, dass die Polizei diesen Verrückten fing. In ihre Angst mischte sich auch ein Gefühl von Wut auf diesen Typen, der seit ein paar Wochen ihr Leben bestimmte.

Er hatte lange gesucht, bis er einen passenden Platz gefunden hatte. Es war gar nicht so weit entfernt von der Wiese, über die er das Fass hatte rollen lassen. Im Sommer lagerten hier viele Schulklassen, feierten wilde Partys und übernachteten betrunken in Schlafsäcken und auf der breiten Rasen-

fläche. Zu dieser Jahreszeit jedoch wirkte die Rasenfläche mit dem Unterstand, der Schutz vor plötzlich einbrechendem Regen bot, wie ausgestorben. Das Gras war gelblich braun geworden, der Unterstand wirkte zerfallen und unheimlich. Fuhr man die Landstraße entlang, übersah man leicht, dass die Baumreihen am Rand eine kleine Öffnung ließen. Hinter den Bäumen dann erstreckte sich eine breite Lichtung, die von dichtem Wald umgeben war und so manche Gelegenheit für Verliebte bot, sich ungesehen von der Gruppe zurückzuziehen. Er war noch einmal zu dem Grillplatz gefahren, um alles Nötige vorzubereiten. Das Fass und den Tank hatte er in dem Unterstand versteckt; das Feuerholz war trocken und würde nicht viel Rauch erzeugen. Zufrieden prüfte er den umgebauten Grill, den er selbst gebaut hatte. Niemand würde sich in dieser Jahreszeit hierher verirren. Keiner würde ihn stören.

Als die Dämmerung hereinbrach, fuhr er zur Stadt hinunter. Er würde noch Zeit haben, etwas essen zu gehen, bevor es losging. Doch er war zu aufgeregt, um einen Bissen herunterzubringen. Noch einmal wollte er seine Königin sehen. Er spürte, dass ihr Anblick ihm Mut machen würde.

„Er heißt Lenny Radler. Seine Mutter ist vor einigen Jahren gestorben; seither sorgt er für sich selbst. Die Nachbarn beschreiben ihn als sehr schüchternen Menschen. Es gab schon mal Ärger wegen ihm, weil er gerne auf Spielplätzen sitzt und die Kinder beobachtet. Den Eltern war das irgendwann unheimlich und sie haben Anzeige erstattet." Prigge bemühte sich, nicht ins Stottern zu geraten.

„Kann ich verstehen!", brummte Böhm, „und was haben wir gemacht?"

„Gar nichts", meinte Prigge, „wir konnten ihm nichts nachweisen. Er saß einfach nur da und schaute. Mehr nicht."

„Wo ist er jetzt?" Böhm sah von seinem Schnitzel auf, „und setzen Sie sich endlich. Sie stehen hier wie ein Schuljunge. Die Leute gucken ja schon!"

Prigge nahm wiederwillig Platz, als die Tür aufging und eine junge Frau mit leuchtend roten Haaren im Türrahmen erschien.

Der Kommissar stöhnte auf: „Nicht einmal mehr meine Stammkneipe ist vor diesem Weibstück sicher". Er nickte Lena kurz zu. Es würde ihm ohnehin nichts nützen.

„Sie sind lästig wie eine Klette", brummte er und freute sich, dass sie gekommen war.

Lena staunte sofort über die einmalige Atmosphäre dieser Eckkneipe.

Das ganze Lokal war derart liebevoll mit den hässlichsten Dingen ausgestattet worden, die sie sich vorstellen konnte.

Die alten Holztische waren mit rot-weiß karierten Plastiktischdecken gedeckt. Bunte Plastikblumen steckten in goldfarbenen Väschen, die aussahen, als seien sie ein Werbegeschenk des letzten Chinarestaurantbesuchs gewesen. Die Wände zierten röhrende Hirsche in Öl und zu bunte Clownsmarionetten, auf der Theke drängte sich eine verstaubte Teddybärensammlung. Lena fand diese Kneipe so gruselig kitschig, dass es schon wieder schick war.

Wortlos drückte sie sich in die mit einem grün-braunen Wollstoff bezogene Sitzecke und schaute die ungleichen Männer fragend an.

Böhm ignorierte die junge Frau fürs Erste und stellte seine Frage ein zweites Mal: „Prigge, wo ist er jetzt!" Er hatte sich zuvor ein so großes Stück Schnitzel in den Mund geschoben, dass der junge Polizist die Frage anhand einiger gestammelter Wortfetzen erraten musste.

„Das wissen wir nicht!", antwortete er schüchtern.

„Was soll das heißen?" Böhm fuhr hoch und merkte nicht, wie sich bei seinem Ausruf kleine zerkaute Schnitzelbröckchen auf der Tischdecke und Prigges Ärmel verteilten.

„Er ist von den Nachbarn noch nicht gesehen worden heute; ans Telefon geht niemand und laut seinem Arbeitgeber hat er die nächsten zwei Wochen Urlaub."

Endlich hatte der Kommissar zu Ende gekaut und den riesigen Bissen mit einem tiefen Schluck Bier hinuntergespült.

„Na, dann fahnden Sie mein Lieber, fahnden Sie. Ich will, dass das Haus oder die Behausung dieses Lenny rund um die Uhr bewacht wird. Ich will sofort informiert werden, wenn er auftaucht; ist das klar?"

„Jawohl!" Prigge sprang auf. „Prigge?" Böhm hielt in der Bewegung inne. Auf seiner Gabel spießte wieder ein halbes Schnitzel, das darauf wartete, mehr verschlungen, als verspeist zu werden.

„Ja, Herr Hauptkommissar?" Der junge Uniformierte sah aus, als warte er auf die nächste Zurechtweisung.

„Wie lange sind sie heute schon im Dienst?"

Prigge überlegte: „Zehn Stunden?" Es klang eher wie eine Frage.

„Dann geben Sie meine Anweisung im Präsidium durch und machen Sie Feierabend."

Lena, die die ganze Szene interessiert verfolgt hatte, lachte laut auf.

Prigge machte Augen, als hätte sein Chef gerade chinesisch gesprochen.

„Oder besser noch! Setzen Sie sich. Trinken Sie ein Bier mit mir!“ Böhm sah irritiert zu der lachenden Lena hin.

„Nein danke, sehr freundlich“, Prigge wurde rot, „aber ich würde dann lieber nach Hause ...“

„Ja gehen Sie nur Mann!“ Prigge verschwand wie ein Schatten, der sich durch die geschlossene Tür drückt.

Lena lachte noch immer: „Und vielen Dank Prigge, das war hervorragende Arbeit! Schön, dass Sie das so schnell geschafft haben!“

Böhm sah Lena wie vom Donner gerührt an: „Bitte?“

„Jetzt schauen Sie mich nicht an, als würde es auf einmal Katzen regnen“, lachte Lena weiter, „warum meckern Sie den armen Jungen eigentlich nur an?“

„Das stimmt doch nicht!“, fuhr Böhm empört auf.

„Und ob das stimmt. Sie behandeln den Armen wie einen kleinen Schuljungen, machen ihn vor allen Leuten zur Schnecke, wenn er Mist baut, aber Lob kommt in ihrem Wortschatz gar nicht vor. Kein Wunder, wenn der kein Bier mit Ihnen trinken will.“

Böhm blieb der letzte Bissen beinahe im Hals stecken: „Das ist doch nicht wahr ...“

„Oh doch, Lena ließ sich nicht beirren, „eben erzählte mir noch Paula am Telefon, wie Sie den Kleinen wegen des Briefes zur Sau gemacht haben.“

Entsetzt blickte der Kommissar sie an. „Bin ich wirklich so schlimm?“ Ihm war der Appetit vergangen.

Lena nickte: „Wenn man Sie nicht zu nehmen weiß!“

„Ha“, Böhm stieß fast sein Glas um, „aber Fräulein Neunmalklug weiß natürlich, wie man den alten Bullen nehmen muss!“

„Ich glaube schon“, Lena grinste.

„Ich nehm gleich auch ...“, brauste der Kommissar auf, doch weiter kam er nicht, als ihn eine runzelige Hand derb auf den Sitz zurückdrückte.

„Du wilsch bestimmt noch e Bier!“, sagte die alte Frau, die in einer altmodischen Kittelschürze an den Tisch getreten war.

Böhm fasste zärtlich die Hand der alten Frau: „Maria, du bist die einzige Frau in meinem Leben, die mir bisher nur Glück gebracht hat.“

„...unn immer e frisch gezapptes Pils“, lachte die Alte mit rauchiger Stimme aus und zwinkerte Lena zu: „Solang isch am Zapfhahn steh, frisst der mir aus de Hand!", lachte sie hustend und schlurfte zur Theke zurück.

Als Lenas und Böhms Blicke sich kreuzten, brachen beide in befreiendes Gelächter aus. „Ich liebe dieses Kind", ging es ihm durch den Kopf, „vielleicht hat sie mehr Recht als mir lieb ist, und sie weiß mich wirklich zu nehmen", dachte er beinahe zärtlich.

Es war schon nach zehn, als Bobrowski endlich die Wohnung der Frau verließ. Es hatte ihn wahnsinnig gemacht, so lange auf ihn warten zu müssen. Das brachte seinen Zeitplan durcheinander. Und das bereitete ihm Angst. Langsam schlich er hinter dem Mann her, der sich immer wieder nervös umzublicken schien. Die Nervosität des anderen half ihm. Er würde der Stärkere sein, diesmal.

Die Straße war menschenleer. Keiner würde ihn sehen können. Er drückte ganz fest Qidi in seiner Tasche, dann beschleunigte er seine Schritte durch die Nacht.

Als Bobrowski sich noch einmal unsicher umblickte, sah er ihn. Sein Schritt beschleunigte sich. Dann rannte er.

Doch die Angst des Mannes verlieh ihm Flügel. Er holte ihn ein. Bobrowski wollte schreien, doch nur ein leises Krächzen drang aus seiner Kehle. Dann drückte er ihm das Tuch auf das Gesicht und spürte, wie der Andere schwer in seine Arme sank. Behutsam legte er den Ohnmächtigen in den dichten Busch und lief davon, um das Auto zu holen.

Gegen zehn Uhr rief Böhm ungeduldig im Präsidium an; dieser Lenny war bisher nicht aufgetaucht. Er schien wie vom Erdboden verschluckt. „Scheiße! Bleibt am Ball Jungs!", knurrte er in den Hörer, bevor er das Handy mürrisch zuklappte.

„Haben Sie eine Idee zu dem neuen Brief?", fragte er an Lena gewandt.

„Das ist die Belohnung deiner Dienste." Das klingt irgendwie geschwollen. Wer redet heutzutage schon so! Es muss irgendwas Literarisches sein."

„Jetzt verschonen Sie mich aber bitte mit ihren Kafka-Vorlesungen, das ist mir heute Abend zu hoch!" Böhm wischte sich den Bierschaum vom Schnäuzer: „Meinen Sie, wir haben es mit einem Poeten zu tun?"

Böhms Handy klingelte.

Er zerriss beinahe die Jackentasche, als er das Gerät mit Gewalt herauszerren wollte: „Böhm!“ brüllte er in seinem üblichen Tonfall.

„Ach Sie!“. Er errötete leicht: „nein… nein…, nein, immer noch nicht… nein…“

Seine Stimme schwoll an wie die Röte seines Gesichtes: „Ich gebe Bescheid, ja sofort… ja doch!“

Er warf das Gerät auf den schmalen Holztisch und seufzte kraftlos.

„Das war der unselige Unsell, mein Lieblingsstaatsanwalt! So ein Korinthenkacker ist mir noch nie untergekommen. Dem sind die Berichte wichtiger als die Ermittlungsergebnisse.“

Er lehnte sich weit zurück und atmete schwer. Jetzt sah er sehr alt und müde aus.

„Ich geh noch mal raus und ruf die Kollegen an. Und dann muss ich ins Bett!“ Er gähnte laut und ungeniert: „Vielleicht bekomme ich ja heute Nacht ein bisschen Schlaf.“

Er ging nach draußen.

Die kalte Nachtluft tat seinem Kopf gut.

Ein dunkles Auto fuhr an ihm vorbei, doch Böhm bemerkte es kaum…

Langsam fuhr er den Kuhberg hinauf, in der Jugendherberge brannte noch Licht. Hier oben auf dem Berg war innerhalb weniger Jahre ein stattliches Neubaugebiet entstanden. Die Jugendherberge, die ursprünglich auf freiem Feld gebaut worden war, lag nun innerhalb der dichten Bebauung. Einige neue Anwohner hatten sich dann auch prompt über den Krach beschwert, den die spielenden Kinder verursachten.

Er musste sich nun konzentrieren, um nicht die unscheinbare Einfahrt zu der Lichtung zu verpassen. Etwa hundert Meter vor dem bewaldeten Gebiet schaltete er die Scheinwerfer aus. Die letzten Meter ließ er sich auf die Lichtung rollen. Der Motor war aus. Er lauschte in die Dunkelheit.

Dann stieg er aus und öffnete den Kofferraum. Bobrowski schien noch immer ohnmächtig. Er hob den schlaffen Körper hinaus und trug ihn zu dem nachtschwarzen Unterstand. Leichter Mondschein tauchte die Nacht in ein nebliges milchiges Licht, das die Nacht noch kälter erscheinen ließ.

Er machte sich sofort an das Feuer. Es gab noch viel zu erledigen…

Bobrowski fror, als er erwachte. Er wusste nicht, wo er war. Er versuchte aufzustehen, doch da spürte er die Fesseln an seinen Handgelenken und Füßen.

Er saß in einem Bretterverschlag auf einer Wiese. Durch die Bretterritzen erkannte er, dass draußen ein Feuer brannte.
Sein Kopf schmerzte, seine Beine fühlten sich schlaff an. Die Wäscheleine schnürte ihm das Blut ab. Dann spürte er, dass er nackt war.

Zunächst reagierte sein Gehirn nur mit Verwirrung auf diese Situation, doch je deutlicher ihm seine Lage bewusst wurde, um so mehr wuchs die Angst.

Und dann stand er plötzlich vor ihm. Er erkannte ihn sofort. Kalter Schweiß brach ihm aus. Er wollte schreien, doch sein Mund war verklebt worden.

„Na? Marcel Bobrowski, hab ich recht?" Er blickte ihn von oben herab an. In seiner Hand hielt er eine schwere Axt.

Bobrowski schüttelte energisch den Kopf.

„Du bist nicht Bobrowski?" Was war, wenn er den Falschen erwischt hatte. Er fühlte eine Unsicherheit in sich aufsteigen. Er bückte sich und durchwühlte die Jackentaschen des Gefesselten. Er hatte die Kleidung auf einen Haufen im Unterstand gelegt, sehr sorgfältig natürlich, um nichts zu vergessen.

„Bist du Marcel Bobrowski?" Seine Stimme verlor an Festigkeit.
Er legte den Gefesselten der Länge nach auf den Boden. Mit dem Gesicht nach unten. Er sollte ihn nicht unnötig lang sehen. Nun war er vorsichtig, denn er wollte ihm nicht wehtun. Nicht, wenn es der Falsche war.

In der Gesäßtasche der Jeans fand er schließlich das Portemonnaie. Er hörte, wie der Gefesselte aufstöhnte. Er verfluchte wohl gerade, dass er seinen Geldbeutel nicht, wie so oft, vergessen hatte.

Er lachte auf, als er den Personalausweis in der Hand hielt.

Er trat kräftig mit dem Fuß gegen den nackten Körper, sodass der Gefangene laut stöhnte.

Er drehte ihn wieder auf den Rücken und wedelte mit dem Ausweis vor dessen Augen herum. Seine Sicherheit war wieder zurückgekommen. Er hatte alles richtig gemacht.

Er hatte ohnehin das Gefühl, dass er mit jedem Toten sicherer wurde. Er war dabei, das Böse auszurotten. Bald hätte er den letzten Wolf getötet und dann würde er endlich Ruhe haben.

Dann würde endlich wieder Ordnung herrschen.

„Marcel; du hast schon immer gerne gelogen, hast behauptet, dass es mir auch gefallen würde. Gefragt hast du nie!"

Der nackte Körper des anderen löste Ekel in ihm aus. Doch es schien auch, als sei er geschrumpft. Der riesenhafte Mann war kleiner und schwächer als in seiner Erinnerung.
„Die Zeiten haben sich geändert, Marcel!" Er zog Qidi aus der Tasche und drückte ihn zärtlich an die Brust: „Heute bist du nackt, und heute hast du Angst vor mir, wie findest du das? Heute werde ich dich nicht fragen. Ich werde zu mir selbst sagen, dass du es ja auch willst und zu dir werde ich so lange sagen, dass du mich provoziert hast, bis du es mir glauben wirst. Irgendwann wird das so in deinem Schädel sein, dass du glaubst, du selbst hättest Schuld, an dem, was passiert."

Bobrowski begann sich auf dem Boden zu winden und versuchte, seine Fesseln zu lockern.

Doch er schlug ihm hart ins Gesicht.

Die Angst des Gefesselten machte ihm Mut.

Er saugte dessen Scham in sich auf, als könne er die eigene verlorene damit zurückgewinnen.

„Ich war sieben, als wir uns das erste Mal begegneten. Du hast mir Rollschuhe geschenkt und mir erzählt, wie lieb du mich hättest. Und letzte Woche, da habe ich dich wieder im Schwimmbad gesehen. Ich habe gesehen, wie der große Bademeister den kleinen Jungen das Schwimmen beibringt. Du hattest schon immer ein Händchen für Kinder, Marcel."

Mit jedem Wort gewann er ein Stück Sicherheit.

Er fasste den Nackten unter den Achseln und zog ihn zu dem Feuer. Mit schreckensgeweiteten Augen sah Bobrowski die gespenstische Konstruktion, die er über dem offenen Feuer installiert hatte.

Über den Flammen hing wie ein riesiger Kochtopf ein großes Metallfass, an das er wohl eine Art Henkel geschweißt hatte.

„Bald ist die Suppe heiß!", rief er aus. Die Flammen tanzten auf dem schreckensverzerrten Gesicht.

„Ich weiß nicht, ob ich es kann!", murmelte er auf einmal, während er starr in die Flammen sah.

„Das ist doch kein Mensch, das ist ein Wolf!", raunte ihm Qidi zu: „Du musst alle Wölfe vernichten, sonst werden sie dich nicht in Ruhe lassen!"

„Du hast Recht!", sagte er laut und wandte sich dem Gefesselten zu.

Ganz dicht zog er ihn an das Gestell heran, an dem das glühende Fass hing. Die Asche und das noch glimmende Holz hatte er ein wenig zur Seite geschaufelt.

Bobrowski versuchte in seiner Panik, fort zu kriechen, doch sofort spürte er einen festen Griff im Nacken, der ihn auf der Stelle festnagelte.
Unendlich langsam streifte er sich die schweren Bleihandschuhe über die durchsichtigen aus Plastik. Bobrowski schnaubte so sehr, dass ihm Flüssigkeit aus der Nase lief. Tränen liefen über sein vor Panik verzerrtes Gesicht.

„Geweint habe ich damals auch viel", sagte er und sein Gesicht erstarrte zu einer ausdruckslosen Maske, als er das Fass vorsichtig zu kippen begann.

Bobrowskis stumme Schreie drangen durch die Stille der Nacht, als das kochende Öl aus dem Fass floss.

Einen Augenblick lang dachte er, auch er müsse weinen, doch dann fasste er Qidi fester in seiner Hand und ging.

Seine Arbeit war noch nicht ganz beendet …

16

Zwei Tage später fanden Spaziergänger die Leiche von Marcel Bobrowski und alarmierten die Polizei.

Dem Kommissar bot sich ein schrecklicher Anblick. Auf dem Grillplatz auf dem Kuhberg lag ein Mann nackt auf der Wiese. Sein Kopf und Oberkörper waren von einem dickflüssigen schwarzen Schmant verbrannt.

Das Öl hatte sich in die Haut des Toten eingebrannt, seine Gesichtszüge waren schwarz verkohlt und regelrecht abgefackelt. Es stank bestialisch nach einer Mischung aus Motoröl und verbranntem Fleisch.

Auf der verbrannten schwarzen Brust des Toten lag ein weißer Zettel, der sich scharf und kalt von der Schwärze abhob. Jemand hatte den Zettel mit einer Stecknadel in der Brust befestigt … Böhm schüttelte sich. Er hielt sein Taschentuch vor die Nase und gab beinahe verzweifelte Anweisungen.

Er beobachtete die Arbeit der Spurensicherung und befragte die völlig fassungslosen Spaziergänger, die in einem Rot-Kreuz-Wagen betreut wurden.

Böhms Telefon klingelte beinahe ohne Unterlass. Der leitende Staatsanwalt Unsell, der Präsidiumsleiter und schließlich auch der Polizeipräsident bedrängten ihn mit Fragen, die er nicht beantworten konnte.

Immer weniger unterschwellig drang der Vorwurf durch, er sei mit dem Fall überfordert.

Böhm standen trotz der Kälte dicke Schweißperlen auf der Stirn und rannen seinen Rücken hinunter. Eine Karawane von Reportern und Fernsehleuten rollte den Kuhberg hinauf und war von der herbeigerufenen Zusatzkräften an Streifenpolizisten kaum zu bändigen. Immer wieder drängten einzelne Presseleute durch das umliegende Gebüsch oder den dichten Wald, um dann plötzlich direkt am Tatort aus ihrem Versteck zu brechen und ein Blitzlichtgewitter über den Toten, die Beamten und den Kommissar zu ergießen.

Ein Fotograf hatte sich auf einem Hochsitz versteckt, der am Waldrand stand und fotografierte mit einem Teleobjektiv, das so groß war, als wolle er feststellen, ob der Tote Dreck unter den Fingernägeln habe.

Böhm bemerkte auf einmal eine Spiegelung; es war ein kurzes Aufblitzen, das er auf dem Hochsitz wahrgenommen hatte.

In knappen Worten stellte er einen kleinen Trupp Beamte zusammen. Unauffällig schlichen die zu dem Hochsitz und stürmten diesen mit gezogenen Waffen. Sie führten dem Kommissar den verängstigten Fotografen in Handschellen vor.

„Sie sind vorläufig festgenommen wegen des Verdachts, einen Mord begangen zu haben. Sie müssen jetzt nichts ..."

„Aber ich bin von der Presse!", schrie der schmächtige Fotograf, den zwei Beamte an den Armen hielten. „Schauen Sie doch! In meiner Hosentasche ist mein Presseausweis!"

Böhm wühlte etwas grob in der Hose des Mannes und beförderte tatsächlich einen Presseausweis zu Tage. Prüfend drehte er diesen im Licht und leckte sich dabei gedankenverloren mit der Zunge über die Oberlippe.

„Wir müssen zunächst die Echtheit dieses Ausweises prüfen. Sie haben sich durch ihr Verhalten am Tatort äußerst verdächtig gemacht", sagte er kalt.

Dann wandte er sich an die jungen Kollegen, die sich kaum ein Grinsen verkneifen konnten. „Nehmen Sie den Herren erst einmal in Gewahrsam, bis ich mich um ihn kümmern kann, und stellen Sie die Kamera sicher!"

Als der lästige Fotograf fortgebracht war, ließ sich Böhm von der Spurensicherung den Brief aushändigen, die ihn vorsichtig von der Brust des Toten entfernt hatten.

Böhm bahnte sich einen Weg durch die Menge an Gaffern und Reportern. Zahlreiche bunte Mikrofonbälle drängten sich an sein Gesicht, Blitzlichter blendeten ihn, sein Handy klingelte schon wieder unablässig.

Ohne eine Mine zu verziehen und mit starrem Blick drängte er sich hoch aufgerichtet durch die Menge. Er schaute in keinen Fotoapparat und ignorierte alle Fragen. Mit stummer Mine setzte er sich in den braunen Volvo und fuhr los. Im Rückspiegel wurden die Menschen und Autos immer kleiner. Er hatte den Umweg über die Hackenheimer Landstraße genommen. Weinberge säumten hier die Straße und bestimmten die Landschaft.

Er bog in einen Feldweg ein, stellte den Motor und das Handy ab... und sackte in sich zusammen.

„Können Sie kommen?", hörte Lena am anderen Ende der Leitung. Die Stimme des Kommissars schien an Kraft verloren zu haben.

„Ja sicher, aber was ...?"

„Tun Sie einmal, was ich sage, ohne zu fragen ... bitte!"

Lena spürte den Ernst.

Sie legte auf und fuhr mit dem Fahrrad zum Polizeirevier.

Böhm hatte gesagt, er könne dort jetzt nicht weg. Sie hatten eine Krisensitzung nach der anderen. An der Haustür stockte sie und kehrte noch einmal um.

„Die Zeit muss sein", dachte sie und schmierte drei Brote, die sie dick mit Käse und Schinken belegte.

Mit einer dicken Papiertüte im Rucksack kam sie einige Minuten später im Präsidium an. Von ihrer Wohnung aus war es ein Katzensprung bis zu dem alten mehrstöckigen Gebäude, in dem die Polizei untergebracht war.

An der Pforte erkundigte sie sich nach dem Zimmer Böhms und wurde von einem knurrigen alten Mann in den dritten Stock geschickt. Sie wusste nicht mehr, wo Böhms Büro lag.

Es roch nach Papier und Schweiß.

Lena fand, es roch nach „Amt".

Für sie verströmten alle Ämter einen Geruch von alten, mit fettigen Fingern abgegriffenen Aktenordnern, vergilbtem Papier, Achselschweiß, schuppigem Haar und Kölnisch Wasser.

Dieses Mal wurde sie von dem ungeduldigen Kommissar nicht schon auf dem Flur empfangen.

Es herrschte angespannte Betriebsamkeit.

Hinter verschlossenen Türen wurde gemurmelt; man bemühte sich sichtlich um Ruhe. Es gab weder Türenknallen noch Gelächter; die Beamten benahmen sich, als habe es gerade einen Todesfall im Kollegium gegeben.

Zaghaft klopfte sie an die 121, wie man ihr an der Pforte gesagt hatte. An der Tür befand sich zwar ein altes vergilbtes Papier, doch ein Name schien dort nie gestanden zu haben oder war schon vor Jahren ausradiert worden.

Lena klopfte noch einmal; diesmal etwas lauter, dann öffnete sie vorsichtig die Tür und schaute in das Zimmer.

Das Büro des Kommissars wirkte auf Lena, als brächte man die Polizisten auch gleich in Zellen unter. Tatsächlich fühlte sie sich durch das Büro an eine Gefängniszelle erinnert. Einzig die Gitterstäbe am Fenster hätten noch gefehlt, um eine eindeutige Zellenatmosphäre zu schaffen.

„Zehn Quadratmeter geballte deutsche Bürokratie", dachte Lena.

Aktenschränke säumten die kahlen Raufaserwände. Lediglich der für Büros übliche Kalender – natürlich ein Werbegeschenk eines ortsansässigen Autohauses – unterbrach die graue Tristesse der gelblich gewordenen Tapete.

Ein dunkel furnierter Schreibtisch bildete quasi das Zentrum der Zelle. Das Furnier war an den Rändern schon abgeplatzt und zeigte abgenutztes Kiefernholz. Der Computer, der fast die Hälfte des Tisches einnahm, wirkte wie ein Fremdkörper in dieser 70er Jahre-Welt, obwohl es sich höchstens um einen 4-86 er handeln konnte wie Lenas geringe Computerkenntnisse sie schätzen ließen.

Auf der breiten Fensterbank stand eine einzige Pflanze.

Es war eine kleine Palme, deren Wurzeln steif und rissig aus der von Trockenheit aufgeplatzten Erde stakten. Die Blätter hatten sich gelb verfärbt; einige waren schon abgefallen und lagen neben dem Blumentopf.

Auf einem braunen, etwas abgefledderten Schreibtischstuhl saß der Kommissar. Er hatte die Augen geschlossen. Sein Kopf war zur Seite gefallen. Er sog jeden Atemzug mit einem lauten Schreddergeräusch ein und stieß die Luft mit einem leisen Pfeifen wieder aus.

Mit jedem Atemzug erzitterte kaum merklich der Schnäuzer.

Lena schloss leise die Tür hinter sich. In diesem Moment erwachte Böhm mit einem lauten Schnarcher, sprang auf und starrte die junge Frau an. Sein Haar stand zerzaust vom Kopf ab, dunkle Ringe unter den tränenden Augen ließen ihn krank und alt aussehen. „Er sieht aus wie seine Pflanze“, dachte Lena und schaute ihn sorgenvoll an.

Doch er war gleich wieder der Alte: „Können Sie nicht anklopfen?“, fauchte er und fuhr sich mit der Hand zerstreut durch das volle Haar.

„Wenn Sie jeden Versuch, anzuklopfen mit ihrem ohrenbetäubenden Schnarchen übertönen, stehe ich morgen noch vor der Tür!“, entgegnete Lena ruhig, „Sie haben mich gerufen?“

Böhm nickte und kramte in einer dünnen Akte. Dann reichte er Lena müde eine Art Klarsichthülle mit einem Blatt Papier darin, schritt zur Tür, öffnete sie, brüllte das Wort oder vielmehr den Befehl „Kaffee“ über den ausgestorbenen Flur, schloss die Tür wieder und ließ sich stöhnend auf den Bürostuhl fallen.

„Lesen Sie!“, befahl er Lena, die inzwischen auch ohne Aufforderung auf einem ungemütlichen Holzstuhl Platz genommen, der aussah, als stamme er aus einer alten Bauernküche.

Lena starrte auf den Zettel: „Was rumpelt und pumpelt in meinem Bauch herum?“, stand dort geschrieben.

„Ein Brief…?“ flüsterte sie.

Böhm nickte: „Ihre Kollegen sind längst vor Ort und behindern schon fleißig die Polizeiarbeit“, knurrte er.

„Wer ist es?“, fragte sie.

„Höchstwahrscheinlich handelt es sich um einen Mann namens Marcel Bobrowski. Er liegt auf dem Grillplatz oben auf dem Kuhberg.“ Der Kommissar kramte wieder in der Akte und reichte Lena ein Foto, das mit Digitalkamera aufgenommen und sofort ausgedruckt worden sein musste.

Es zeigte die Leiche: Einen völlig verkohlten Menschen, dessen Gesicht bis auf die Knochen verbrannt und mit einer öligen schwarzen Masse überzogen schien. Der Mund sah aus, als wären die Lippen zu einer Masse verschmolzen. Dann sah Lena den weißen Zettel, der sich von der verkohlten Brust abhob.

Mit einem spitzen Schrei ließ sie die Klarsichthülle fallen und schleuderte das Foto von sich.

Böhm sprang gleichzeitig mit ihr auf: „Oh Scheiße!“, rief er aus, „es tut mir leid, bitte Lena!“ „Ich bin ein unsensibler Arsch!“, dachte er und fühlte sich hundeelend. „Wie kann ich dem Mädchen nur solche Fotos zeigen, ich hirnloser Ochse!“

Lena sah sehr bleich aus. Sie zitterte leicht. Böhm nahm sie in den Arm ohne nachzudenken.

„Schon gut", hauchte Lena. Ihr war einfach nur noch schlecht.

„Willst du dich hinlegen?", fragte er besorgt.

„Nein, nein, es geht schon", flüsterte sie. Ihre Beine fühlten sich an, als seien sie aus Wackelpudding. Dann fühlte sie, wie sie hochgehoben wurde.

Lena erwachte auf einer Pritsche in einer anderen Zelle. Zahlreiche Köpfe standen über sie gebeugt. Ihre Wange brannte wie Feuer. Dann erkannte sie den Kommissar, den jungen Prigge und zwei ältere Damen mit Lesebrillen und gerunzelter Stirn: „Sie ist wach!", rief eine entzückt aus und lief gleich nach draußen.

„Das sehe ich", knurrte Böhm und schaute Lena zärtlich an: „Warte, ich hole einen Schluck Wasser!" Geschäftig rannte er hinaus.

„Was war denn los?", fragte Lena den jungen Polizisten, der als einziger noch neben ihrer Liege stand.

„Sie sind einfach umgekippt", meinte er achselzuckend, „der Kommissar beschwört, dass er keine Ahnung hat, warum." Dann lächelte er leicht: „ Er macht aber einen Riesenterz wegen Ihnen. So habe ich den Alten noch nie gesehen. Der hat sich ja direkt rührend um Sie gekümmert!"

Lena sah ihn erstaunt an.

„Aber wir mussten Sie beschützen! Er hatte solche Angst, Sie würden nicht mehr aufwachen, dass er Sie regelrecht geohrfeigt hat!"

„Das spüre ich", entgegnete Lena und rieb sich die Wange.

In diesem Moment stürzte Böhm wieder ins Zimmer und reichte Lena ein Glas Wasser.

„Trink!", befahl er und sah sie mit großen Augen an, „wie geht's dir? Soll ich einen Arzt rufen? "

„Bis auf meine Backe geht's mir wunderbar", entgegnete Lena und zwinkerte Prigge zu, der grinsend danebenstand. Die scheinbare Vertrautheit zwischen den beiden ärgerte Böhm:

„Ich erwarte Sie in meinem Büro", raunte er knapp und warf die Tür hinter sich zu.

Ein paar Minuten später stand Lena auf und kehrte tatsächlich in das Büro des Kommissars zurück.

„Besser?", fragte er und deutete auf ihre Wange.

„Na ja, geht so", antwortete Lena ehrlich und betrachtete sich in dem stumpf gewordenen Spiegel, der über dem Waschbecken hing. Sie sah aus, als habe sie Sonnenbrand.

„Es tut mir leid“, raunte der Kommissar, „auch das mit dem Foto. Ich hätte Ihnen so etwas nicht einfach zeigen dürfen.“

„Darf ich?“ Lena nutzte die günstige Gelegenheit und zog eine zerknautschte Schachtel Zigaretten aus ihrer Hosentasche.

„Meinetwegen“, knurrte er und riss demonstrativ das Fenster auf. Kalte Luft drang in den kleinen Raum.

„Geben Sie mir noch einmal den Brief“, meinte Lena, nachdem sie einen tiefen Zug genommen hatte.

„Sicher?“ Böhm hielt die Hülle noch in der Hand. Zögerlich reichte er ihn Lena.

„Was rumpelt und pumpelt in meinem Bauch herum?“, las sie laut vor. Ihr Gesicht hellte sich mit einem Mal auf. „Ja klar!“ rief sie, „was rumpelt und pumpelt in meinem Bauch!“

„Was ist klar?“ Böhm brüllte beinahe vor Ungeduld. „Red Mädchen oder soll ich dir alles aus der Nase ziehen!“

„Der Wolf!“, rief sie und wedelte triumphierend mit der Plastikhülle. „Welcher Wolf?“ Böhm wiederstand nur mühsam der Versuchung, die junge Frau zu schütteln.

„Es sind Märchen!“, rief sie aus, „warum bin ich nicht früher darauf gekommen!“

„Märchen?“

„Ja, Märchen; der Wolf und die sieben Geißlein, glaube ich. Der Wolf überfällt die Geißlein, als deren Mutter weggegangen ist. Kennen sie das nicht?“

„Doch! Nein!“ Den Kommissar machte seine Ahnungslosigkeit wütend: „Jetzt erzählen Sie schon!“ Er spürte, wie der Schweiß aus seinen Poren schoss. Endlich hatte er so etwas wie eine Spur.

„Also gut. Der Wolf frisst die sieben Geißlein, als die allein zu Hause sind. Nur das Jüngste versteckt sich im Uhrenkasten und wird nicht gefressen. Als die Mutter nach Hause kommt, erzählt es ihr, was mit seinen Geschwistern geschehen ist. Beide laufen los und finden den schlafenden Wolf!“ Lena geriet immer mehr in Aufregung, „... die Geißenmutter schneidet den Bauch des Wolfes auf und alle sechs Geißlein springen lebend heraus. Daraufhin holen sie Wackersteine und stecken die anstelle der Geißen in den Bauch des Wolfes. Als er wach wird, tut ihm der schwere Bauch weh und er ruft: Was rumpelt und pumpelt in meinem Bauch herum?“

„Sicher?“, Böhm schaute sie misstrauisch an.

„Ja, er hat furchtbaren Durst und geht daher zum Brunnen. Doch die Steine sind zu schwer. Als er trinken will, bekommt er Übergewicht, fällt hinein und ertrinkt.

Das ist das Märchen von dem Wolf und den sieben Geißlein!"

„Und was soll das Ganze?", Böhm schlug mit der Faust auf den Tisch, stieß sich dabei den Fingerknöchel an und schlug daraufhin noch einmal wütend auf den Tisch ein.

„Warum heftet diese Bestie Märchentexte an eine bestialisch ermordete Leiche? Was will der nur von mir?"

Er schaute kurz auf den leicht blutenden Knöchel, den er an der Tischkante aufgeschürft hatte, sprang dann abrupt auf und verließ das Dienstzimmer.

Lena blieb auf ihrem Stuhl sitzen und dachte über das Märchen nach, während Böhm eine Geräuschkulisse auf dem Flur auslöste, als fege eine Feuersbrunst durch das Polizeigebäude.
Kurz darauf erschien er mit Kopien der Briefe, die der Unbekannte an Paula verschickt hatte.

Er zitierte Lena in ein Besprechungszimmer, in dem schon mehrere Männer saßen, stellte die völlig entsetzte Lena als literaturwissenschaftliche Expertin vor und gab ihr mit einem barschen Wink zu verstehen, sie solle sich auf den freien Stuhl setzen, der neben seinem Chefsessel noch frei war.

Lena spürte die Röte in ihrem Gesicht, als die anwesenden Beamten misstrauisch die sogenannte Literaturexpertin musterten.

Alle Anwesenden wirkten übermüdet und angestrengt. Unmittelbar neben ihr saß ein äußerst gut aussehender Mann. Er mochte so Mitte dreißig sein und trug das schulterlange dunkle Haar offen. Im Gegensatz zu Böhm verlieh ihm sein unrasiertes Gesicht etwas verwegen Erotisches.

„Eigentlich schade, dass ich nur auf Frauen stehe", dachte Lena und freute sich schon darauf, diesen Schönling Paula bis ins Detail zu beschreiben.

„Hallo!", sagte er und lächelte Lena mit einer blendend weißen Zahnreihe charmant an.

„Seit wann beschäftigt die Polizei Models?", schoss es ihr durch den Kopf. Sie musste unwillkürlich lächeln, als sie sich diesen schneidigen Kerl in Uniform vorstellte.

Böhm räusperte sich laut hörbar und das leise Gemurmel verstummte augenblicklich. In diesem Moment klopfte es, und in der Tür erschien das

Gesicht des Staatsanwaltes, den Lena nun schon häufiger gesehen hatte. Er trug noch seine Robe unterm Arm und schien gehetzt. Anscheinend kam er gerade vom Gericht.

Missbilligend hob Böhm die Augenbraue, als er den schlaksigen Mann sah. Doch selbst das makellos gebügelte Hemd und das exakt sitzende altmodische Sakko konnten darüber hinwegtäuschen, dass Uwe Unsell ein Hautproblem hatte.

Dieses Mal bahnte sich auf seinem Kinn das Debakel an. Eine deutliche, schon recht angewachsene rote Wölbung kündigte bereits den nächsten gewaltigen Pickel an. Lena rechnete mit zehn bis zwölf Stunden, bis sich dieses Prachtexemplar zur vollen Blüte entwickelt haben würde.

Doch Uwe Unsell schien sich momentan weniger an seinen Hautunreinheiten als an der Arbeitsweise eines gewissen Kommissars zu stören. Mit einem zackigen Nicken nahm er unaufgefordert an der Kopfseite des Tisches – also auf Böhms Stuhl – Platz.

„Bitte, fahren Sie fort", flötete er in die eingetretene Stille und Lena sah förmlich den Kloß vor sich, den Böhm gerade versuchte, hinunterzuschlucken.

Er fasste kurz die Situation zusammen. Lena wunderte sich, wie knapp und klar der Kommissar den momentanen Ermittlungsstand zusammenfasste.

Seine Art wirkte streng und unnachgiebig, doch er strahlte eine Sicherheit aus, die Lena noch nie an ihm bemerkt hatte. Er vermittelte den Anwesenden das Gefühl, Herr der Lage zu sein.

Nach wenigen einleitenden Sätzen erteilte er Sören Sonderberg das Wort und deutete auf den wunderschönen jungen Mann neben Lena.

Der jungen Frau blieb die Luft weg. Dieser Adonis öffnete die weichen, leicht aufgewölbten Lippen und berichtete in allen Einzelheiten ... wie er die Leiche obduziert hatte.

„Dieser Astralkörper steht den ganzen Tag in einem Kellergeschoss und schnippelt stinkende Leichen auf?" Sie konnte es nicht fassen, wie solch gruselige Beschreibungen von einer verkohlten Schädeldecke aus einem so schönen Mund kommen konnte. Doch die Stimme des Gerichtsmediziners hatte ein so weiches und dunkles Timbre, dass er alles hätte erzählen könnte ...

Noch immer starrte Lena mit offenem Mund zu ihrem Tischnachbarn, als die dröhnende Stimme des Kommissars ihre Träume jäh unterbrach: „Fräulein Menkwitz?"

Er trat auf sie zu.

„Ja?“ Sie hasste es, rot zu werden. Sie hatte geglaubt, dies sei eine Phase der Pubertät, doch sie hatte die Hoffnung längst aufgegeben. Lena Menkwitz würde noch mit 85 Jahren rot anlaufen wie eine Tomate.

„Bitte, schildern Sie uns ihre Eindrücke bezüglich der Briefe!“ Sein Ton klang mal wieder ungeduldig und fordernd.

„Äh“, sie lächelte verunsichert. „Zwanzig Bullenaugen sind auf mich gerichtet!“, dachte sie und fühlte sich so unsicher wie bei einem Physikreferat in der achten Klasse. Das Lächeln des schönen Leichenschnipplers ging ihr langsam auf den Geist.

„Könnten Sie vielleicht noch einmal den Inhalt der Briefe vorlesen?“, fragte sie schüchtern.

Böhm funkelte sie durchdringend an: „Das habe ich gerade eben getan!“, flüsterte er ohrenbetäubend und scharf. Dann marschierte er zu dem Tisch, auf dem seine Unterlagen ausgebreitet lagen und blickte sie streng an. Trotzig hielt sie seinem durchdringenden Blick stand, bis er sich wieder den Unterlagen zuwandte. Dann wiederholte er noch einmal den Inhalt der Briefe, die Paula erhalten hatte: „Ich zitiere Brief Nummer eins: ‚Der Herr K. muss ein recht böser Mann gewesen sein!‘

Es existiert kein Briefumschlag mehr. Der Brief wurde im Briefkasten von Paula Käfer gefunden.

Brief Numero Zwei ist verschwunden. Frau Käfer erinnert sich, einen zur fraglichen Zeit erhalten zu haben. Sie erinnert sich jedoch nicht mehr an den Inhalt, weil sie dachte, es handele sich hierbei um eine Postwurfsendung oder ähnliches.“

Der Kommissar wedelte mit einem weißen Papier in der Luft: „Dies ist der dritte Brief. Auch diesen fand Frau Käfer in ihrem Briefkasten und zwar genau einen Tag, bevor sie in ihrem Hausflur die Tote in dem Fass entdeckte.

In dem Brief steht lediglich der Satz: ‚Welches Urteil ist dieser würdig?‘ Der Brief ist dieses Mal adressiert und frankiert.

Brief vier, wie bekannt, heftet der Täter an den Körper des Ermordeten auf dem Kuhberg. Hier steht zu lesen: ‚Was rumpelt und pumpelt in meinem Bauch herum?‘ “

Böhm räusperte sich geräuschvoll und sah Lena fragend an:

„So, Frau Menkwitz, Ihre Meinung dazu!“

„Meiner Ansicht greift der Täter Märchen auf. Also, zumindest im letzten Brief zitiert er aus dem Märchen „Der Wolf und die sieben Geißlein“.

Die anwesenden Beamten begannen aufgeregt zu tuscheln.

Doch Böhm schaute Lena nun aufmunternd an. Er verspürte beinahe so etwas wie Stolz, dass die junge Frau so viel über Literatur wusste. Ihre Wangen waren gerötet, und Böhm konnte schlecht beurteilen, ob dies der Aufregung oder seinen Ohrfeigen zuzuschreiben war. Anscheinend hatte er sie etwas zu hart geschlagen, doch als sie ohnmächtig vor ihm lag, hatte ihn eine unbeschreibliche Panik überfallen, es könnte ihr etwas zugestoßen sein. Er hatte sie unbedingt aufwecken wollen und dabei wohl etwas fester als beabsichtigt ihre Wangen getätschelt.

„Was ist mit den anderen Briefen?" Uwe Unsells Kopf schnellte in dem betonierten Hemdkragen zu Lena hin, die unwillkürlich zusammenfuhr.

„Ich hatte noch nicht die Gelegenheit …", begann sie vorsichtig.

„Dann können Sie wohl auch kaum angemessene Angaben …"

„Frau Menkwitz ist sehr wohl in der Lage, angemessene Angaben zu machen. Sie hat sich freundlicherweise auch sofort bereit erklärt, ihre sachkundige Meinung zu dem neuen Brief zu äußern und ist hierher gefahren."

Böhm brauste regelrecht auf.

„Frau Menkwitz wird sich nun selbstverständlich eingehend mit den anderen Briefen beschäftigen. Ich halte es jedoch weder für voreilig noch für unsachgemäß, bereits an dieser Stelle eine erste Vermutung zu äußern.

Lena fühlte sich von den Blicken der anderen durchbohrt. Manche nickten dem Kommissar eifrig zu, andere amüsierten sich offensichtlich darüber, wie leidenschaftlich er Partei für diese in ihren Augen fragwürdige Literaturexpertin ergriff.

Böhm nickte ihr zu: „Ich darf Sie nun bitten, uns allein zu lassen, damit wir die internen Fahndungsergebnisse besprechen können."

Er hielt ihr die Tür auf. „Kommen Sie so gegen fünf bei mir vorbei; und bringen Sie Frau Käfer mit", raunte er ihr noch zu, als sie etwas verwirrt den Raum verließ.

Erst zerrte der Kommissar sie in diese Polizeisitzung und zwang sie, als sogenannte Expertin ihren Senf zu den Briefen abzugeben und dann wurde sie einfach rausgeworfen.

Nachdenklich ging sie den leeren Flur hinab.

Dann hielt sie inne und überlegte.

Die Neugier siegte.

Sie kehrte zurück und legte ihr Ohr an die Tür. Dann schloss sie die Augen, um besser zu hören, was in dem Besprechungszimmer vor sich ging.

Sie hört erst gedämpfte Stimmen, die immer wieder von dem deutlichen Organ Böhms unterbrochen wurde. Die Namen „Robert Paulsen" und „Lenny..." fielen.

„Lohnt es sich?", erklang eine tiefe, weiche Stimme..., die eindeutig nicht aus dem Zimmer kam. Zu Tode erschrocken fuhr Lena herum. Vor ihr stand eine raumfüllende Frau und lächelte sie neugierig an. Nicht, dass sie sehr dick war; sie war auch nicht ungewöhnlich groß. Aber von ihr schien eine Selbstsicherheit auszugehen, die Lena fast unheimlich fand.

„Wollen Sie auch rein?", fragte die Frau freundlich und fuhr sich durch das dichte lange Haar.

Lena errötete.

Sie fühlte sich ungefähr so ertappt wie ein kleines Mädchen, das an der Schlafzimmertür der Eltern lauscht. In diesem Moment wünschte sie sich nichts sehnlicher, als dass der Boden sich auftun würde und sie könne darin verschwinden.

Doch der Boden blieb unnachgiebig fest unter ihren Füßen und die lächelnde Frau wartete noch immer geduldig auf eine Antwort.

Lena schüttelte den Kopf und überlegte krampfhaft, wie sie sich aus dieser mehr als peinlichen Situation retten könnte. Wahrscheinlich war diese Frau nur eine Besucherin, die sich verlaufen hatte. Wie eine Polizistin sah sie nun wirklich nicht aus. Sie trug ein knallrotes, langes Kleid, dessen weiter Ausschnitt ihre ohnehin stattliche Oberweite betonte. Wahrscheinlich ein Kurgast, dessen Handtasche gestohlen worden war oder so ähnlich.

„Sie können hier jetzt nicht rein!", meinte Lena spitz, „hier tagt eine Sonderkommission, die nicht gestört werden darf."

„Und Sie halten hier wohl Wache?", lachte die Frau herzlich unbeeindruckt, „was ist nun, wollen Sie mit hinein oder warten Sie auf jemanden?"

Sie griff nach der Türklinke.

„Ich warte", murmelte Lena und verschwand so schnell sie konnte um die nächste Ecke.

„Wie kann man sich nur so bescheuert anstellen", dachte Lena, als sie das Polizeigebäude verließ. Doch als sie sich auf ihr Fahrrad schwang, hatte sie die Frau schon fast wieder vergessen. Sie würde ihr wohl ohnehin nie wieder begegnen und außerdem musste sie herausfinden, was es mit den Briefen auf sich hatte.

Sie wollte dem Kommissar beweisen, dass er sich auf sie verlassen konnte.

Die kühle Luft tat ihr nach all dem gut. Sie hielt nur kurz zuhause, um den fröhlich aufspringenden Stoiber und ein dickes Märchenbuch einzusammeln und radelte dann weiter nach Bad Münster, um mit Paula zu sprechen.

„Natürlich!", rief Paula aus, „du hast recht! Es ist aus ‚Der Wolf und die sieben Geißlein!'" Die beiden Frauen saßen auf dem Teppich in Paulas altem Zimmer und hatten alle Märchenbücher, die in dem Haus zu finden waren, um sich versammelt.

Und was ist mit dem Satz „Welches Urteil ist dieser würdig? Stammt das auch aus einem Märchen?" Sie lagen auf dem Boden und wälzten die zum Teil schon sehr alten Bücher.

Paula hatte sich in einem besonders schön illustrierten Märchenbuch von Hans Christian Andersen festgelesen.

„Wie kann jemand nur Märchen zitieren, wenn er so scheußliche Morde begeht. Das passt nicht zusammen", seufzte sie, nachdem sie den Kleinen Däumling gelesen hatte.

„In Deinem Buch vielleicht nicht", murmelte Lena, „in meinen Märchen wimmelt es von Urteilen und drakonischen Strafen und Verbrechen. Also, für Kinder ist das wirklich nichts. Da wird geköpft und gevierteilt, was das Zeug hält."

Sie hielt ein dickes leinengebundenes Buch nach oben, auf dem in goldenen Lettern ‚Die Märchen der Gebruder Grimm' stand, „aber wenn ich jetzt alle nach diesen verflixten Zitaten durchforsten will, dann bin ich morgen immer noch beschäftigt".

Sie dachte einen Moment lang nach.

„Habt ihr hier Internetanschluss?", fragte sie dann.

„Meine Mutter hat nur einen Herdanschluss, aber ich habe meinen Laptop dabei." Paula lief aus dem Zimmer und kam kurz darauf mit dem Laptop zurück.

„In einer viertel Stunde gibt es Essen. Beeil dich!", sagte sie und reichte Lena das Gerät.

Nach wenigen Minuten hatte Lena gefunden, was sie gesucht hatte: eine Zusammenstellung der Grimmschen Märchen mit Konkordanzfunktion.

Sie musste nur noch ein Suchwort eingeben und der Computer spuckte das passende Märchen dazu aus.

Angestachelt von dem nahen Ziel, tippte Lena verschiedene Suchwörter ein. Dann schrie sie auf: „Ich hab`s. Guck hier: ‚Die Gänsemagd'. Und weißt du, was da steht?"

„Essen!!!", schrie es von unten, als sei ein Brand ausgebrochen, doch die Frauen überhörten die Rufe.

„Da steht: Als sie nun gegessen und getrunken hatten, und guten Muts waren, gab der alte König der Kammerfrau ein Rätsel auf, was eine solche wert wäre, die den Herrn so und so betrogen hätte und so weiter – und – jetzt kommt's: „... und fragte: Welches Urteil ist dieser würdig? Da sprach die falsche Braut: Die ist nichts Besseres wert, als dass sie splitternackt ausgezogen und in ein Fass gesteckt wird, das inwendig mit spitzen Nägeln beschlagen ist; und weiße Pferde müssen vorgespannt werden, die sie Gasse auf, Gasse ab zu Tode schleifen."

Bleich ließ sie das Buch sinken.

„Paulaaaa! Essen!!!", erscholl es erneut von unten.

„Die Tote in meinem Haus", flüsterte Paula, „sie ist ermordet worden wie in dem Märchen."

„Nur Pferde hat er wohl nicht bekommen können," entgegnete Lena bitter, „da musste ein Abhang reichen."

„Aber warum Märchen? Und warum bei mir?" Paula hatte Tränen in den Augen.

„Das weiß ich auch nicht!" Lena warf das Buch auf den Stapel mit den anderen Märchenbüchern, „ich weiß nur, dass der nicht richtig ticken kann."

Sie ließ sich nach hinten fallen und starrte auf die Decke: „Die Polizei geht wohl von diesem Lenny oder von deinem Robert als Täter aus. Die haben echt noch keine heiße Spur, glaube ich."

Dann setzte sie sich auf: „Was ist eigentlich mit diesem Unsell? Du sagtest doch, er wäre ein heimlicher Verehrer von dir!"

„Was hat Unsell damit zu tun?", wollte Paula wissen.

In diesem Moment wurde die Tür aufgerissen: „Wo bleibt ihr denn. Ich rufe die ganze Zeit." Martha Käfer stand im Türrahmen, hatte die Hände in die Hüften gestützt und versprühte Aktionismus. In Krisenzeiten konnte Mutter Käfer immer auf Hochtouren laufen.

War alles in Ordnung, ging sie mit schweren Tränensäcken wöchentlich zur „Spritze“, konnte sich kaum aus dem Sessel erheben und las sich regelmäßig neue Krankheiten aus der Apothekerzeitschrift an.

Doch dies hier war eine Krisensituation und Martha Käfer strotzte vor Gesundheit. Sie musste ihr Kind und ihren Enkel beschützen, jeden Tag für die Familie und diverse charmante junge Polizisten kochen und den Überblick behalten, wie sie sich ausdrückte.

„Mutti!“, Paula stöhnte auf, „wir haben Wichtigeres zu tun, als zu essen!“

„Es gibt nichts Wichtigeres als regelmäßiges Essen!“, gab die momentan sehr rüstige Frau bestimmend zurück, „also kommt!“

„Ja, wir kommen sofort, Mutti!“, versprach Paula und schob sie sanft aus dem Zimmer.

Paula stöhnte auf: „Also, noch einmal: Was, meinst du, hat Unsell mit der ganzen Sache zu tun?“

„Ach, ich weiß auch nicht“, überlegte Lena, „es war nur so ein Gedanke.“

Unten wurden die beiden schon ungeduldig von Max und Stoiber empfangen, die sich sichtlich freuten und von einer ungeduldigen Mutter Käfer, die dem glücklichen Polizeibeamten gerade das zweite Stück Braten auf den Teller lud.

Doch Paula und Lena hatten keinen Appetit.

Den ganzen Nachmittag über hatten Lena und Paula mit der Suche nach dem dritten Märchen verbracht, doch es wollte sich kein Erfolg einstellen.

Mit Lenas Fahrrad und Hund im Kofferraum machten sie sich schließlich auf den Weg zu der alten Villa in der Priegerpromenade.

Den Laptop und zwei der Märchenbücher hatten sie vorsorglich eingesteckt, da Lena sich sicher war, im Hause Böhm kaum ein Buch und schon gar kein Märchenbuch vorzufinden.

Die Hausglocke mit dem Löwenkopf schrillte auf und Böhm riss die Tür auf. Etwas schien mit dem mürrischen Kommissar geschehen zu sein.

Er wirkte irgendwie aufgekratzt fand Lena. Beinahe überschwänglich begrüßte er die jungen Frauen und wies ihnen mit weit ausladenden Gesten den Weg in das riesige Wohnzimmer, als beträten sie zum ersten Mal dieses Haus.

Plötzlich blieb Lena wie angewurzelt stehen.

Eine stattliche Person im roten Kleid betrachtete gerade die Aussicht auf die winterliche Flusslandschaft, die noch nicht ganz den Sprung zum neuen Frühling geschafft zu haben schien.

Da drehte sie sich um, und ein Lächeln umspielte ihr Gesicht, als sie Lena erkannte.

„Darf ich vorstellen?“ Böhm trat geschäftig zwischen die Frauen.

„Das ist Frau Doktor von Lützen, die Psychologin, die so freundlich ist, uns in dem gegenwärtigen Fall zu unterstützen“, flötete der Kommissar und schaute die große Frau begeistert an.

Dann wies er auf Paula und Lena: „Das ist Paula Käfer, unsere wichtigste Zeugin. Sie hat die Briefe des Täters erhalten“, fügte er hinzu.

„Und das hier ist Lena Menkwitz, eine aufsteigende Journalistin. Sie hat einige interessante Ideen zu den Briefen.“

„Sie sind nicht von der Polizei?“, fragte die Frau lächelnd, als sie Lenas Hand schüttelte. Sie hatte einen festen Händedruck und Lena spürte, wie ihre Hände feucht vor Scham und Aufregung wurden. Am liebsten wäre sie aus diesem Albtraum erwacht. Trotzig erwiderte sie den undefinierbar freundlichen Blick der Frau.

„Na, wie eine Polizistin sieht Lena nun doch wirklich nicht aus“, lachte Böhm, „das müsste ein geschultes Psychologenauge doch erkennen!“

„Es ist nicht immer alles, wie es scheint!“ entgegnete die Psychologin sanft und sah Lena in die Augen.

„Gleich röntgt die meine Gedanken“, dachte Lena, „und dann soll sie sehen, wie blöd ich sie finde; dieser aufgeblasene rote Seelenballon. Böhm hatte Recht, als er über die vielen überkandidelten Psychoschnepfen herzog, die alles besser wissen und Weisheit mit Löffeln gefressen zu haben meinen.“

Lena lächelte bitterböse zurück.

Doch Böhm schien seine Meinung über Psychologen in der polizeilichen Ermittlung mit diesem roten Seelenballon über Bord geworfen zu haben und tänzelte in die Küche, um nach einem genießbaren Getränk außer Bier und Leitungswasser zu suchen.

Die Frauen ließen sich auf dem riesigen weichen Sofa nieder und Lena beschlich wieder das Gefühl, in dem schwarzen weichen Stoff zu versinken.

Paula und die von Lützen begannen augenblicklich ein angeregtes Gespräch über diese Mordserie, das heißt: Paula erzählte und die Frau hörte aufmerksam zu. Lena fühlte sich überflüssig. Sie wühlte sich aus dem tiefen Stoff und suchte Böhm in der Küche, der gerade unter dem Spülkasten nach einer Flasche Saft suchte.

„Na Lena?“, meinte er schnaufend und verschwand wieder mit dem Kopf in dem Loch unter der Spüle.

Sichtlich enttäuscht kroch er wieder zurück:

„Nichts!“, meinte er enttäuscht. „Wir haben damit begonnen, die Wohnung des Toten auseinander zu nehmen. Aber nichts. Der scheint auch ein ganz normaler Mann gewesen zu sein. Eine Frau mit zwei kleinen Kindern hat sich bei uns gemeldet. Sie war völlig aufgelöst. Zum nächsten Ersten wollten sie zusammen ziehen. Er war wohl Bademeister und hatte mehr soziale Kontakte als die anderen Opfer“

Er holte Gläser aus dem alten Küchenschrank.

„Übrigens tut es mir leid, dass ich Sie so überraschend aus der Sitzung geworfen habe, aber mein Staubsaugervertreter Unsell macht ohnehin schon genug Ärger. Wenn ich dann noch eine Journalistin in eine polizeiliche Ermittlung hineinziehe …“

„Schon gut!“, entgegnete Lena gespielt gleichgültig, „ich hab übrigens den zweiten Brief geknackt.“ Stolz sah sie ihn an.

„Und das sagen Sie erst jetzt?“ Böhm fuhr hoch und rammte mit dem Kopf mit voller Wucht an die offene Schranktür. Er brüllte wie ein angeschossenes Tier.

Paula und die Psychologin erschienen in der Küchentür.

Böhm, der sich eben noch bestialisch fluchend gekrümmt hatte, richtete sich augenblicklich auf und lächelte die korpulente Frau tapfer an. „Halb so schlimm“, brummte er und rieb sich die Stirn.

Er hatte Leitungswasser in eine Karaffe gefüllt, drückte Lena ein Tablett mit Gläsern in die Hand und drängte sie in Richtung Wohnzimmer zurück.

„Lassen Sie uns wieder ins Wohnzimmer gehen.“

Unter dem Vorwand, er trinke aus gesundheitlichen Gründen nur stilles Quellwasser, kredenzte Böhm den „Kraneberger“, wie Lena schnödes Leitungswasser nannte und erwähnte wie nebenbei, dass er bald mal wieder mit seinem allmorgendlichen Laufen beginnen müsse.

„Der hat Hirnmasse am Schrank zurückgelassen“, dachte Lena wütend, als sie sah, wie der Kommissar mit der Psychologin flirtete.

Endlich wandte sich Böhm an Lena und wurde ernst. „Was haben Sie herausgefunden?“

Lena berichtete von ihren Ergebnissen und erntete nachdenkliche Blicke des Kommissars. „Das heißt", meinte er nachdenklich, „der Täter kündigt seine Morde vorher an, oder zumindest kündigt er an, auf welche Art und Weise er morden wird."

Böhm fuhr sich unwillkürlich durch das Haar und zuckte schmerzerfüllt zusammen.

„Aber warum Märchen?" Paula ließ diese Frage nicht los.

Frau von Lützen, die bisher nur still zugehört hatte, räusperte sich leise: „Vielleicht kann der Täter mit den Märchen etwas ausdrücken; eine verschlüsselte Botschaft."

„Also, was ich allein heute an Märchen gelesen habe, sind die eine Fundgrube für Grausamkeiten. Da wird geköpft, ertränkt und gevierteilt, was das Zeug hält", meinte Lena nachdenklich.

„Aber das erinnert ja an das Alte Testament, so nach dem Motto: Auge um Auge, Zahn um Zahn!", warf Paula ein, „das ist doch nichts für Kinder!"

„Das kann man so nicht sagen", warf Frau von Lützen ein, „Märchen sind zwar grausam und brutal, doch sie machen die Brutalität nicht zum Thema. Thema des Märchens ist nicht das Destruktive, sondern – im Gegenteil – das Konstruktive."

Böhm und Lena sahen die Psychologin ratlos an.

Frau von Lützen bemerkte das Unverständnis ihrer Zuhörer: „Wenn ich Sie richtig verstanden habe, handelt es sich um ein Urteil, das vollstreckt wird, also um eine Strafe. Vielleicht will der Täter seine Opfer bestrafen. Märchen haben, so weit ich weiß, eines gemeinsam. Sie haben ein Happyend. Die Guten gewinnen! Meistens heiratet der Prinz seine Prinzessin. Und die Bösen, also eine böse Stiefmutter oder ein untreuer Knecht oder wer auch immer, werden bestraft. Das ist eine Art der Gerechtigkeit, wie wir sie in Märchen finden."

„Sie meinen also, das Grausame im Märchen wäre nur Mittel zum Zweck, um das Böse zu vernichten", erklärte Lena, „und eigentlich geht es um das Gute, das siegt."

„Ja genau", die Psychologin nickte, „die böse Fee oder Stiefmutter tanzt sich in rotglühenden Schuhen zu Tode. Nicht die Grausamkeit steht hier im Mittelpunkt, sondern der Symbolgehalt als solcher. Die Hexe oder Stiefmutter ist das personifizierte Böse, also ihre Person steht für das Böse überhaupt. Durch den Tanz in den Schuhen verglüht also das Böse selbst."

„Ich würde Max niemals solche Geschichten vorlesen!", meinte Paula entrüstet.

Doch die Psychologin wiedersprach ihr: „Kinder können damit besser umgehen, als wir glauben. Jung, der Begründer der Analytischen Psychologie, spricht auch von dem „Magischen Zeitalter" der Kindheit, denn das Kind glaubt an Hexen, Geisterwesen und Feen genauso wie an den Weihnachtsmann und den Osterhasen."

„Und das macht ihm keine Angst?", fragte Paula interessiert.

„Ein Kind, das sich fürchtet, kann seine Angst häufig nicht konkretisieren", erklärte Frau von Lützen geduldig, „es hat Angst davor, dass ein Ungeheuer unter dem Bett sitzt oder der böse Wolf im Keller lauert. In diesen Bildern drücken Kinder aber eigentlich ihre Ängste vor dem Tod oder dem Verlassenwerden aus. Die Märchen greifen diese Bilderwelt der Kinder lediglich auf. Märchen sprechen die gleiche Sprache wie Kinder. Der böse Wolf steht für Ängste und Gefahren. Wenn der böse Wolf am Ende stirbt, dann ist die Welt wieder in Ordnung. Das Kind schläft beruhigt ein."

Lena spielte nervös mit ihrer Zigarettenschachtel: „Dann ist für die Kinder die Bestrafung des Wolfes oder der bösen Fee also nur eine logische Konsequenz? Sie glauben noch an diese Zauberwelt, von der die Märchen erzählen und in der das Gute das Böse besiegt?"

„Das ist alles sehr interessant Herrschaften", Böhm schlug mit der Faust in seine flache Hand, „aber wir sind hier nicht in einer pädagogischen Beratung zur Kinderliteratur, und unser Mörder wird wohl kaum ein dreijähriges Kind sein, das Hexen jagt! Also, was sagt uns das alles über den Täter!" Der Kommissar war aufgesprungen.

„Es könnte sein, dass der Täter von seinem Tun überzeugt ist; dass er seine Opfer tatsächlich für irgendetwas bestrafen will. Seine kranke Persönlichkeit ist davon überzeugt, etwas Gutes damit zu tun, wenn er seine Opfer tötet."

„Also ist er ein Verrückter?", fragte Böhm ungeduldig.

„Jein!", Frau von Lützen wiegte nachdenklich den Kopf. „Die Taten sprechen natürlich für eine massive Persönlichkeitsstörung, doch er kann nach außen hin völlig normal wirken, denn ..."

„Normal?" Böhm rupfte unaufhörlich an seinem Bart herum.

„Normal in dem Sinn, dass er einer geregelten Arbeit nachgeht, Frau und Kinder hat und sich einmal in der Woche mit Freunden zum Kegeln trifft."

„Wenn das für die normal ist“, dachte Lena abschätzig.

„Sicher ist wohl nur, dass er weiter töten wird bis alle getötet sind, die er bestrafen will“, fügte die Psychologin hinzu.

Böhm sah verzweifelt aus: „Der Täter wird also wieder zuschlagen, und vielleicht schon, während wir hier sitzen.“

„Und laut Märchen wird er seinem Opfer Wackersteine in den Bauch nähen und ihn im Brunnen ertränken!“, ergänzte Lena, „und wenn ich nur wüsste, wer Herr K. sein soll. Wir können noch nicht einmal alle Briefe entschlüsseln!“

Böhm holte das Handy aus der Brusttasche und wählte die Nummer des Präsidiums: „Suchen Sie mir einen Märchenexperten“, fauchte er erregt in den Hörer und lauschte dann. Langsam wurde er blass: „Und warum werde ich nicht informiert?“, brüllte er auf einmal in den Hörer. Sie sahen, wie sich Schweiß auf seiner Stirn sammelte.

Er sah die Frauen an.

„Ich muss weg!“, keuchte er und sah sich hilflos nach der abgewetzten Lederjacke um.

„Was ist passiert?“ Alle drei Frauen waren aufgesprungen.

„Ich kann nicht darüber sprechen“ sagte er.

„Kommen Sie!“, rief er der verblüfften Psychologin zu und schnappte ihren Mantel. „Und Sie, Frau Käfer, fahren auf dem kürzesten Wege nach Bad Münster und bleiben dort, bis ich mich wieder melde“, rief er noch.

Ohne einen Gruß zog er die Haustür hinter sich zu und ließ Paula und Lena in seinem Haus zurück.

„Aber wir müssen doch irgendwas tun!“, rief Paula auf, „ich kann nicht tatenlos zusehen wie jemand, der mich kennt, einen Mord nach dem anderen begeht!“

„Wir müssen jemanden finden, der sich mit Märchen auskennt! Vielleicht kann der uns mit dem dritten Brief helfen!“ Lena überlegte fieberhaft. Hilfesuchend sah sie sich um und lief dann zu einem Telefon, das auf einem kleinen Hocker neben der Tür stand.

„Ich habe auch schon so eine Idee!“, meinte sie und begann zu telefonieren. Mit vor Aufregung geröteten Wangen legte sie auf und sah die Freundin an.

„Ein gewisser Doktor der Germanistik mit Namen Reinhardt ist der Experte für Märchen. Er doziert in Heidelberg. Ich kenne ihn nur dem Namen nach. Im Studium bin ich ihm zwar öfter im Seminar begegnet, habe aber nie eine Veranstaltung bei ihm besucht. Die Sekretärin vom Germanistischen Seminar sagt, er hätte morgen früh Sprechstunde."

„Also fahren wir morgen in aller Früh nach Heidelberg!", entgegnete Paula.

Ihr gefiel der Gedanke, mal aus Kreuznach rauszukommen. Ihrer Mutter würde sie sagen, sie fahre zum Gericht, um Unterlagen zu studieren.

17

Am nächsten Morgen stand Paula um fünf Uhr auf und legte ihrer Mutter einen Zettel auf den Küchentisch, in dem sie erklärte, sie sei zum Gericht gefahren, um dort zu arbeiten. Max musste nicht in den Kindergarten gebracht werden, denn seit einigen Tagen ließen sie ihn nur noch unter polizeilicher Aufsicht auf die Straße.

Es war nicht schwierig, an dem müden Polizeibeamten vorbei und ungesehen nach draußen zu gelangen.

Lena sah übermüdet und verschrumpelt aus, als sie die Freundin abholte, doch mit jedem Kilometer auf der Autobahn besserte sich ihre Laune. Sie drehten das Radio laut und fühlten sich seit Tagen zum ersten Mal wieder frei. Am Mittag wollten sie wieder zurück sein und Böhm mit ihren neuen Erkenntnissen überraschen.

Gegen sieben Uhr fuhren sie in die Stadt hinein. Wehmütige Gefühle durchströmten Lena bei der Erinnerung an ihre Studentenjahre. Sie lotste die Freundin durch den sogenannten Altstadtabsauger, einen Tunnel, der die Altstadt von Verkehr entlasten sollte. Schließlich fand Lena noch das Parkhaus an der Bergbahn wieder, und sie stellten dort das Auto ab. In Heidelberg schien der Frühling schon seinen Siegeszug angetreten zu haben. Die Platanen zeigten schon die ersten Knospen und Lena führte die Freundin zum Marktplatz. Von hier aus hatte man einen herrlichen Ausblick auf das Schloss und den Königstuhl.

Obwohl es noch früh im Jahr und am Tag war, tummelten sich bereits die ersten Japaner auf dem Platz und versuchten, eine Stelle zu finden, von der aus sie am besten das Schloss fotografieren konnten. Die Frauen hingegen hatten keine Augen für die Schönheit der Stadt. Zielsicher steuerten sie auf das Germanistische Seminar zu.

Es war jetzt kurz vor acht Uhr und Lena stemmte sich mit aller Kraft gegen die schwere Tür, um in das alterwürdige Gebäude zu gelangen. In diesem Haus schien noch der Glanz einer alten Zeit zu schlummern. Als erstes deutsches Nationalmuseum und Wirkungsstätte Achims und Bettinas von Arnim wehte hier noch der Hauch von Kunst und Romantik, den Lena so sehr liebte. Sie folgten zwei verschiedenen steinernen Treppenaufgängen bis Paula nicht mehr wusste, wie sie wieder zum Ausgang hinabfinden sollten und standen schließlich vor einer weißen Tür, an der ‚Dr. Reinhardt' geschrieben stand.

Lena atmete auf. Die Tür schien noch verschlossen. An der Tür hingen zwei Listen, in denen sich in kleinster Schrift unzählige Studenten eingetragen hatten, um einen Gesprächstermin zu ergattern. Sie hatten zwar keinen Termin, aber sie waren die ersten und Lena hatte nicht vor, sich abwimmeln oder vertrösten zu lassen. Sie kannte die hiesigen Regeln noch gut.

Paula stellte sich einen alten verschrobenen Mann vor, doch Dr. Reinhardt entsprach ganz und gar nicht dem Bild eines eingestaubten Bücherwurms. Ein hochgewachsener sportlich aussehender Mann mit leicht vorgeschobenem Kinn kam ihnen strahlend entgegen.

„Hallo meine Damen!", rief er und streckte beide Hände aus, als habe er die jungen Frauen schon stundenlang erwartet. „Ich hätte Germanistik und nicht Jura studieren sollen", dachte Paula und lächelte den Doktor vielsagend an. An irgendjemanden erinnerte sie der Mann, doch sie wusste nicht, an wen.

Mit einer einladenden Geste hielt er Paula die Tür auf und schien sich zu wundern, als beide Frauen eintraten.

„Womit kann ich dienen?", fragte er und bot den Frauen einen Platz an. Lena schilderte in knappen Worten, worum es ging und Reinhardts Miene wurde ernst. Lena kramte in ihrem Rucksack und beförderte ein Papier hervor, auf dem sie die Zitate vermerkt hatte. Nachdenklich nahm er das Schriftstück entgegen und musterte es mit hochgezogenen Augenbrauen.

„Herr K.?", sagte er sofort, „das ist Herr Korbes!"

„Wer bitte?" fragte Lena.

„Das Zitat müsste korrekterweise heißen: Herr Korbes muss ein recht böser Mann gewesen sein!" Lena stöhnte auf: „Deshalb konnte ich es nicht in der Konkordanz im Internet finden."

„Aber was passiert mit diesem bösen Herrn Kordes?" Paula warf der Freundin einen verheißungsvollen Blick zu.

Reinhardt stand auf und ging zu einem Bücherregal, das ungefähr dreimal so vielen Büchern Platz bot, als die Konstruktion wohl vorsah, denn die Regalböden bogen sich schon gefährlich unter der Last. Mit sicherem Griff nahm der Dozent ein Buch, in dem mehrere Lesezeichen steckten. Zielsicher schlug er es auf: „Wenn sie möchten, lese ich Ihnen das Ende des Märchens vor", er lächelte Paula charmant an.

„Ja bitte", antwortete Lena an ihrer Stelle: „Was wird aus Korbes?"

„Ich zitiere", Reinhardt schien sich zu konzentrieren. „Der braucht bestimmt eine Brille und ist zu eitel dafür", dachte Lena und lächelte, doch dann begann er zu lesen und sie lauschte aufmerksam seinen Worten: „Da kam Herr Korbes nach Haus, ging ans Kamin und wollte Feuer anmachen, da warf ihm die Katze das Gesicht voll Asche. Er lief geschwind in die Küche und wollte sich abwaschen, da spritzte ihm die Ente Wasser ins Gesicht."

„Das ist ja süß", meinte Lena.

Dr. Reinhardt runzelte die Stirn: „Warten Sie lieber ab, was jetzt kommt", sagte er und las weiter: „Er wollte sich an dem Handtuch abtrocknen, aber das Ei rollte ihm entgegen, zerbrach und klebte ihm die Augen zu."

Mit Schaudern dachten die Frauen daran, wie man den Pianisten im Kurpark aufgefunden hatte.

„Er wollte sich ruhen und setzte sich auf den Stuhl, da stach ihn die Stecknadel. Er geriet in Zorn, und warf sich aufs Bett, wie er aber den Kopf aufs Kissen niederlegte, stach ihm die Nähnadel, so dass er aufschrie und ganz wütend in die weite Welt laufen wollte. Wie er aber an die Haustür kam, sprang der Mühlstein herunter und schlug ihn tot."

Reinhardt klappte das Buch zu und zitierte den letzten Satz des Märchens auswendig: „Der Herr Korbes muss ein recht böser Mann gewesen sein."

Einen Moment herrschte Stille im Raum. Keine der Frauen brachte ein Wort heraus.

„Interessant", murmelte der Doktor, „sehr interessant."

Lena fasste sich als Erste wieder. Immerhin waren sie hergefahren, um möglichst viel zu erfahren, und dieser Mann schien wirklich ein Experte zu sein.

„Was können Sie uns denn allgemein über Märchen erzählen?" Sie lehnte sich zurück.

„Nun", Reinhardt streckte sich, „so einiges. Immerhin habe ich meine Promotion über das Motiv des Bösen im deutschen Volksmärchen verfasst".

„Das ist ja spannend", sagte Lena etwas gezwungen. Sie hasste Angeber.

„Märchen sind archetypische Erzählungen. Bei den Märchen der Gebrüder Grimm handelt es sich ausschließlich um Volksmärchen. Sie wurden – im Gegensatz zum Kunstmärchen – zumeist mündlich überliefert. Raum und Zeit sind evident ..."

Paula stöhnte auf: „Und das bedeutet?"

„Das bedeutet, dass Raum und Zeit egal, also austauschbar sind. Also nach dem Motto: Es war einmal irgendwo" übersetzte Lena.

„Genau" Der Dozent lächelte Lena an. „Im Märchen herrscht eine Sphäre der Raum- und Zeitlosigkeit. Man spricht auch von dem Nirgendwo-Irgendwann-Reich. Märchen vermitteln dadurch eine allgemeingültige Wahrheit."

„Na ja", warf Lena ein, „ob man da von Wahrheit sprechen kann. Die Traumdeutung und die Psychoanalyse haben sich ja auch vielfach ..."

„Da liegen Sie völlig falsch" Reinhardts Ton verschärfte sich ärgerlich, „das ist eine schreckliche Modeerscheinung, alles psychologisch deuten zu müssen. Diese Psychologisierung zerstört die innere Wahrheit des Märchens." Leidenschaftlich gestikulierte der Doktor in der Luft herum: „Deutet sich ein Märchen nicht selbst?"

Paula schaltete ab.

Das war ihr zu kompliziert. Sie beschäftigte sich lieber mit den Tatsachen. Stattdessen beobachtete sie amüsiert, wie leidenschaftlich dieser Mann und Lena über Märchen diskutierten.

„Jede Deutung verdunkelt doch nur die innere Wahrheit des Märchens. Wir müssen sie nur sehen wollen!"

„Und Märchen sind immer gleich aufgebaut?", fragte Lena, um den Dozenten von diesem Thema abzulenken.

„Ja sicher, zumeist baut sich das Märchen aus Exposition, Verwicklung, Peripetie und Lysis zusammen."

Paula schaute gelangweilt aus dem Fenster. Von hier aus hatte man einen herrlichen Blick auf das Heidelberger Schloss.

„Das heißt also, da sind Menschen irgendwo und irgendwann", fasste Lena zusammen, „und die bekommen ein Problem. Die Lage spitzt sich zu, es kommt zu einer Verwicklung. Doch dann löst sich alles in Wohlgefallen auf: der Prinz heiratet die Prinzessin, der Drache ist tot und die Hexe wird bestraft."

„Die Ordnung wird wieder hergestellt; genau" ergänzte der Dozent.

„Aber warum Märchen?", unterbrach Paula die Diskussion.

„Wie, was?" Er fuhr erschrocken auf.

„Wieso benutzt der Täter Märchen für seine Morde?"

„Na, das wird der Dr. Reinhardt nun auch nicht wissen, Paula", lachte Lena.

Es klopfte an der Tür und kurz darauf steckte eine Studentin den Kopf ins Büro.

„Oh, Frau Krause, ja, ich bin sofort für Sie da", rief Dr. Reinhardt und sprang auf: „Entschuldigen Sie. Das war meine Hilfskraft; es gibt noch viel zu tun für mich."

Er klatschte in die Hände. „Kann ich noch irgendetwas für Sie tun?"

„Nein danke, ich glaube, die wichtigsten Fragen sind erst einmal geklärt", meinte Lena freundlich.

„Wenn Sie noch irgendwelche Fragen haben", sagte er mit Blick auf Lena, „oder noch eine Nachhilfestunde in Märchenkunde brauchen", er wandte sich an Paula, „Sie können mich jederzeit fragen."

Die Frauen reichten ihm die Hand und verließen den Raum.

Draußen auf dem Flur saßen inzwischen etwa zwanzig Studenten meist weiblicher Natur, die darauf warteten, hereingebeten zu werden.

„Schleimscheißer", murmelte Lena und winkte Dr. Reinhardt noch einmal freundlich zu. „Wieso?", meinte Paula, „ich find ihn nett".

„Du brauchst trotzdem nicht so mit dem Arsch zu wackeln; er ist bereits mit der nächsten jungen Dame im Büro verschwunden", flötete Lena übertrieben und sprang die Stufen hinab.

„Blöde Kuh!", schnaubte Paula beleidigt.

„Bin ich froh, dass ich auf Frauen stehe und mir nicht dieses Geschleime anhören muss, weil bei einem Herrn mal wieder Triebstau herrscht", lachte Lena.

„Bei Frauen gibt's also deiner Meinung nach keinen Triebstau?"

„Oh doch", Lena nahm zwei Stufen auf einmal, „aber die verlieren dabei nicht täglich an logischer Hirnmasse".

„Jetzt tust du den Männern aber Unrecht!", rief Paula, die mit ihren hochhackigen Schuhen Schwierigkeiten hatte, dem Tempo der Freundin zu folgen, die in ihren Turnschuhen die hohen Steinstufen hinuntersprang.

„Dann schau dir doch Böhm an. Seit diese Seelenschnepfe aufgetaucht ist, guckt der wie ein Kalb durch die Gegend und benimmt sich wie eine ausgewachsener Hirsch in der Brunftzeit."

„Du bist doch wohl nicht eifersüchtig!"

„Wie sollte ich eifersüchtig sein! Ich finde einfach, die passt nicht zu ihm. Sie ist so ..." Lena suchte nach dem passenden Ausdruck.

„Sie gefällt dir nicht, weil sie dich beim Lauschen erwischt hat", erwiderte Paula amüsiert.

„Dir erzähl ich noch mal was!", rief Lena sauer, als sie die schwere Seminartür aufdrückte.

„Immerhin hat sie dich nicht verpetzt!", rief Paula, die mühsam hinterher stolperte. Endlich blieb Lena stehen und zündete sich eine Zigarette an.

„Das wird sie noch. Da kannst du Gift drauf nehmen. So eine wird sich nicht entgehen lassen, mich anzuschwärzen. Und Böhm wird ganz schönen Ärger machen."

„Ich find sie eigentlich sehr nett!", überlegte Paula.

„Ihr lasst euch nur von solchen Psychoschnepfen um den Finger wickeln. Die mit ihrem komischen magischen Dingsbums. Dr. Reinhardt hat schon Recht: Das mit der Psychologie ist eine Modeerscheinung. Die reden einen doch nur krank!" Wütend blies Lena den Rauch aus.

„Was ist denn mit dir los?", fragte Paula, „was hast du denn gegen Psychologen?"

„Ach", Lena schnipste die Zigarette fort, „ich kann einfach nicht sehen, wie die sich an Böhm ranmacht."

„Was machen eigentlich deine Eltern?" Paula sah die Freundin an.

„Ach, meine Mutter ist bei meiner Geburt gestorben und mein Vater existiert nur auf Kontoauszügen. Oder meinst du, ich könnte mir sonst die Wohnung leisten. Wenn er mich schon nicht mag, kann er ja wenigstens bezahlen."

Lena zündete sich eine neue Zigarette an, als sie sich auf den Weg zum Parkhaus machten, „wenn mein Vater kein Geld mehr bezahlen muss, merkt er ja überhaupt nicht mehr, dass es mich auch noch gibt", sagte sie hart und beschleunigte ihren Schritt, sodass ein Gespräch nicht mehr möglich war.

Paula wollte noch ein paar Unterlagen aus dem Gerichtsgebäude holen und so hielten sie kurz auf dem Krankenhausparkplatz, der dem Gerichtsgebäude gegenüber lag und betraten kurz darauf das Staatsgebäude.

„Da sind sie!" Wie ein riesiger Koloss wälzte sich eine ganze Mannschaft die Gerichtstreppe hinunter. Angeführt von einem sehr erregten Böhm liefen Dr. Neumann, Uwe Unsell, die Psychologin Frau von Lützen und drei uniformierte Polizisten aufgeregt die breite Treppe hinunter. Ungebremst stürmte der Kommissar mit ausgebreiteten Armen auf die beiden Frauen zu, die unwillkürlich die Köpfe einzogen. Er drückte die beiden beinahe brutal an sich.

„Gott sei Dank! Wo wart Ihr denn um Himmels willen? Ist alles in Ordnung? Was ist denn passiert."
Er beugte sich tief herab und wollte Lena gar nicht mehr loslassen.

Inzwischen waren auch die anderen angekommen und umstanden nun die erschrockenen Frauen.

„Was soll denn passiert sein?", fragte Paula ehrlich verwundert.

„Was passiert sein soll?" Die Freude des dicken Kommissars erlitt einen deutlichen Einbruch. „Ja wir wussten nicht, wo Sie stecken. Sie haben einen Brief hinterlassen, dass Sie ins Gericht fahren wollen, doch Sie sind hier nie angekommen. Daraufhin habe ich den ganzen Tag versucht, Lena zu erreichen, doch die nahm nicht ab. Ich bin sogar in Ihre Wohnung ..."

Mit jedem Wort verfinsterte sich seine Miene mehr: „Ich dachte an das Schlimmste!", rief er, und alle Umstehenden nickten zustimmend.

„Wir waren in Heidelberg!", sagte Lena kleinlaut.

„In Heidelberg?" Dr. Neumann drängte sich in die erste Reihe.

„Wir haben mit einem Märchenexperten gesprochen: Er sagt auch, dass ..."

„Ihr seid doch wohl von allen guten Geistern verlassen!", brüllte Böhm.

Dr. Neumann schüttelte verständnislos den Kopf und versuchte, seine Pfeife wieder anzuzünden: „Ich hätte von Ihnen wirklich mehr Vernunft erwartet, Frau Käfer. Bei allem Respekt, aber Sie widersetzen sich den Anordnungen der Polizei, die versucht, Sie zu beschützen."

Neumann sah sie ernst an und zog dann lange an seiner Pfeife.

„Und Sie machen diesen Schwachsinn natürlich mit!" Böhm packte Lena unsanft am Arm, „und ich denk, weiß, was passiert ist!"

„Es tut mir leid." Paula fühlte sich hundeelend, „aber ich wusste doch nicht, dass ..."

„Sie wussten nicht...?", Böhm schrie schon fast. Seine Augen bekamen einen silbrigen Glanz. Dann wandte er sich plötzlich ab und stürmte aus dem Gebäude, ohne sich noch einmal umzudrehen.

Lena wollte im folgen, doch nun war es Dr. Neumann, der sie am Ärmel fasste und mit sich zog:

„So meine Damen und Herren, nachdem sich die Aufregung etwas gelegt hat, bitte ich Sie in mein Büro. Dort wird es zwar etwas eng sein, aber dort können wir eine Tasse Kaffee trinken und uns etwas beruhigen." So setzte sich die ungewöhnliche Kolonne in Bewegung und folgte Dr. Neumann in sein Büro.

Neumanns Sekretärin tippelte aufgeregt vor der Kaffeemaschine auf und ab. So einen Ansturm an Besuchern hatte Neumann noch nie empfangen. Er holte aus dem benachbarten Sitzungszimmer noch einige Stühle und bald saßen alle etwas gedrängt in dem kleinen Büro. Alle Augen waren auf die beiden Frauen gerichtet, die sich zunehmend unwohler fühlten. Dr. Neumann saß hinter seinem Schreibtisch und musterte sie schweigend.

Unsells Blick flatterte nervös umher, als seine Blicke sich mit Paulas trafen.

Auch zwei der Uniformierten waren der Gruppe gefolgt. Die beiden Männer wirkten nervlich am Ende und reichlich sauer. Keiner der beiden würdigte die Frauen auch nur eines Blickes. „Böhm hat ihnen bestimmt die Hölle heiß gemacht", dachte Lena und ärgerte sich.

Nur Frau von Lützen lächelte sie noch immer freundlich an.

In diesem Moment wurde die Tür aufgerissen und Böhm stapfte in den überfüllten Raum. Er sah so verschwitzt aus, als käme er gerade vom Sport. Doch er schien sich etwas beruhigt zu haben. Da kein Stuhl mehr frei war, nahm er kurzerhand auf der Kante des schweren Schreibtischs Platz und sah Lena durchdringend an: „Ihnen beiden ist klar, dass dieser Ausflug leichtsinnig und kindisch war?"

Dr. Neumann gab ein zustimmendes Grunzen von sich. Besser hätte er es auch nicht ausdrücken können. Paula nickte etwas hilflos. Lena scharrte wütend mit dem Fuß über den Boden.

„Frau Käfer, Sie werden ab sofort keinen Schritt mehr ohne polizeiliche Begleitung tun. Die Beamten sind schließlich nicht zur Unterhaltung Ihrer Frau Mama da, sondern zu Ihrem persönlichen Schutz!" Paula zuckte zusammen.

Der Kommissar klatschte in die Hände: „Was haben Sie in Heidelberg herausgefunden?"

„Das Rätsel mit den Märchen ist gelöst!"

Lena sprang auf. „Der Täter kündigt immer im Voraus seine Morde an. Und er gibt sogar Hinweise darauf, was er dem Opfer antun wird."

„Es macht ihm Spaß, zu töten" Frau von Lützen überlegte laut. Böhm hing an ihren Lippen. Dann zog der Kommissar ein verknicktes Foto aus der Jackentasche und reichte es Paula: „Dieses Foto haben meine Leute in der Wohnung des letzten Opfers gefunden. Ich will Ihnen den Anblick der Leiche ersparen. Der ist Frau Menkwitz schon nicht gut bekommen."

Er lächelte kurz zu Lena hinüber, die ihn mit zusammengekniffenen Augen anblitzte. Paula sah eine Gruppe von jungen Männern auf dem Bild, die fröhlich in die Kamera blickten. Es sah aus wie ein Studententreffen oder ein Betriebsausflug. „Sehen Sie sich bitte jeden einzelnen der Herren genau an. Kennen Sie einen von denen?"

Paula musterte aufmerksam die jungen Gesichter. Die Farben auf dem Foto wirkten verblasst, die Konturen schienen schon unscharf geworden zu sein.

„Den da kenn ich!", rief sie auf einmal auf, als sie in das lachende Gesicht eines jungen Mannes blickte, der in der ersten Reihe der Männergruppe stand und die Faust in die Luft gereckt hatte, als habe er einen Wettbewerb gewonnen.

Böhm stürzte aufgeregt zu ihr und sah das Gesicht an, auf das ihr Finger deutete. „Bingo", rief er aus, „das könnte unser Mann sein!"

Aufgeregtes Gemurmel entstand im Raum. Jeder versuchte, einen Blick auf das Foto zu werfen.

„Wer ist er?" Nervös zupfte Böhm an seinem Schnurrbart.

Paula überlegte. „Ich weiß nicht so genau. Das ist so lange her." Sie schloss die Augen und konzentrierte sich, doch ihr wollte weder der Name des Mannes einfallen, noch, woher sie ihn kannte. „Fragen Sie am besten meine Mutter", sagte sie und seufzte resigniert, „Pfarrfrauen kennen jeden, und sie können auf jeden Fall über jeden etwas sagen."

Auf einmal hatten es alle eilig. Plötzlich herrschte in dem kleinen Büro rege Aufbruchsstimmung. Es schien, als hätte sich eine neue Spur ergeben, die endlich Licht ins Dunkel bringen würde.

Böhm wollte sofort mit Paulas Mutter sprechen und fuhr mit den beiden Frauen nach Münster. Lena wollte jetzt auf keinen Fall alleine nach Hause gehen, wenn es spannend wurde.

„Hast du gesehen, wie dich dieser Unsell angesehen hat?“ Lena kniff die Augen zusammen. Sie saßen dicht gedrängt auf dem Rücksitz des alten Autos. „Wenn der dich anschaut, sieht er aus wie ein Kalb, das gleich in Tränen ausbricht, und wenn der einen anderen ansieht, schaut er wie ein Herr ‚Bei-mir-kriegt-jeder-lebenslänglich-Staatsanwalt‘ aus“, flüsterte sie.

„Ach“, Paula kicherte leise, „das sind die zwei Gesichter des Uwe Unsell. Mich erinnert er immer an die Königin der Nacht!“

„Was?“ Lena verstand rein gar nichts.

„Uwe Unsell im Dienst genießt tatsächlich den Ruf eines gnadenlosen Paragraphensuchers, aber kaum hat der seine Robe abgelegt ist der so hilflos wie ein Gartenzwerg“, erklärte Paula leise.

„Er wollte ja auch unbedingt mit mir zum Juristenball gehen!“, fügte sie lächelnd hinzu, „und er ist mir dort fürchterlich auf die Nerven gegangen. Gut, dass Neumanns Frau auch da war. Ohne sie wäre ich echt eingeschlafen mit der Lusche von Unsell“.

„Ich finde ihn widerwärtig und unsympathisch“ Lena ließ sich nicht beirren, „bist du sicher, dass mit dem alles in Ordnung ist?“

„Oh Lena“, rief Paula laut auf, „jetzt übertreibst du aber!“

„Das ist ihre Natur und ihr Beruf!“, rief Böhm von vorne, der nichts von dem Geflüster verstanden hatte.

„Bitte?“, Paula beugte sich vor.

„Na, zu übertreiben! Ist Ihnen das denn noch nicht aufgefallen? Lena übertreibt gerne und viel!“, lachte er, dass sein breiter Rücken wackelte.

„Scheiß Bulle“, murmelte Lena und drückte sich beleidigt in den Rücksitz.

Frau Käfer kam sich gleich unglaublich wichtig vor, als Böhm das Foto vor ihr auf den Tisch legte. „Augenblick, da muss ich erst meine Lesebrille holen“, sagte sie eifrig und verschwand in der Küche.

„Seit wann braucht die eine Lesebrille“, Paula dachte daran, wie ihre Mutter noch gestern Mäxchen aus einem sogenannten Mini-Buch vorgelesen hatte.

Als Martha Käfer zurückkehrte, verkniff sich Lena nur mühsam das Lachen. Sie trug eine schwarze, äußerst moderne und total unvorteilhafte Brille, die ihr das Aussehen eines Raumflottenkapitäns verlieh.

„Reiß dich zusammen“, dachte Böhm und lächelte die Frau geduldig an.

Martha Käfer vertiefte sich eine halbe Ewigkeit in das Foto. Gerade als Böhm aufspringen, ihr das Foto entreißen und ein Bier trinken gehen wollte, sagte sie knapp: „Schütz!"

Böhm sog deutlich hörbar die Luft ein: „Er heißt Schütz?"

„Ja", Martha Käfer nickte eifrig. „Egon Schütz", glaube ich. Er hatte seine Praxis ganz in der Nähe. Mein Mann war dort oft wegen seinem Husten!"

Sie schaute gedankenverloren auf.

„Er war Arzt?"

„Ja, ein sehr angenehmer, netter Mann. Er hatte zwischendurch die Vertretung für unseren Hausarzt."

Böhm nickte angespannt. Nach kurzem Zögern sprang er auf und zerrte das Handy aus seiner viel zu engen Hosentasche: „Findet mir Egon Schütz. Ich will sofort wissen, ob der noch lebt, und wo er sich aufhält. Diese Sache hat oberste Priorität."

Lena sah den Kommissar an. Es schien, als habe er soeben wieder Energie geladen. Endlich wusste er, wie die nächsten Schritte aussehen würden.

Dann setzte er sich wieder zu Martha Käfer an den Wohnzimmertisch: „Bitte, Frau Käfer, erzählen Sie mir alles, was Sie wissen. Denken Sie bitte genau nach."

„Na ja", Martha Käfer errötete leicht, „Gerede gibt es überall! Aber ich als Pfarrfrau habe mich natürlich nie an solchen Indiskretionen ..."

„Erzählen Sie einfach alles, was Ihnen einfällt. Alles, was Sie gesehen, gehört oder von Anderen erfahren haben. Auch wenn Sie nur zufällig oder unbeabsichtigt etwas mitbekommen haben sollten, könnte es nun von großem Nutzen sein."

Sie überlegte zu kurz. „Dr. Schütz hat auf einmal seine Praxis aufgegeben und ist fortgezogen. Es wurde gesagt, dass da eine Frau dahinterstecke, aber darüber weiß ich nichts."

„Denken Sie nach", bohrte der Kommissar. „Es gab Gerüchte, dass er doch recht sprunghaft sei – Sie wissen, was ich meine?"

„Galt er als brutal? Hat er getrunken?", Böhm sah unruhig auf die hölzerne Kuckucksuhr, die an der gegenüberliegenden Wand hing und jeden Pendelschlag mit einem lauten Ticken quittierte. In etwa drei Minuten müsste sich die kleine Tür unter dem geschwungenen Dachfirst öffnen und ein Kuckuck würde herauskommen. Böhm erinnerte die Uhr auf einmal an seine Kindheit. Seine Gedanken schwirrten umher. Er hatte das Gefühl, betrunken zu sein.

„Oh nein", Frau Käfers schrille Stimme riss ihn in die Wirklichkeit.

„Er war stets ein korrekter Mann. Er legte viel Wert auf sein Äußeres. Dr. Schütz war immer schick gekleidet!"

„Auch Schlipsträger können töten!", dachte Böhm grimmig. „Wissen Sie noch etwas über diese Frau, mit der er zusammen gewesen sein soll?", fragte er.

„Ach, wissen Sie", flötete Martha Käfer, „ich habe mich nie so sehr ..."

In diesem Moment schlug das hölzerne Türchen auf und ein weißer Vogel fuhr ruckend heraus. Böhm fuhr erschrocken zusammen, als ein plärrendes „Kuckuck" erscholl, dass ihm einen Schauer den Rücken hinunterjagte.

„Der Kuckuck klingt wie Martha Käfer persönlich", dachte Lena, „im Laufe der Jahre müssen sich ihre Stimmen immer ähnlicher geworden sein. Wie ein altes Ehepaar", dachte Lena.

In diesem Moment entstand ein hässliches Gemisch aus einem Schwarzwälder Kuckuck und einem James-Last-Klingelton.

Böhm lauschte und gab dann einen hastigen Befehl: „Schnappt ihn Euch. Ich komme!"

Ein beinahe triumphierender Ausdruck spiegelte sich in seinen Augen wider: „Er lebt inzwischen in Meisenheim und hat dort auch seine Praxis. Ich muss los!", rief er aufgebracht, bedankte sich bei Martha Käfer und eilte zur Haustür.

Abrupt hielt er inne: „Und ich kann mich wohl darauf verlassen, dass Sie keine heimlichen Unternehmungen mehr planen?"

Mit hochgezogenen Brauen schaute er Paula durchdringend an.

Sie nickte stumm.

Vielleicht würde der Kommissar den Täter fassen und sie könnte endlich wieder ein normales Leben führen. Auch ihre Nerven waren nun zum Zerreißen gespannt.

„Oh Königin, ich liebe deinen sanften Blick, das Erstaunen in deinen Augen, deine zarten Hände, die über meinen Kopf streichen. Du wirst wunderschön sein bei mir. Wenn du endlich bei mir bist, dann wird es keine Zeit mehr geben. Die Schande wird von mir abgewaschen sein. Und du, o Königin, wirst dich auch wieder an deinen Schwur erinnern, an den Schwur, den du

mir gegeben hast. Alles wird wieder so sein, wie es einmal war und alle Wölfe werden ausgerottet sein. Und mit den Wölfen wird auch die Scham gegangen sein und die Furcht. Und dann wird es nur noch uns geben, uns und unser Versprechen!"

Eine halbe Stunde, nachdem Böhm das Haus verlassen hatte, rief bereits Dr. Neumann an und fragte, ob es Paula auch gut gehe. Er versprach, ihr bei der Bearbeitung eines Falles behilflich zu sein und machte sich große Sorgen, dass ihr etwas passieren könne. Paula beruhigte den alten Staatsanwalt und spürte, wie sich etwas in ihrem Bauch schmerzhaft zusammenzog. Die Angst der Anderen um sie rief ihr immer wieder aufs Neue die eigenen Ängste ins Bewusstsein. Sie konnte sich noch immer kaum vorstellen, dass ihr Leben in Gefahr sein könnte. Wer sollte ihr schon etwas antun wollen, und warum? Allein der Gedanke an Mäxchen ließ sie innerlich erstarren. Niemand dürfte es wagen, ihr Kind anzufassen. Kalter Hass stieg in ihr auf, wenn sie daran dachte, jemand könne dem Kind etwas zu Leide tun wollen.

Max bekam von all der Aufregung kaum etwas mit. Er hatte zwar ein paar Mal gefragt, warum er nicht in den Kindergarten dürfe, sich dann aber sehr schnell an die neue Situation gewöhnt.

Paula wünschte nichts sehnlicher, als ihr altes Leben zurück zu bekommen. In Gedanken versunken, legte sie das Telefon auf die Kommode zurück und ging in ihr Zimmer. Als sie die Tür öffnete, traute sie ihren Augen kaum. Lena hatte sich und Max eine von Paulas Unterhosen über den Kopf gezogen, drückte gerade mit dem Zeigefinger ihre Nase nach oben, während die anderen Finger die Augenlieder nach unten zogen. Als Paula die Tür öffnete, hatte Lena den Kleinen untergehakt, hüpfte ausgelassen durch das Zimmer und sang ein soeben erfundenes Lied von Unterhosenzwergen. Mäxchen hielt sich den Bauch vor Lachen, während er neben Lena wild umherhüpfte.

In diesem Augenblick wusste Paula nicht, was sie fühlen sollte. Freude und Eifersucht stritten in ihrem Inneren. Als Lena nun aber den Ober-Unterhosenzwerg vorstellte und dabei den dicken Kommissar mimte, der zornesrot durch das Zimmer rannte, musste auch sie lächeln.

Plötzlich stand Robert im Zimmer.

Max riss sich die Unterhose vom Kopf und rannte auf den kräftigen Mann zu, der ihn laut lachend durch die Luft schleuderte.

Paula war aufgesprungen. Sie wusste nicht, ob sie sich ärgern oder freuen sollte. Hilfesuchend sah sie zu der Freundin, die ihren fragenden Blick mit einem Achselzucken erwiderte.

Robert stellte Max auf dem Boden ab und wandte sich Paula zu, nachdem er Lena mit verwundertem Blick zugenickt hatte.

„Können wir reden?" fragte er. Im Türrahmen tauchte ein Polizist auf.

„Das ist schon in Ordnung", Paula winkte dem Uniformierten zu, „können Sie uns einen Augenblick allein lassen?"
Der Polizist zögerte: „Ich habe die Anweisung, Herrn Paulsen nur in Begleitung zu Ihnen zu lassen", sagte er etwas verlegen.

Lena stand auf und nahm Max an der Hand. „Ich lass euch mal allein!" sagte sie und warf Paula einen auffordernden Blick zu. Plötzlich bemerkte sie, dass sie noch immer eine Unterhose auf dem Kopf trug, doch das war ihr im Moment egal. Der Gedanke, Paula könne wieder zu diesem Typen zurückkehren, versetzte ihr einen schmerzhaften Stich.

„Ich werde schreien, wenn etwas passiert!", meinte Paula knapp und schloss hinter Lena die Tür. Der Polizist blieb achselzuckend im Flur stehen.

„Was willst du wieder hier? Hat meine Mutter dich mal wieder gerufen?", fragte Paula.

„Wusstest du, dass die Polizei mich verdächtigt?", Robert sah sie verzweifelt an.

Paula nickte.

„Aber du glaubst das doch nicht!" Robert ergriff ihre Hände.

Paula zögerte: „Ich weiß nicht mehr, was ich glauben soll!", flüsterte sie und spürte seine warmen großen Hände, die ihre zärtlich aber bestimmt umschlossen hielten.

„Bitte, Paula!" Roberts Gesicht kam näher, „ich habe einen großen Fehler gemacht!"

Er roch so gut. Nach Geborgenheit und nach Liebe. Paula begann zu zittern.

„Lass mir Zeit" flüsterte sie. „Ich habe keine Zeit" raunte Robert in ihr Ohr.

Plötzlich spürte Paula, wie die Wut in ihr emporkroch: „Aber du hattest Zeit, mich wegen dieser Schlampe sitzen zu lassen. Und du hattest Zeit, bei ihr einzuziehen!" Paula riss sich los und funkelte ihn an.

„Aber ich hab doch schon gesagt. Ich habe einen großen Fehler..."

Paula bemerkte ein Glitzern in Roberts Augen. Wie sehr hätte sie ihn jetzt gebraucht.

Das erneute Schrillen des Telefons ermöglichte Paula, das Zimmer schnell zu verlassen.

Robert folgte ihr, wurde jedoch sofort von dem Uniformierten aufgehalten.

Alle standen im Wohnzimmer und warteten auf Paula. Max drückte sich an Roberts Beine. Mit geröteten Wangen stürzte Paula kurz darauf in die gedrückte Stimmung: „Das war Böhm. Sie haben ihn!"
Lena, die wieder mit ihrer Zigarettenschachtel spielte, hielt in der Bewegung inne und schaute die Freundin ernst an. „Er hat gesagt, ich soll aufs Revier kommen und mir den Mann anschauen. Kommst du mit? Bitte!"
Lena sprang auf. Mit einem triumphierenden Blick rauschte sie an Robert vorbei, der noch immer nicht begriffen hatte, was diese Nachricht bedeutete.

Böhm hatte Dr. Schütz festgenommen.

Augenblicke später saßen die beiden in einem Polizeiauto, das sie zum Revier brachte.

Es handelte sich um einen dieser Räume, die sie aus Krimiserien kannten. Der Festgenommene saß auf einem einfachen Stuhl in einem recht kahlen Raum, in dem ein großer Spiegel an der Wand hing. Auf der anderen Seite des Spiegels – im Nachbarraum – konnte man den Gefangenen nun beobachten, ohne gesehen zu werden.

Schon auf der Fahrt zum Revier war in Paula Panik aufgestiegen, dem Täter zu begegnen, dem Mann, der in ihrem Bett gelegen hatte, nachdem er in ihrem Hausflur ein wahres Blutbad angerichtet hatte.

Böhm wollte Paula eine Gegenüberstellung ersparen und hatte sie daher in den Raum mit dem Glas gebeten. Von hier aus sollte sie sich in Ruhe den Tatverdächtigen anschauen können. Zunächst hatte er Lena missbilligend angesehen, doch auf Paulas Bitten hin hatte er auch ihr erlaubt, Paula in den Raum zu begleiten.

Er knurrte etwas von „siamesischen Zwillingen", als er den Frauen die Tür aufhielt: Ein gutaussehender Mann mittleren Alters saß auf dem Stuhl. Seine Schläfen waren schon ergraut. In einer anderen Umgebung hätte ihn Paula sicherlich attraktiv gefunden, doch nun starrte sie ihn unverwandt an. Der Mann wirkte gelassen und selbstsicher.

Als er den Spiegel bemerkte, nickte er unwillkürlich in ihre Richtung. Paula fuhr zusammen. Sie spürte Böhms schwere Hand auf ihrer Schulter: „Er kann Sie nicht sehen“, sagte er ruhig.

„Ich kenn ihn nicht!“ In Paula stieg Verzweiflung auf.

„Schauen Sie ihn in Ruhe an“ Böhms Stimme klang ruhig und fest.

„Ich habe ihn noch nie gesehen!“ Paulas Augen füllten sich mit Tränen. Sie fand diese Ungewissheit schrecklich. Sollte dieser Mann sie kennen?

„Vielleicht ist es länger her. Vielleicht war er jünger“, Böhms Stimme klang jetzt fast tonlos, „er leugnet die Taten, doch er hat kein Alibi für den Mord auf dem Kuhberg und für den Tanzlehrer auch nicht. Die anderen überprüfen wir noch, aber ...“

„Ich kenne diesen Mann nicht!“ Paula funkelte den Kommissar wütend an.

„Aber er lügt: Er behauptet, er kenne die anderen auf dem Foto nicht. Perell, Schönherr und jetzt der Bademeister. Er will sie alle nicht kennen, obwohl er auf dem Foto einträchtig neben ihnen steht. Er scheint noch nicht einmal verunsichert.“ Böhms Stimme wurde schärfer: „Wir haben ihn in seiner Praxis festgenommen! Er schien nicht einmal verwundert!“

„So, als habe er auf die Polizei gewartet?“ fragte Lena.

„Ja!“ Böhm wurde immer aufgebrachter: „Er hat damit gerechnet, dass wir kommen. Aber warum?“ Dann straffte er seinen Körper. „Ich warte nur noch auf das Startzeichen von Unsell. Der verhandelt noch mit dem Untersuchungsrichter. Sobald der grünes Licht gegeben hat, werde ich die Wohnung dieses Mannes auf den Kopf stellen. Aber bis der mal wieder die Rechtslage ausreichend studiert hat, sind die Beweismittel längst verschimmelt.“

Den letzten Satz hatte er in seinen Schnäuzer gemurmelt, doch nicht nur die Frauen hatten ihn sehr genau verstanden.

Einer der anwesenden Beamten grinste.

Paula und Lena verließen das Polizeigebäude schweigend. Hinter ihnen drängte sich der Polizeibeamte Prigge durch die Tür und öffnete die hintere Tür eines Dienstwagens.

„Ich komme mir selbst schon vor, als sei ich diejenige, die festgenommen worden ist“, stöhnte Paula.

Sie hatte sich erhofft, dass der Horror endlich ein Ende finden würde. Sie hatte sich zwar nicht vorstellen können, wen sie hinter der Scheibe sehen würde, doch sie war felsenfest davon ausgegangen, denjenigen zu kennen. Nun war sie sicher, dass die Polizei wieder den Falschen erwischt hatte.

„Kann es sein, dass der Mörder mich kennt, ich ihn aber noch nie gesehen habe?"

„Unwahrscheinlich!", meinte Lena knapp und kletterte auf den Rücksitz des Streifenwagens.

„Also haben sie den Falschen!", seufzte Paula.

„Mmh." Lena schien völlig in Gedanken versunken.

„Hörst du mir überhaupt zu?" Paula knuffte der Freundin in die Seite. Der Wagen fuhr los. Lena sah Paula durchdringend an und formte mit den Lippen einen Namen. „Unsell?", flüsterte Paula ungläubig.

Lena zuckte mit den Achseln und warf dann einen Blick auf den Polizisten, der sie nach Bad Münster chauffierte. Doch der machte den Eindruck, als sei er gedanklich ganz weit weg.

Lena fuhr mit der Freundin nach Bad Münster. Paulas Nerven schienen am Ende. Sie hatte das Gefühl, sich in einem Albtraum zu befinden, aus dem sie nicht mehr erwachte. Ihr Kopf dröhnte, als würde jemand mit einem Eisenklöppel dagegen schlagen.

Lena strich ihr zärtlich eine Strähne aus dem Gesicht und küsste sie sanft auf die Stirn.

„Alles wird wieder gut!", hörte sie ihre eigene Stimme flüstern, doch sie zweifelte zugleich an ihren eigenen Worten.

„Man wird ihn bald finden und einsperren", sprach sie trotzdem weiter. Es war, als würde sie sich selbst beruhigen wollen.

„Du wirst dein Examen machen, eine gute, aber furchtbar eingebildete Anwältin werden und Hundebesitzer wegen Sachbeschädigung inhaftieren, weil sie an deinen hübschen Jägerzaun pinkeln." Paula lächelte sanft.

Dann verdüsterte sich ihr Gesicht wieder: „Ich werde nie wieder in dem Haus wohnen können. Es wird nie wieder mein Zuhause sein", flüsterte sie. Sie fühlte sich leer und hilflos.

„Wir werden das ganze Haus auf den Kopf stellen und dann ganz neu einrichten, glaub mir, da bin ich Expertin drin." Lena fuchtelte mit den Armen durch die Luft und ahmte Malerbewegungen mit einem überdimensionalen Pinsel nach.

Paula nickte ungläubig. Im Moment wollte sie einfach nur vergessen. Doch ihr Gehirn zermarterte sich weiterhin nach einer Antwort auf die vielen quälenden Fragen. Sie wünschte sich Robert herbei. Am liebsten wäre sie in seinen Armen eingeschlafen.

Lena hatte den ganzen Tag damit verbracht, über den Märchen zu brüten. Sie dachte an Paula, an die verbrannte Leiche, die sie auf dem Foto gesehen hatte, an ihre misslungene Journalistenkarriere, an die Kreditkarte, die der Automat sicherlich einbehalten würde, wenn sie ihren Dispo noch weiter strapazierte.

Einen Moment lang war sie versucht, ihren Vater anzurufen, doch dann zog sie die Hand, die sie schon nach dem Telefon ausgestreckt hatte, wieder zurück. Ihr wurde bewusst, dass sie nicht einmal wusste, ob die Nummer überhaupt noch stimmte.

Plötzlich ertappte sie sich bei dem Gefühl, den Kommissar zu vermissen und sie schämte sich beinahe für diesen Gedanken. Seit Jahren hatte sie niemanden gebraucht. Sie war schon immer ganz gut alleine zurecht gekommen. Warum sollte sie sich da auf einmal nach einem alternden unverschämten Bullen sehnen, der sich grob und unflätig benahm?

Kurz entschlossen nahm sie das Telefon nun doch zur Hand und wählte die Mobilnummer des Kommissars. Böhm hob sofort ab.

Sie verabredeten, zu „Maria“ zu gehen und Lena versprach, den Kommissar in einer Stunde abzuholen. Auf einmal fühlte sie sich weniger einsam. Mit einem freudig bellenden Stoiber verließ sie die Wohnung, um dem Hund noch etwas Auslauf zu gönnen. Sie zog die Jacke enger um den Körper, als sie auf die Straße trat. Es war schon dunkel draußen und die Straßenlaternen verströmten schon ihr milchiges winterliches Licht. Sie fröstelte und zog den warmen Hund näher an sich heran. In gemütlichem Tempo würde sie etwa eine Viertelstunde bis zum Salinental brauchen. Dort wollte sie dann noch ein wenig umherspazieren und Stoiber auf der weiten Rasenfläche spielen lassen, bevor es Zeit würde, Böhm abzuholen.

Sie wusste nicht, ob es die Kälte war, die sich wie ein düsterer Film auf ihre Stimmung legte. Zum zweiten Mal am heutigen Tag musste sie an ihre Eltern denken. Auf einmal fragte sie sich, wie es ihrem Vater und seiner neuen Familie wohl ging. Es musste ungefähr ein Jahr her gewesen sein, dass sie angerufen hatte. Sie wollte von dem bestandenen Examen erzählen. Die Freundin ihres Vaters hatte abgehoben und dann den Vater gerufen.

Lena hatte sich gewünscht, er hätte geschimpft, hätte geschrieen, warum sie sich so lange nicht gemeldet hätte, doch ihr Vater hatte nur gefragt, ob sie Geld brauche.

Lena hatte sich an diesem Abend betrunken und war mit irgendeinem schmierigen Typen im Bett gelandet. Sie erinnerte sich noch, wie sie sich gewehrt hatte.

Sie hatte ihm schließlich einen schweren Aschenbecher über den Kopf geschlagen und war wankend aus dem Haus geschlichen.

Stoiber bellte und riss Lena aus ihren Gedanken.

Ein dunkles Auto fuhr langsam an ihr vorbei und gab plötzlich Gas.

Als sie sich auf einmal besann, war es schon um die nächste Ecke verschwunden.

Lena hatte keine Lust mehr zu warten.

Sie scheuchte Stoiber ein paar Mal über den breiten Rasenstreifen im Salinental und sah schon von weitem, dass in Böhms Wohnzimmer Licht brannte. Frau von Lützen öffnete die Tür. „Nun sehen Sie mich aber an, als wäre ich einer Ihrer Albträume!“, lachte die große Frau und hielt Lena die Tür auf, als sei sie die neue Hausherrin. Sie trug einen grünen Hosenanzug. Ein blaues Seidentuch war locker um ihren Hals geschlungen.

„Vielleicht sind Sie das ja auch!“, gab Lena zurück und erschrak sich über die eigenen Worte.

Das freundliche Lächeln fiel aus dem Gesicht der Psychologin. Sie trat einen Schritt näher an Lena heran. Ihre Stimme war nur ein Flüstern: „Jetzt hören Sie mir mal zu, Sie kleine Giftzicke. Ich weiß zwar nicht, was Sie von mir wollen – und mir ist es auch egal – aber ich lasse mir von Ihnen ganz bestimmt nicht den Abend verderben!“

Lena zuckte zurück. Bis eben hatte sie sich diese ewig lächelnde Gutmütigkeit nicht wütend vorstellen können.

„Was wollen Sie vom Kommissar?“, fragte sie leise.

„Ich weiß nur, was ich nicht will!“, zischte der vor Wut wogende Busen über Lenas Gesicht. „Ich weiß, dass ich keine Lust auf pubertierende kleine Zicken habe, die sich kindisch eifersüchtig benehmen!“

„Hallo Lena!“ Böhm erschien in der Tür, und beide Frauen zuckten unwillkürlich zusammen:

„Ich bin fertig!“, rief er, „wenn die Damen möchten, kann es losgehen!“

„Also mich müssen Sie entschuldigen“, meinte Frau von Lützen plötzlich, „ich bin hundemüde und ich habe auch leichte Kopfschmerzen.

Seien Sie nicht böse, aber ich fahre in meine Pension. Wir sehen uns morgen."

Mit einem eisigen Blick auf Lena fügte sie hinzu: „Die junge Dame wird Ihnen sicherlich auch gerne alleine Gesellschaft leisten." Dann schwang sich der massige Körper mit einer faszinierenden Leichtigkeit in eine gelbe Ente, die am Bordstein parkte und brauste davon.

„Habe ich irgendetwas verpasst?", fragte Böhm verdutzt.

Lena schüttelte den Kopf: „Sie sagte mir eben schon, dass sie sich nicht wohl fühlt", log sie und starrte auf ihre Fußspitzen.

Bei „Maria" war noch nicht viel los. In der kleinen Eckkneipe saß bisher nur ein heruntergekommen wirkendes Paar, das sich offensichtlich schon lange nichts mehr zu sagen hatte.

Lena war immer wieder aufs Neue fasziniert von der Geschmacklosigkeit der Einrichtung in dieser Kneipe. Heute hatte Maria auch noch eine jede Menge Konfetti, glitzernde Plastikhütchen und bunte Luftschlangen auf den Tischen verteilt und Lena fiel wieder ein, dass schon in zwei Tagen Altweiberfastnacht war.

Böhms geschultes Polizistenauge erspähte sogleich das neue Dekorations-Highlight: „Oh Maria, du hast ja eine neue Errungenschaft auf der Fensterbank stehen!"

Er ließ sich schwer auf die Eckbank fallen, die sein Stammplatz zu sein schien.

Lenas Blick fiel auf die „neue Errungenschaft": Ein fröhlich lächelnder Gartenzwerg, der eine Schubkarre vor sich her schob, zierte die breite Fensterbank, die schon mit einigen festlich gekleideten Kunstpuppen besetzt war.

„Is er net schee?", rief die alte Maria hinter ihrem Tresen hervor, während sie ungefragt, doch wohlweislich zwei große Pils anzapfte.

„Ihm scheint's bei all den schönen Frauen zu gefallen!" Böhm wies auf die Puppen, die den Zwerg einrahmten.

Lena sah den Kommissar an wie ein Fragezeichen: „Ich wusste gar nicht, dass Sie so ein Schleimer sein können." Doch Böhm zuckte nur leicht mit den Achseln und lächelte vielsagend, als Maria das Bier brachte.

„Unn?", Maria sah die beiden aus ihren kleinen glitzernden Augen an, „seid ihr aach schon in Fassenachtsstimmung? Iwwermorche geht's hier rund. Da mache mir schon um elfe rum uff."

Böhm fasste die alte Frau ungeniert um das dralle Hinterteil: „Maria, du weißt doch, dass ich mich an Altweiberfastnacht immer zuhause einschließe und erst am nächsten Tag wieder aus dem Bett traue."

Lena lachte.

Sie hatte ewig keine Fastnacht mehr gefeiert. In Heidelberg galt die närrische Zeit nur den Kindern, und niemand wäre auf die Idee gekommen, sich bunt zu verkleiden und laut grölend durch die Straßen zu ziehen.

Während in Mainz der Rosenmontag der Höhepunkt des Karnevals war, kam die Stimmung in Kreuznach besonders an Altweiberfastnacht zu ihrem vorläufigen Siedepunkt. An diesem Tag, am letzten Donnerstag vor dem Rosenmontag, herrschte in der Stadt das totale Frauen-Chaos. Sittsame Bankangestellte mutierten zu erotischen Vamps, die ihrem Chef den Schlips abschnitten und jeden Mann abknutschten, der sich heute auf die Straße traute und schüchterne Hausfrauen traten maskiert als Domina auf, die in Lack und Leder jedes männliche Wesen flüchten ließen.

Maria drückte dem Kommissar einen knallenden Kuss auf die Wange: „En echter Kreiznacher muss auch e eschte Fassenachter sin. Mir is die Fassenacht noch lieber als Weihnachte. Denn an der Fassenacht sin die Leit noch ehrlich zuenanner. Da sin se wie se sin, un tobe sich aus." Glucksend schlurfte die alte Wirtin wieder zu ihren Zapfhähnen.

„Ich werde auch dieses Jahr nichts von der Fastnachtszeit haben", seufzte Lena, „es ist schwer, unter diesen Umständen in Stimmung zu kommen".

„Ich kann dieses ausgeflippte Weibszeug eh nicht ausstehen", brummte der Kommissar.

Er nahm einen tiefen Schluck Bier und atmete dann genüsslich auf. Dann beugte er sich dicht zu Lena vor: „Und? Was halten Sie von ihr?" Erneut setzte er das schwere Glas an die Lippen. „Von Maria?", flüsterte Lena verwirrt?

Böhm hätte beinahe in das Glas gebissen. „Von Frau von Lützen natürlich!"

Lena spürte, wie sie errötete. Sie kam sich mit ihrer Eifersucht auf einmal sehr dumm vor: „Ich weiß nicht", antwortete sie leise, „nett!"

„Nett?", Böhm setzte das Glas ab. Seinen Schnäuzer zierte ein breiter Kranz weißen Bierschaums.

„Was heißt nett? Nett ist auch dieser Hund!" Stoiber, der sich friedlich unter den Tisch gelegt hatte, hob seine schlafzerknautschte Schnauze und sah den Kommissar aus trägen Augen an.

„Na ja, wenn ich ehrlich bin, gibt es da ein Problem." Lena kraulte dem vor lauter Genuss grunzenden Stoiber das Fell hinter den Ohren.

„Was heißt das nun wieder" Böhm schaute sie neugierig an. Er sah freundlich aus im Moment, doch Lena befürchtete, er würde sie anbrüllen, die Kneipe verlassen und nichts mehr von ihr wissen wollen, wenn sie ihm von dem Krach mit der Psychologin erzählte.

„Raus mit der Sprache Lena. Ich seh' doch, dass Sie mir etwas verheimlichen."

Lena drehte Stoiber vor Verlegenheit regelrechte Locken ins Fell. „Ich befürchte, ich habe die von Lützen heute Abend vergrault", sagte sie kleinlaut.

„Oh, wie geht denn das?", Böhm rückte näher, „das stelle ich mir nicht gerade einfach vor."

„Sie hat mich als kleine Giftzicke beschimpft!", empörte sie sich.

Der Kommissar lachte laut auf: „Ja, ich habe gleich gemerkt, dass die Frau eine gute Menschenkenntnis besitzt!"

Er hob sein leeres Bierglas und winkte damit Maria zu, die schon unaufgefordert begonnen hatte, ein Frisches anzuzapfen.

„Na klasse!" Lenas Faust landete laut auf dem Tisch. Stoiber fuhr erschrocken hoch.

„Merken Sie denn gar nicht, wie die sich an Sie ranschmeißt."

„Fast hab ich das Gefühl, du seiest eifersüchtig", grunzte Böhm zufrieden.

„Außerdem: welcher Mann genießt es denn nicht, wenn sich eine Dame für ihn interessiert?"

„Na, dann seien Sie vorsichtig, dass die Sie dabei nicht umschmeißt!" Lena ärgerte sich über das Lachen des Kommissars.

„Außerdem hat sie schon, als wir uns zum ersten Mal begegnet sind …" Der Kommissar hob abwehrend die Hände: „Bitte keine Lästereien! Ich kenne das. Wenn zwei Frauen rumzicken, sollte man sich tunlichst nicht einmischen. Denn mir nichts, dir nichts sind die beiden Busenfreundinnen und du als Mann warst sowieso immer an allem Schuld."

Maria brachte eine neues Glas Bier.

Nach einem tiefen ersten Schluck wandte er sich wieder an Lena: „Also, mal ehrlich: Was ist so schlimm an ihr?"

„Dass du nur noch Augen für die fette Kuh hast", dachte Lena und sagte: „Vielleicht ist sie gar nicht so schlimm."

„Also, mich würde es freuen, wenn ihr euch vertragen könntet! Vielleicht nimmt sie die Giftzicke ja auch zurück."

Lena schüttelte den Kopf: „Das glaube ich kaum!"

„Dann haben Sie sich wirklich auch so benommen?" Der Kommissar runzelte die Stirn.

Lena nickte zweifelnd.

„Mädchen, du bist wirklich einzigartig", brummelte er lachend und ging kopfschüttelnd zu den Toilettenräumen.

Als Böhm von der Toilette zurückkehrte, war er wieder ernst. „Die Kollegen haben mich eben angerufen. Nicht einmal pinkeln kann man mehr in Ruhe", schnaufte er und setzte sich wieder.

„Was ist mit dem Festgenommenen? Hat er inzwischen etwas gesagt? Er hatte doch geleugnet, die anderen auf dem Foto zu kennen!"

„Das tut er seltsamerweise auch noch immer", seufzte Böhm. „Er will uns für dumm verkaufen! Dieser Typ behauptete doch tatsächlich, er hätte weder Perell, noch Schönherr oder Bobrowski jemals gesehen. Diese Lehrerin, die Paula gefunden hat, kennt er angeblich auch nicht, aber mit der ist er wenigstens nicht breit grinsend auf einem Foto zu sehen. Er hat nach eigenen Aussagen kein einziges Alibi für die Tatzeiten. Er will aber auch nicht der Täter sein."

Böhm zupfte am Bart: „Ich werde nicht schlau aus diesem Mann. Er windet sich wie ein Aal durch meine Finger. Immer, wenn ich glaube, ihn gepackt zu haben, ist er schon wieder drei Schritte zurückgewichen."

„Gibt es denn sonst keine Verbindung zwischen ihnen?", fragte Lena.

„Die einzige Verbindung zwischen den Opfern war bisher, dass sie alle tot aufgefunden wurden. In keiner der Wohnungen haben wir Hinweise auf eine kriminelle Vergangenheit gefunden, und alle hatten nicht unbedingt viel Kontakt zur Außenwelt. Alle lebten eher zurückgezogen und waren nicht unbedingt die beliebtesten. Dann taucht dieses Foto auf. Auf ihm stehen der Pianist der Tanzlehrer, der Bademeister, ein schon verstorbener Lehrer und dieser Arzt vor ein paar undefinierbaren Büschen und lachen in die Kamera. Sie müssen sich gekannt haben. Und der Arzt lügt so dreist, dass ich mich frage, was er damit bezwecken will."

„Glauben Sie, er ist der Täter?", fragte Lena.

„Ich weiß es nicht mehr“ Böhm fuhr sich mit den Fingern durchs Haar, „irgendwie glaube ich es schon. Aber andererseits habe ich auch das Gefühl, dass das nicht die ganze Wahrheit ist.“

„Und warum kennt Paula ihn nicht? Bei ihr laufen doch praktisch alle Fäden zusammen!“ Lena bestellte noch ein Bier.

„Das ist der Knackpunkt! Wir dachten bisher, Paula müsse den Täter unbedingt kennen, weil er über sie praktisch Kontakt zur Polizei aufgenommen hat. Die Briefe gingen immer an sie. Nur den letzten hat er ihr nicht zugeschickt, sondern auf das Opfer geheftet.“

Böhm starrte auf die rot-weiß gestreifte Tischdecke: „Kräftig genug wäre er“, murmelte er und bohrte mit dem Daumen in seine eigene Handfläche.

„Was ist aus diesem Maier geworden?“, Lena dachte auf einmal an den kräftigen Mann im Unterhemd, der so drohend vor dem hilflosen Jungen gestanden hatte.

„Der ist schon längst wieder auf freiem Fuß!“, wehrte Böhm ärgerlich ab.

„Wir können diese Typen nur immer wieder festnehmen. Dann kommen die Anwälte und holen sie wieder raus. Und die Frauen kehren doch immer wieder zu diesen Arschlöchern zurück und tun so, als wäre nie etwas geschehen. Und uns sind die Hände gebunden. Das Jugendamt macht Kontrollbesuche; man spielt glückliche Familie und der Vater prügelt munter weiter, aber so, dass man es von außen nicht sieht.“

Der Kommissar sah sie finster an: „Haben Sie nette Eltern?“

„Wie man's nimmt“, erwiderte Lena bitter. „Geschlagen wurde ich nie. Umarmt auch nicht. Meine Mutter kenne ich nur als schwarz eingerahmtes Foto auf dem Klavier. Sie ist bei meiner Geburt gestorben. Wahrscheinlich hat sich mein Vater nie für mich interessiert, weil ich ihn zu sehr an sie erinnert habe. Er hat jetzt andere Kinder, von einer anderen Frau. Seine Zuwendung besteht aus einer monatlichen Überweisung.“

Böhm schluckte und dachte an seine Tochter. Chantalle wollte ihn nicht sehen. Vielleicht hatte sie ja recht. Er war nie ein guter Vater gewesen.

Er musterte verstohlen die junge Frau, die ihm gegenüber saß und nachdenklich aus dem Fenster blickte. Einerseits erinnerte Lena ihn an ein Wildpferd. Sie war jung, ungestüm und leidenschaftlich in ihren Ansichten. Andererseits spürte er eine tiefe Unsicherheit und auch Traurigkeit, die sich manchmal hinter ihrer Frechheit verbarg.

„Na ja", sagte er, um irgendetwas zu sagen und räusperte sich. „Ich hoffe, der Untersuchungsrichter gibt morgen den Startschuss für die Hausdurchsuchung."

Lena, die mit ihren Gedanken ganz weit weg gewesen war, sah Böhm zunächst verständnislos an, nickte dann aber.

„Ich würde an einer ganz anderen Stelle suchen", murmelte sie.

„Unter meinem Badvorleger, oder wo?", amüsierte sich Böhm.

„Bei Unsell!", raunte Lena.

„Ich bitte Sie. Unsell ist der leitende Staatsanwalt in diesem Fall!" Böhm lachte.

„Sie haben selbst vor ein paar Tagen gesagt, der Täter könne genau so gut ein Schlipsträger sein."

„Und wie kommen Sie auf diese dumme Idee? Dann könnten Sie genauso gut mich verdächtigen oder halb Kreuznach." Er schüttelte verständnislos den Kopf.

„Sind Sie hinter Paula Käfer her wie ein Pfau in der Brunftzeit oder wie das bei den Vögeln heißt? Oder ist etwa ganz Kreuznach scharf auf Paula?" Lenas Stimme wurde bestimmt.

„Fräulein Käfer erwähnte so was, aber ich dachte, das sei so ein Gerede unter Kollegen. Ist das denn so auffällig?"

„Sind Sie denn blind? Dem fliegen doch die Pickel aus dem Gesicht, wenn er Paula nur von Weitem sieht!"

Böhm überlegte lange. Er zupfte nervös an seinem Bart: „Sie glauben doch wohl nicht im Ernst, dass Uwe Unsell durch die Gegend läuft und Leute nach einem bestimmten Märchenschema zu Tode malträtiert!"

„Nur weil der aussieht wie ein Schirmständer und korrekter ist als zehn Steuerprüfer im ersten Dienstjahr, würde ich ihn nicht einfach so übergehen."

„Aber ..."

„Sind Sie nicht ein bisschen gutgläubig?" Lena gab nicht auf.

„Als ich Sie in meine Ermittlungen einbezogen habe, mit Sicherheit!", lachte Böhm und winkte nach Maria: „Ich zahle alles", rief er.

„Soll ich mich jetzt noch bedanken? Ich will ..." Lena war außer sich. Sie fühlte sich nicht ernst genommen.

„Das sollte man wohl, wenn man eingeladen wird. Zumindest nach dem, was mir in meiner Kinderstube beigebracht wurde."

Lena schnaufte.

„Jetzt reg dich doch nicht so auf, Mädchen. Dein Kopf wird ja schon so rot wie deine Haare. Ich danke dir für diesen schönen Abend."

Böhm stand auf und schlüpfte in seine ausgebeulte Lederjacke.

„Im Ernst?", Lena sah ihn verdutzt an.

„Natürlich. Es ist immer wieder interessant, deine Meinung zu hören."

Lena wusste nicht mehr, ob er sie nun wieder auf den Arm nahm. Ihr Kopf schwirrte. Sie hätte nicht so viel Bier trinken sollen. Sie ließ sich in den Mantel helfen und trat sprachlos hinter dem Kommissar auf die Straße. Böhm ging neben ihr her und hielt Stoiber an der Leine. Nach ein paar Metern legte er seinen Arm um die kleine Frau, die zu frösteln begonnen hatte.

Schweigend gingen sie durch die Nacht. Beide genossen es, nicht allein zu sein.

Auf dem Heimweg machte er noch einen Umweg durch die klare kalte Nacht.

Plötzlich kamen ihm Zweifel, ob der Mann, der nun wahrscheinlich in der Untersuchungszelle schlief, wirklich der Gesuchte war.

18

Am nächsten Morgen fühlte sich Lena wie gerädert. Sie erinnerte sich noch daran, wie der Kommissar sie nach Hause gebracht hatte, aber worüber sie gesprochen hatten, daran konnte sie sich beim besten Willen nicht erinnern. Grummelig stand sie auf und warf sich eine Kopfschmerztablette in ein Glas Leitungswasser. Gedankenverloren saß sie auf einem Küchenstuhl und starrte auf die kleinen Blasen, die von der Tablette aufbrausten, gurgelnd aufstiegen und sich dann an der Oberfläche verloren.

„Welch kurzes Leben", dachte sie und griff sich an den schmerzenden Schädel. Auf einmal spürte sie eine warme feuchte Schnauze an ihrem Bein.

„Guten Morgen Stoiber", murmelte sie und ließ keinen Blick von den Luftblasen im Glas. Stoiber stupste seinen Kopf immer fordernder gegen ihren nackten Oberschenkel. Erst als ihre Hand den Kopf des Hundes fand und begann, ihn eindringlich hinter den Ohren zu kraulen, hielt der große Kopf still.

„Paula sagt, sie kenne den Mann nicht“, dachte sie. „Sie hat ihn auf dem Foto nicht erkannt, auf dem er bestimmt zwanzig Jahre jünger ist, und sie hat ihn jetzt nicht erkannt“, überlegte sie, während das Sprudelbad um die Tablette immer rauschender wurde.

„Aber sie könnten sich kennen. Er war Arzt in Bad Münster. Paulas Mutter erinnert sich an ihn. Aber sie hat ihn nicht gesehen, seit er von dort fortgezogen ist.“

Dann kam ihr eine Idee.

Auf dem Küchentisch lag das Telefon. Kurzentschlossen wählte sie. Böhm nahm sofort ab. Er war gerade dabei, den Arzt zu verhören. „Fragen Sie ihn, ob er noch Kontakte nach Bad Münster hat. Irgendwelche Freunde oder Bekannte!“, trug sie dem verdutzten Kommissar auf.

„Wozu?“ wollte Böhm wissen.

„Tun Sie es einfach“ Lena tauchte einen Finger in das Glas und fühlte die Bläschen auf ihrer Haut.

Zwei Minuten später war der Kommissar wieder am Apparat: „Nein, er hat damals alle Kontakte abgebrochen. Aber was soll die Fragerei?“ Böhm klang neugierig. „Aber Sie haben Recht“, dachte er dann laut, „irgendetwas muss vorgefallen sein. Man bricht nicht auf einmal alle Brücken hinter sich ab, schließt eine gutgehende Arztpraxis, um sich nur wenige Kilometer entfernt wieder niederzulassen.“

Dann wurde seine Stimmer ärgerlich: „Der Tatverdächtige verweigert jegliche Zusammenarbeit, streitet die Taten jedoch vehement ab, und einen Anwalt will er auch nicht! Unsell ist außer sich, weil der Untersuchungsrichter bisher keiner Hausdurchsuchung zustimmen will. Unser Mann scheint gute Beziehungen zu haben. Aber Unsell ist überzeugt davon, dass wir den Richtigen haben.“

„Und Sie?“, fragte Lena, „sind Sie auch sicher?“

„Ich weiß es nicht“, brummte Böhm. „Nach der Verhaftung war ich es noch. Aber Frau Käfer ist sich sicher, ihn noch nie gesehen zu haben.“ Er seufzte: „Ich muss zurück. Mal sehen, ob ich seinem Kopf nicht noch auf die Sprünge helfen kann. Á propos, wie geht es Ihrem Kopf? Hat Stoiber den bösen Kater schon vertrieben?“

„Es geht schon“, grinste Lena und verabschiedete sich.

„Sieht so aus, als würden sich dieser Arzt und Paula nie begegnet sein. Warum sollte er ihr also heimlich hinterher steigen und ihr Leichen vor die Füße legen. Dann ließ sie sich am Telefon von Paula die Nummer der Psychologin geben.

„Sie hat eine eigene Praxis in der Stadt", hatte Paula geschwärmt und Lena wunderte sich, dass sie die Einzige zu sein schien, die diese Frau nicht ausstehen konnte.

Tapfer kippte sie das ekelhafte Kopfschmerzgebräu in einem Zug hinunter. Es schmeckte scharf und sie fragte sich sofort, was ihr Magen wohl zu diesem Guten-Morgen-Gruß sagen würde.

In der Salinenstraße besorgte sie noch schnell ein paar Blumen und stand schließlich an der Tür, auf der mit Goldschrift: „Dr. von Lützen Dipl. Psych. Praxis" geschrieben stand.
Kurz darauf erschien Frau von Lützen in der Tür. Sie schien sichtlich verwundert, als sie Lena mit dem großen Hund erkannte.

„Es tut mir leid", sagte Lena knapp und streckte der Frau, die ungefähr doppelt so groß und schwer schien wie sie, die eingewickelte Blumen entgegen.
„Ist das hier das ernstgemeinte Angebot eines Waffenstillstands oder wollen Sie den Feind in Sicherheit wiegen, um besser angreifen zu können."

Lena grinste: „Ich brauche Ihre Hilfe", sagte sie.

„Und warum sollte ich ausgerechnet Ihnen helfen?", fragte die Psychologin.

„Weil Sie schon jetzt so neugierig sind, was ich zu erzählen habe, dass Sie es sich niemals verkneifen könnten, mich danach zu fragen!", antwortete Lena grinsend.

Frau von Lützen stutzte und lachte dann laut auf, dass ihr großer Busen wogte: „Na, wenn Sie mich ohnehin schon so genau kennen, dann kommen Sie auch herein, kleines Fräulein."

„Wir haben Glück", sagte sie, „oder auch Pech", fügte sie lächelnd hinzu, „eben hat ein Patient abgesagt. Ich hab etwas Zeit."

Sie führte Lena ins obere Stockwerk, wo sich ihre Wohnung befand und bat sie, auf dem geräumigen hellen Sofa Platz zu nehmen.

Lena sah sich um, während die Psychologin etwas zu trinken holte. Sie hatte das Gefühl, sie befände sich in einer Musterwohnung für „Schöner wohnen".

Hier stimmte alles. Das zarte Gelb der Wandfarbe fand sich in den Kerzen auf dem Tisch wieder, und die Bögen über der Tür in der organischen Form des zierlichen Holztisches.

An der Wand ihr gegenüber prangte ein riesenhafter Engel. Das Ölgemälde musste an die zwei Meter hoch sein. Lena war fasziniert von der Lichtgestalt.

„Gefällt er Ihnen?“ fragte Frau von Lützen, als sie das Zimmer betrat.

„Könnte man so sagen“, meinte Lena bewundernd. Sie konnte den Blick nicht von dem Engel wenden.

„Tja“, meinte Frau von Lützen stolz. „In meinem Leben gab es bisher nur drei Leidenschaften: meinen Beruf, die Malerei und ...“, sie klopfte sich selbst auf eine der ausladenden Hinterbacken, „alles, was nicht schlank macht“.

Dann ließ sie sich in einem schweren Ohrensessel nieder: „Was haben Sie gegen mich?“

„Wahrscheinlich gar nichts“, meinte Lena ehrlich, „Sie sind mir nur im falschen Moment über den Weg gelaufen.“

„So könnte man es auch sehen.“ Frau von Lützen schmunzelte leicht, „ich treffe nicht jeden Tag auf eine junge Frau, die gerade die Konferenz eines Polizeisonderkommandos belauscht.“

„Böhm hätte mich ungespitzt in den Boden gerammt!“

„Er weiß es ja nicht!“ Frau von Lützen rückte einen großen Teller mit Keksen in Lenas Richtung. Stoiber blickte sehnsuchtsvoll hoch.

„Und warum haben Sie es ihm nicht gesagt?“ Lenas Augen verengten sich. Sie erwartete jeden Moment eine Finte.

„Was hätte ich davon?“, antwortete die behäbige Frau und steckte sich einen Schokoladenbrezel in den Mund.

Stoiber wedelte mit dem Schwanz.

„Der Arme hätte sich doch nur wieder aufgeregt“, sagte sie kauend, „außerdem lässt er nichts auf Sie kommen. Er hätte schon eine Ausrede für Sie gefunden.“

„Was soll das heißen?“ Lena wurde hellhörig.

„Ich verstehe zwar immer noch nicht, was Sie beide so zusammenhält, aber der Kommissar verteidigt Sie wahrhaftig wie ein Gorillamännchen.“

„Was?“ Lena nahm nun doch einen Keks.

Stoibers Aufmerksamkeit richtete sich augenblicklich auf Lena und das, was sie in der Hand hielt.

„Nun zwingen Sie mich doch nicht dazu, sentimental zu werden. Man muss nicht Psychologie studiert haben, um zu sehen, dass Sie sich sehr mögen. Böhms Herz hat Sie doch längst adoptiert. Auch wenn sein Kopf davon noch nichts weiß.“

„Sind Sie in ihn verliebt?“ Lenas Frage kam so unvermittelt, dass Frau von Lützen den Keks fallen ließ, den sie gerade zum Mund führte.

Der Keks rutschte über das pastellfarbene Kleid und hinterließ einen braunen Streifen auf dem zarten Gewebe. Stoiber erkannte die Gunst der Stunde und stürzte sich auf das schokoladige Heiligtum.

Frau von Lützen fing sich schnell wieder: „Und wenn es so wäre?“, fragte sie schärfer als sie wollte.

„Dann hätte ich nichts mehr dagegen, glaube ich!“, antwortete Lena knapp.

Stoiber beschnüffelte den wolligen Teppich, damit er auch nicht ein Krümelchen übersah.

„Und dafür soll ich Ihnen jetzt wohl dankbar sein?“ Die Psychologin lachte. „Sie überschätzen sich gewaltig.“

„Ich wollte Ihnen doch eigentlich nur damit sagen, dass ich Sie ganz nett finde“, verteidigte sich Lena. Sie verstand nicht, was diese Frau schon wieder in den falschen Hals bekommen hatte.

Frau von Lützen lachte, dass ihr breiter Busen wieder ins Wogen kam: „Sind Sie sicher, dass Sie nicht verwandt sind mit Böhm? Denselben Charme haben Sie auf jeden Fall!“

Dann fiel ihr Blick auf eine zierliche Uhr, die über dem Schreibsekretär hing.

Behände sprang sie auf: „Ich will nicht unhöflich sein, Lena, aber ich bekomme gleich noch Besuch. Und umziehen sollte ich mich auch noch besser.“

Stoiber schaute noch einmal voller Sehnsucht auf den noch immer vollen Keksteller. Doch der stand bombensicher.

Frau von Lützen drückte Lenas Hand lange und schaute sie an. „Es hat mich gefreut, dass Sie gekommen sind ... ehrlich!“, sagte sie plötzlich und verschwand wie ein Schatten im Schlafzimmer.

Kopfschüttelnd zog Lena die Tür hinter sich zu und den noch immer hungrigen Stoiber hinter sich her die Treppe hinunter.

„Ruf mich zurück! Ich dreh noch durch!“

Paulas Stimme klang verzweifelt. Das Alter des Anrufbeantworters tat sein Übriges. Er gab jeder Stimme einen beinahe metallischen Klang. Lena warf den Schlüssel auf den Küchentisch und wählte sofort die Nummer von Paulas Mutter. Sie kannte auch die inzwischen auswendig. Paula meldete sich augenblicklich. „Wann hört diese Scheiße endlich auf!" Ihre Stimme bebte.

„Was ist passiert?" Lena wurde heiß und kalt.

„Nichts! Gar nichts ist passiert! Das ist es ja. Ich sehe nur noch Leichen! Ich komme in ein dunkles Zimmer und sehe die Tote vor mir ... das Fass ... das Blut überall. Ich schaue schon unter den Schrank, bevor ich ins Bett gehe. Dann nehmen die so einen Typen fest, den ich noch nie gesehen habe und der soll angeblich der Mörder sein. Was hab ich dem nur getan?" Paulas Stimme klang brüchig und mutlos.

„Ich glaube auch, dass sie den Falschen haben", erwiderte Lena und klemmte das Telefon zwischen Kopf und Schulter, um endlich die dicke Winterjacke loszuwerden.

„Wenn du mich fragst ...", sie warf die Jacke über einen Stuhl, „wenn du mich fragst, sollten die sich endlich diesen schleimigen Staatsanwalt ansehen!"

„Uwe Unsell?", fragte Paula. „Der weiß doch nicht einmal, wie man ein Brotmesser benutzt!"

„Du hast ihn auch noch nicht erlebt, als er mit dem Sonderkommando gesprochen hat. Der kann ganz ekelhaft autoritär sein."

„Ich weiß", Paula seufzte, „ich nenne es immer ‚die Mutation' des Uwe Unsell. Kaum schlüpft unser Pickelhäschen in seine Anwaltskluft, mutiert er zum Staranwalt: kalt, überlegt, unbestechlich und hart im Urteil."

„Das ist es ja gerade", rief Lena, „und kaum biegst du um die Ecke, mutiert er wieder zu deinem Pickelhäschen! Der Typ tickt doch nicht ganz sauber. Wie Dr. Jeckyll und Mister Hyde, weißt du? Der ist doch schizophren oder so!"

Paula wurde still.

„Mit dem stimmt doch was nicht!"

Paula schauderte: „Wenn du Recht hast ..."

„... dann sind alle ziemlich auf der falschen Fährte und Unsell wird in Ruhe weitermorden!" Lenas Stimme klang jetzt beinahe schrill.

„Willst du mit dem Kommissar reden?", fragte Paula leise. Sie blickte sich unwillkürlich um, als habe sie ein verdächtiges Geräusch gehört.

„Der lacht doch nur, wenn ich mit Unsell anfange. Der glaubt nicht, dass ein Anwalt so etwas tut, oder er traut ihm so etwas nicht zu. Ich weiß auch nicht!"

„Und was sollen wir jetzt machen?" Paulas Stimme wurde wieder leiser.

„Du bleibst schön zu Hause und lässt dich beschützen. Ich lasse mir etwas einfallen!", überlegte Lena laut.

„Tu nichts Unüberlegtes!" Paula war nicht wohl bei dem Gedanken, dass Lena sich auf eigene Faust auf Mördersuche machen wollte.

„Ich tue seit Tagen nichts als Überlegen. Vielleicht wird es sogar Zeit, etwas zu tun. Wo wohnt Unsell?"

„In Winzenheim", meinte Paula, „er hat da gebaut. Aber warum ...!"
„Man sollte sich dieses Haus vielleicht mal näher ansehen." Lena flüsterte nun schon fast.
„Nein!", rief Paula, „vielleicht ist der wirklich gefährlich!" Ihr wurde richtig übel bei dem Gedanken. „Versprich mir, dass du nicht zu ihm fährst, bitte!"

„Okay", antwortete Lena und überlegte, wann wohl der beste Zeitpunkt sei, um ungesehen in ein Haus zu gelangen.

„Bitte, mach keinen Mist!", beschwor Paula die Freundin.

„Nein! Ich mach schon keinen Scheiß", erwiderte Lena ungerührt, „vertrau mir einfach!"

Dann legte sie auf.

Am Nachmittag rief Lena Böhm an, um ihn noch einmal auf Unsell anzusprechen. Der Kommissar war regelrecht verzweifelt. Sie hatten den Arzt laufen lassen müssen.

„So ein Bockmist", schrie er in den Apparat, „ausgerechnet so ein Landgerichtsoberfuzzi gibt dem ein Alibi für den Tanzlehrermord. Es gab einen Riesenärger hier wegen der Sache. Aber wir mussten ihn laufen lassen. Order von ganz oben!"

„Also kann er es nicht gewesen sein?", fragte Lena.

„Ich würde eher sagen, er hat die richtigen Freunde!", brüllte Böhm.

„Aber dem sitz ich im Nacken. Das kannst du mir glauben. Der lässt keinen Furz, den ich nicht mitbekomme. Den lass ich rund um die Uhr beschatten."

„Und Unsell?"

„Ach Mädchen, jetzt hör mit der Spinnerei auf. Schreib doch was Schönes, um dich abzulenken, ich muss die Truppen aufteilen, wir hören uns."

„Hornochse!", schnaubte Lena, doch Böhm hatte schon aufgelegt und brüllte neue Befehle durch den Flur des Polizeigebäudes.

Dr. Schütz blickte hinter dem Vorhang aus dem Fenster. Er erkannte den Beamten, der frierend im Auto saß. Er hatte ihn auf dem Präsidium gesehen. Es war einer von den kleinen Fischen. Bis eben war noch der Dicke da gewesen. Der Kommissar, der ihm zwei Tage lang auf die Nerven gefallen war. Er musste fort. Hektisch holte er den Koffer vom Schrank. Er hatte ihn schon vor einer guten Woche gepackt. Es sollte irgendwo hingehen, wo die Sonne schien, daher hatte er nur dünne Hemden eingepackt. In dem verschlossenen Schreibtischfach war noch Geld deponiert. Es sollte für den Notfall sein, und der war nun eingetreten. Er musste weg, bevor er ihn fand. Die Polizei hatte ihm wichtige Zeit genommen. Nun konnte er nicht länger warten. Er hatte schon ein Anästhetikum vorbereitet, das den Polizisten sofort außer Schach setzen sollte. Das würde ihm bestimmt einen Vorsprung von mehreren Stunden verschaffen. Er kontrollierte noch einmal, ob er auch den Pass dabei hatte. Seine Freunde hatten ihm zugesagt, dass man ihn am Zoll durchlassen würde. Er hatte überall Freunde. Das würde sich nun bezahlt machen. Es würde nicht schwer sein, unterzutauchen, wenn er Deutschland erst einmal verlassen hatte.

Er ließ das Licht brennen, damit die Polizisten keinen Verdacht schöpften. Noch einmal sah er sich um, bevor er sein Haus verließ. Er hatte nur ein Foto eingepackt. Das sollte ihm Glück bringen. Es war zu spät, um alles zu vernichten. Bevor man die Sachen fände, würde er bereits auf einer Sonnenterasse sitzen.

Als er die Treppe zur Haustür hinunterschlich spürte er, wie der Schweiß seinen Rücken hinunterlief. Er holte das Tuch aus der Plastiktüte und schlenderte zu dem Auto, in dem der Beamte saß und versuchte, unauffällig auszusehen. Den Koffer hatte er noch im Hausflur gelassen.

Lena schlotterte vor Kälte, als sie das Ortsschild Winzenheim hinter sich ließ. Ihre Hände fühlten sich an, als wären sie eine einzige Frostbeule. Auf einer Stadtkarte hatte sie sich die Straße eingeprägt. Drei Häuser kamen in Frage. Alle drei konnten erst in den letzten Jahren gebaut worden sein. Die Büsche waren frisch gepflanzt und boten noch keinen Sichtschutz zur Straße. Sie fuhr eine Straße weiter und stellte dort ihr Fahrrad ab. Dann schlenderte sie zu einem schmucklosen Neubau.

Das Haus wirkte teuer aber fantasielos.

„Volltreffer", dachte sie, als sie das große getöpferte Schild las: „Unsell".

Im Haus war alles finster.

Lena atmete schwer und drückte dann auf die Klingel.

Sie zuckte zusammen, als das laute Schrillen die Stille zerriss.

Es blieb still.

Langsam schlich sie um das Haus. Alles schien fest verschlossen. Hinter dem Haus erstreckte sich ein großes Gartengelände, das darauf wartete, bepflanzt zu werden. An der Hauswand lag eine Leiter. Lena schaute hoch. Über ihr sah sie einen großen Balkon.

Sie griff schon nach der Leiter, zögerte dann jedoch. Hinter dem Haus endete der kleine Ort. Hier gab es nur noch Felder.

Doch was wäre, wenn die Nachbarn das Knacken der Leiter hören würden. Sie tastete sich weiter um das Haus herum. Dann sah sie die Garage und hatte eine Idee.

Sie schaute sich um. Es herrschte Totenstille. Lena schwitzte.

Das Garagentor war nur angelehnt. Es war nur ein leises Surren zu vernehmen, als das Tor aufglitt. Die Fenster der Nachbarn waren dunkel. Trotzdem fühlte sich Lena seltsam beobachtet.

Sie blickte sich erneut um, doch alles blieb still, als sie in die Nacht lauschte.

Dann schlüpfte sie in die Garage und knipste die Taschenlampe an.

Ihre Intuition hatte sie nicht getrübt. Von der Garage aus gab es eine direkte Verbindung zum Haus.

Sie hielt den Atem an, als sie die Klinke der Tür hinunterdrückte. Sie war offen.

Lautlos schloss Lena wieder das Garagentor und schlüpfte, ohne zu zögern, in das Haus von Uwe Unsell.

Dr. Schütz fühlte sich befreit. Er sah auf die Uhr. Wenn er sich beeilte, würde er in einer Stunde am Frankfurter Flughafen sein. Dort war bereits ein Flugticket auf seinen Namen hinterlegt.

Morgen würde er sein neues Leben beginnen: er wusste noch nicht, wohin er fliegen würde, doch das Ziel stand ihm klar vor Augen. Niemand sollte ihn finden. Er würde ihnen immer einen Schritt voraus sein.

Allen.

In diesem Augenblick spürte er die kalte Mündung einer Pistole im Genick.

Langsam drehte er sich um.

„Wie hast du mich gefunden?", fragte er tonlos und ihm wurde augenblicklich klar, dass nur einer von ihnen diese Nacht überleben würde.

„Du kennst mich noch?", fragte er mit kratziger Stimme.

„Aber natürlich kenne ich dich noch", sagte der Arzt.

„Ich werde diesen Wurm unter meinem Schuh zertreten wie einen stinkenden Käfer", dachte er und spürte wie seine Muskeln sich strafften.

Er würde den Kampf beginnen.

Auch er wusste, dass es ein Kampf der Angst werden würde. Der Arzt wehrte sich nicht, als er ihn mit vorgehaltener Waffe in das bereitstehende Auto zwang.

„Fahr los", zischte er und Dr. Schütz gab Gas. Er spürte das Zittern des jungen Mannes auf dem Beifahrersitz: „Wie geht es dir?" fragte er freundlich und sah ihn an.

„Seien Sie still und fahren Sie!", sagte er und versuchte mit der einen Hand das Handgelenk der anderen Hand zu stützen. Er hatte das Gefühl, das Zittern würde so stark werden, dass ihm die Waffe aus der Hand fiele.

„Ach Junge", sagte Schütz beinahe sanft, „du wirst es wieder nicht tun. Weißt du nicht? Du hast es damals auch nicht geschafft."

„Seien Sie still!" Angst schnürte seine Kehle zu. Er fühlte seine Muskeln nicht mehr. Es war, als würde langsam die Kraft aus ihnen weichen. Es fühlte sich an, als hätte der Arzt ihm ein Gift gespritzt, dass ihn langsam lähmen würde.

Seine zitternde Hand fuhr in die Tasche.

Er spürte Qidi in der nassen Handfläche.

Sein Atem wurde ruhiger.

„Du bist ein erwachsener Mann!", flüsterte Qidi, „du bist stärker als er!"

Nach etwa zwanzig Minuten waren sie endlich am Ziel. Der Doktor stieg mit erhobenen Händen aus dem Wagen. Es war stockdunkel hier im Wald.

Nicht einmal der Mondschein kam durch die dichten Nadelkronen der Bäume.

„Dunkel wie der Tod", dachte Schütz.

Doch auch ohne Waffe fühlte er sich dem jungen Mann, der ihm zitternd gegenüberstand, überlegen.

„Leg endlich die Waffe weg, Junge. Hör auf mit dem Scheiß!", sagte er nun streng.

Seine Augen flackerten.

„Töte ihn sofort", schrie Qidi in seiner Tasche.

„Wer hat dir denn Lesen und Schreiben beigebracht? Wer hat dich denn vor deiner Mutter beschützt, wenn die wieder mal gesoffen hat?"

Schütz sah ihn fordernd an. „Ist das deine Art, Dankbarkeit zu zeigen?"

„Sie haben mich doch nur benutzt! Sie haben mich missbraucht. Und für Ihre Freunde musste ich auch noch da sein!"

Er hatte das Gefühl, den Verstand zu verlieren.

„Komm her!" Die Stimme des Doktors wurde scharf, „komm sofort her."

Er spürte, wie seine Beine sich in Bewegung setzten.

Es war, als spiele sich ein alter Film in seinem Gehirn ab, ein längst vergessen geglaubter Film, der nun wieder die Macht übernahm.

„Nein!", schrie Qidi, doch die Beine gehorchten ihm nicht.

„Du bist der Wolf", flüsterte er.

Es fühlte sich an, als sei er nicht mehr in seinem Körper.

Es war, als hätte er seinen Körper verlassen.

Er spürte nichts mehr: keinen Schmerz, keine Angst, keine Wut.

Nur noch Leere, die ihn eisig lähmte.

Er sah sich selbst wie einen Adler am Himmel, der hinabschaut auf seine Angst, ohne sie zu spüren. Unbeteiligt. Tot.

„Ich bin der Wolf", flüsterte Schütz nun beinahe zärtlich und streckte die Hand nach der Waffe aus.

Seine Beine gehorchten dem Arzt.

Sein Körper gehörte dem Wolf.

In diesem Augenblick fuhr der Adler im Sturzflug hinab zur Erde und er stürzte in seinen Körper zurück. Mit voller Wucht warf er sich auf den Mann, der seine Kindheit zerstört hatte. Auf einmal sah er wieder klar.

Qidi erzählte es. Qidi erzählte, was er vergessen wollte.

Und der Hass übermannte ihn.

Atemlos tastete sich Lena durch den leeren Flur. Sie traute sich zunächst nicht, die Taschenlampe wieder anzuknipsen. Das milchige Licht der Straßenlaterne tauchte ihre Umgebung in einen seidigen Schimmer.

Lena lauschte in die Stille, doch nichts rührte sich. Unsell schien tatsächlich nicht da zu sein.

Sie spürte eine Art Aufregung, die sie schon lange nicht mehr erlebt hatte.

„Es fühlt sich ein bisschen wie Räuber und Gendarm an", dachte Lena, während sich ihre Augen an die Dunkelheit gewöhnten. Sie wollte nicht weiter darüber nachdenken, wie man sich als Einbrecher fühlte und schaute sich um.

Die Einrichtung war ganz anders, als sie erwartet hatte. Keine Bauernmöbel und Gartenzwergatmosphäre beherrschten den Raum, sondern fast eine kalte Modernität. Lena fand die Einrichtung spartanisch und ungemütlich. Ein geschwungenes Edelstahlregal barg Platz für Bücher. Lena sah schnell, dass es sich vorwiegend um Reiseführer handelte.

Sie machte die erste Tür auf und betrat die Küche.

„Sieht aus, als würde der nie kochen!", dachte sie und betrachtete die beinahe sterile Arbeitsfläche und die ausnahmslos weißen Möbel. Nicht einmal ein farbiges Spültuch störte die Operationssaalstimmung hier.

Hinter der nächsten Tür verbarg sich ein Gäste-WC. Lena stieg die Stufen der Treppe empor in den ersten Stock. Kein Bild hing an der Wand im Treppenaufgang.

Dann öffnete Lena die erste Tür.

Es war das Bad.

Lächelnd registrierte sie die Galerie an Tuben, Tiegeln und Flaschen an Reinigungsmilch, Aknecreme und Gesichtswasser.

Doch nur dieses Detail wies auf Unsell als Bewohner hin. Ansonsten wirkte auch das Bad wie ein ungemütliches Hotelzimmer. Die Handtücher schienen mit der Wasserwaage ausgerichtet über den Metallstangen zu hängen.

Unsell schien panische Angst vor Unordnung oder Dreck zu haben.

Hinter einer zweiten schlicht gehaltenen Tür befand sich ein Arbeitszimmer. Lena schlich zu dem großen schwarzen Schreibtisch, der sich in der Raummitte befand. Auf ihm lagen saubere Aktenstapel so akkurat, als seien sie ein Teil der Einrichtung.

Sie schlug die erste Mappe auf.

Es handelte sich um irgendeine Akte aus dem Gericht. Lena las das Wort „Brandstiftung" und klappte die Akte wieder zu.

Sie ging weiter.

„Autsch!", schrie sie auf und verharrte atemlos mit zusammengebissenen Zähnen. Sie war mit dem Zeh gegen einen schweren Rollcontainer gestoßen, der unter dem Schreibtisch stand.

Erst zögerlich, dann immer hemmungsloser untersuchte sie die verschiedenen Schubladen und Fächer.

Der persönlichste Gegenstand, den sie fand, war eine Schachtel Pfefferminzbonbons.

Dieser Mann schien kein Privatleben zu haben.

Dann betrat Lena das Schlafzimmer. Hier war es stockfinster, denn die Fenster gingen nicht zur Straße hin, sondern zum offenen Feld.

Sie knipste die Taschenlampe an und erstarrte...

Schütz reagierte schnell. Mit einer Hand klappte er das kleine Skalpell auseinander, das er immer bei sich trug.

Etwas an seinem Arm brannte. Ein tiefer Kratzer hatte die Haut unter der Jacke zerrissen.

„Ich werde dir schon zeigen, was ich mit kleinen ungezogenen Jungen mache!“, knurrte der Arzt.

Für den Bruchteil einer Sekunde stockte er, als er sah, wie der Arzt erneut mit dem Messer in der Faust ausholte.

Plötzlich schlug er zu.

Qidi wuchs in seiner Tasche und mit ihm wuchs auch die Wut.

Dem Arzt fiel das Messer aus der Hand.

Er hob die Hände. Sein Blick wurde wieder sanft. So sanft wie damals, wenn er ihn aus der Schule abholte, wenn er ihn tröstete.

„Ich töte den Wolf!“, schrie es aus ihm heraus.

„Ich töte den Wolf!“

„Ich tue dir doch nichts!“, schrie Schütz, „ich tue dir doch nichts!“

„Oh doch!“

Seine Augen funkelten gefährlich.

„Jede Nacht tust du mir was. Nacht für Nacht kommst du an mein Bett. Nacht für Nacht muss ich tun, was du mir befiehlst. Nacht für Nacht frisst mich der Wolf auf. Mit Haut und Haaren.“

Jedes Wort war ein Faustschlag.

Schütz hielt die Hände abwehrend vors Gesicht.

„Und dann wache ich auf. Und ich sehe, dass ich ein Mann bin. Der kleine Junge von damals ist tot. Du hast ihn getötet. Aber er findet keine Ruhe. Der Mann hat keine Ruhe. Der Junge hat solche Angst. Ich wache auf. Der Wolf ist verschwunden. Die Scham aber, die ist noch da. Die klebt. Geht nicht runter. Mit keiner Seife der Welt geht die ab. Die Scham hat den Jungen überlebt!“

Schütz sah im Augenwinkel das Messer im dunklen Gras.

Im nächsten Augenblick hechtete er zur Seite und griff nach dem kalten Stahlgriff.

Er spürte keinen Schmerz. Es fühlte sich nur an, als würde etwas an seinem Bein auseinander klaffen, und dann fühlte er den Schwall warmen Blutes, das seine Hose einnässte.

Doch nun sah er die Angst in den Augen des Arztes.

Er hatte sich noch nie so unverletzbar gefühlt.

„Du wirst in seinem Blut baden!", flüsterte Qidi.

„Wolfsblut ist wie Drachenblut. Es wird dich rein machen. Und niemand wird dir mehr wehtun."

Da sah Schütz in den Augen des Mannes, wie aus dem kleinen Jungen eine Bestie wurde.

Zum ersten Mal spürte der Arzt Hilflosigkeit.

Die Schläge trafen sein Gesicht.

Und er vollbrachte sein grausames Werk.

Der Lichtkegel ihrer Taschenlampe glitt über die Wand des Schlafzimmers. Auch dieses Zimmer ließ jede Gemütlichkeit vermissen. Ein Kleiderschrank aus Stahl und weißem Holz nahm eine ganze Wand ein. Lena leuchtete weiter umher und trat näher an das stählerne Bettgestell. Die Wand über dem Bett war übersät mit Fotos und Zeitungsausschnitten.

Alle kannten nur ein Motiv: Paula.

„Ich wusste es", dachte Lena und trat näher an die Fotowand heran. Unsell musste von einer Seite des Landgerichtes im Internet ein Gruppenfoto ausgedruckt haben, auf dem auch Paula zwischen den Köpfen der Kollegen auftauchte. Diesen Kopf hatte Unsell vergrößert; immer wieder neu; in neuen Farbausdrucken; verschiedenen Qualitäten. Daneben hingen Fotos, die er heimlich gemacht haben musste.

Sie zeigten Paula vor dem Kindergarten und Paula beim Joggen. Auch diese beiden Bilder hatte er mehrfach vergrößert und in verschiedenen Größen aufgehängt. Dazwischen hingen noch einige Zeitungsausschnitte. Lena strahlte einen Ausschnitt an, um ihn näher zu betrachten, als sie hörte, wie eine Tür geöffnet wurde.

Sie knipste die Taschenlampe aus und hielt den Atem an. Im Erdgeschoss war jemand.

Wild vor Angst blickte sie sich um.

Doch die Dunkelheit verschluckte alle Konturen. Sie konnte nur Schatten erkennen.

Instinktiv suchte sie nach einem Fluchtweg: Die Schlafzimmertür war noch offen. Unten wurde ein Licht eingeschaltet. Nun konnte sich Lena wieder im Raum zurechtfinden, doch man würde sie auch sofort sehen können.

Schweiß trat auf ihre Stirn.

Sie dachte an die Tote in dem Fass und an das Foto von der verbrannten Leiche. Sie spürte, wie ihre Knie weich wurden. Ihr Magen krampfte sich jetzt pulsartig zusammen und schnürte ihr die Luft ab.

Sie fühlte sich wie ein Raubtier im Käfig, nur dass sie weder über die Reißzähne, noch über die Krallen und Schnelligkeit einer Raubkatze verfügte.

Die Balkontür war ihre einzige Chance.

Sie duckte sich, als auf einmal Schritte auf der Treppe zu hören waren, die von einem leisen Stöhnen begleitet wurden.

Schritt für Schritt tastete sie zu der Glastür, die auf den ausladenden Balkon führte, den sie von unten gesehen hatte.

Langsam näherten sich die Schritte. Er musste nun den Treppenabsatz erreicht haben.

Ihre Hand fasste nach dem Hebel.

„Jetzt oder nie!“, dachte sie und drehte den Hebel nach unten. Ein leises Scharren war zu hören, als die Tür sich anhob.

Sie stockte. Vom Flur war nichts mehr zu hören.

Sie wartete.

Dann bewegten sich schlurfende Schritte über den Flur: vorbei an dem Arbeitszimmer...

Sie zog an der Tür.

Mit einem dumpfen Rumpeln öffnete sie sich. Ein scharfer Luftzug fuhr ihr kalt ins Gesicht.

...jetzt musste er an der Badezimmertür angekommen sein...

„Bitte, geh aufs Klo, geh aufs Klo“, betete Lena zu dem Mann, der sie nicht hören sollte. Sie schlüpfte durch die Balkontür nach draußen und versuchte, die Tür hinter sich zu verschließen. Doch die glitt ihr aus den Händen wurde von einem Luftzug gepackt, schwang auf und schlug dann mit einem dumpfen Krachen zu, ein Fluchen war zu hören, Lena sprang zur Seite, das Licht im Schlafzimmer ging an und schnelle Schritte näherten sich der Tür.

Lenas Stoßgebet bestand aus einem einzigen Wort: „Bitte!“

Die Balkontür wurde aufgerissen und Uwe Unsell schaute auf den Balkon. Es war stockfinster draußen.
„Und ich hätte schwören können, ich hätte diesmal …" Die Tür wurde verschlossen.

Lena atmete auf. Das Licht ging aus. Dann glaubte sie das Schnappen der Haustür zu hören. „Was will der um diese Zeit noch draußen?", dachte sie und war gleichzeitig dankbar.

Sie musste hier weg!

Als sie über die Balkonbrüstung sah, wurde ihr schlecht. So hoch hatte der Balkon nicht gewirkt. Doch am schlimmsten war die Terrasse. Die Fläche unter ihr war harter Beton. „Was mach ich nur?" Lena zitterte. „Ich muss Hilfe holen", dachte sie, „mir muss jemand helfen!"

Zitternd zog sie ihr Handy aus der Tasche. Sie hatte Empfang. Sie wählte Paulas Nummer. Dann dachte sie an die Fotogalerie in Unsells Schlafzimmer und löschte die Nummer wieder. Sie sah auf die Uhr. Es war kurz vor zwei Uhr nachts.

Kurzentschlossen wählte sie Böhms Nummer. Nach dreimaligem Klingeln hörte sie die raue verschlafene Stimme des Kommissars.

„Ich bin's!", flüsterte sie in die Nacht hinein.

Der Kommissar war sofort hellwach: „Was ist passiert?"

Böhms Gesicht wechselte zwischen aschfahl und puterrot, als er die Leiter an die Balkonbrüstung lehnte. Nicht auszudenken, wenn er nicht die große Leiter gefunden hätte. Angstvoll sah er sich um. Die Fenster der Nachbarn blieben dunkel. Auch Unsell schien noch nicht zurückgekehrt. Ein lautes Knirschen begleitete Lena, als sie bebend vor Angst und Kälte die erste Sprosse betrat. Der Kommissar hielt die Leiter unten fest umklammert. Er erinnerte sich nicht, jemals so gezittert zu haben. Lena tastete sich mit dem Fuß Sprosse für Sprosse nach unten.

Ein Auto war zu hören. Es bog in die Einfahrt. Dann das Garagentor.

„Spring!", flüsterte Böhm laut.

Und Lena sprang.

Der Kommissar erwischte sie und umschlang ihren Rumpf. Das Garagentor schlug zu. Böhm setze Lena auf den Boden, ergriff die Leiter.

„Hallo?", Unsells Stimme klang unsicher in die Dunkelheit.

Böhm legte die Leiter, so leise und schnell er konnte, unter das Fenster. Dann fühlte sich Lena gepackt.

„Ist hier jemand?" Unsells Stimme wurde schärfer.

Böhm sprang mit einem gewaltigen Satz hinter den Erdhügel, der wohl einmal als Grundstücksgrenze mit Büschen bepflanzt werden sollte. Lena klemmte unter seinem Arm.

Unsanft schlugen sie auf das angefrorene Erdreich auf.

Unsell war zurückgerannt und kam nun vollends hinter dem Haus hervor. Das Licht einer Taschenlampe glitt über den Garten. Böhm und Lena rührten sich nicht. Lena hob leicht den Kopf, als der Lichtkegel vorbeigeglitten war: Unsell hielt eine Pistole in der Hand.

Blitzschnell drückte eine riesenhafte Pranke ihr Gesicht auf den harten Boden, als der Lichtstrahl zurückkam.

Dann ging Unsell ins Haus zurück.

Erst als Böhm das Ortsschild „Winzenheim“ hinter sich gelassen hatte, fand er seine Sprache wieder. Er bog in einen einsamen Feldweg ein, machte den Motor aus und sprang aus dem Wagen: „Sag mir mal, was ich mit dir machen soll, Lena, sag's mir!“

„Er hatte eine Pistole!“, rief Lena, die nun auch aus dem Auto gesprungen war.

„Na und?“, brüllte Böhm, „viele Leute haben eine Pistole. Und Staatsanwälte sind in manchen Kreisen nicht gerade gern gesehen. Wie kommst du auf die wahnwitzige Idee, bei Unsell einzusteigen! Das nennt man Einbruch! Das ist eine Straftat!“ Der Kommissar gestikulierte wild in der Luft herum.

Er packte sie an den Armen und hob sie unsanft vom Boden hoch: „Ich sollte dir deinen Arsch windelweich schlagen! Und mich selbst könnte ich auch gleich ohrfeigen. Ich riskiere meine Arbeit als Kommissar, leiste Mithilfe bei einem Einbruch, verstecke mich wie ein Verbrecher vor meinem leitenden Staatsanwalt, um eine Göre wie dich aus dem Schlamassel zu ziehen. Ich muss doch total bescheuert sein.“

Er schüttelte Lena, die hilflos in der Luft baumelte.

„Er hat das ganze Schlafzimmer mit Bildern von Paula tapeziert!“, rief Lena, die sich keinen Millimeter aus dem Griff befreien konnte. Sie fühlte sich wie in einem Rüttelschraubstock festgeklemmt.

„Und wenn diese Type den Papst in Unterhose an der Wand hängen hätte ...“ Er stockte.

„Wer hängt an seiner Wand?“

„Paula“, rief sie verzweifelt, „er hat Bilder von Paula an der Wand. Bestimmt dreißig oder vierzig!“

Böhms Handy klingelte.

Er setzte Lena unsanft auf dem Boden ab.

Dann wurde er blass.

„Komm schon!", brüllte er und rannte zum Wagen zurück, „der wachhabende Polizist, der den Arzt beobachten sollte, wurde betäubt. Schütz ist über alle Berge!"

„So viel zu deinem Unsell-Wahn! Unser Mörder hat heute Nacht einen Polizisten überrumpelt und befindet sich jetzt auf der Flucht."

„Ich will alle Flughäfen, alle Schiffsanleger, jeden Kanaldeckel", brüllte er in sein Telefon, während er mit einer Hand den Wagen mit Höchstgeschwindigkeit durch die Stadt jagte.

„Wir sprechen uns noch!", rief er wütend, als er Lena vor ihrer Haustür absetzte. Dann fuhr er zu dem Haus des Arztes.

Lena winkte dem davonbrausenden Auto umsonst nach, in dessen Kofferraum sich noch immer ihr Fahrrad befand. Trotz allem wurde sie den Gedanken an Unsell nicht los.

19

„Du hast es geschafft! Der Wolf ist tot. Alle Wölfe sind tot. Ich habe in ihrem Blut gebadet. Jetzt wird meine Königin mich wieder lieben. Er begann leise zu summen:

„Es waren zwei Königskinder,
die hatten einander so lieb,
sie konnten zusammen nicht kommen,
das Wasser war viel zu tief..."

Er schloss die Augen und spürte Qidi in seiner Hand.

„Nun wird sie ihr Versprechen einhalten. Der Schwur, den wir uns gaben, wird erfüllt. Dann werde ich ihr verzeihen. Wenn der Schwur erfüllt ist, dann werden wir eins sein... bis dass der Tod uns scheidet". Er lächelte, während seine Finger zärtlich über den gläsernen Sarg fuhren, den er endlich fertiggestellt hatte.

Schon ein paar Stunden, nachdem er sie aus Unsells Haus befreit hatte, stand Böhm an Lenas Haustür. Er sah mitgenommen aus, völlig übermüdet und in sich zusammengesunken.

„Wenn Sie leise sind, dann kommen Sie rein. Ich konnte eh noch nicht schlafen", grummelte sie leise und schlurfte in einem ihrer ausgeleierten Schlafanzüge in die Küche, um einen Tee aufzusetzen.

Böhm ließ sich schnaufend in den Schaukelstuhl fallen. In diesem Moment klingelte es erneut an der Tür. Verwundert öffnete Lena. Fassungslos starrte sie der Psychologin hinterher, die an ihr vorbei ins Wohnzimmer rauschte.

„Was ist passiert?", fragte sie aus kleinen ungeschminkten Augen, „warum rufen Sie mich mitten in der Nacht an und schicken mich hierher?"

Der Kommissar stöhnte auf. „Er sieht gealtert aus", dachte Lena und fragte sich, ob jemand innerhalb weniger Stunden um zehn Jahre altern konnte.

„Hast du einen Schnaps?", fragte der Kommissar ohne die Frage zu beachten.

Lena nickte wortlos und kam kurz darauf mit einer Flasche Korn aus der Küche.

„Ich hab leider kein Schnapsglas. Das einzige, das noch nicht kaputt ist, befindet sich noch in irgendeiner Klamottenkiste", murmelte sie entschuldigend und hielt dem Kommissar die Flasche und ein Wasserglas hin.

„Macht nichts", brummte er, „hier passt mehr rein".

Die Frauen beobachteten ungeduldig jede Regung Böhms, bis dieser endlich einen tiefen Schluck zu sich genommen hatte.

Dann schaute er auf.

„Ich bin in den letzten Wochen nicht gerade verwöhnt worden, aber so etwas Schlimmes habe ich noch nie gesehen", sagte er tonlos.

Lena und Frau von Lützen standen noch immer vor dem Kommissar und sagten kein Wort.

„Wir haben die Wohnung von diesem Arzt durchsucht. Schütz ist ein solches Schwein, das könnt ihr euch gar nicht vorstellen", murmelte er. Ein gefährliches Glitzern trat in seine Augen. „Er ist eine pädophile Drecksau. Wir haben ein ganzes Warenlager an Material bei ihm gefunden."

„Was haben Sie gefunden?" Lena war auf einmal hellwach.

„Fotos, Videobänder! Alles!" Böhms Stimme wurde immer leiser.

„Die meisten sind Jungs."

„Kinder?" Lena verstand noch immer nicht.

Böhm nickte: „Die meisten sind kleine Jungs." Er schenkte sich noch einen Schnaps nach.

Frau von Lützen hatte die ganze Zeit geschwiegen.

Lena sah sie an. Die Psychologin war blass geworden, doch in ihrem Kopf schien es zu arbeiten.

„Ist Schütz der Mörder?", fragte sie unvermittelt.

„Ich weiß es nicht." Böhm schüttelte sich, als er den Korn auf der Zunge schmeckte.

Auch Lena horchte auf. „Sie hatten Schütz verdächtigt, weil er mit den Opfern auf dem Foto zu sehen war."

„Jetzt stellt sich heraus, dass Schütz ein Kinderschänder ist. Waren das die anderen auch?", fügte Frau von Lützen nachdenklich hinzu.

„Meint ihr, die Männer auf dem Foto hatten dieselbe Neigung wie Schütz?" Böhm schaute ungläubig.

„Sie sind alle in demselben Alter", meinte die Psychologin, „und sie wohnten alle zu derselben Zeit in dieser Gegend."

„Er schaltet also seine Mitwisser aus. Alle Männer, die auf dem Foto zu sehen sind, hatten vielleicht das gleiche Geheimnis. Warum sollte er sie dann töten?", grübelte Böhm.

„Vielleicht ist er ja auch gar nicht der Mörder!", rief Lena, die noch immer felsenfest von Unsells Schuld überzeugt war.

„Wenn Schütz nicht der Mörder ist, dann ist er aber das nächste Opfer!" Böhm sprang auf, „ich werde noch verrückt! Jetzt haben wir es hier schon mit Kinderschändern zu tun, die sich gegenseitig umbringen. Wieso bin ich eigentlich Polizist geworden?"

Frau von Lützen legte ihm beruhigend die Hand auf die Schulter und Lena bemerkte, wie ähnlich sich die beiden sahen. Sie fand, die beiden sahen aus, wie ein Riesenehepaar. So lag die breite kräftige Hand der Psychologin auf den ausladenden Schultern des Kommissars.

„Tatsache ist...", seufzte Böhm laut auf, „wenn wir Schütz finden, dann finden wir auch den Mörder. Entweder er selbst ist es oder aber er kennt den Mörder. Und dieses Mal lasse ich ihn nicht mehr laufen. Der wird nichts zu lachen haben, wenn der unter meine Finger kommt...aber inzwischen glaube ich eher, dass es eins der Opfer ist, das sich rächen will. Diese Männer auf dem Foto hielten sich alle zur gleichen Zeit hier auf. Sie kannten sich. Und sie hatten Kontakt. Wenn sie nun auch noch dieselbe Neigung teilten, dann liegt die Sache klar auf der Hand. Ein Kind von damals ist erwachsen geworden. Ein Kind, das sie gequält haben, dreht den Spieß nun um und ermordet seine Peiniger. Einen nach dem anderen!" Böhm fuhr sich nervös durch den Schnurrbart.

„Die Bestialität, mit der die Morde begangen wurden sprechen dafür", bestätigte Frau von Lützen, „jemand, der so brutal mordet, der wird von Hass getrieben. Zudem hatten alle Morde auch eine sexuelle Komponente."

„Alle Opfer waren nackt!", bestätigte Böhm.

„Ich könnte ihn richtig verstehen!", murmelte Lena.

„Bitte?" Böhm sah sie an, „was könnten Sie verstehen?"

„Wenn der Mörder ein missbrauchtes Kind ist, das sich nun an denen rächt, die ihn gequält haben, dann verstehe ich ihn. Ich könnte solchen Typen auch die Gurgel umdrehen!"

Böhm nickte.

„Also bitte" Die Stimme der Psychologin wurde scharf.

„Nichts und niemand rechtfertigt es, einen Menschen zu töten. Außerdem wäre keiner von euch beiden fähig, einem Menschen so viel Leid zuzufügen. Denkt doch mal nach: Er hat sie auf glühenden Herdplatten tanzen lassen und mit heißem Pech übergossen!"

„Aber wie kann jemand so weit kommen?", fragte Lena nachdenklich.

„Sexueller Missbrauch in der Kindheit könnte schon ein Motiv sein", antwortete Frau von Lützen, „ein Trauma, das nie verarbeitet worden ist, kann zu den fürchterlichsten Überreaktionen führen. So etwas kann jahrelang in einem Menschen schlummern. Vielleicht hatte er es auch schon verdrängt. Der Täter kann ein ganz unauffälliger Mensch sein. Doch da gibt es etwas, das in ihm brodelt. Erst ganz leise und unauffällig. Vielleicht merkt er es kaum. Er unterdrückt es, indem er Überstunden macht oder sich anderweitig ablenkt. Doch das Brodeln wird stärker und es wird immer schwerer, den Deckel auf dem heißen Topf zu halten."

„Und irgendwann explodiert er!", flüsterte Lena.

Die Psychologin nickte: „Unser Unterbewusstsein sucht sich seinen Weg. Viele werden krank. Sie fressen ihre Ängste in sich hinein, bis die Ängste sie selbst auffressen. Andere explodieren. Doch bei unserem Mörder kommt noch eins hinzu. Er tötet nicht im Affekt. Es gibt Frauen, die sich jahrelang von ihrem Mann schlagen lassen, und irgendwann greifen sie nach dem Messer auf dem Küchentisch und stechen zu. Doch unser Mörder hier plant seine Taten. Der ist vorbereitet. Der inszeniert seine Morde wie feierliche Hinrichtungen."

„So, als würde eine Explosion nicht ausreichen?", fragte Lena.

„Ja, so könnte man es sehen. Ihm schafft das Töten allein keine Genugtuung. Er muss das Opfer quälen. Angst spielt hierbei eine ganz wichtige Rolle. Der Täter weidet sich an der Angst und Hilflosigkeit seines Opfers."

„Er vertauscht praktisch die Rollen. Aus dem ehemaligen Opfer wird nun ein Täter", brummte Böhm zustimmend.

„Ja!" Frau von Lützen nickte, „doch unser Täter findet kein Ende. Er muss weitermorden. Das gewünschte Gefühl der Genugtuung stellt sich zwar nach dem Mord ein, doch es hält nicht lange vor. Er muss alle aus dem Weg räumen, die ihn verletzt haben. Manchmal verschwimmen dann auch die Grenzen zwischen den wahren Feinden und Unbeteiligten."

„Was ist mit der Frau im Weinfass?", fragte Lena. „Sie gehört doch bestimmt nicht zu den Kinderschändern!"

„Vielleicht doch!" Die Psychologin schüttelte langsam den Kopf, „es gibt nicht nur pädophile Männer. Auch Frauen können sehr gewalttätig sein!"

„Oder sie hat etwas nicht verhindert und hat sich dadurch mitschuldig gemacht", warf Böhm ein. „Immerhin war sie Lehrerin. Vielleicht hat sie etwas mitbekommen von dem Missbrauch und hat geschwiegen." Er zwirbelte nervös an seinem Bart: „Ich gehe noch einmal die Klassenlisten der Frau durch. Ich überprüfe noch einmal, wer zu der Zeit ihr Schüler war, als diese Typen hier in der Gegend wohnten. Und dann lass ich noch einmal alle Wohnungen auseinandernehmen. Ich will wissen, ob die auch irgendwelchen Dreck am Stecken hatten."

Der Kommissar stöhnte laut auf. Die Anspannung war ihm anzusehen, doch er war froh, dass er den nächsten Schritt kannte.

Lena verstand das: Es gab nichts Schlimmeres, als tatenlos rumzusitzen.

Böhm hob kurz den Arm: „Mach keinen Scheiß mehr Lena; ich kann dich nicht immer von irgendeiner Mutprobe für kleine Mädchen abholen!"

Ohne auf Lenas saure Miene zu achten, warf er die Wohnungstür hinter sich zu.

„Was meint er damit?", fragte Frau von Lützen.

Lena wurde rot.

Dann erzählte sie der Psychologin mit knappen Worten von ihrer Wohnungsdurchsuchung bei Unsell.

Frau von Lützen lauschte mit offenem Mund: „Sie sind wirklich eine Kanone. Sie können doch nicht einfach …“

„Ja, ja, ja …“ Lena rollte mit den Augen. „Es ist doch nichts passiert. An mir ist noch alles dran und Unsell hat uns auch nicht erwischt!“ Sie drehte sich um und verschwand in Richtung Küche: „Auch einen starken Kaffee?“

„Ja bitte“, rief die große Frau. Lächelnd schaute sie der zierlichen Person nach, die sich vor nichts zu fürchten schien. Sie konnte sich lebhaft die Reaktion Böhms auf diese unfreiwillige Rettungsaktion vorstellen und musste lächeln.

Sie verstand den Kommissar immer besser.

„Und was ist nun mit Unsell?“, fragte Lena als sie auf einem knallrot gemusterten Tablett und mit einer brennenden Zigarette im Mundwinkel eine Kanne Kaffee und zwei Becher hineinbalancierte.

„Sie haben Recht!“, meinte Frau von Lützen, „seine Fotocollage an der Wand ist schon auffällig. Er scheint in der Tat sehr verliebt in Paula Käfer zu sein. Doch das macht ihn doch noch nicht zu einem Mörder.“

„Und sein komisches Verhalten?“ Lena drückte die Zigarette in einem überfüllten Aschenbecher aus und schenkte Kaffee in einen grün-orange gestreiften Becher, den sie der Psychologin reichte.

„Der Unsell hat doch zwei Gesichter! Das sagt auch Paula. Im Gerichtssaal, vor der Presse oder Polizei kommt er großkotzig daher und tritt auf, als gehöre ihm die Welt. Doch wenn Paula um die Ecke biegt, benimmt er sich wie der ebenso verklemmte wie verpickelte Junge, mit dem schon früher niemand spielen wollte. Der himmelt Paula an, als sei sie sein persönliches Weltwunder! Das ist doch schon ekelhaft!“

„Sie scheinen Paula ziemlich zu mögen“, registrierte Frau von Lützen und nippte an ihrem Kaffee.

Lena errötete.

„Aber Sie haben ja Recht. Er benimmt sich auffällig. Ich werde Herrn Böhm noch einmal darauf ansprechen.“

„Was ist nun mit euch?“ Lena steckte sich eine neue Zigarette an.

„Was soll mit uns sein“, lachte die große Frau. Ich glaube, ich mag ihn sehr gern, Ihren Kommissar. Aber ob ich ihn auf Dauer ertragen kann?“ Sie schmunzelte vielsagend.

Paula hielt die Spannung nicht mehr aus. Bei einem Schichtwechsel ihrer Beschützer bat sie den Polizisten, Sie zum Gericht mitzunehmen.

Sie wollte Dr. Neumann um Unterlagen bitten, die sie bearbeiten konnte. Sie hielt die Untätigkeit nicht mehr aus. Max vermisste inzwischen die anderen Kinder aus dem Kindergarten und langweilte sich zunehmend. Auch an den vielen Fastnachtsveranstaltungen für Kinder durfte er nicht teilnehmen. Folge davon waren dauernde Quengeleien.

Er spürte die Unruhe, die im Haus herrschte.

Es schien wie die Ruhe vor dem Sturm. Alle warteten zunehmend ungeduldig auf eine befreiende Nachricht. Tag für Tag. Doch jeden Abend lauschte Paula unsicher in die Nacht hinaus und wälzte sich noch lange unruhig im Bett hin und her.

Mäxchen hatte ihre Unruhe nun auch angesteckt. Er aß weniger und wirkte bedrückt. Von einem Moment auf den nächsten begann er dann zu weinen und zu nörgeln.

Sogar die diensthabenden Polizisten bemühten sich redlich um den Kleinen, doch der hatte sich bald schon so an den Polizeischutz gewöhnt, dass er die Leibwächter als Teil der Familie ansah und ihnen nicht mehr die Bewunderung und Neugier entgegenbrachte wie noch zu Anfang.

Paula setzte ihre ganze Hoffnung in den Kommissar. Auch wenn er oft mürrisch und schlecht gelaunt wirkte, vertraute sie ihm. Böhm strahlte eine solche Selbstsicherheit aus, dass Paula das Gefühl hatte, sich hundertprozentig auf ihn verlassen zu können. Doch ihre Unruhe wuchs von Tag zu Tag. Daher hatte sie es sich seit einigen Tagen zur Gewohnheit gemacht, mit dem Schichtwechsel nach Bad Kreuznach zu fahren und sich dort von Dr. Neumann mit Arbeit eindecken zu lassen.

Gegen Mittag erschien Özkan Umur, den die Kollegen auch „Sultan" nannten, um die Schicht zu übernehmen. Er war sehr jung. Paula schätzte ihn auf etwa Mitte zwanzig. Der „Sultan" nahm seine Aufgabe sehr ernst. Er wich besonders Paula und dem Jungen nicht von der Seite und schaute fortwährend aus den Fenstern, um den Garten im Auge zu behalten. Paula machte das rasend. Sie kam sich beschattet und verfolgt vor. Außerdem erinnerte er die Familie fortwährend daran, dass sie Angst haben sollten, weil ein Mörder sie verfolgen könnte.

Umur konnte keine Minute still sitzen. Alle fünf Minuten sprang er auf, als wäre im Nachbarhaus eine Bombe gezündet worden. Seine Augen suchten dann systematisch wie ein Scheinwerfer die Rasenfläche ab. Er ging so weit, dass Paula sich ernsthaft fragte, wann er den Klodeckel heben und den Kanal untersuchen würde, bevor sie sich aufs Klo setzen durfte.

Mutter Käfer fand den „jungen adretten Mann“ hinreißend und versuchte seine Aufmerksamkeit auf ihren selbstgebackenen Kirschstreusel und ihre leider noch immer ledige Tochter zu lenken, doch Umur besaß nur Augen für die Suche nach Verbrechern.

Max hatte schon erkannt, welche Vorteile ihm dieser neue „Aufpasser“ bescherte, denn er hatte es sich zu einem neuen Sport gemacht, dem jungen Polizisten zu entwischen.

Bald gab es keine Gardine mehr, hinter der er sich nicht schon verkrochen und keinen Schrank, auf den er nicht wenigstens versucht hatte, zu klettern, um den Augen des Beschützers zu entkommen.

Auch Paula hätte sich am liebsten vor diesen wachsamen Augen versteckt und daher war sie froh, dem jungen Polizisten wenigstens für eine Stunde zu entkommen.

Prigge, der weitaus lahmer und damit angenehmer als Umur war, wollte Paula mit in die Stadt nehmen und sie dort zum Gericht bringen, damit sie sich mit Schreibarbeit versorgen konnte.

Als sie Umur, den „türkischen Zinnsoldaten“, wie Lena ihn gleich bei der ersten Begegnung treffend getauft hatte, sah, freute sie sich, ihm noch eine Stunde entkommen zu können. Er würde sie dann sowieso noch bis zum Abend nicht mehr aus seinen durchdringend braunen Augen lassen.

Der junge Polizist erkundigte sich sogleich bei seinem Kollegen, ob der schon den obligatorischen Rundgang durch das gesamte Haus gemacht habe und nahm die Verneinung des Kollegen stirnrunzelnd zur Kenntnis.

Kaum sah Max seinen „Lieblingsbewacher“, flitzte er aus dem Wohnzimmer und versuchte krampfhaft, ein neues Versteck ausfindig zu machen, als Paula ihn gerade noch am Kragen erwischte.

„Ich fahre jetzt mit dem Herrn Prigge in die Stadt. Sei lieb und versteck dich nicht wieder die ganze Zeit“, sagte sie mahnend, obwohl sie selbst nicht daran glaubte, dass sich ihr Sohn daran halten würde. Dann brach sie mit dem stillen Prigge in die Stadt auf.

Sie war froh, dass niemand sprach. Auf der Straße war die Altweiberfastnacht in vollem Gange. Prigge umfuhr die Innenstadt weiträumig, um zügig und sicher zum Gerichtsgebäude zu gelangen. Heute war zwar kein offizieller Feiertag, doch kaum ein Kreuznacher arbeitete heute tatsächlich. Alle befanden sich feiernd auf der Straße.

„Ich habe eine neue Spur!", brüllte Böhm am anderen Ende, „wollen Sie mit? Ich fahr nach Münster zu Frau Käfer! Ich muss sie was fragen!" Lena kam am anderen Ende nicht zu Wort. „Und rufen Sie bitte Frau von Lützen an. Ich brauche ihren psychologischen Rat in dieser Sache! Sie könnten Recht haben mit ihrem Verdacht!"

„Was?" Lena versuchte, ihre Gedanken zu sortieren.

„Ich bin in fünf Minuten da. Suchen Sie Ihre Märchenbücher raus. Es könnte wichtig sein", brüllte er noch und dann war das Gespräch beendet.

Lena, die noch immer im Schlafanzug in der Küche gesessen hatte, fuhr hoch wie ein geölter Blitz und rannte ins Bad. Sie schaffte es gerade noch, sich in die Jeans zu zwängen, die auf dem Haufen mit der Schmutzwäsche lag und in ein ausgewaschenes T-Shirt zu schlüpfen. Sie schnappte noch einen dicken blauen Kapuzenpullover aus dem Schrank und suchte die Märchenbücher aus dem wie immer heillosen Chaos auf dem Schreibtisch zusammen, als es auch schon Sturm klingelte. Der Kommissar wartete unten im Auto, als Lena mit Stoiber atemlos in den Wagen sprang.

Der Kommissar nickte ihr nur kurz zu und gab Gas.

Plötzlich machte er eine Vollbremsung und fuhr dann laut schimpfend an dem Betrunkenen vorbei, der achtlos über die Straße gelaufen war.

„Haben Sie Frau von Lützen Bescheid gegeben!" Das war keine Frage, das war eine Warnung!"

„Ich kam nicht dazu, weil ..."

„Ich hatte Sie doch gebeten ..."

„Ich bin nicht ihre Tippse!" Lena starrte sauer aus dem Fenster.

Während Böhm mit der einen Hand den Wagen lenkte, tippte er mit der anderen Hand wütend auf seinem Handy herum.

„Soll ich nicht lieber ..." Lena streckte die Hand nach dem Gerät aus und schaute dabei nervös auf die Straße.

Nach einigen weiteren Fehlversuchen, mit dem breiten Daumen die kleinen Tasten zu drücken und gleichzeitig auf den Verkehr zu achten, warf der Kommissar das Handy auf den Rücksitz.

Lena hatte sofort Verbindung: „Kommen Sie nach Bad Münster zu Paula Käfer. Böhm braucht Sie. Ich glaube, er wird mich töten, wenn Sie sich nicht beeilen", sagte sie knapp auf den Anrufbeantworter, der sich am anderen Ende gemeldet hatte.

Böhm schnaufte, doch Lena konnte sehen, wie er ein Lächeln nicht unterdrücken konnte.

„Jetzt erzählen Sie doch endlich!“ Sie ergriff von hinten seine Schulter.

„Sie könnten Recht haben!“, brummte Böhm.

„Mit Unsell?“, rief Lena, „ich wusste es. Dieser komische Kauz …“

„Jetzt hören Sie doch endlich mit diesem Unsell-Gefasel auf! Sie könnten Recht damit haben, dass ein ehemaliges Opfer der Täter ist!“, korrigierte sie Böhm.

„Und wer ist es?“ Lenas Hände wurden feucht.

„Um das rauszufinden, brauche ich Paula Käfer.“ Er kramte in seiner Brusttasche und reichte Lena das Foto von einem vielleicht achtjährigen Jungen.

„Oder erkennen Sie den?“

Lena betrachtete das Foto. „Es ist die Vergrößerung eines Klassenfotos“, erklärte er. Ich habe ehemalige Klassenfotos unserer Lehrerin mit den Jungen auf den Bildern von Schütz vergleichen lassen. Dieser Junge hier war ein Opfer von Schütz. Von ihm existieren mehrere pornographische Aufnahmen. Es ist entsetzlich. Er ist zumeist in irgendwelchen tänzerischen Posen zu sehen. Natürlich nackt.“

„Und dies hier ist er?“, flüsterte Lena und betrachtete das Bild in ihren Händen. Ein Junge lächelte unsicher in die Kamera. Er wirkte kleiner als die anderen Kinder, die in dem Bildausschnitt noch zu sehen waren. Seine Ohren standen lustig vom Kopf ab, weil sein Haar ganz kurz geschnitten war. Lena fuhr es wie ein kaltes Messer durch den Magen, als sie daran dachte, welch schreckliches Geheimnis dieser Junge gehabt hatte.

Lena seufzte.

„Kaum vorzustellen, dass dieser kleine Bengel unser Mörder sein soll, oder?“, fragte Böhm. Lena nickte wortlos. Der Kloß in ihrem Hals war zu groß.

„Wir haben leider nur dieses Foto bei Frau Basler gefunden, aber keine Namen dazu. Die Kollegen versuchen, den Namen über die Schule herauszufinden, doch dort ist im Moment niemand mehr. Sie klingeln gerade den Rektor aus dem Mittagsschlaf. Aber vielleicht kennt Paula ihn ja!“

In diesem Moment bog Böhm auf knirschendem Kies in die Einfahrt des Hauses ein, in dem Umur gerade mal wieder verzweifelt Mäxchen suchte.

„Sie können ruhig im Auto auf mich warten und Zeitung lesen!“, sagte Paula, als Prigge am Gerichtsgebäude in der Ringstraße hielt.

„Nein nein“, meinte Prigge müde, „ich komme mit. Das ist doch kein Problem.“

Gemeinsam betraten sie das dunkle Gebäude.

„Oh Königin, da kommst du ja endlich. Ich habe schon befürchtet, du würdest mich enttäuschen! Es tut so gut, dich zu sehen. Jetzt beginnt unsere Zukunft. Jetzt werden wir unseren Schwur erneuern und dann wird alles wieder gut sein!“

„Frau Käfer, Sie sind unermüdlich!“, rief Dr. Neumann freudig auf, als Paula sein Büro betrat. „Sie sehen ja mal wieder aus, als sei ihnen eine Riesenlaus über die Leber gelaufen. Heute ist doch Altweiberfastnacht. Er deutete auf seine Krawatte, die zur Hälfte abgeschnitten worden war. Oder hat Ihnen das Material nicht gefallen, das ich Ihnen mitgegeben hatte?“

Paula schüttelte den Kopf und ließ sich in den roten Sessel fallen, auf den der Staatsanwalt deutete.

„Ich kann bald nicht mehr“, sagte sie leise.

Neumann sah sie mitleidig an und strich über seinen Bauch. Dann griff er nach seiner Pfeife und begann, sie mit einer Seelenruhe zu stopfen, die Paula verrückt machte.

„Ich habe schon gehört“, sagte er ernst, „die Ermittlungen wollen nicht recht vorankommen!“

Er reinigte das Mundstück noch einmal mit einem Pfeifenputzer und steckte es dann wieder auf die Pfeife.

„Das klingt jetzt abgedroschen, aber Sie müssen Geduld haben, Frau Käfer!“

„Aber ich würde am liebsten weglaufen!“, platzte es aus ihr heraus. „Ich halte das nicht mehr aus mit meiner Mutter unter einem Dach. Das geht nicht mehr lange gut! Sonst ist sie sterbenskrank, aber kaum ist das Haus voller junger Polizisten blüht sie auf wie eine alte Jungfer! Und sie bemuttert mich, als wäre ich sechzehn und hätte nie auf eigenen Beinen gestanden.“

Neumann lachte laut auf und steckte sich die Pfeife an. „Mütter müssen so sein“, brummte er. „Bemuttern sie euch, dann fühlt ihr euch bedrängt und nicht ernst genommen. Bemuttern sie euch nicht, so haltet ihr das für Lieblosigkeit!"

„Wie kommen Sie darauf?", fragte Paula.

„Na hören Sie mal. Ich habe eine Frau, drei Töchter und drei Enkeltöchter. Ich bin von Frauen umringt." Er schmunzelte und stopfte seine Pfeife nach. „Manchmal denke ich schon, ich kenne Frauen inzwischen besser als uns Männer! Jetzt habe ich auch noch eine weibliche Rechtsreferendarin! Ich liebe alle meine Frauen, aber glauben Sie mir, wenn ich nicht einmal in der Woche meinen Stammtisch hätte ..."

Er seufzte verträumt auf und reichte Paula ein Foto, das auf seinem Schreibtisch stand. Dr. Neumann stand auf einer Wiese und war von sieben Frauen umringt. Die kleine runde Frau neben ihm kannte Paula schon vom Juristenball. Paula fand, sie sahen mit ihren Kugelbäuchen und verschmitzten Gesichtern aus wie Geschwister. Daneben gruppierten sich drei Frauen, die etwa in Paulas Alter waren.

Und auf dem Boden tummelten sich drei pausbackige Wesen, auf die der Opa stolz hinunterzublicken schien.

„Haben Sie Geduld", wiederholte Neumann und stellte das Foto sorgfältig wieder an seinen Platz zurück, „und machen Sie keine Dummheiten mehr. Die Polizei tut alles, um den Mörder zu finden. Sie sind doch nicht etwa allein hier?"

Er runzelte die Stirn.

„Nein, Prigge ist draußen", antwortete sie und sprach dann mit ihm über die bevorstehenden Prüfungen. Sie war nicht sicher, ob sie wirklich schon bereit für das Examen war. Nicht nach den Erlebnissen der letzten Wochen.

Nach etwa einer halben Stunde verabschiedete sie sich und trat hinaus auf den Flur. Schon von weitem erkannte sie Unsell, der mit großen Schritten auf sie zukam. Prigge war nicht zu sehen.

Paula dachte an Lenas Verdacht und etwas in ihrem Magen zog sich zusammen. Sie schaute sich um, doch Prigge war nicht zu entdecken. Am liebsten wäre sie zurückgestürmt in Neumanns Zimmer, doch irgendetwas hielt sie zurück.

„Frau Käfer!" Unsell machte beinahe so etwas, was man einen ungelenken Diener nennen konnte.

„Was ist mit ihrem Bein passiert?", fragte Paula, die das leichte Humpeln bemerkt hatte.

„Sie sind so aufmerksam!", flötete Unsell und errötete, „es ist weiter nichts. Ich bin beim Sport umgeknickt und habe mir wohl etwas den Knöchel gezerrt."

„Beim Sport?", dachte Paula. Ihr wurde seltsam komisch, „erstens macht der doch nie im Leben Sport und zweitens zerrt man sich doch keinen Knöchel. Der war auf jeden Fall nicht beim Arzt!"

Unsell strahlte sie an.

Dann fiel Paula auf, dass sie ihn stumm anstarrte.

„Sonst geht es ihnen gut?", fragte sie hilflos.

„Oh ja!" Er wippte leicht auf und ab. Paula machte das rasend. Dann biss er sich verlegen auf die Lippen wie ein kleines Kind und sagte nichts mehr.

Unsell fingerte ungelenk in seiner Jackettjacke und zog dann einen Brief aus der Innentasche, der an Paula adressiert war.

„Der Pförtner gab mir diesen Brief. Ich soll ihn Ihnen geben." Unsell sah sie forschend an, als sie den Brief entgegennahm.

Unwillkürlich riss sie ihn auf. Sie bekam selten Post über das Gericht.

Sie zuckte zusammen, als sie die schwarze Schrift auf dem kalten nackten Weiß sah. Die Buchstaben verschwommen seltsam vor ihren Augen: „Heute back ich, morgen brau ich …" war darauf zu lesen.

In Paulas Kopf wirbelten Buchstaben umher wie Geister.

Unsell sah sie durchdringend an.

Er näherte sich ihr.

„Heute back ich, morgen brau ich, übermorgen hol ich der Königin ihr Kind!", vervollständigte Paula das Zitat automatisch. Noch vor einigen Tagen hatte sie Mäxchen das „Rumpelstilzchen" vorgelesen. Das Blut gefror in ihren Adern.

„Max!", dachte sie, „er holt der Königin ihr Kind! Wenn ich nun … O Gott!"

Unsell griff nach ihrem Arm.

„Kann ich Ihnen helfen?"

Sein Gesicht kam immer näher.

Paula wollte sich losreißen, doch Unsell hielt sie fest: „Frau Käfer, was ist …"

Sie stieß mit dem Ellebogen in Unsells Gesicht und trat zu. Unsell schrie auf und knickte ein.

Paula rannte los.

„Entschuldigen Sie!“ Auf der breiten Treppe, die zum Ausgang führte, packte jemand ihren Arm.

„Unsell!“, dachte sie, „er ist es!“

„O Hallo“, sagte sie verwirrt, als sie den Mann erkannte. Es war nicht Unsell. Sie atmete beruhigt auf.

Sie blickte in das freundlich lächelnde Gesicht des Mannes; dann schaute sie auf den Brief in ihren Händen.

Und in diesem Moment wusste sie, wer er wirklich war.

„Komm mit meine Königin!“, flüsterte er. „Ich bringe dich nach Hause!“

Paula erstarrte.

„Was ist mit Max?“, krächzte sie mühsam.

„Der ist in Sicherheit. Hab keine Angst. Du weißt gar nicht, wie lange ich auf diesen Moment gewartet habe. Nun ist es Zeit, dass wir unseren Schwur erneuern!“

Er nahm sie sanft am Arm und zog sie mit sich.

Paula gehorchte willenlos. Sie dachte nur noch an ihr Kind.

„Das ist Enno!“, rief Frau Käfer auf. „Ein armer Junge! Wo haben Sie das Bild her?“

Böhm spürte, wie sein Mund trocken wurde.

„Welcher Enno?“, keuchte er.

„Na, der Enno, na, wie hieß er noch. Ein komisches Kind. Na ja, kam auch aus schlechten Verhältnissen.“

„Frau Käfer“ Böhms Stimme bebte, „setzen Sie sich hin, schnaufen Sie tief durch und erzählen Sie mir alles, was Sie über diesen Enno wissen. Es könnte lebenswichtig sein!“

Mutter Käfer wurde erst bleich. Dann färbten sich ihre Wangen geschäftig rot, als sie zu erzählen begann:

„Paula spielte oft mit ihm. Mir war das ja gar nicht Recht, aber ihr Vater meinte ja auch, man könne diesen Jungen nicht ausschließen. Wissen Sie, wir sind eben ein Pfarrhaushalt. Da kümmert man sich doch irgendwie ...“

Böhm nickte ungeduldig.

Die Mutter von Enno trank. Sie wohnten am Ende der Straße und man konnte zusehen, wie das Haus mehr und mehr verfiel. Und das Kind verwahrloste zusehends. Bald sah man die Frau gar nicht mehr auf der

Straße. Nur den Jungen. Der lebte regelrecht auf der Straße. Ich glaube, der ging nur zum Schlafen nach Hause."

„Gingen Paula und er in dieselbe Klasse?", fragte Böhm mit gerunzelter Stirn. Der Kommissar saß wie auf glühenden Kohlen. Wie ein Raubtier wartete er nur noch auf den Sprung.

„Nein, ich glaube, Enno war etwas älter. Ein, zwei Jahre vielleicht. Er war ja kein dummes Kind. Aber er kam nicht regelmäßig zur Schule, stahl und verwahrloste von Tag zu Tag. Wenn der Dr. Schütz damals nicht gewesen wäre ..."

„Wer?" Böhm konnte sich kaum auf dem Sofa halten.

„Ja, jetzt erinnere ich mich. Dr. Schütz – von dem habe ich Ihnen doch schon einmal erzählt – der Arzt, der dann später nach Meisenheim gezogen ist und der ..."

„Bitte Frau Käfer, ich weiß, wen Sie meinen, sprechen Sie einfach weiter!" Seine Stimme hatte einen beschwörenden Ton angenommen.

„Dr. Schütz hat sich dem Jungen angenommen. Er hatte wohl Mitleid mit dem Kleinen. Enno war auf einmal sauber und trug neue Sachen. Es störte mich auch nicht mehr, dass er mit unserer Paula spielte. Bis Enno durchgedreht ist."

„Was ist passiert?" Böhm hätte die Frau am liebsten geschüttelt. Er sprang auf und ging nun nervös im Zimmer umher, während er unablässig seinen Schnurrbart bearbeitete.

„Enno hatte ein anderes Kind geschlagen. Es war so schlimm, dass es ins Krankenhaus musste. Halbtot hat er den Armen gehauen. Ich habe dann Paula den Umgang verboten. Wer weiß, was der noch mit meinem Kind angestellt hätte. Na ja und kurz darauf starb seine Mutter. Ich glaube, die Arme hat einen Fön mit in die Badewanne genommen. Vielleicht war sie zu betrunken, um zu merken, was sie tut."

„Und Enno?"

„Enno ist dann fortgebracht worden. In ein Heim nehme ich an. Und Dr. Schütz ist ja auch bald weggezogen. Ich glaube, er hing sehr an dem Kind."

Sie seufzte. Ihre Finger spielten nachdenklich mit dem breiten goldenen Ehering, der sich schon so tief in den Finger eingegraben hatte, als sei er mit ihm verwachsen.

„Fällt Ihnen denn nicht der Nachname des Jungen ein. Denken Sie nach!" Aus dem Mund des Kommissars klang die Frage wie ein Befehl und Frau Käfer zuckte unwillkürlich zusammen.

In diesem Augenblick stürzte Umur in das Zimmer: „ Es tut mir leid, Herr Kommissar, aber ich habe das Kind verloren!"

„Sie haben was?" Böhm fuhr zusammen.

„Ich kann Max nicht finden! Er versteckt sich ja regelmäßig vor mir, aber heute kann ich ihn gar nicht finden. Ich suche ihn seit einer guten Stunde. Ich dachte, ich sollte Ihnen Bescheid ..." Böhm stieß den jungen Beamten unsanft zur Seite.

„Wir teilen uns auf! Ich rufe Verstärkung her. Die eine Hälfte muss das Kind suchen, die Anderen sollen mir diesen Enno bringen!"

„Peters!", rief Frau Käfer in diesem Moment, „er heißt Peters. Ich bin mir ganz sicher. Enno Peters!"

„Böhm brüllte augenblicklich Befehle in sein Handy.

Es klingelte. Im allgemeinen Trubel öffnete Lena die Tür. Es war die Psychologin. Sie wirkte aufgescheucht und erregt. „Was ist passiert?", fragte sie. Lena versuchte, in weinigen Worten zusammen zu fassen, was passiert war.

Dann suchten sie Max.

„Denk an dein Kind!", flüsterte er und ging zügig Richtung Ausgang, als auf einmal der junge Polizist die Treppe hinunterkam. „Ich warte draußen!"

„Wo waren Sie?", fragte Prigge freundlich, „ist Ihnen nicht gut?"

„Ich muss kurz auf die Toilette", flüsterte Paula und lief zu der Tür im Erdgeschoss, auf der WC stand. Sie schaute sich noch einmal nach Prigge um – sah ihn an – und ließ dann den Brief fallen.

Dann sah sie, wie Unsell die Treppen hinunterrannte. Er rang die Hände und stürzte auf Prigge zu.

Atemlos öffnete sie die Toilettenfenster. Dann sprang sie.

Sie hörte, wie die Toilettentür aufgerissen wurde.

Ohne sich noch einmal umzusehen, schlüpfte sie in das dunkle Auto, das schon mit angelassenem Motor auf sie wartete.

„Hab keine Angst, meine Königin", flüsterte Enno liebevoll, „die Wölfe sind alle tot! Ich bringe dich jetzt heim. Und dort werden wir endlich eins sein."

Paula konnte nur an Max denken.

Böhm begann, sich langsam Sorgen zu machen, als sein Handy läutete.

Seine Augen wurden immer größer, während er atemlos lauschte.

Lena und die Psychologin sahen sich an. Es musste etwas passiert sein. „Umur", brüllte er durch das Haus und der junge Beamte war sofort da.

„Suchen Sie weiter das Kind und kümmern Sie sich um Frau Käfer. Der Mörder hat soeben Paula Käfer als Geisel genommen.

Lena schlug die Hände vors Gesicht und sog geräuschvoll die Luft ein.

Böhm stürzte nach draußen.

Lena und die Psychologin folgten ihm auf dem Fuß.

„Lena, Sie bleiben hier!", fauchte er scharf.

„Ich komme mit!", sagte sie bestimmt.

„Lena!" Er sah aus, als würde er gleich explodieren.

„Bleiben Sie hier!" Die Stimme der Psychologin klang zum ersten Mal aufgeregt.

Lena sprang auf den Rücksitz des Wagens und schlug die Tür hintere sich zu. Ohne eine weitere Regung sprangen auch Böhm und Frau von Lützen in das Auto.

Fluchend kramte Böhm unter seinem Sitz herum. „Verfluchte Scheiße!", brüllte er und fuhr hupend über einen Fußgängerüberweg.

„Lena! Unter meinem Sitz muss das Blaulicht liegen!"

Lena kramte unter dem Vordersitz herum und erreichte mit den Fingerspitzen etwas Glattes. Ihr war übel, als sie endlich mit dem Kopf zwischen den Beinen das Signallicht zu fassen bekam. Böhm kurbelte die Scheibe hinunter und stellte das Blaulicht auf dem Autodach ab. Der Magnet schnappte sofort zu.

Keiner sprach ein Wort, während sie in die Stadt hineinrasten.

Trotz Blaulicht war an ein schnelles Fahren gar nicht zu denken. Clowns, Indianer und andere verrückte Gesellen bevölkerten die Stadt.

Böhms Handy klingelte. Er warf es Frau von Lützen zu, die den Anruf entgegennahm.

„Prigge und Unsell haben ihn verloren!", rief sie verzweifelt, „sie haben den Wagen verloren!"

Böhm machte fast eine Vollbremsung auf dem Busstreifen an der Haltestelle. „Wo sind sie?"

„Ganz in der Nähe! In der Salinenstraße!"

„Aber da kommen wir doch gerade her!", brüllte Böhm und wischte sich den Schweiß von der Stirn. „Sie sollen hierher kommen!", befahl er und Frau von Lützen gab die Anweisung nicht weniger unsanft weiter.

Eine schwankende Karotte klopfte an die Windschutzscheibe. Böhm brüllte. Die Karotte winkte ihm zu.
Einen Moment später hielt ein Polizeiwagen neben ihnen auf dem Busstreifen. In knappen Worten berichtete Prigge von Paulas Flucht aus dem Gericht.

Unsell saß kreidebleich auf dem Beifahrersitz.

Prigge reichte dem Kommissar den Zettel: „Heute back ich, morgen brau ich …"

„Was soll das wieder heißen?", rief er verzweifelt.

„Heute back ich, morgen brau ich, übermorgen hol ich der Königin ihr Kind!", schrie Lena aufgebracht, „das ist aus Rumpelstilzchen!"

„Der Mörder spielt jetzt Rumpelstilzchen?" Böhm fuhr sich unablässig durch den Schnurrbart.

„Rumpelstilzchen kann nur besiegt werden, wenn man seinen wahren Namen errät! Er tanzt ums Feuer und ruft: „Ach wie gut dass niemand weiß, dass ich Rumpelstilzchen heiß!"

Böhm schien einen Augenblick über das Gesagte nachzudenken. Dann wählte er die Nummer vom Präsidium.

„Wissen Sie inzwischen, wer dieser Enno Peters ist?"

Lena spürte Tränen der Verzweiflung in sich aufkommen. Frau von Lützen nickte ihr zu und legte eine Hand auf ihre Schulter. „Es wird gut!", schien sie sagen zu wollen, doch Lena konnte nicht recht daran glauben.

Er hatte sich schon vorher zurechtgelegt, wie er fahren wollte. Ohne größere Schwierigkeiten war es ihm gelungen, die volle Innenstadt hinter sich zu lassen.

Die Rheingrafenstraße führte steil hinauf auf den Kuhberg.

Er lächelte, als er an dem Grillplatz vorbeifuhr, auf dem er den Wolf mit heißem Öl übergossen hatte.

Die asphaltierte Straße tauchte in den Wald ein. Er fuhr nun sehr langsam und vorsichtig, als sei er sicher, nicht verfolgt zu werden.

Paula fühlte sich wie gelähmt. Was hatte er mit Max gemacht?

Enno wandte ihr den Kopf zu: „Du erinnerst dich doch wohl an mich!", stellte er lächelnd fest. Paula nickte.

Auf einem Waldparkplatz hielt er den Wagen an. „Steig aus!", befahl er und Paula gehorchte.

„Du wirst nicht weglaufen, nicht wahr?"

Paula schüttelte leicht den Kopf. Die asphaltierte Straße endete hier, doch ein breiter Schotterweg führte steil ins Tal hinab. Die Wolken hatten sich zusammengeballt. Der Wald schluckte das übrige Licht.

Die Gedanken rasten durch Paulas Kopf. Sie spürte ihren Puls gegen die Schläfen donnern.

Plötzlich blieb er stehen und sah sie an.

„Falte die Hände auf dem Rücken!", sagte er liebevoll, „ich muss sicher sein, dass du dich nicht wehrst!"

„Ich wehre mich ganz bestimmt nicht!", flehte Paula.

„Du konntest schon als Kind nicht lügen Paula!", sagte er sanft und zog das Seil schmerzhaft um ihre Handgelenke zusammen.

„Wenn es sein muss, werde ich dich zu deinem Glück zwingen!", flüsterte er in ihr Ohr, als er sie weiterführte.

Paula kannte das Ziel – und erinnerte sich an ihren ersten Kuss.

„Denkt nach. Wer ist dieser Enno! Wir müssen ihn kennen. Ich rieche das! Unsell, haben Sie ihn gesehen?"

Unsell zuckte zusammen wie ein verschrecktes Kind. Sein Selbstbewusstsein schien ihn mit Paulas Entführung verlassen zu haben: „Er sieht normal aus!"

„Was heißt normal?" Böhm sah aus, als würde er den nun so hilflos wirkenden Staatsanwalt gleich schlagen.

„Etwa so alt wie ich, braune Haare, glaube ich."

„Er ist normal groß", fügte Prigge hinzu.

Böhm ließ den Kopf auf das Lenkrad fallen. Die Großfahndung lief, doch er verspürte das Gefühl von absoluter Hilflosigkeit.

Endlich klingelte das Handy.

Böhm sagte kein Wort. Er lauschte und sein Körper straffte sich.

„Wir haben ihn nicht gleich gefunden, weil er nicht mehr Enno Peters heißt. Enno Peters lebte nur kurz im Heim. Dann wurde er adoptiert und nahm den Namen seiner Pflegeeltern an. Er heißt jetzt Enno Reinhardt."

Lena stieß einen spitzen Schrei aus: „Dr. Reinhardt, der Germanistikdozent aus Heidelberg!", schrie sie.

Böhms Kopf fuhr herum: „Bist du sicher?"

„Ja; wir haben ihn doch besucht. Paula muss ihn nicht wiedererkannt haben. Aber das war sein Name: Reinhardt. Ich bin mir ganz sicher!" Ihre Stimme überschlug sich fast.

„Ich bin mir ganz sicher! Er ist doch der Märchenexperte in der Gegend; vielleicht sogar in Deutschland. Keiner kennt sich so gut aus auf dem Gebiet wie er."

„Aber wo ist er jetzt mit Paula?", fragte Böhm tonlos.

„Er spielt mit Paula Käfer, aber er spielt auch mit uns!", warf die Psychologin nachdenklich ein. „Märchen enden gut. Die Bösen sind tot oder verurteilt, und die Guten?"

„Die heiraten auf dem Schloss und wenn sie nicht gestorben sind, dann leben sie noch heute!", fügte Lena hinzu.

„Hier in der Gegend gibt es eher Burgen!", meinte Böhm heiser, „und davon so viele, dass wir sie niemals finden werden!"

„Er tötet seine Opfer, indem er Todesurteile aus Märchen aufgreift. Er hat sogar das Märchen zu seinem Beruf gemacht. Er glaubt an die Botschaft des Märchens. Das Gute besiegt das Böse. Alles wird gut. Der König heiratet die Königin und der Prinz die schöne Prinzessin! Es ist, als würde der Mörder regelrecht im Märchen leben!"

„Der Märchenhain!", murmelte Frau von Lützen. Alle Köpfe wandten sich zu ihr um.

„Der Märchenhain im Huttental. Der ist vor ein paar Jahren abgebrannt, aber nun wollen sie ihn doch wieder aufbauen."

„Und da ist um diese Jahreszeit kein Schwein!", rief Lena.

Böhm startete den Wagen. „Ein Versuch ist es wert!", brüllte er.

„Wir fahren über Münster, das geht jetzt schneller! Ihr fahrt hier weiter und kommt über den Kuhberg. Und fordert Verstärkung an. Wir brauchen vielleicht ein Sonderkommando!"

Böhm ließ den Motor aufheulen. Die Karotte legte sich auf die Kühlerhaube. Böhm hupte. Die Karotte winkte ihm wieder zu. Böhm sprang aus dem Auto, packte den Kostümierten und schleuderte ihn von sich. Die Karotte kam ins Wanken und stürzte auf die Straße.

Einige andere Leute wurden aufmerksam und näherten sich dem Auto. Raketen wurden gezündet. Ein Chinaböller kullerte unter den Wagen und explodierte. Alle im Auto schrieen nervös auf. Eine aufgetakelte Frau riss die Fahrertür auf. Sie trug eine Polizeiuniform und stank nach Schnaps.

Böhm schubste sie weg und schlug die Tür zu.

Mit quietschenden Reifen startete er durch. Die Frau fluchte und zeigte Böhm schwankend ihren Mittelfinger. Böhm schaltete Sirene und Blaulicht ein und raste in Richtung Rheingrafenstraße davon.

Paula hatte schon von weitem die ersten kleinen Hütten entdeckt, als sie den steilen Abhang hinunterstolperte. Der Märchenhain war vor einigen Jahren abgebrannt und danach nie wieder richtig aufgebaut worden. Ein Zaun trennte ihn vom Weg. Früher war der Märchenhain noch romantisch gewesen mit seinen liebevoll gehauenen Steinfiguren.

Doch nun wirkte der kleine Park vergammelt und verwahrlost. Schon von weitem erkannte Paula eine heruntergekommene Hütte, auf der die verblassten Gesichter von Hänsel und Gretel gemalt waren.

Paulas Blick flatterte umher und suchte das Kind.

„Max", rief sie ängstlich und begann zu laufen. Der Schotter unter ihren Füßen begann zu rutschen. Sie verlor die Balance und stürzte auf die harten Steine. Das Seil an ihren Handgelenken schnürte beißend in die Haut, als sie unwillkürlich die Arme hochreißen wollte, um den Sturz aufzufangen. Der Schotter riss ihr Gesicht auf. Roter Staub drang ihr in Mund und Nase. Sie spuckte.

Fast zärtlich hob er sie vom Boden auf und trug sie weiter. Sie spürte seinen Atem im Gesicht und wand sich, doch er begann leise zu singen:

„Es waren zwei Königskinder,
die hatten einander so lieb,
sie konnten zusammen nicht kommen,
das Wasser war viel zu tief…"

Er blieb auf einmal stehen und sah sie prüfend an:

„Paula, liebe Königin; warum hast du mich damals allein gelassen?"

„Mir wurde verboten, mit dir zu spielen!", sagte sie trotzig. Was wollte dieser Typ nur von ihr. Sie hatte ihn seit zwanzig Jahren nicht mehr gesehen. Bis zu ihrer Begegnung in Heidelberg. Doch da hatte sie in ihm nicht den ehemaligen Spielkameraden erkannt.

„Alle haben mich verspottet, Königin, sie haben mich bespuckt und Steine nach mir geworfen. Aber du, Königin, du hast immer zu mir gehalten. Wenn du da warst, konnte ich die Wölfe vergessen. Wenn ich dich bei mir gespürt habe, dann war ich zuhause."

Sein Blick wurde auf einmal starr: Bis auch du mich fallen gelassen hast."

Mit diesen Worten ließ er sie fallen. Sie spürte einen dumpfen Schmerz im Kreuz, als sie hart auf dem Boden aufschlug.

„Ich habe alle Wölfe vernichtet. Alle sind tot. Ich habe sie für uns getötet."

„Wo ist Max? Was hast du mit ihm gemacht?"

„Königin!“, brüllte er plötzlich, „hör mir zu!“

Paula starrte ihn an und verstummte.

„Komm mit“, befahl er, und Paula versuchte, trotz der gefesselten Hände aufzustehen. Wieder rutschte sie an dem scharfkantigen Schotter ab. Sie spürte, dass ihr Rock gerissen war. Er baumelte nur noch als schmaler schwarzer Fetzen um ihre Beine.

Reinhardt war in einem Loch im Zaun verschwunden.

„Sieh nur Königin!“, hörte sie ihn rufen, „ich habe hier ein Geschenk für dich!“

„Max!“, schrie Paula, rappelte sich hoch und rannte ihm nach.

Gebückt schlüpfte sie durch das Loch. Ihre Augen suchten das Kind.

Nun stand sie vor einem halb verfallenen kleinen Holzhaus, das wohl einmal ein Hexenhaus gewesen sein musste. Eine moosbedeckte Gipsfigur ohne Kopf und mit abgeschlagenen Händen stand schief vor der eingestürzten Lebkuchentür.

Vor der Hütte erkannte Paula einen blauen Plastiksack.

„Sieh nur! Kennst du ihn noch? Es wird dir schwer fallen, denn er ist den Tod des Wolfes gestorben.

Mit diesen Worten riss Reinhardt das blaue Plastik in die Höhe wie ein Zauberer, der sein Geheimnis lüftet.

An dem Lebkuchenhäuschen lehnte Dr. Schütz. Doch er bot einen furchterregenden Anblick. Die Leiche war vollkommen nackt. Sein Bauch schien aufgeschlitzt und laienhaft wieder zugenäht worden zu sein.

„Kennst du noch das Märchen vom Rotkäppchen? Sie nähen dem Wolf Wackersteine in den Bauch ein.“

„Wo ist mein Sohn?“, schrie Paula und würgte.

Reinhardt packte ihre Arme:

„Wir waren König und Königin. Ich habe dir die Welt zu Füßen gelegt und du hast mich dafür geliebt. Weißt du noch? Ich habe Drachen getötet und dir die Krone aufgesetzt.“

„Aber wir waren Kinder!“, rief Paula, „das war ein Spiel!“

Sein Blick erstarrte. Kalte Wut stand in seinem Gesicht geschrieben.

Sie sah sich um. Max war nirgends zu sehen.

In diesem Moment schaltete etwas in ihrem Kopf um. Es war, als hätte jemand einen Schalter umgedreht. Die Angst verschwand. Die Verzweiflung erlosch. Ihr Hirn arbeitete sachlich wie eine Rechenmaschine.

„Es war schön damals!“, sagte sie und versuchte zu lächeln.

Seine Miene entspannte sich.

„Ich habe immer an dich gedacht, Paula. Du hast mir das Leben gerettet, auch wenn du es nicht weißt. An dich habe ich gedacht, wenn die Wölfe kamen. Dein Bild hatte ich vor Augen, wenn sie über mich herfielen, hungrig und unbarmherzig. Deine Stimme übertönte ihr Stöhnen und deine Hand streichelte meine Tränen weg."

Paula hatte keine Ahnung, wovon er sprach. Sie erinnerte sich dunkel, dass er auch damals von Wölfen gesprochen hatte. Gemeinsam hatten sie sich vor ihnen versteckt bis Paula zum Abendessen nach Hause musste. Es war doch nur ein Spiel gewesen – oder doch nicht?

Ein schmächtiger kleiner Junge war er gewesen. Er hatte sie angehimmelt und sie hatte es genossen, einen älteren Freund zu haben. Er wartete jeden Tag am Schultor auf sie und beschützte sie vor den anderen Jungen.

„Du hast mir Qidi geschenkt, und er war die ganzen Jahre bei mir als du fort warst!" Er zog einen kleinen gelben Legostein aus der Hosentasche.

Paula konnte sich beim besten Willen nicht mehr an dieses seltsame Geschenk erinnern, doch sie nickte vorsichtig.

„Was willst du von mir?", fragte sie leise.

„Das fragst du Königin?" Er riss sie vom Boden hoch. Sie schrie auf.

„Ich will dich!", sagte er fest und in seinen Augen flackerte es wild. „Du hast mir hier, an dieser Stelle Treue geschworen – ewige Treue! Weißt du noch?"

Paula nickte.

Er nahm sie auf die Arme und trug sie ein paar Meter weiter. Dann stellte er sie ab. Paulas Atem stockte. Vor ihr stand auf dem nackten Waldboden ein gläserner Sarg.

Sie spürte, wie ihre Beine versagten, doch Reinhardt fing sie auf.

„Ich weiß, dass du mich im Leben nicht mehr lieben wirst", sagte er traurig, „ich habe es gesehen!"

„Doch, ich werde dich lieben", krächzte ihre Stimme, als wäre es nicht ihre eigene, die da sprach.

Einen Augenblick lang schien sein Blick klar zu werden, er sah sie durchdringend an und sie erkannte den zärtlichen Jungen von damals, den Jungen, den sie heimlich geküsst hatte, als sie den Märchenhain besuchten.

Er schüttelte traurig den Kopf: „Ich habe keine Zeit mehr", erklärte er feierlich.

Die Klarheit in seinem Blick erlosch.

Es war der Wahnsinn, der sie nun anzustarren schien. Er wollte sie hochheben.

Paula bäumte sich auf. Mit dem Mut der Verzweiflung trat sie um sich. Sie dachte an ihr Leben, an Max; wo war Max? Was hatte diese wahnsinnige Bestie mit ihrem Kind gemacht. Er schrie und krümmte sich. Da biss sie zu. Blut quoll aus seinem Gesicht. Sie trat weiter, stieß ihren Kopf wie von Sinnen umher ... bis sie einen dumpfen Schlag spürte, der ihr die Luft nahm.

Böhm hatte mit den beiden Frauen den kürzeren Weg genommen, um überhaupt zu sehen, ob Lenas Vermutung mit dem Märchenhain richtig war.

„Beeilen Sie sich!", rief Lena, die als Erste aus dem Auto gesprungen war. Den Rest der Strecke mussten sie zu Fuß weiter. Die amputierten Stümpfe der Krüppelplatanen rahmten den Weg gespenstisch ein. Lena und Böhm rannten am Flussufer entlang. Die Psychologin hatte Mühe mitzukommen und fiel zurück.

„Dort ist der Anleger!" Böhm lief schneller.

Schon sahen sie durch die Zweige des Gebüschs den hölzernen Bootssteg.

Sie sprangen gleichzeitig auf das rutschige Holz und starrten zum gegenüberliegenden Ufer.

Nebel verdichtete sich immer mehr über dem Wasser. Beinahe bedrohlich erhob sich darüber der Rheingrafenstein.

Als Lena die Ruine auf dem schroffen Fels erblickte, dachte sie an die Sage, der Teufel selbst habe diese Burg erbaut. Sie schauderte.

Ihr Blick suchte das gegenüberliegende Ufer ab.

„Da sind sie!", schrie Lena. Tränen liefen ihre Wangen hinab.

Sie deutete auf eine Gestalt am anderen Ufer, die sich über irgendetwas beugte.

Böhm sah sich wild um. Über die Nahe war an dieser Stelle ein Drahtseil gespannt. Ein Boot wurde hier im Sommer von einem Fährmann an das andere Ufer gezogen, um Touristen auf die andere Seite zu befördern. Dieses Fortbewegungsmittel war in wärmeren Jahrezeiten sehr beliebt, doch jetzt, im Winter, stand die Fähre an Land und wurde für die nächste Saison ausgebessert.

Böhm rannte los. Er hatte am seitlichen Ufer einige alte Tretboote entdeckt. Sie sahen recht lädiert aus und schienen nicht mehr sehr zuverlässig. Eins der Boote war nur mit einer Leine befestigt, das er eilig losband.

Er wandte sich nach Lena um, die bleich auf dem sacht schwankenden Anleger stand. In diesem Augenblick sprang auch Frau von Lützen auf den Steg. Keuchend hielt sie sich die Seite.

„Verstärkung ist unterwegs. Ich fahr rüber. Bis die durch den Wald sind...", rief Böhm und sprang in das Boot. Der Tretmechanismus funktionierte nicht mehr. Von einem lauten Krachen begleitet, trat sein Fuß ins Leere. Das Boot trieb nach rechts und Böhm bekam gerade noch das Stahlseil zu fassen, das über dem Fluss hing.

Auf einmal löste sich Lena aus ihrer Starre.

Ohne nachzudenken nahm sie Anlauf und krachte mit einem harten Aufschlag in Böhms Boot. Der Kommissar fuhr herum.

„Lena, nein", schrie er, als das Boot gefährlich wankte.

Er zog das Boot an dem Stahlseil entlang. Schweißperlen rannen seinen Nacken herab. Immer wieder rutschten seine Hände von dem feuchten Stahl ab. Böhm fluchte. Der Nebel wurde immer dichter. Lena betete, dass der Mörder nicht in ihre Richtung blicken würde, dass der Nebel ihnen Schutz bieten würde.

Und sie betete, dass Paula noch lebte.

„Paula erwachte und spürte, wie etwas in ihrem Schädel laut pochte. Tränen der Verzweiflung stiegen in ihr auf, als sie spürte, dass auch ihre Füße gefesselt waren. Reinhardt stand vor ihr und hielt sie sanft an den Schultern gefasst.

„Habe ich dir wehgetan?", flüsterte er. „Es tut mir so leid. Ich wollte dich nicht verletzen." Paula sah Tränen in seinen Augen: „Ach Königin; vertrau mir. Ich werde dich niemals allein lassen. Alles wird ganz leicht sein, glaub mir, und sie werden uns nicht mehr trennen können. Er hob sie sanft vom Boden auf und legte sie in den gläsernen Sarg. Paula zitterte. Es gab keine Träne mehr in ihr, keinen Schrei. Sie war erstarrt, als die Panik sie überrannte.

Er strich ihr über die Wange. Wahnsinn lag in seinem Blick.
„Da hörte man Glockengeläute, da hörte man Jammer und Not,
da lagen zwei Königskinder,
die waren beide tot."
Reinhardt sang leise, als wolle er sie in den Schlaf wiegen.
Dann zog er eine Pistole aus der Tasche.
Paula schloss die Augen.

Ein Schuss zerriss die Stille. Hatte Böhm geschossen? Lena wandte den Blick nicht von dem anderen Ufer. Reinhardt stand vor einer Glaskiste. Er hielt eine Waffe in der Hand. Böhm ließ das Stahlseil los und zog seine Waffe aus dem Halfter. Das Boot begann, von dem Seil wegzutreiben. Lena sprang auf und versuchte es zu fassen.

Die Männer zielten.

Krachen erfüllte die harte Winterluft.

Ein sengender Schmerz durchfuhr Lenas Körper. Hitze durchspülte sie wie brennendes Öl. Sie hörte, wie jemand schrie.

Paula riss die Augen auf, als Reinhardt mit der vollen Wucht seines Körpers auf sie prallte. Glas zersprang. Schüsse drangen an ihr Ohr. Sie sah Menschen, die den Abhang hinuntergerannt kamen…

Reinhardt stöhnte.

„Wo ist mein Sohn!", schrie sie und stieß mit dem Kopf wild nach oben.

„Er ist doch noch so klein!", flüsterte Reinhardt und stöhnte schwer auf, als Hände ihn packten und nach oben zerrten.

Jemand hob sie aus den Splittern. Sie wandte den Kopf. Da sah sie den Kommissar.

Er stolperte durch das Wasser am Ufer. Er trug etwas auf dem Arm. Sein Gebrüll war entsetzlich. Paula erkannte den schmächtigen kleinen Körper in Böhms Armen. Der Kopf mit den leuchtend roten Haaren baumelte leblos herab.

Es sah aus, als würde der Polizist weinen.

Epilog

Mäxchen hatte im Keller einen riesigen Pappkarton entdeckt, der einmal einem Computer gedient hatte. Die suchende Stimme Umurs im Rücken hatte er das überflüssige Styropor zwischen die Getränkekisten gestopft und war in dem Karton verschwunden.

Es hatte ihm ein mörderisches Vergnügen bereitet, unentdeckt zu bleiben bis die Stimme des großen, grimmigen Kommissars seinen Namen gerufen hatte. Nun war er aus Angst vor dem großen Mann in der Kiste geblieben. Und irgendwann war er wohl eingeschlafen.

Max wunderte sich, dass der komische Polizist beinahe weinte, als er ihn fand. Der Mann war so froh gewesen, dass er ihn nicht mehr loslassen wollte und Oma Käfer, die ganz zerzaust aussah, hatte ihm ein großes Schokoladeneis mit Soße gebracht.

Wie durch einen seidenen Schleier nahm sie einen Schatten wahr. Als der Schleier sich langsam zurückzog und ihr Blick sich aufklärte, erkannte Lena immer deutlicher einen buschigen Schnurrbart dicht über ihr Gesicht gebeugt. Sie blinzelte.

„Sie wacht auf!" Ein stechender Schmerz fuhr durch ihren Kopf und gleichzeitig erkannte sie, wer da so herzzerreißend laut geflüstert hatte.

„Seien Sie doch um Gottes Willen still!", flüsterte etwas Weißes giftig aus der Ecke hinter Böhm.

Ein zweites Gesicht schob sich über sie: „Sie haben Recht", flüsterte Paula, „ich glaub, sie ist wach!"

Eine schwere, warme Hand legte sich auf ihr Gesicht und strich ihr zärtlich eine Strähne aus den Augen. „Ach Mädchen", brummte er, als alle anderen den Raum verlassen hatten. „Ich lass dich nie wieder an polizeilichen Ermittlungen teilhaben, du kleine Lumpekrott!"

„Scheiß Bulle!", flüsterte Lena und lächelte.

Lille Ostermann wurde 1975 in Bad Kreuznach geboren. Sie studierte in Heidelberg Germanistik, evangelische Theologie und Pädagogik und absolvierte in Oldenburg ihr zweites Staatsexamen für das Lehramt an Gymnasien. Zwischenzeitlich arbeitete sie in Oldenburg beim Hörfunk und moderierte eine Nachmittagssendung. Sie lebt heute mit ihrer Familie in Oppenheim am Rhein.

www.lilles-drachenfeuer.de

Verlagsverzeichnis schickt gern:
Iatros Verlag & Services GmbH
Bahnstraße 38
55276 Dienheim a. Rh.

Tel.: (0 61 33) 92 73 20 Fax: (0 61 33) 92 73 17
www.iatros-verlag.de info@iatros-verlag.de